Knaur.

Knaur.

*Im Knaur Taschenbuch Verlag sind bereits
folgende Bücher der Autorin erschienen:*
Noras großer Traum
Das Band der Sehnsucht

Über die Autorin:
Christin Busch wurde 1965 in Hannover geboren. Sie lebt mit ihrem Mann und ihren beiden Kindern in Oldenburg. *Wind der Traumzeit* ist nach *Noras großer Traum* und *Das Band der Sehnsucht* ihr dritter Roman.

Christin Busch

Wind der Traumzeit

Roman

Knaur Taschenbuch Verlag

Besuchen Sie uns im Internet:
www.knaur.de

Originalausgabe Februar 2005
Copyright © 2005 by Knaur Taschenbuch.
Ein Unternehmen der Droemerschen Verlagsanstalt
Th. Knaur Nachf. GmbH & Co. KG, München
Alle Rechte vorbehalten. Das Werk darf – auch teilweise –
nur mit Genehmigung des Verlags wiedergegeben werden.
Redaktion: Dr. Gisela Menza
Umschlaggestaltung: ZERO Werbeagentur, München
Satz: Ventura Publisher im Verlag
Druck und Bindung: Clausen & Bosse, Leck
Printed in Germany
ISBN 3-426-62657-8-8

2 4 5 3 1

»Erinnerungen, die unser Herz berühren,
gehen niemals verloren.«

Verfasser unbekannt

1

Tom stützte sich mit den Unterarmen auf die Brüstung der Veranda und sah in die Ferne. Müde, aber zufrieden trank er seinen Tee und gönnte sich eine kleine Pause. Die heutige Sprechstunde der Kliniktour hier auf der Farm der Lamberts war außergewöhnlich gut besucht gewesen, sodass das Team des Royal Flying Doctor Service alle Hände voll zu tun gehabt hatte.

Obwohl der australische Sommer sich dem Ende zuneigte, war die Hitze des Tages fast unerträglich gewesen. Selbst die im Schatten alter Bäume liegende Veranda, die das Haus umgab, hatte kaum Abkühlung gebracht. Erst jetzt zum Abend hin kam ein leichter Wind auf, der Mensch und Tier zu besänftigen schien. Auch Tom hielt sein Gesicht dankbar der Brise entgegen und atmete durch. Seine Augen wanderten über die Landschaft und beobachteten, wie sie sich gerade jetzt, im Wandel der Tageszeiten, veränderte. Das fast schon grelle Licht des Tages ging in mildere Töne über und tat den Augen nicht mehr weh. Die wie jedes Jahr um diese Zeit unter der Trockenheit leidenden Weiden zeigten nicht einmal mehr ihr verblichenes strohiges Gelb, sondern verschmolzen mit den Farben der roten Erde. Eine Schafherde erhob sich träge aus dem Schatten einer Baumgruppe und näherte sich leise blökend der Tränke, an der schon ein Schwarm bunt schillernder Vögel seinen Durst stillte.

»Ach, hier bist du.«

Tom wandte sich zu Lisa um, die diese Sprechstunde als Krankenschwester begleitet hatte. Er stellte seine Teetasse auf der Brüstung ab. »Ja, wir sind doch mit den Terminen durch, oder?

Macht Phil das Flugzeug für den Heimflug schon klar?« Er streckte sich und gähnte herzhaft. »Ich hätte nichts dagegen.«
Lisa schüttelte den Kopf. »Nein, wir haben einen Notruf empfangen. Ein Wagen von der Turner Station ist unterwegs hierher. Sie bringen einen jungen Arbeiter, der vom Pferd gestürzt ist. Er hat sich die Schulter verletzt und starke Schmerzen. Sie waren heilfroh, dass wir noch nicht gestartet sind.«
Tom nahm einen Schluck Tee und seufzte. »Na, dann muss der Feierabend wohl noch warten.«
Lisa schwang sich auf die Brüstung und ließ die Beine baumeln. Sie sah ihn erwartungsvoll an. »Und? Bist du schon in Urlaubslaune vor der großen Reise?«
Er zuckte mit den Schultern. »Es wird merkwürdig für mich sein, mehrere Wochen von hier weg zu sein und nicht zu arbeiten.«
»Und Nora und die Kleine? Freust du dich denn nicht auf sie?«
Er zögerte kurz und kratzte sich an der Schläfe. »Doch, natürlich. Aber wir haben uns so lange nicht gesehen, und Nora hat mich so spät informiert. Ich kenne die Kleine ja noch gar nicht. Und ich weiß nicht, was für einen Platz ich dort einnehmen kann, wie ihr Leben in Deutschland überhaupt aussieht.«
Lisa grinste aufmunternd und stupste ihn in die Seite. »Mensch, freu dich doch einfach mal. Du hast eine aufregende Reise vor dir. Du wirst Nora wieder sehen und ihre Heimat kennen lernen. Ist das denn nichts?«
Tom musste über ihre Begeisterung lächeln. »Doch, du hast natürlich Recht.« Sein Blick schweifte wieder in die Ferne und blieb schließlich an einer Staubfahne hängen, die ein Geländewagen aufwirbelte. Er deutete in die Richtung. »Da kommt unser Notfall. Es gibt Arbeit.«

2

Hamburg schien an diesem Frühlingstag zu vollkommen neuem Leben zu erwachen. Die Erleichterung der Menschen war spürbar. Alle schienen sich über einen blauen Himmel zu freuen, an dem nur ein paar weiße Schönwetterwolken dahintrieben, und über das helle Strahlen der Sonne, die sich nun eifrig darum bemühte, das erste Grün in den Beeten und Parkanlagen hervorzulocken. Nach beinahe einer ganzen Woche trüben Nieselwetters war endlich das Grau-in-Grau der vergangenen Tage verschwunden, und die Menschen konnten aufatmen.

Hafenarbeiter saßen auf Mauern und Gerüsten in der Mittagssonne und aßen ihre Brote oder rauchten genüsslich eine Zigarette, die wettergegerbten Gesichter der Sonne zugewandt. Liebespaare saßen Händchen haltend in den Straßencafés und hatten nur Augen füreinander, Mütter mit Kleinkindern hatten plötzlich wieder die Muße, in Ruhe zu warten, wenn ihre Sprösslinge zehn Schritte vor- und zwanzig Schritte zurückliefen, um die Welt zu entdecken. Im trüben Regenwetter der letzten Woche hatten dieselben Kinder in Regencapes verpackt in der Karre gesessen, während ihre Mütter eilig durch den Regen gehetzt waren. Selbst die Autofahrer, die sich durch den zähen Hamburger Verkehr quälen mussten, schienen heute gelassener. Nora Bergmann beobachtete zufrieden ihren Hirtenhund, dessen Fell ebenfalls zum ersten Mal seit einer ganzen Woche wieder im Sonnenlicht glänzte. Er umschnüffelte ausgiebig einen dicken Baum, um schließlich an ausgewählter Stelle sein Bein zu heben. Nora hatte eben ihre kleine Tochter Sophie bei einer Freundin abgegeben, die sich erboten hatte, an diesem Nachmittag ein paar Stunden auf sie aufzupassen. Ihre beiden größeren Kinder Niklas und Marie würden das Wochenende bei ihrem Vater Max verbringen. Nora verspürte eine ständig ansteigende Unruhe, während sie an die kommenden Stunden dachte. Zu Hause angelangt, lief sie sofort nach oben ins Schlafzimmer und begann zu überlegen, was sie anziehen sollte.

Etwa drei Stunden später trat sie nervös von einem Fuß auf den anderen, während ihre Augen die Fluganzeigetafel im Hamburger Flughafen studierten. Kurz darauf entdeckte sie die Maschine, die sie gesucht hatte. Ihr Herz schlug bei dem Gedanken, dass dieses Flugzeug Tom nach Deutschland beziehungsweise von Frankfurt nach Hamburg brachte, unwillkürlich schneller. Sie sah auf ihre Armbanduhr und seufzte, denn sie war viel zu früh dran. Aber nachdem sie Sophie bei ihrer Freundin gelassen hatte, hatte sie nichts mehr zu Hause gehalten. Es war ihr so vorgekommen, als hätte sie etwa hundertmal in den Spiegel geschaut, sich gekämmt, ihr Aussehen überprüft und sich dabei gefragt, ob sie sich wohl sehr verändert hatte, seit sie Tom das letzte Mal in Australien gesehen hatte.

Nora schlenderte langsam an den Schaltern der unterschiedlichen Fluggesellschaften und Autovermietungen vorüber, ohne sich jedoch wirklich für irgendetwas zu interessieren. Ihre Gedanken schweiften in die Vergangenheit, zurück zu Tom, den sie vor anderthalb Jahren am Flughafen in Sydney hinter sich gelassen hatte. Sie erinnerte sich plötzlich wieder ganz deutlich an den Schmerz in ihrem Inneren, den sie damals verspürt hatte, als das große Flugzeug abgehoben und sie mit sich genommen hatte – nach Hause zu ihrem Mann und ihren beiden Kindern,

zu ihrem fest gefügten Leben in Hamburg, in dem es keinen Platz für Dr. Tom Morrison gab, so sehr sie sich das auch gewünscht hätte. Schließlich hatte er allein ihr mit seiner Liebe nach dem schweren Unfall in Australien ins Leben zurückgeholfen, hatte in ihr Gefühle geweckt, die so tief gingen, wie sie es sich nie hatte vorstellen können. Darüber hinaus hatte sie sich nicht nur in ihn, sondern auch in sein Land verliebt. Doch nach ihrer Rückkehr in die Hamburger Normalität hütete sie diese Empfindungen wie einen geheimen Schatz in ihrem Herzen, denn nie hatte sie auch nur mit dem Gedanken gespielt, ihre Ehe und ihr Familienleben zu zerstören.
Nora seufzte und blieb vor dem Schaufenster eines Travelshops stehen. Alles war dann doch auseinander gebrochen, als sie zu Hause die Schwangerschaft festgestellt hatte. Sie hob das Kinn und atmete tief durch. Sophie. Toms Tochter. Mittlerweile war sie überglücklich, die Kleine zu haben. Sie gehörte genauso wie Niklas und Marie zu ihrem Leben. Und wider Erwarten hatten sie inzwischen alle den Auszug von Max aus dem gemeinsamen Haus verkraftet. Er hatte sich mit der Tatsache, dass sie das Baby hatte bekommen wollen, nicht abfinden können. Jetzt endlich war ein neuer Lebensrhythmus eingekehrt, und Nora hatte nach vielen Monaten der inneren Zerrissenheit ihre Ruhe wiedergefunden. Nachdenklich starrten ihre ausdrucksvollen grünbraunen Augen vor sich hin. Sie fragte sich, ob es richtig gewesen war, Tom über seine Vaterschaft zu informieren, oder ob es nicht nur neue Schwierigkeiten auf den Plan rufen würde. Natürlich hatte er ein Recht darauf zu wissen, dass er eine Tochter hatte, aber sie befürchtete ein wenig, erneut ihr seelisches Gleichgewicht zu verlieren, wenn er hier auftauchte. Zu tief waren ihre Gefühle füreinander gewesen, als dass sie es einfach würde wegstecken können,

wenn er nach seinem Besuch wieder verschwand. Sosehr sie die Sehnsucht nach ihm in ihrem Herzen bekämpfte, so sehr wusste sie jedoch auch, dass er in Deutschland nicht glücklich werden konnte. Er liebte sein Land, die Freiheit des unermesslich weiten australischen Outback, die Sonnenauf- und die Sonnenuntergänge, die die rote Erde in ein goldenes Licht tauchten – und nicht zuletzt seine Aufgabe als Arzt beim Royal Flying Doctor Service, Australiens fliegendem Ärztedienst. Eine Reportage über eben diese Einrichtung hatte Nora damals dorthin geführt, nach Cameron Downs – zu Tom.

Einige Zeit später suchten Toms Augen unruhig die Menge nach Nora ab. Schließlich entdeckte er sie, und sein Puls ging schneller. Sie hatte sich kaum verändert. Auch sie winkte ihm jetzt zu und wartete, bis er mit seinem Koffer den Zollschalter hinter sich gebracht hatte. Das Herz schlug ihr bis zum Hals, als er auf sie zukam. Blitzartig wurde ihr klar, dass er immer noch die gleiche Wirkung auf sie hatte wie in Australien. In den vielen Monaten, die sie ohne ihn verbracht hatte, war sie der Selbsttäuschung erlegen, dass sie durchaus ohne ihn glücklich werden könnte. Jetzt, in diesen Sekunden, wusste sie, dass sie wohl ohne ihn leben konnte, aber niemals ohne ihn glücklich werden würde. Sekundenlang stand er vor ihr und sah ihr in die Augen. Alles musste darin zu lesen gewesen sein, denn er zog sie jetzt vorsichtig an sich und atmete erleichtert auf. »Nora! Ich habe dich so vermisst.«
Sie schloss kurz die Augen und fühlte immer noch ungläubig seine Nähe. »Ja, ich dich auch, Tom.«
Sie verspürte Nervosität, als er fragend ihr Gesicht musterte und sich dann zu ihr hinunterbeugte, um sie zu küssen. Als seine

Lippen ihren Mund trafen, war es, als wären sie nie auseinander gegangen. Innerlich aufgewühlt nahm sie bewusst seine Nähe wahr und konnte sie doch kaum glauben. Er löste sich von ihr und sah sich neugierig um.
»Hast du die Kleine nicht mitgebracht?«
Sie lächelte. »Nein. Ich wollte dich erst einmal allein sehen.« Als sie bemerkte, wie seine gespannte Erwartung abrupt nachließ, nahm sie seine Hand. »Du wirst sie ja gleich sehen. Sie ist bei einer Freundin. Ich wollte sie auch nicht in diesen Lärm und dieses Gewimmel hier am Flughafen stürzen. Der Hamburg Airport ist im Moment eine riesige Baustelle. Wir müssen ein gutes Stück zum Parkhaus laufen. Ich dachte, mit deinem Gepäck und der Kinderkarre wird das zu umständlich. Komm mit, ja?«
Er nickte und hob seinen Koffer vom Wagen.
»Dieses Wochenende kannst du bei uns wohnen, bei Sophie und mir. Niklas und Marie sind zwei Tage bei Max.«

Als sie seinen Koffer in ihrem Auto verstaut hatten und kurze Zeit später Fuhlsbüttel hinter sich ließen, sah er interessiert aus dem Fenster. Gleich darauf neckte er sie und legte mit gespieltem Entsetzen beide Hände auf das Handschuhfach. »Huh, du fährst ja auf der falschen Seite!«
Nora grinste. »Hör bloß auf! Euer Linksverkehr war der blanke Horror für mich.«
Nach einer Weile unterdrückte er nur mit Mühe ein Gähnen, und sie musste lachen.
»Man fühlt sich wie gerädert nach über dreiundzwanzig Stunden Flug, nicht?«
Er seufzte und streckte die Beine von sich, so weit es eben ging.

»Ja, aber ich hatte die ganze Zeit etwas, auf das ich mich freuen konnte.«

»Eine äußerst charmante Antwort nach dieser langen Reise, das muss ich sagen. Sophie und ich wissen sie zu schätzen.«

Er lachte leise, bevor er wieder ernst wurde. »Ich bin so froh dich wiederzusehen, Nora.« Er schaute nachdenklich aus dem Fenster. »Ich hatte nicht mehr zu hoffen gewagt, dass du dich noch einmal bei mir meldest … und jetzt? Jetzt haben wir sogar eine gemeinsame Tochter. Ich kann es einfach nicht glauben. Es ist zu verrückt.«

Nora schmunzelte. »Ja, verrückt ist wohl das richtige Wort.« Dann wurde auch sie ernst. »Weißt du, Tom, vielleicht sollte es so sein. Ohne das Baby hätte ich wahrscheinlich nie den Mut gehabt, mit den Kindern noch einmal neu anzufangen. Und dieser Neuanfang war schwer. So schwer, wie ich es insgeheim befürchtet hatte. Manchmal habe ich nicht geglaubt, dass ich es allein schaffe. Die Geburt, das neue Kind, Niklas und Marie, die ihren Vater vermissten und nicht verstanden, warum wir uns eigentlich getrennt hatten.« Sie brach ab und starrte auf die Straße vor sich. »Das Verhältnis zu meinem Sohn hat einen ziemlichen Knacks bekommen. Er hatte relativ schnell begriffen, dass dieses Baby nicht von Max war. Von da an war mein Leben so schwer, das kannst du dir gar nicht vorstellen.«

Tom griff nach ihrer Hand und drückte sie kurz. Nora parkte den Wagen vor einem hübschen kleinen Einfamilienhaus und wandte sich Tom zu. »Wartest du einen Moment? Ich hole nur schnell unsere Tochter. Du willst sie doch sicher das erste Mal allein sehen ohne fremde Leute, oder?«

Er nickte. Obwohl er sich sehr darauf freute, spürte er auch Angst, dass er der Situation nicht gewachsen sein könnte. Dass

er nur schwer damit fertig werden könnte, wenn die Kleine schreien und ihn ablehnen würde. Während er Nora nachsah, wie sie hinter der Gartenpforte verschwand, schalt er sich für seine Skepsis. Es wäre völlig normal, wenn das Kind zurückhaltend wäre. Schließlich hatte die Kleine ihren Vater noch nie gesehen. Nachdenklich starrte er vor sich hin und schaute erst wieder auf, als die Gartentür sich leise quietschend öffnete. Nora hatte sich die Wickeltasche umgehängt und trug das kleine Mädchen auf dem Arm. Ihre Augen strahlten vor Stolz und Spannung. Tom lächelte unwillkürlich. Nora öffnete routiniert die Wagentür hinter dem Fahrersitz und setzte Sophie in ihren Kindersitz. Tom hatte sich umgedreht und sah dabei zu, wie sie angeschnallt wurde. Als die Kleine ihn wahrnahm, spuckte sie mit einer Mischung aus Neugierde und Überraschung ihren Schnuller aus und betrachtete ihn offen. Dieser erste Blick in ihr Gesicht traf Tom mitten ins Herz. Große dunkle Augen mit erstaunlich langen Wimpern musterten ihn. Unter einer Stupsnase war ihr herzförmiger, kleiner Mund vor Verwunderung leicht geöffnet. Ihr Blick wanderte nun wieder Sicherheit suchend zu ihrer Mutter.
Nora hatte sie lächelnd beobachtet. Ihre Stimme klang dunkel und warm, als sie ihrer Tochter eine Haarsträhne aus den Augen strich, die sich vorwitzig unter ihrer Mütze hervorkringelte. »Schau mal, Sophie, wir beide haben Besuch bekommen. Das ist Tom, dein Papa.«
Die Kleine hörte aufmerksam zu, während ihre Augen hin und her wanderten. Sie schien zu begreifen, dass dies ein denkwürdiger Moment war, und Nora wiederholte mehrmals fröhlich ihre Worte. Schließlich strahlte Sophie Tom an und fuchtelte aufgeregt mit den Händen.

Nora lachte glücklich. »Na, wenn das kein guter Anfang ist.«
Tom war sichtlich bewegt, löste seinen Blick von der Kleinen und sah zu Nora. »Es ist ein unglaubliches Gefühl, eine so süße Tochter zu haben.« Er wandte sich wieder um und betrachtete das Kind, das nun hingebungsvoll das Band weich kaute, mit dem der Schnuller an der Jacke befestigt war. Er war nachdenklich geworden. »Ich habe so viel verpasst, Nora. Ich hätte sie gerne früher kennen gelernt – von Anfang an. Es ist … nicht richtig, dass sie ihren Vater noch nie gesehen hat …«
Nora ahnte, dass ihn diese Erkenntnis verletzte, und sie nagte einen Moment lang schuldbewusst an ihrer Unterlippe. Obwohl sie geradeaus auf die Fahrbahn sah, wusste sie genau, welcher Ausdruck jetzt in seinen Augen lag. In der stillen Seitenstraße, in der sie gerade waren, setzte sie den Blinker, fuhr rechts ran und hielt den Wagen an. Nachdem sie den Motor ausgemacht hatte, drehte sie sich zu Tom und legte unsicher eine Hand auf sein Knie. »Bitte, Tom, mach mir deshalb keine Vorwürfe, ja? Ich wusste damals nicht, wo mir der Kopf stand, was richtig oder falsch war, was ich tun sollte … Max hätte mir vermutlich verziehen, wenn ich das Baby nicht bekommen hätte. Mehr oder weniger hing alles nur von mir ab. Meine Entscheidung für das Kind machte unsere Ehe tatsächlich kaputt. Ich litt unsagbar darunter, dass meine heile Familie auseinander brach, dass meine Kinder unglücklich waren. Und das einzig und allein durch meine Schuld. Ich … ich hätte Niklas und Marie in dieser Zeit keinen ›neuen‹ Mann an meiner Seite zumuten können. Ich wollte sie nicht auch verlieren. Und Max hätte bestimmt nicht zugestimmt, dass sie bei mir bleiben, wenn du aufgetaucht wärst.« Ihre Augen wanderten unsicher über sein Gesicht. »Kannst du das nicht verstehen, Tom? Wenigstens ein bisschen?«

Tom riss sich zusammen und nickte. »Doch, irgendwie schon. Es tut mir auch Leid, was hier alles los war – durch meine Schuld. Aber du warst der wichtigste Mensch in meinem Leben, und du solltest wissen, dass ich die Verantwortung für die Kleine sehr gerne eher übernommen hätte und auch in Zukunft eine Rolle spielen möchte.«

Sie beugte sich zu ihm und schaute ihm in die Augen. In diesem Moment war sie glücklich und traurig zugleich. »Ich weiß, Tom. Aber wie um alles in der Welt wollen wir das hinkriegen? Mit dieser Entfernung zwischen unseren Leben?«

Ihr Blick hielt ihn fest, als er ihr Gesicht in seine Hände nahm und sie zärtlich ansah. »Ich weiß, dass wir es schaffen können, glaub mir einfach, mein Herz.«

Ihre Lippen trafen sich, und Tom schloss die Augen. Zu lange hatte er nur davon träumen können, sie wiederzusehen, sie erneut in den Armen zu halten und zu spüren. Genau genommen hatte er schon jede Hoffnung darauf aufgegeben und war nur noch in seinem Beruf, in seiner Aufgabe aufgegangen. Nora schlug das Herz bis zum Hals. Es war, als wollte es mit Tom wegfliegen. All ihre Gefühle für ihn waren plötzlich wieder da, und sie ahnte, dass sie es kaum noch einmal würde ertragen können, ohne ihn zu leben. Mit verzweifelter Leidenschaft erwiderte sie seinen Kuss. Jetzt und hier war er da. Und er hatte diese lange Reise nur gemacht, um sie und seine Tochter zu sehen.

Sophie begann zu quengeln und streckte sich bockig in ihrem Autositz. Offensichtlich wurde es ihr zu warm, denn sie zerrte an ihrer Mütze, die schon halb über einem Auge saß, was sie obendrein wütend zu machen schien. Nora lachte, wandte sich um und löste die Mützenbänder unter dem Kinn der Kleinen,

die trotzdem weiterquengelte. Nora ließ den Motor wieder an und warf Tom einen verschmitzten Seitenblick zu. »Ich sage dir, mit uns dreien wird das wildromantisch. Deine Tochter wird uns schon zeigen, wo es langgeht.«
Er grinste, drehte sich zu dem Kind um, bückte sich, um ein Babyspielzeug aufzuheben, das hinuntergefallen war, und gab es der Kleinen. Als er mit ihr schäkerte, lächelte sie ihn plötzlich mit mehreren blitzend weißen Zähnchen an, und er schmolz förmlich dahin.
Nora hatte das Kind immer wieder im Rückspiegel beobachtet und lächelte nun. »Wetten, dass sie dich schon heute Abend um den kleinen Finger wickeln wird?«
Tom wandte den Blick nicht von Sophie ab. »Na wenn schon. Wir haben ja auch einiges nachzuholen, nicht wahr?«
Kurz darauf bog Nora in eine Einbahnstraße ab und parkte den Wagen vor einer Doppelgarage.
Tom sah sich neugierig um. »Sind wir da? Hier wohnt ihr?«
Nora zog den Schlüssel aus dem Zündschloss und nickte. Sie stieg aus, öffnete die Tür hinter sich und nahm das Kind aus dem Sitz.
Tom war ebenfalls ausgestiegen und schaute sich ein wenig unsicher um. Es war eine ruhige Wohngegend mit hübschen Einfamilien- und Reihenhäusern. Liebevoll gepflegte Gärten umgaben die Häuser. Er folgte Nora über den bogenförmig gepflasterten Weg zur Haustür, hinter der jetzt dröhnendes Gebell ertönte.
Nora zögerte einen Moment. »Ach Mensch, Kuno hätte ich fast vergessen. Nimmst du mal die Kleine? Ich bringe den Hund besser erst in die Küche. Seit ich mit den Kindern allein bin und Sophie geboren wurde, hat er sich hier zum Mann im Haus aufgeschwungen und beschützt uns, was das Zeug hält.«
Tom hörte kaum, was sie sagte. Er war damit beschäftigt, seine

Tochter zu halten, und genoss dieses Gefühl, *sein* Kind zum ersten Mal auf den Armen zu tragen. Er nahm den zarten Babyduft wahr und spürte die weichen Löckchen, die seine Wange streiften, als sie den Kopf bewegte, um mit den Augen aufmerksam den großen Hund zu verfolgen, der von Nora am Halsband in die Küche gezogen wurde und bellend dagegen protestierte, so schnell abgeschoben zu werden. Sophie streckte ein Ärmchen aus. »Da! Tuno!«
Tom lächelte und drückte sie sacht an sich.
Nora kam zurück. »So, jetzt kannst du dich erst einmal in Ruhe umsehen.« Sie übernahm die Kleine, setzte sie auf einem Schränkchen in der Diele ab und begann ihr die Jacke und die winzigen Schuhe aus- und dicke Antirutschsocken anzuziehen. Tom hatte sich an der Haustür nach seinem Koffer gebückt und stellte ihn in der Diele ab. Er zog sich die Jacke aus und folgte Nora ins Wohnzimmer. Sophie krabbelte zu einer großen Decke vor den bodentiefen Fenstern, die auf die Terrasse hinausführten, und beschäftigte sich mit einer Kiste, in der sich Spielzeug befand.
Tom zog sich die Schuhe aus und setzte sich im Schneidersitz zu ihr auf den Boden. Wie selbstverständlich begann er ihr verschiedene Spielzeuge zu reichen. Nora beobachtete die beiden glücklich und stellte zwei Gläser auf den Couchtisch. Dann lief sie in den Keller und kam mit einer Flasche Sekt zurück. Tom stand auf, nahm ihr die Flasche ab und öffnete sie. Als der Korken sich mit einem lauten Knall löste, wandte sich Sophie mit kugelrunden Augen um. Doch als Tom und Nora lachten, strahlte sie ebenfalls, vergaß ihr Spielzeug und krabbelte auf die beiden zu. Nora schob die Gläser außer Reichweite, gab ihr eine Babytrinktasse mit Tee und nahm sie auf den Schoß.

Als sie später beide das Kinderzimmer verließen und nach unten gingen, spürte Nora zum ersten Mal, seit Tom angekommen war, so etwas wie Befangenheit. Trotz ungläubiger Freude, ihn nach so langer Zeit wiederzusehen, war es auch ein merkwürdiges Gefühl, ihn hier zu haben – hier in ihrem ureigensten Zuhause, dem Haus, das sie gemeinsam mit Max geplant und gebaut hatte. Tom war an ihr vorbei zur Terrassentür gegangen und sah eine Weile nach draußen in den von mehreren Lampen beleuchteten Garten. Als könnte er ihre Gedanken lesen, wandte er sich nach einigen Sekunden um und zögerte. »Nora? Ich … ich kann auch in einem Hotel schlafen.«
Sie sah erschrocken auf und schüttelte den Kopf.
Er ging zu ihr und setzte sich neben sie. »Irgendwie habe ich hier das Gefühl, in dein Leben einzubrechen. Ja, ein wenig ist es sogar so, dass ich meine, hier nichts verloren zu haben.«
Nora hatte plötzlich Angst, ihn schon wieder zu verlieren. War doch zu viel Zeit vergangen? Hatte sie zu lange gezögert, ihm zu schreiben? Sie suchte seinen Blick. »Ich bin hier! Und deine Tochter ist hier. Sind wir nicht Gründe genug, dass du bleiben solltest?« Sie verstummte kurz, bevor sie mit leiser Stimme fragte: »Oder willst du lieber gehen, Tom?«
Sekundenlang sahen sie sich offen in die Augen, und ohne weitere Worte darüber verlieren zu müssen, wich alle Unsicherheit dem Gefühl ihrer tiefen Liebe und Verbundenheit, die ein Band bildete, das sie immer wieder zusammenführen würde, egal, wie weit sie auch auseinander gingen, und egal, was noch geschehen würde. Tom hatte schon damals gespürt, dass sie füreinander bestimmt waren. Nora erkannte es jetzt mit einer beinahe erschreckenden Deutlichkeit. Sie sehnte sich mit einer so schmerzlichen Intensität danach, in seinen Armen zu liegen,

dass sie es nicht mehr länger ausgehalten hätte, wenn er sie jetzt nicht endlich voll zärtlicher Bestimmtheit an sich gezogen und geküsst hätte. Alles um sie herum schien zu verblassen, als sie seine Hände fühlte, die sanft und doch fordernd über ihren Körper glitten, während seine Lippen sich nicht von ihrem Mund lösen konnten. Auch Tom lebte es aus, dieses Gefühl verzweifelter Sehnsucht, das ihn nicht mehr verlassen hatte, seit er dem Flugzeug in Sydney nachgesehen hatte, das Nora von ihm fortgebracht hatte. Dem ersten heftigen Schmerz des Verlustes war im Laufe der Zeit eine dumpfe Resignation gefolgt, die sich bitter um sein Herz gelegt und es ein wenig betäubt hatte. Nora, die Liebe seines Lebens, jetzt – nach all den Monaten – wiederzuspüren, den Duft ihrer Haut zu atmen, brachte die Erinnerung in einer Deutlichkeit zurück, die ihn die Zeitspanne von eineinhalb Jahren vergessen ließ.

Auf der Couch an Tom geschmiegt, genoss Nora es, seinen Herzschlag zu fühlen. Sie hatte ihren Kopf auf seine Brust gelegt und wünschte sich, ewig so dort liegen bleiben zu können. Toms Finger strichen sacht über ihren Rücken und blieben am Hals in einer zierlichen goldenen Kette hängen. Unwillkürlich ertastete er den Anhänger und warf einen Blick auf das kleine goldene Känguru. Er lächelte zufrieden. »Du trägst es noch.«

Sie hob den Kopf, um ihn anzusehen, und erwiderte sein Lächeln. »Ich habe deine Kette immer getragen. Sie hat mir das Gefühl gegeben, etwas von dir bei mir zu haben. Ich hatte sie sogar um den Hals, als Sophie geboren wurde.«

Er zog ihren Kopf zu sich herunter und küsste sie wieder. Seine Stimme klang rau. »Ich liebe dich immer noch so, mein Herz.« Seine Augen blickten ernst. »Ich wäre gern bei dir gewesen. War es eine schwere Geburt?«

Sie stützte ihre Unterarme auf seiner Brust ab und sah ihn herausfordernd an. »Nein, Dr. Morrison. Es lief alles ziemlich glatt. Wir haben es beide gut überstanden, und Ihre Tochter hatte dreimal die ausgesprochen positiven Apgar-Zahlen 9, 10, 10. Für die interessiert sich doch jeder Arzt, oder?«
Er kniff sie in die Taille und lachte, als sie zusammenzuckte. »Du bist unmöglich. Ich vergehe vor Sorge bei dem Gedanken an dich und die Geburt unserer Tochter, und du machst dich lustig. Sophie ist schließlich mein einziges Kind. Ich will alles wissen, was mit ihr zu tun hat.«

Am nächsten Tag verspürte Nora den Wunsch, Tom mehr von ihrer Heimatstadt zu zeigen. Sie verdrängte die Gedanken an die aufmerksamen Blicke der Nachbarn, die jetzt am Wochenende in den Gärten arbeiteten und das Kommen und Gehen von ihr und Tom mit der Kleinen mit unverhohlener Neugier verfolgten. Nora hatte ein Tagesticket für die S-Bahn gekauft und fuhr mit Tom kreuz und quer durch Hamburg, um ihm die schönsten Ecken zu zeigen. Am Spätnachmittag bummelten sie über die Landungsbrücken und machten schließlich auch noch eine Hafenrundfahrt. Neugierig sah Tom sich um, als das Schiff ablegte. Große Werftanlagen wurden gerade von Scheinwerfern angestrahlt, riesige Containerschiffe schienen sich in ihrer Größe gegenseitig überbieten zu wollen, und die Lichter der Kräne blinkten im Abenddunst, während auf der gegenüberliegenden Seite am Elbufer noble Wohnhäuser an ihnen vorüberzogen.
Zwei Stunden später ließen sie den Abend gemeinsam ausklingen. Sophie hatte zwar ein wenig gequengelt und sich verwirrt umgesehen, als sie aus der Karre gehoben und umgezogen worden war. Schließlich war sie jedoch in ihrem eigenen Bett wieder

eingeschlafen. Nora war sehr froh darüber gewesen, denn sie wusste, dass dieser Abend erst einmal der letzte war, den sie mit Tom allein verbringen konnte. Morgen waren Niklas und Marie wieder zu Hause. Sie genoss Toms Nähe. Immer noch kam es ihr unglaublich vor, hier neben ihm zu sitzen. Er hob ihr Kinn an und sah ihr lange in die Augen. Nora erwiderte seinen Blick, den sie so sehr vermisst hatte. Dann fühlte sie seine Lippen und vergaß jeden Gedanken an die kommenden Tage.

3

Als der dunkle Mercedes von Max vor dem Haus hielt, klopfte Nora das Herz bis zum Hals. Tom bemerkte ihre Aufregung und griff nach ihrer klammen Hand.
»Bleib ruhig, Nora. Und rechne nicht mit Begeisterungsstürmen, ja?«
Sie nickte stumm und erwiderte den Druck seiner Hand. Gespannt sahen sie zu, wie Niklas und Marie aus dem Auto stiegen, ihre Rucksäcke über die Schulter warfen und witzelnd und lachend ihrem Vater zuwinkten, der langsam anfuhr, wendete und dann zweimal kurz hupend an ihnen vorbeizog. Schwatzend und sich gegenseitig schubsend kamen die Kinder den Gartenweg entlang. Nora öffnete die Haustür, umarmte Marie und strich Niklas über den Kopf. Er schätzte mit seinen zwölf Jahren die Bezeigungen mütterlicher Liebe nicht mehr besonders, und Nora respektierte das. Sie musterte die beiden kurz.
»Wir haben Besuch.«
Marie spähte neugierig in Richtung Wohnzimmer. Es war Sonntagabend und eher ungewöhnlich, dass sie um diese Zeit jemand besuchte. »Wer ist denn da?«
Nora sah Niklas fest in die Augen, bevor sie Maries Frage beantwortete. »Sophies Vater ist da.«
Marie schaute sie verblüfft an, während Niklas sofort die Stirn runzelte. Nora legte einen Arm um die beiden. »Kommt, sagt hallo.«
Tom hatte Sophie auf dem Arm, als Nora mit den Kindern eintrat. Als er die Tür klappen hörte, wandte er sich um und lächelte. Die beiden wirkten befangen. Er beschloss, den Anfang zu

machen, und ging auf sie zu. »Hallo, ich bin Tom. Hi, Niklas, hi, Marie.« Er verstummte hilflos. Zu mehr reichten seine Deutschkenntnisse nicht aus, und so kam ihm Nora zu Hilfe.
»Tom ist extra aus Australien hergekommen. Leider spricht er fast nur Englisch. Aber Niklas, du müsstest ihn eigentlich schon ganz gut verstehen mit deinem Englisch.«
Niklas schien sich von seiner Überraschung erholt zu haben. Trotzig legte er den Kopf ein wenig in den Nacken zurück. Er bemühte sich um einen möglichst desinteressiert lässigen Gesichtsausdruck. »Nein, ich glaube kaum. Außerdem muss ich noch Mathe lernen. Wir schreiben morgen einen Test.« Er drehte sich um und ging ruhig aus dem Zimmer. Nora schluckte und rief ihm hinterher: »Aber es gibt gleich Abendessen.«
»Ich hab keinen Hunger. Papa war mit uns bei McDonald's.«
Enttäuscht sah Nora Tom an, der unmerklich den Kopf schüttelte und beruhigend zwinkerte. Sophie streckte zappelig beide Arme nach ihrer Schwester aus. »Ma-i.« Nora lächelte. Sie liebte die offen gezeigte Begeisterung ihrer Jüngsten für ihre Schwester. »Ja, deine Marie ist wieder da, nicht?«
Schüchtern war Marie näher gekommen und nahm Tom ihre kleine Schwester ab. Während sie mit ihr zur Krabbeldecke ging und mit großen Bauklötzen spielte, wanderte ihr Blick immer wieder neugierig zu Tom. Unsicherheit befiel sie. Sie war es nicht gewohnt, einen Mann an der Seite ihrer Mutter zu sehen. Mittlerweile hatte sie die Trennung ihrer Eltern zwar akzeptiert, insgeheim jedoch hegte sie nach wie vor die Hoffnung, dass sie wieder zusammenkämen. Sie registrierte durchaus die Vertrautheit und Nähe, die zwischen ihrer Mutter und diesem fremden Mann herrschte. Sie wusste zwar, dass Sophie einen anderen Vater hatte als Niklas und sie, aber tatsächlich hatte sie nie einen

Gedanken daran verschwendet. Dass der Vater von Sophie nun leibhaftig vor ihr stand, brachte sie durcheinander. Obendrein hatte Niklas sich sofort verdrückt, was ihr ebenfalls Sicherheit nahm. Sie vertiefte sich scheinbar in das Spiel mit Sophie, während Tom und Nora den Abendbrottisch deckten und sich angeregt unterhielten. Marie hörte ihre Mutter zum ersten Mal außerhalb der Ferien Englisch reden und fühlte sich ausgeschlossen. Nach einer Weile stand sie auf und ging zur Tür.
»Mama, ich hab auch keinen Hunger. Aber ich bin müde und mach mich schon mal im Bad fertig, ja?« Ihr Blick ging verlegen zu Tom. »Gute Nacht.«
Tom zwinkerte ihr freundlich zu. »Gute Nacht, Marie.«
Als sich die Tür schloss, ließ sich Nora auf einen Stuhl am Esstisch fallen. »Na, das ist ja ein Superstart gewesen. Es tut mir Leid.«
Er nahm ihr gegenüber Platz und schüttelte den Kopf. »Also ich finde, es ist nicht übel gelaufen. Was erwartest du denn von deinen Kindern? Dass sie dem Mann, den sie für das Scheitern der Ehe ihrer Eltern verantwortlich machen, um den Hals fallen? Nein. Sie verhalten sich ihrem Vater gegenüber loyal, das ist absolut normal. Lass ihnen Zeit, Nora. Es wäre schrecklich für mich, wenn du sie aus Erziehungsgründen dazu zwingen würdest, freundlich oder nett zu mir zu sein. Vorerst genügt diese vorsichtige Höflichkeit.«
Nora lächelte. Insgeheim hatte sie sich für das abweisende Verhalten ihrer Kinder Tom gegenüber verantwortlich gefühlt. Froh darüber, dass er es offenbar so verständnisvoll aufnahm, stand sie auf und ging zu ihm. Feine Lachfältchen vertieften sich um ihre Augen, als sie ihn ansah. »Es ist kein Wunder, dass ich mich damals gleich in dich verliebt habe.«

Er zog sie leise lachend auf seinen Schoß und küsste sie, bis Sophie eilig herankrabbelte und sich an seinem Knie hochzog.

Nora und Tom hatten am Abend zuvor beschlossen, dass Tom in ein kleines Hotel in der Nähe zog. Sie wollten Niklas und Marie Zeit geben. Außerdem befürchtete Nora, dass die kurz bevorstehende Scheidung von Max mit den bis jetzt einvernehmlich abgesprochenen Sorgerechtsregelungen womöglich in Gefahr geraten könnte, wenn Tom bei ihr bliebe, und sei es auch nur besuchsweise. Am späten Abend brachte Nora Tom mit dem Hund zum Hotel. Entspannt bummelten sie den etwa zehnminütigen Weg entlang und genossen die klare Sternennacht. Die Luft war für die Jahreszeit erstaunlich mild. Aus einem Garten mit großem Teich war ein lautes Froschkonzert zu vernehmen. Als sie an einem etwas verwilderten parkähnlichen Grundstück vorbeikamen, blieb Nora abrupt stehen, und Tom sah sie verblüfft an. Ihre Augen funkelten im Licht der Straßenlaterne, und ein Lächeln stahl sich auf ihr Gesicht. Sie legte einen Finger auf ihre Lippen und bedeutete ihm zu lauschen. Tom hörte es nun auch – ein wohltönendes, melodiöses Gezwitscher, das immer wieder in kleine Schluchzer überging und anschließend mit einigen langgezogenen Tönen in erneuten Gesang wechselte. Nora schmiegte sich an ihn.
»Weißt du noch? In den Blue Mountains hab ich dir von der Nachtigall erzählt. Das ist sie. Nie hätte ich geglaubt, dass wir sie einmal zusammen hören werden.«
Tom schloss sie fest in seine Arme. Als sie sich küssten, ruckte Kuno so ungeduldig an der Leine, dass sie ins Straucheln gerieten. Nora lachte und machte ihn los.
»Na lauf schon, du Stimmungsmörder.«

Die Hoffnung auf ein friedliches Miteinander musste Nora schon in den nächsten Tagen aufgeben. Niklas verschwand meistens kommentarlos in seinem Zimmer, wenn Tom auftauchte, und Marie schwieg verstört vor sich hin, bis sich ihr die erste Gelegenheit bot, sich unauffällig zurückzuziehen. Schließlich war es sogar zu einem heftigen Streit zwischen Nora und ihrem Sohn gekommen.

Niklas hatte danach die Tür wütend hinter sich zugeworfen und war laut die Treppe hinaufgestapft. Ein weiteres Türknallen oben verriet ihr, dass er in sein Zimmer gegangen war. Einige Sekunden starrte sie ihm sprachlos nach. Natürlich hatte es schon öfter Auseinandersetzungen zwischen ihnen gegeben – was ja nicht weiter erstaunlich war, da Niklas mitten in der Pubertät steckte. Voller Grauen erinnerte sich Nora daran, wie schlimm er reagiert hatte, als sie mit Sophie schwanger gewesen war und sie und Max sich getrennt hatten. Damals hatte sie geglaubt, sie würde ihn verlieren. Und doch hatte er sich nach einiger Zeit wieder gefangen und war umgänglicher geworden. Als Sophie auf die Welt kam, war er stets der große Bruder gewesen. Doch jetzt plötzlich ging von ihm eine solche Wut, ja beinahe schon so etwas wie Hass aus, dass es Nora innerlich erschütterte. Sie zögerte einige Sekunden, dann folgte sie ihm langsam nach oben. Vor seiner Zimmertür blieb sie stehen und klopfte kurz an, bevor sie die Klinke hinunterdrückte. Niklas hatte sich aufs Bett geworfen und funkelte sie böse an. Provozierend langsam griff er nach dem Kopfhörer seines tragbaren CD-Spielers und streifte sie über. Gleich darauf vernahm Nora das Hämmern der Bässe und seufzte unwillkürlich. Ihr war klar, dass es schwierig werden würde. Betont ruhig ging sie zu seinem Bett und setzte sich ans Fußende.

Ihr Sohn starrte stur an die Decke und bewegte den Kopf im Takt der Musik. Er zeigte deutlich, dass ihn nichts anderes interessierte.

Nora wartete eine Weile. Dann stand sie auf, griff nach dem Gerät und schaltete es aus.

Niklas ließ ein alterstypisches »Eey!« hören, doch bevor er es wieder hatte einschalten können, hatte Nora den Stecker des Kopfhörers abgezogen und setzte sich mit dem Gerät auf dem Schoß wieder ans Fußende. Sie beobachtete ihn kurz und sprach leise.

»Nicky, ich möchte mit dir reden.« Als er den Mund aufmachte, unterbrach sie ihn bestimmt. »Und ich möchte, dass wir beide dabei ruhig bleiben.« Sie schluckte ihre Enttäuschung über seinen Auftritt hinunter. »Du kannst mir so ziemlich alles sagen, aber nicht in dem Ton, den du eben angeschlagen hast. Hörst du?«

Er verdrehte gequält die Augen und sah gelangweilt an die Decke. Nora widerstand der Versuchung einfach zu gehen und ebenfalls laut die Tür hinter sich zuzuknallen. Mein Gott, manchmal konnte sie nicht fassen, was für ein bockiger Teenager aus ihrem früher so niedlich-friedlichem Babysohn geworden war. Sie ignorierte seine Miene und ließ ihren Blick durch sein Zimmer wandern.

»Also, warum bist du so sauer? Auf wen bist du wütend? Auf mich? Dann sag mir bitte, was ich dir getan habe.«

Niklas schwang seine langen Beine an ihr vorbei und stand auf. Es schien ihm schwer zu fallen, seine Mutter anzusehen. Also ging er zum Fenster. Die Rollläden waren wegen der tief stehenden Sonne halb heruntergelassen, und wohl mehr, um überhaupt etwas zu tun, betätigte er den elektrischen Motor, der sie

nach oben fahren ließ. Augenblicklich wurde es heller im Zimmer. Er stützte sich mit den Händen auf der Fensterbank ab und sah scheinbar interessiert nach draußen. Ohne sich umzudrehen, fing er unvermittelt an zu sprechen.
»Ich mag es nicht, dass du hier deinen Lover anschleppst. Was bezweckst du eigentlich damit? Willst du, dass er unser neuer Vater wird?« Jetzt drehte er sich zu ihr um und sah sie böse an. »Da kannst du lange warten. Ich habe bereits einen Vater. Und Marie auch. Wir wollen keinen anderen.«
Im Grunde konnten diese Worte Nora nicht wirklich überraschen, und dennoch hatte sie nach all der Zeit gehofft, dass sich die familiären Wogen nach der Trennung von Max ein wenig beruhigt hätten. Sie seufzte und drehte den CD-Spieler in ihren Händen.
»Weißt du, Niklas, ich will Tom nicht als neuen Vater für euch. Euer Vater ist und bleibt Max.« Sie zögerte kurz. »Und wir haben uns wirklich einmal sehr geliebt, sonst hätten wir euch beide nicht bekommen.« Sie überhörte sein verächtliches Schnauben und fuhr fort. »Das wird uns auch für immer verbinden, dass wir zwei wunderbare, absolute Wunschkinder bekommen haben. Aber im Leben gibt es keine Garantie für die Ewigkeit, auch nicht in der Ehe. Wir haben zu wenig Zeit miteinander verbracht und uns wahrscheinlich deshalb auseinander entwickelt. Und wenn ich ganz ehrlich bin, habe ich das bis zum Schluss immer versucht zu ignorieren. Selbst nachdem ich mich in Tom verliebt hatte, wollte ich das nicht wahrhaben.« Sie sah ihrem Sohn geradewegs in die Augen. »Ich brauche mich nicht vor dir zu rechtfertigen, das weißt du. Aber ich würde mir so sehr wünschen, dass du mich ein wenig verstehst. Ich verlange ja gar nicht von dir, dass du begeistert bist – das wäre wohl auch zu

viel des Guten –, aber kannst du nicht akzeptieren, dass es Tom in meinem Leben gibt? Davon einmal abgesehen, hat auch Sophie ein Recht auf ihren Vater, wie Marie und du auf Max.«
Niklas konnte sich nur mit Mühe beherrschen, als er sich erneut zu seiner Mutter umwandte.
»Das ist nicht mein Problem, sondern deins. Du allein hast alles kaputtgemacht. Es ist deine Schuld, dass Papa nicht mehr hier bei uns wohnt. Und weißt du was? Ich an seiner Stelle wäre auch abgehauen!« Er holte tief Luft und sah Nora fest ins Gesicht. »Ich will hier nicht mehr bleiben, wenn dein Typ hier ein und aus geht! Ich will zu Papa ziehen. Und das ist mein Ernst.«
Nora traten Tränen in die Augen. Das konnte doch einfach nicht wahr sein. Immer wenn sie wieder an ein Glück mit Tom glaubte, drohte ihr bisheriges Leben auseinander zu brechen. Jetzt war ihre Ehe gescheitert, die Trennung von Max vollzogen und die Scheidung nur mehr eine Formsache, da stand sie plötzlich vor der Gefahr, ihre Kinder doch noch zu verlieren. Sie wandte den Blick ab und senkte den Kopf. Kalte Angst stieg in ihr auf. Die Vorstellung, auch nur eines ihrer drei Kinder nicht mehr bei sich zu haben, ließ sie innerlich verzweifeln. Lang aufgeschossen stand ihr ältestes Kind vor ihr. Trotzig hielt Niklas die Lippen zusammengepresst. Ein leichtes Beben um den Mund verriet noch kindliche Anspannung, doch die Entschlossenheit in seinem Blick ließ bereits den jungen Erwachsenen erkennen, der er in absehbarer Zeit sein würde. Unter der ersten Sonnenbräune des Frühjahrs schimmerten schon einige Sommersprossen auf dem Nasenrücken und den Wangenknochen, und plötzlich erinnerte sich Nora an sein Gesicht mit eben diesen Sommersprossen und einer riesigen Zahnlücke am Tag seiner Einschulung. Jetzt besuchte er schon das Gymnasi-

um, und seine Haare waren mit Gel gestylt ... Mühsam riss sie sich zusammen und stand auf. Sie hatte erkannt, dass es keinen Zweck mehr hatte, heute auf ein vernünftiges Gespräch mit Niklas zu hoffen. Wortlos legte sie den CD-Spieler auf sein Bett und verließ das Zimmer.

Als sie die Treppe nach unten ging, ertönte der Türgong. Kuno flitzte bellend aus der Küche herbei. Nora hielt ihn am Halsband fest und öffnete die Tür. Tom lächelte ihr entgegen und gab ihr einen Kuss. Der Hund wedelte kurz und lief dann an ihm vorbei in den Garten.

Tom zwinkerte ihr zu. »Siehst du, er liebt mich schon. Ich erkenne es daran, dass er mich nicht mehr fressen will. Das ist ein gutes Zeichen.«

Nora zwang sich zu einem Lächeln und zog ihn an der Hand mit sich ins Wohnzimmer, wo sie Sophie aus dem Laufstall hob und zärtlich an sich drückte. Sie spürte auf einmal schmerzlich, wie kurz die Zeit war, in der einem ein Kind ganz allein »gehörte« und in der man bedingungslos geliebt wurde, einfach weil man Mutter war. Ihre Lippen strichen über das Köpfchen und berührten das weiche Haar. Was würde Sophie ihr wohl in elf Jahren vorwerfen? Sie versuchte sich zusammenzureißen und ging scheinbar geschäftig mit der Kleinen hin und her, um hier und da etwas aufzuheben oder wegzulegen. Tom ließ sie in Ruhe. Er hatte ihre Anspannung wahrgenommen und wollte sie nicht drängen. Er war hinter sie getreten und schäkerte mit Sophie. Als sie ihn anlächelte, streckte er die Arme aus.

»Gibst du sie mir, Nora?«

Nora sah verwirrt aus. Als sie seine Geste bemerkte, reichte sie ihm die Kleine und machte sich an der Wickeltasche zu schaffen. Entnervt schaute sie an die Decke, als von oben laute Musik

ertönte und die Bässe hämmerten. Tom war ihrem Blick gefolgt – und wusste plötzlich Bescheid.
Nora schüttelte den Kopf und sah ihn an. »Hast du Lust, mit uns beiden einen Spaziergang zu machen?«
Tom nickte und hob seine Tochter bis unter die Zimmerdecke. »Nichts würde ich lieber tun, als mit den Damen meines Herzens auszugehen.« Er grinste und wurde dann ernst. »Was ist mit Marie? Will sie vielleicht mitkommen?«
Nora nahm Sophies Anorak von der Garderobe und zog das Mützchen aus dem Ärmel. »Nein, sie ist bei ihrer Freundin. Die Eltern haben einen Bauernhof mit Pferden. Ich darf sie dort immer erst so spät wie irgend möglich abholen, sonst ist sie sauer.«
Tom lachte. »Na, dann kommt, ihr beiden.«

Einige Zeit später schob Tom die Sportkarre, während Nora den Hund an der Leine führte. Sie atmete tief durch. Es war einer der ersten wärmeren Frühlingstage. Der Himmel leuchtete trotz des fortgeschrittenen Nachmittags immer noch strahlend blau, und das erste zaghafte Grün kündigte das Frühjahr an. Nora ließ den Blick über die Alster wandern und merkte, wie die Anspannung etwas nachließ. Tom sah sie von der Seite an und nahm ihre freie Hand. »Du hattest wieder Ärger mit Niklas, was?«
Sie schloss kurz die Augen und nickte. »Ja, und dieses Mal war es schlimmer als je zuvor.« Sie musste schlucken, weil sie fühlte, dass sie kurz davor war, vor Tom die Fassung zu verlieren. Zu sehr hatte sie das, was Niklas gesagt hatte, verletzt. Im Grunde hatte er ihr mehr oder weniger zu verstehen gegeben, dass sie als Mutter versagt hatte. Er wollte nicht mehr bei ihr bleiben. Nora bemühte sich, gegen das enge Gefühl im Hals anzukämpfen.

Tom hatte ihr Gesicht beobachtet und war stehen geblieben. Ihr Kummer war offensichtlich.
»He! Komm her. So furchtbar kann es doch gar nicht gewesen sein.« Er zog sie an sich und hielt sie fest.
Nora verbarg ihr Gesicht an seiner Schulter. Nirgendwo auf der Welt fühlte sie sich sicherer als bei ihm. Leise und stockend sagte sie: »Er will nicht bei mir bleiben. Niklas will zu Max ziehen.«
Tom drückte sie an sich und schloss kurz die Augen. Ihr Haar berührte seine Wange, dann löste sie sich von ihm, um ihn ansehen zu können. Mit den Handrücken fuhr sie sich über die Augen. »Max und ich hatten uns auf ein gemeinsames Sorgerecht geeinigt, aber die Kinder sollten bei mir wohnen, damit sich so wenig wie möglich für sie ändert.« Sie biss sich kurz auf die Unterlippe. »Und jetzt wirft mir Niklas vor, ich würde dich als neuen Vater anschleppen. Da wolle er lieber zu Max ziehen. Er könne seinen Vater verstehen, denn er wäre ebenfalls abgehauen.«
Sie schluckte erneut und wandte Tom den Rücken zu. Er schlang beide Arme um sie. Seine Lippen waren so dicht an ihrem Ohr, dass sie seinen warmen Atem spürte. »Er war wütend, Nora. Bestimmt hat er es nicht so gemeint. Niklas hat es im Moment nicht leicht. Er ist kein Kind mehr, aber auch noch nicht erwachsen. Auf der einen Seite will er selbst bestimmen, auf der anderen darf er das noch nicht. Das alles verunsichert ihn. Es wäre unnormal, wenn sich ein Junge seines Alters nicht an seinem Vater orientieren würde, und das sowohl im Positiven wie im Negativen. Entweder will er genauso werden wie er oder aber er will auf keinen Fall so werden wie er. Wie dem auch sei, Max ist die Identifikationsfigur von Niklas. Damit müssen wir leben.«

Nora hatte ihm schweigend zugehört. Ihre Augen brannten noch immer. »Er hat es ernst gemeint. Das habe ich deutlich gespürt.« Sie wandte sich zu Tom um und sah ihm in die Augen. »Aber, er erpresst mich doch. Er verlangt, dass ich auf dich verzichte, und das, obwohl du doch nur zu Besuch bist. Das ist nicht fair.«

Tom nickte. »Ja, aber er empfindet es auch nicht als fair, dass seine Eltern auseinander gegangen sind. Auch wenn er das nicht zugibt, aber da liegt der eigentliche Grund für sein Theater.«

Sie schwiegen eine Weile und gingen langsam weiter. Sophie war in der Karre eingenickt. Nora registrierte es und seufzte, denn es bedeutete, dass die Kleine heute Abend nicht ins Bett zu bekommen wäre.

Tom räusperte sich. »Hast du dir schon einmal überlegt, wie es mit uns weitergehen soll?«

Nora sah ihn unsicher an. Wollte er sie jetzt auf seinen Abschied vorbereiten? »Wie meinst du das? Willst du schon zurück nach Australien?«

»Nein, noch nicht. Aber irgendwann schon.« Er betrachtete die schlafende Sophie. »Ich ... ich möchte nicht mehr auf euch verzichten, Nora. Ich will miterleben, wie meine Tochter aufwächst. Und ich will dich endlich an meiner Seite haben.«

Nora starrte ihn sprachlos an.

Tom nutzte diese Pause rasch, um weiterzureden. »Bitte, Darling, denk doch einmal darüber nach. Wir lieben uns. Wir haben ein gemeinsames Kind. Und du hast auch mein Land geliebt. Wir könnten dort zusammen glücklich werden, das weiß ich.«

Nora atmete heftig aus. »Mein Gott, Tom! Nach all der Zeit fängst du wieder von vorne an. Mein Leben und das Leben meiner Kinder findet hier statt. Hier haben sie ihren Lebensmittel-

punkt, ihre Freunde, ihre Freizeitbeschäftigungen ... Sie sind hier fest verwurzelt. Nach dem Theater, das Niklas so schon deinetwegen veranstaltet, wage ich nicht, mir seine Reaktion auf einen solchen Vorschlag auszumalen.«
Tom schüttelte heftig den Kopf. »Diesmal ist doch alles anders, Nora. In einer Woche wirst du von Max geschieden. Du bist dann frei, und wir könnten ganz von vorn beginnen. Siehst du denn nicht diese Chance?«
Nora fühlte sich beklommen. Wieder einmal fürchtete sie um ihre Familie. Wieder einmal hatte sie Angst, die Kinder zu verlieren, ihnen zu viel zuzumuten, sie durcheinander zu bringen.
»Ach Tom, du malst dir da etwas in den schönsten Farben aus. Glaubst du im Ernst, Max würde trotz der Scheidung zusehen, wie seine Kinder nach Australien verschwinden? Hast du eine Ahnung, was der Begriff ›gemeinsames Sorgerecht‹ bedeutet?«
Tom schluckte enttäuscht. »Du willst diese Möglichkeit ja nicht einmal in Betracht ziehen.« Sein Blick wurde hart. »Aber *ich* soll auf *meine* Tochter verzichten, hm? Damit *euer* Leben so bleibt, wie es ist. *Mir* ist es zuzumuten, dass sie so weit von mir entfernt aufwächst, ja? Ich werde das aber ebenfalls nicht einfach hinnehmen.«
Er ließ die Karre los und wandte ihr abrupt den Rücken zu. Nora war durcheinander. Sie hatte Tom noch nie so aufgebracht erlebt. Angst stieg in ihr auf. Bestand hier jetzt auf einmal – rein rechtlich gesehen – die Möglichkeit, dass er um Sophie kämpfte? Konnte er ihr die Kleine wegnehmen? Verdammt, warum bloß hatte sie ihm geschrieben? Gleich darauf ärgerte sie sich über die Antwort in ihrem Kopf: Weil sie ihn liebte. Weil sie ihn schmerzlich vermisst hatte. Sie liebte ihn so sehr, dass sie gar nicht bemerkt hatte, wie ihr Leben nur noch

einfach so dahingeplätschert war. Und dennoch – immer wenn sie die Liebe zu ihm auslebte, immer wenn sie mit ihm zusammen war, geriet ihr Leben aus den Fugen. Alles, aber auch alles war in Unordnung. Sie spürte erneut Angst und Verzweiflung in sich aufsteigen. Was sie auch tat, sie konnte es nie allen Recht machen. Sie hatte das Gefühl, von einem Fehler in den nächsten zu stolpern. Verdammt, sie war doch kein Teenager mehr, sie war eine erwachsene Frau mit drei Kindern. Warum bloß glaubten alle, sie könnten über sie bestimmen? Innerlich verzweifelt, aber durchaus entschlossen nahm sie die Leine von Kuno kürzer und packte die Griffe von Sophies Karre. Sie ließ Tom stehen und ging schnellen Schrittes davon. Sie würde sich nicht erpressen lassen. Von niemandem.

Doch sie kam nicht weit, denn Tom holte sie sofort ein und hielt sie am Ärmel fest.

»Bitte, Nora.«

Sie wollte nicht in seine Augen sehen. Sie wusste, dass sie darin alles lesen konnte. Und sie wusste auch, dass sie seinem Blick nichts entgegenzusetzen hatte. Sie blieb stehen und schaute erneut auf die Alster.

Toms Stimme klang eindringlich. »Darling, lass uns nicht streiten. Ich suche doch nur nach einer Lösung für uns. Kannst du denn meine Gefühle überhaupt nicht verstehen? Du redest von einer optimalen Lösung für Niklas und Marie und Max. Aber was ist mit mir? Mit uns? Und mit Sophie?«

Nora fühlte sich hilflos und überfordert. Sie wusste, dass ihre Liebe zu Tom sie wehrlos machte. Diese Liebe stand aber in unmittelbarem Zusammenhang zu allen Konflikten und Schwierigkeiten, die sich mit ihren Kindern ergaben. Der Wunsch, es allen Beteiligten recht zu machen, führte sie an ihre Grenzen.

Immer hatte sie in solchen Fällen zurückgestanden und verzichtet. Das würde bedeuten, dass sie zum zweiten Mal auf Tom verzichtete. Wie würde ihr Leben aussehen, wenn er nach Australien zurückkehrte? Allein der Gedanke daran löste eine tiefe Angst vor diesem Verlust in ihr aus. Sie dachte an Sophie. Sie war noch so klein, und die Entfernung nach Australien war so groß, dass sie auch bei viel gutem Willen mehr oder weniger ohne ihren Vater aufwachsen würde. Nora fuhr sich über die Schläfen. Aber da waren auch Niklas und Marie, und da war Max, der viele Jahre zu ihrem Leben gehört hatte. Was um Himmels willen sollte sie nur tun? Verzweiflung lag in ihrem Blick, als sie aufschaute und direkt in Toms Augen sah. Sie wollte ehrlich sein, aber sie wollte auch zu ihren Gefühlen stehen. Sie war gerade fünfunddreißig Jahre alt. Ihr wurde plötzlich mit erschreckender Grausamkeit klar, dass sie es bis an ihr Ende bedauern würde, wenn sie auf Tom verzichtete, auf die Liebe ihres Lebens. Sie lehnte den Kopf gegen seine Brust.
»Ich will ja bei dir bleiben. Nichts wünsche ich mir mehr. Aber ich hab solche Angst, meine Kinder zu verlieren. Mich erschreckt die Vorstellung, unser Leben hier aufzugeben. Ich fürchte mich vor den Reaktionen meiner Freunde, Nachbarn, meiner Familie ... Wie würde sich das alles auf das Sorgerecht für Niklas und Marie auswirken? Kannst du dir auch nur annähernd vorstellen, wie ich mich bei alldem fühle, Tom?«
Sein Herz schlug schneller. Er spürte, dass sie ihn dieses Mal nicht einfach zurücklassen würde. Und er schwor sich, um sie zu kämpfen. Er nahm ihr Gesicht in beide Hände und küsste sie vorsichtig.
»Das kann ich, mein Herz. Ich muss dich nur ansehen. Alles, was du fühlst, kann ich in deinen Augen lesen. Und ich weiß,

dass du das umgekehrt genauso kannst. Nora, das mit uns, das ist etwas ganz Besonderes. Gib es nicht auf. Wir können es schaffen, glaub mir. Ich verspreche dir, dass ich alles tun werde, was in meiner Macht steht, damit du glücklich wirst.«

4

Dr. Caroline Winton fuhr dem kleinen blonden Mädchen über den Haarschopf und beobachtete, wie es sich bei der Sprechstundenhilfe ein Spielzeug aussuchte, weil es die Behandlung hinter sich gebracht hatte. Die Mutter des Kindes wandte sich an Caroline.

»Vielen Dank noch einmal für Ihre außergewöhnliche Geduld, Dr. Winton. Ich kann kaum noch zählen, bei wie vielen Zahnärzten ich mit Melissa unverrichteter Dinge wieder abziehen musste. Sie hat sich strikt geweigert, überhaupt den Mund aufzumachen, und niemand hat die Geduld gehabt, die Sie aufgebracht haben.«

Caroline lächelte freundlich. »Schon gut, Mrs. Cooper. Das ist doch unser Job.«

Mrs. Cooper schüttelte den Kopf. »Sie haben mehr als Ihren Job getan. Der letzte Zahnarzt, bei dem ich mit meiner Tochter war, hatte schließlich vorgeschlagen, die beiden Zähne in Vollnarkose zu behandeln. Stellen Sie sich das nur vor. Ich kann das Kind doch nicht bei jeder weiteren Zahnbehandlung in Narkose versetzen lassen.« Caroline stimmte ihr zu. »Nein, natürlich nicht. Was für ein Glück, dass es bei uns geklappt hat.« Ihre Augen wanderten wieder zu Melissa.

»Aber kommen Sie lieber vierteljährlich zum Nachschauen mit ihr zu uns. Es wird ihr Vertrauen in mich stärken, wenn sie öfter hier ist, ohne dass etwas gemacht werden muss, verstehen Sie?«

Mrs. Cooper nickte. »Ja, sicher. Das leuchtet ein.« Sie beugte sich zu ihrer Tochter hinunter, um den Ring zu bewundern, den das

Mädchen ausgewählt hatte. »Der ist aber schön, mein Schatz. So, jetzt müssen wir aber gehen. Vielen Dank noch einmal.«
Mit einem Gefühl tiefer Zufriedenheit sah Caroline Winton ihnen nach. Dann warf sie einen Blick auf ihre Armbanduhr und begann hektisch den weißen Kittel aufzuknöpfen.
»Oh, schon so spät. Ich muss nach Hause, Alice. Josh kommt gleich aus der Schule. Ich hab versprochen, dass ich dieses Mal vor ihm da bin.«
Die Arzthelferin lächelte und wandte sich bereits den Karteikarten der Patienten zu, die die anderen beiden Ärzte der Praxisgemeinschaft heute noch übernehmen würden. »Ich weiß, Caroline. Mach's gut, bis morgen.«

Der Straßenverkehr in Darwin lief an diesem Nachmittag reibungslos, sodass Caroline erstaunlich gut vorankam. Nach einem erneuten Blick auf die Uhr beschloss sie, an Joshuas Schule vorbeizufahren. Mit etwas Glück würde sie ihn noch erwischen. Gut gelaunt bog sie ab. Sie freute sich auf das Wochenende, das nun gleich beginnen würde. Nur Sam hatte noch ein paar Stunden im Hotel zu tun. Aber heute Abend wäre auch er zu Hause. Ihre Augen glitten suchend an einer Schar Kinder entlang, die gerade den Schulhof verlassen hatten. Schließlich entdeckte sie ihren Sohn. Sie hupte zweimal kurz und hielt neben ihm an. Er winkte seinen Freunden zu, öffnete die Tür und ließ sich hinten auf den Sitz fallen. »Hi, Mom! Du bist ja heute tatsächlich pünktlich.« Er grinste übermütig.
Sie lachte leise. »Na klar. Versprochen ist versprochen.« Sie sah ihn im Rückspiegel an. »Wie war's heute in der Schule?«
»Hm, ganz gut.«
Caroline stellte die Klimaanlage höher. »Wir haben noch ein

paar Stunden, bevor Daddy nach Hause kommt. Was wollen wir machen?«
Josh dachte nach. Dabei erschien eine steile Falte zwischen seinen Augenbrauen. Seine Baseballkappe hatte er zurückgeschoben, sodass sein dunkles welliges Haar in die Stirn fiel. Dunkelbraune Augen musterten seine Mutter, während er sich erhitzt eine Locke aus der Stirn pustete.
»Eigentlich würde ich am liebsten im Pool schwimmen und eine Riesenportion Eis essen.« Er lächelte entwaffnend.
Caroline grinste. »Also gut. Der Herr hat gewählt. So machen wir es. Und ganz ehrlich, dazu habe ich auch die größte Lust.«

Als Sam Winton am Abend das Haus betrat und ins Wohnzimmer ging, entdeckte er seine Frau und seinen Sohn bei einem übermütigen Gerangel am Pool. Achtlos stellte er seine Aktentasche ab und betrachtete versonnen seine Familie. Es war richtig gewesen, dass sie sich im letzten Jahr für den Pool entschieden hatten. Die tropische Wärme hier oben im Norden Australiens ließ sich manchmal nicht anders ertragen. Er lächelte, als Josh prustend an die Wasseroberfläche kam, die Stufen hochkletterte und seine Mutter bespritzte. Carolines langes dunkles Haar war zu einem Zopf geflochten, der nass auf ihrem Rücken hing. Sie war braun gebrannt und lachte aus vollem Halse darüber, dass Josh jetzt bei einem erneuten Sprung ins Becken die Badehose heruntergerutscht war. Sams Herz schlug unwillkürlich schneller. Verdammt, alles war absolut perfekt. Warum hing sie nur mit solcher Beharrlichkeit an ihrem Job? Es könnte immer so sein wie jetzt. Es ärgerte ihn, dass Josh des Öfteren von der Nachbarin betreut werden musste, wenn Caroline nicht pünktlich aus der Praxis rauskam. Und es ärgerte ihn ebenfalls, dass er manchmal nach Hause zurückkehrte und niemand ihn erwartete. Er wusste zwar, dass seine Einstellung altmodisch war, doch etwas nagte an ihm, wenn seine Frau oftmals abgehetzt, aber mit glücklich blitzenden Augen von der Arbeit heimkam, weil es ihr gelungen war, irgendeinem fremden Kind eine perfekte Füllung zu verpassen. Wenn es nach ihm gegangen wäre, stünde ihr eigenes Kind immer an erster Stelle, vielleicht sogar mehrere Kinder, denn für ihn gehörte Kinderlärm zu einer richtigen Familie. Er beobachtete Josh. Sein Sohn war inzwischen acht Jahre alt. Sicher wäre es schöner für ihn, mit Geschwistern aufzuwachsen, aber davon wollte Caroline nichts wissen, und bald wäre es zu spät dafür … Seufzend lockerte er die Krawatte und ging ins Schlafzimmer, um sich umzuziehen. Als er das Zimmer betrat, fiel sein erster Blick auf das Paket aus der Reinigung, das Caroline achtlos aufs Bett geworfen hatte. Missmutig betrachtete er den Stapel frisch gebügelter Arztkittel. Wenn sie nur nicht dieses verdammte Studium absolviert hätte. Er zog die Anzughose aus und ließ sich aufs Bett sinken. Die verfluchte Tradition bei den Morrisons. Ein böser Seitenblick streifte ein Foto in der Schrankwand, das Caroline Arm in Arm mit ihrem Bruder Tom und ihrer Mutter zeigte. Auch sein wunderbarer Schwager war Arzt. Ganz der Vater. Ein höhnischer Zug legte sich um seine Lippen. Catherine, seine Schwiegermutter, ließ auch keine Gelegenheit aus, diese Tatsache hervorzuheben. Und er? Er würde bald eines der größten Hotels in Darwin allein führen. Als stellvertretender Direktor war dies nur noch eine Frage der Zeit. Er hatte in Amerika und Europa gearbeitet und sprach fließend drei Sprachen. Er war stolz auf den Teamgeist, den er vor Jahren als zarte Pflanze in seine Mitarbeiter gesetzt und kontinuierlich gepflegt hatte. Inzwischen schien aus dieser Pflanze ein Baum geworden zu sein. Alle identifizierten sich mit ihrer Aufgabe im Darwin Palace. Vom Empfangschef bis zur Küchenaushilfskraft, vom Zimmermädchen bis zur Hausdame wusste jeder, dass er wichtig war für das reibungslose Funktionieren der Hotelmaschinerie ... Verdammt, das war allein sein Verdienst. Zählte das nicht? Kopfschüttelnd erhob er sich, stieg in seine Badehose und ging zur Tür.

5

Nora fühlte sich seltsam fremd in ihrem Kostüm. In den dazu passenden neuen Pumps konnte sie nicht so schnell gehen wie in den sportlichen Mokassins, die sie sonst zu ihren Hosen trug. Ihr war nicht bewusst, wie gut sie aussah. Ihr glänzendes goldbraunes Haar war locker aufgesteckt und betonte ihren zarten Hals. Mit unterdrückter Aufregung ging sie auf ihre Anwältin zu, die eine Aktenmappe abstellte und sie mit ausgestreckter Hand begrüßte. Über ihrem anderen Arm hing die schwarze Robe, die sie gleich überziehen würde.
»Guten Tag, Frau Bergmann. Alles klar für den großen Tag?«
Nora erwiderte ihren Gruß und nickte. »Ja, schon, Frau Dr. Emmler. Aber es ist doch irgendwie ein merkwürdiges Gefühl.«
Die Anwältin bemühte sich, Anteil zu nehmen. »Das glaube ich Ihnen.«
Nora bezweifelte, dass sie dieses Gefühl auch nur annähernd nachempfinden konnte. Schließlich waren Ehescheidungen ihr Job und somit Alltag für sie. Als sie Schritte auf dem Gang vernahm, wandte sie sich um. Max kam mit seinem Anwalt heran. Nora schluckte, als ihr Mann sie kurz anlächelte. Er sah gut aus in seinem dunkelblauen Anzug. Das schneeweiße Oberhemd bot einen interessanten Kontrast zu seinem dunklen Teint. Stahlblaue, wache Augen musterten sie, bevor er ihr freundlich zunickte und sie begrüßte, indem er ihr die Hand reichte, sich vorbeugte und sie flüchtig auf die Wange küsste. Auch die Anwälte wechselten ein paar Worte. Alles schien Routine zu sein. In Noras Kopf flatterten jedoch viele Gedanken durcheinander.

Auch im Gerichtssaal hatte sie Mühe, sich auf die Verhandlung zu konzentrieren. Dennoch beantwortete sie automatisch alle Fragen zum Sorgerecht. Wenig später studierte die Familienrichterin nochmals die Unterlagen und bat dann die anwesenden Parteien sich zu erheben.

Nie würde Nora die geschäftsmäßigen Worte vergessen, mit denen ihre Ehe offiziell endete. Und nie würde sie das Schuldgefühl aus ihrem Gedächtnis streichen können, das sie dabei hatte. Sie konnte kaum noch zuhören. Zu sehr empfand sie die Endgültigkeit, die in den Worten der Richterin lag.

Max hatte Wort gehalten. Alle abgesprochenen Punkte der Sorgerechtsvereinbarung wurden eingehalten. Auch die Unterhaltszahlungen, die die Anwälte zuvor ausgehandelt hatten, waren glatt über den Tisch gegangen. Innerhalb von fünfzehn Minuten war alles vorbei. Die Rechtsanwälte verabschiedeten sich, und Nora und Max standen ein wenig unschlüssig wieder auf dem Gang.

Sie lächelte ihn unsicher an. »Ja, Max … Das war's dann wohl.« Sie musste schlucken. »Es tut mir Leid, dass es so gekommen ist.«

Er nickte. »Ja, mir auch, Nora. Lass uns versuchen fair miteinander zu bleiben, ja? Schon wegen der Kinder.«

Sie strich sich eine Haarsträhne aus dem Gesicht. Dann legte sie eine Hand auf seinen Unterarm. »Das wünsche ich mir auch. Und Max? Du warst bereits sehr fair.«

Max sah sie ernst und doch noch so vertraut an. »Trinken wir noch einen Kaffee zusammen, was meinst du?«

Nora nickte. Auch sie hatte das Gefühl, dass ihre Ehe nicht hier so kalt und nüchtern enden sollte. Außerdem fürchtete sie sich davor, nach Hause zurückzukehren und in die Gesichter

ihrer Kinder zu schauen, in denen immer noch die Hoffnung stehen würde, dass es mit der Scheidung womöglich nicht geklappt hatte.
Schweigend ging sie neben Max die Stufen hinab und blinzelte in das Sonnenlicht. Sie hatte Mühe, sich an die plötzliche Helligkeit zu gewöhnen, und folgte ihm über die Straße. In dem kleinen Eiscafé schob er ihr einen Stuhl zurecht und bestellte zwei Cappuccino, dann setzte er sich ebenfalls. Es war ungewohnt für Nora, ihn so still zu erleben. Normalerweise hatte Max immer etwas zu erzählen.
Nachdem er zwei Tütchen Zucker in seinem Cappuccino versenkt hatte, rührte er nachdenklich um und sah schließlich auf.
»Was wirst du jetzt tun?«
Sie hatte einen Schluck getrunken und stellte die Tasse wieder ab. »Ich weiß noch nicht ... Mein Leben ist so auf die Kinder ausgerichtet, dass sich zunächst wohl nicht viel verändern wird.« Sie zögerte einen Moment und dachte nach. Sie hatten sich vorgenommen, fair miteinander zu sein. Dennoch fiel es ihr schwer, es auszusprechen. Ihre Intuition riet ihr aber dazu, bevor es die Kinder tun würden. »Max?«
»Hm?«
Sie spielte mit ihrem Löffel. »Du sollst es von mir erfahren ... Sophies Vater ist hier in Hamburg zu Besuch. Er wollte seine Tochter kennen lernen.«
Max wandte den Kopf ab und sah aus dem Fenster. Nora war unbehaglich zumute. »Ich möchte nur, dass du es weißt.«
Einige Zeit schwiegen sie beide. Max hatte Mühe, Ruhe zu bewahren. Er rief sich ins Gedächtnis, dass er keinerlei Rechte mehr hatte, sich in Noras Leben einzumischen, es sei denn, es ging um seine Kinder. Und doch traf ihn ihre Mitteilung un-

erwartet heftig. Immerhin sah er in diesem Mann den Grund dafür, dass ihre Ehe auseinander gegangen war.

»Und? Bist du glücklich, ihn hier zu haben?« So sehr er sich auch bemüht hatte, seine Stimme neutral klingen zu lassen, es war ihm nicht gelungen.

Nora hatte die Schärfe durchaus wahrgenommen. »Max, bitte. Auch wenn es dir und mir noch schwer fällt, es zu glauben – wir sind gerade geschieden worden. Auch ich werde mich daran gewöhnen müssen, vielleicht bald eine andere Frau an deiner Seite zu sehen.« Sie verstummte kurz und ließ das Zuckertütchen durch ihre Finger gleiten. »Ich weiß noch nicht, wie es weitergeht. Es ist alles so kompliziert wegen der Kinder. Sicher ist nur, dass Tom nicht hier bleiben wird. Sein Leben findet in Australien statt. Aber er hatte ein Recht darauf, seine kleine Tochter kennen zu lernen.«

Wieder einmal war sie in der Rolle der Schuldigen. Wieder einmal fühlte sie sich in die Ecke gedrängt und musste sich rechtfertigen. Verdammt noch mal, wenn das der Preis war, den sie für die Liebe zu Tom bezahlen musste, war sie sich nicht sicher, ob sie durchhalten konnte.

Max streckte die Beine von sich und lehnte sich zurück. Er registrierte Noras Unsicherheit, und er ärgerte sich darüber, dass er sich immer noch so zu ihr hingezogen fühlte. Die Tatsache, dass sie nun nicht mehr verheiratet waren, musste auch von ihm erst verdaut werden. Er riss sich zusammen.

»Schon gut. Das ist ja wohl deine Sache.« Er musterte sie kühl. »Solange Niklas und Marie nicht darunter leiden.«

Nora fühlte sich gedemütigt. Wer war sie eigentlich, dass alle in ihrem Leben herumwühlen durften und ihre Meinung abgeben konnten? Trotzdem gelang es ihr, nichts zu sagen. Max war fair

gewesen, und sie wollte ihn nicht verärgern. Die Angst um das Sorgerecht schwelte in ihr. Sie griff nach ihrer Tasse, trank und hatte Mühe, den Cappuccino hinunterzubekommen. Sie war so angespannt, dass sie am liebsten aufgestanden und fortgelaufen wäre. Ihr war nicht bewusst, dass sich wieder einmal die ganze Bandbreite ihrer Gefühle auf ihrem Gesicht abzeichnete. Ihre geschwungenen Lippen zuckten ein wenig, als sie die Tasse abstellte. Max berührte leicht ihre Hand und sah ihr in die Augen. Er spürte plötzlich, dass er grob gewesen war.
»Ich muss mich erst daran gewöhnen, Nora. An das mit uns, weißt du? Irgendwie kann ich es immer noch nicht glauben.«

6

Niklas' Mund war trocken. Blinzelnd sah er auf. 22.45 Uhr zeigte das leuchtende Zifferblatt seines Weckers an. Fast war es ihm gelungen, einzuschlafen, doch dann hatte der Durst ihn doch noch davon abgehalten. Schlaftrunken tastete er nach der Mineralwasserflasche, die immer neben seinem Bett stand. Als er feststellte, dass sie leer war, schlug er missmutig die Decke zurück und schwang die Beine aus dem Bett. Er würde sich eben etwas aus der Küche holen müssen. Barfuss tappte er die Treppe hinunter. Er kam ohne Beleuchtung aus, denn durch die Glastür des Wohnzimmers fiel genügend Licht in die Diele. Er vernahm leise Stimmen und blieb neben der Tür stehen. Gleich darauf wurde ihm klar, dass es Tom war, der sich mit seiner Mutter unterhielt. Sie schienen regelrecht zu diskutieren. Wie gebannt stand er neben der angelehnten Tür und hörte zu. Er hatte nur wenig Mühe, dem Gespräch zu folgen. Seine Englischkenntnisse waren besser, als er seiner Mutter gegenüber zuzugeben bereit war, denn Small Talk mit »Mr. Tom« war das, wonach ihm am wenigsten der Sinn stand. Kurz darauf wurde er blass, als ihm klar wurde, dass dieser Mann seine Mutter eifrig zu überzeugen versuchte, mit ihm nach Australien zu gehen. Niklas nagte aufgeregt an seiner Unterlippe. Er bemerkte nicht einmal, dass seine Füße inzwischen eiskalt geworden waren. Plötzlich war er hellwach. Die leisere Stimme seiner Mutter war schlechter zu verstehen als die von Tom. Dennoch glaubte Niklas herauszuhören, dass sie nicht abgeneigt war, diesem Mann zu folgen. Wie konnte das sein? Dachte Mama wirklich, sie könnte ihn und Marie einfach wie Möbelstücke einpacken

und in dieses fremde Land verfrachten? Ihm wurde heiß und kalt zugleich. Das würde er nicht mitmachen. Schule, Sport und all das ... Oma und Opa ... Alexander und Patrick ... Alles, was wirklich wichtig war, befand sich hier in Deutschland. Er dachte nach. Und Papa. Der säße dann ganz allein hier in Hamburg. Niklas spähte vorsichtig ins Wohnzimmer. Seine Mutter saß neben diesem Mann. Er hatte einen Arm um sie gelegt, und ihr Kopf lag an seiner Schulter. Jetzt hob er auch noch ihr Kinn und küsste sie. Und sie küsste ihn zurück! Niklas verzog angewidert das Gesicht. Heiße Wut brodelte in ihm. Verdammt. War Mama vollkommen verrückt geworden?
Er fuhr plötzlich zusammen, als Kuno in der Küche unerwartet zu fiepen begann. Niklas sah den dunklen Schatten hinter dem Glaseinsatz der Küchentür und hörte das laute Schnüffeln des Hundes an der Türritze. Kuno hatte ihn offenbar gewittert und wollte seiner Freude darüber Ausdruck verleihen, dass er ihn zu so später Stunde noch zu Gesicht bekommen sollte. Lautlos hetzte Niklas immer zwei Treppenstufen auf einmal nehmend nach oben. Vor seiner Zimmertür hielt er inne und hörte gerade noch, dass seine Mutter in die Diele kam und sich zu Tom umdrehend sagte: »Ich glaub, der Hund muss noch mal raus.«
Niklas schlich ins Bad und schloss die Tür. Er füllte Leitungswasser in seinen Zahnputzbecher und trank ihn in einem Zug leer. Danach stellte er den Becher an seinen Platz und starrte sein Spiegelbild sekundenlang an. »Ich kapier's nicht!«, flüsterte er. »Ich kapier diese grenzenlose Scheiße einfach nicht.«

Max bemühte sich, ruhig zu bleiben, als Niklas ihm am nächsten Tag aufgebracht von Tom erzählte. In seinen schlimmsten Befürchtungen hatte er nicht mehr damit gerechnet, dass dieser

Mann noch eine wirkliche Rolle in Noras Leben oder gar im Leben seiner Kinder spielen würde. Und doch schien es so zu sein. Er versuchte sich und Niklas zu beruhigen, indem er ihn damit tröstete, dass es sich bestimmt nur um einen Anstandsbesuch handelte, bei dem er die kleine Sophie kennen lernen wollte. Doch Niklas berichtete ihm aufgelöst davon, wie viel Zeit Nora mit Tom verbrachte, und kam zum Schluss darauf zu sprechen, dass er gehört hatte, wie die beiden über ihre Pläne, nach Australien zu gehen, geredet hätten.

Nur mit Mühe gelang es Max, die Fassung zu wahren. Er war froh darüber, dass sein Sohn kurz darauf zum Judotraining aufbrechen musste und ihr Gespräch hier vorerst endete.

Allein mit sich, hatte er eine unruhige Wanderung durch seine Wohnung aufgenommen und war schließlich auf der Dachterrasse stehen geblieben. Nachdenklich sah er über die Dächer Hamburgs bis zum Michel und hörte dem gedämpft nach oben dringenden Lärm der Autos und S-Bahnen zu. Ein paar Baumkronen in der Straße zeigten erste grüne Knospen. Müde rieb er sich die Schläfen und fuhr sich durch das silbergraue Haar über den Ohren. Er wusste, dass er kein Recht mehr hatte, sich in Noras Leben einzumischen. Sie waren nun geschieden.

Geschieden – noch immer hatte er sich nicht an dieses Wort gewöhnen können. Es war für ihn gleichbedeutend mit Verlust, Versagen und Enttäuschung. Und doch hatte das Trennungsjahr dazu geführt, dass auch er sich mit seinem neuen Leben abgefunden hatte. Der gute Kontakt zu seinen Kindern hatte ihm dabei geholfen, und die Tatsache, dass er beruflich mittlerweile voll aufdrehen konnte – ohne das früher so oft aufgetretene schlechte Gewissen der Familie gegenüber –, verschaffte ihm viel Anerkennung, aus der er Zufriedenheit und Selbstbewusstsein zog. Bis auf wenige nicht ernst zu nehmende kurze Flirts hatte er aber noch keiner Frau die Gelegenheit gegeben, einen Platz in seinem Leben einzunehmen. Die Aufmerksamkeit junger Kolleginnen im Verlag schmeichelte ihm zwar, aber er war doch umsichtig genug, nie ganz die Frage aus seinem Kopf zu verdrängen, ob sie sich wirklich für ihn interessierten oder ob sie sich nicht aufgrund seiner Stellung im Verlag einfach nur Vorteile erhofften. Er nörgelte auch nicht – wie einige seiner Kollegen – darüber, dass er einen nicht unerheblichen monatlichen Betrag für den Unterhalt bezahlen musste. Er sah dies als normal und selbstverständlich an, als seinen Beitrag zum Leben seiner Familie. Seiner Familie. Er spürte, wie Wut in ihm aufstieg. Auch wenn Nora auf ihn keine Rücksicht mehr nehmen musste, sie hatte verdammt noch mal Rücksicht auf die Gefühle ihrer Kinder zu nehmen. Max beschloss in diesem Moment, sich ein Bild von dem Ganzen zu machen. Er zog seinen kleinen elektronischen Terminplaner aus der Brusttasche seines Oberhemds und überprüfte die Termine der nächsten Tage. Rasch blockierte er die wenigen Lücken, damit seine Sekretärin ihn nicht weiter würde verplanen können. Mit zusammengebissenen Zähnen steckte er seinen Organizer wieder ein. Niemals würde er seine Kinder an diesen Mann abtreten. Er verließ die Dachterrasse und ging in der Wohnung zu seinem Schreibtisch, um zu telefonieren. Gleich darauf ließ er sich einen Termin bei seinem Rechtsanwalt geben. Notfalls müsste er eben die Justiz bemühen, Nora daran zu hindern, womöglich seine Kinder außer Landes zu bringen.

Einige Tage später ließ das Läuten des Telefons Nora zusammenfahren. Sie hatte direkt neben dem Apparat gestanden und

war damit beschäftigt gewesen, Ordnung in das wüste Sammelsurium von Jacken, Mützen, Halstüchern und Fleece-Pullovern zu bringen, das sich in schönster Regelmäßigkeit immer wieder in der Diele einfand. Sie hängte eine Jacke an die Garderobe und griff zum Hörer. »Bergmann.«
»Ja, hier auch.«
Nora konnte eine gewisse Nervosität nicht unterdrücken. »Hallo, Max.«
»Ich muss dich sprechen, Nora. Hast du morgen Abend Zeit?«
Noras Herz schlug schneller. Sie ahnte, dass es etwas Unangenehmes war, und sie sehnte sich danach, dass endlich Ruhe einkehrte. »Worum geht es denn, Max?«
»Das würde ich lieber in Ruhe besprechen. Also, morgen Abend?«
»Ich werde meine Eltern anrufen und sie fragen, ob sie auf die Kinder aufpassen. Aber ich denke, es wird klappen.«
»Gut. Soll ich dich abholen oder wollen wir uns so um acht im Stromboli treffen?«
»Wir können uns dort treffen. Bis dann.«
Mit einem unbehaglichen Gefühl legte Nora das schnurlose Telefon auf dem Schuhschrank. Doch gleich darauf nahm sie es wieder in die Hand, um mit ihrer Mutter zu telefonieren. Danach konnte sie sich nicht mehr auf ihre Arbeit konzentrieren, also zog sie Sophie an, setzte sie in die Karre, nahm den Hund an die Leine und machte sich auf den Weg zu Toms Hotel. Eigentlich wollten sie sich erst in einer Stunde treffen, aber sie hatte kurzerhand beschlossen ihn abzuholen. Die frische, kalte Morgenluft würde ihr gut tun und ihr vielleicht zu einem klaren Kopf verhelfen. Doch nach wenigen Minuten fing Sophie an zu quengeln. Seit kurzer Zeit hatte sie die Fähigkeit entdeckt,

selbstständig laufen zu können, wenn sie sich mit einer Hand an der Karre festhielt. Nun ließ sie es nur in äußerst wenigen Fällen zu, einfach in die Sportkarre verfrachtet zu werden ... Viel lieber wollte sie selbst laufen. Nora seufzte, hob die Kleine aus ihrem Winterfußsack und stellte sie neben die Karre, wo sie sich sofort festhielt und darauf wartete, dass es losging. Natürlich waren sie jetzt so langsam, dass Tom ihnen nach einer Weile bereits entgegenkam. Sophie wurde ganz zappelig, als sie ihn sah. Lächelnd beugte er sich zu ihr hinunter, hob sie in die Luft und schwenkte sie herum. Mit ihr auf dem Arm kam er zu Nora auf die andere Seite der Karre und küsste sie zärtlich. Keiner von beiden beachtete den dunklen Mercedes, der vor dem Hoteleingang geparkt hatte und nun langsam vorüberfuhr.

7

Max unterdrückte seinen Ärger nur mühsam, als er sah, dass Nora gemeinsam mit Tom in das Lokal kam. Atemlos trat sie an seinen Tisch.
»Entschuldige, Max, dass du warten musstest, aber die Mutter von Maries Freundin wollte noch etwas, als ich sie dort vorhin abgeholt habe. Es ist deshalb etwas später geworden.« Sie hatte ihm einen Kuss auf die Wange gehaucht und wandte sich um. »Ich finde, ihr solltet euch einmal kennen lernen. Das ist Tom. Tom Morrison.« Sie deutete auf ihren Exmann. »Max Bergmann.«
Ein beklemmendes Schweigen senkte sich über die kleine Nische im Lokal, als Tom die Hand ausstreckte, während Max ihn kühl musterte, kurz nickte und die Hand einfach übersah. Tom zog seine Hand zurück und schob Nora den Stuhl zurecht. Die Geste wirkte so vertraut und selbstverständlich, dass Max schlagartig klar wurde, dass dies tatsächlich der neue Mann an Noras Seite war. Eine Möglichkeit, die er schon gar nicht mehr ernsthaft in Betracht gezogen hatte. Es widerstrebte ihm auch, sich im Beisein dieses Mannes über die Kinder zu unterhalten. Ein abweisend-arroganter Zug legte sich um seinen Mund, während er sich zurücklehnte und die Beine übereinander schlug. Nora registrierte die Spannung sofort und war kaum in der Lage, ruhig zu bleiben. Sie wollte keinen Streit, keine Auseinandersetzung und auch keine neuerlichen Diskussionen. Sie hatte es satt, ständig nach Lösungen zu suchen und sich rechtfertigen zu müssen. Ihr Herz klopfte heftig, während sie sich darum bemühte, sich zusammenzureißen. Sie durfte kein Risiko eingehen die Kinder zu verlieren. Sie zwang sich zu einem Lächeln. »Nun, Max, was gibt es?«

Max ärgerte sich erneut. Sie glaubte doch wohl nicht ernsthaft, dass er hier vor diesem Mann die Probleme wälzte, die die Kinder gerade seinetwegen hatten. Er schwieg einfach, und Nora rutschte auf ihrem Stuhl hin und her. Schließlich beugte sie sich über den Tisch und sah ihm ins Gesicht.
»Max, es gibt einen Grund dafür, dass Tom heute mit mir hier ist. Und ich wünschte mir sehr, dass wir in Ruhe darüber reden könnten.« Sie atmete hörbar aus. »Darüber hinaus versteht Tom praktisch kein Deutsch. Wenn wir also über die Kinder sprechen, sind wir unter uns.« Sie fuhr sich nervös durchs Haar. »Ich …« Sie brach ab und wirkte verlegen. »Ich weiß gar nicht, wie ich es dir sagen soll.«
Max sah sie mit wachsendem Unmut an. Was sollte dieses Theater hier? Er wollte mit Nora sprechen, weil er einen Anruf von Maries Lehrerin bekommen hatte, die ihm mitgeteilt hatte, dass seine Tochter plötzlich sehr in sich gekehrt sei, häufig weine und sich kaum noch am Unterricht beteilige. Die Lehrerin hatte sich an ihn gewandt, weil sie Nora nicht erreicht hatte. Vermutlich war sie dauernd mit diesem Tom beschäftigt … Max fühlte Zorn in sich aufsteigen, als Nora ihn bittend ansah.
»Also, es ist Folgendes: Tom möchte, dass ich mit ihm nach Australien gehe.« Sie musterte sein Gesicht, während er wie vom Donner gerührt den Blick abwandte, nach einem Salzstreuer griff und diesen betrachtete, als hätte er so etwas noch nie zuvor gesehen. Max spürte, wie viel Mühe es ihn kostete, ruhig zu bleiben. Dass Nora einen so großen Schritt wagen würde, damit hatte er nun wirklich nicht gerechnet. Er versteckte seine Enttäuschung und Wut hinter einer Maske eiskalter Beherrschung. Kühl wanderte sein Blick zwischen Tom und Nora hin und her.

»Es ist dein Leben, und du kannst tun und lassen, was du willst.« Er schaute ihr gerade ins Gesicht. »Aber die Kinder«, er verbesserte sich rasch, »*meine Kinder* bleiben hier in Deutschland. Es ist mir ganz egal, was du dazu zu sagen hast. Niklas und Marie sind meine Kinder. Sie leben seit ihrer Geburt hier. Und ich gebe sie keinesfalls auf oder werde seelenruhig zusehen, wie du sie ans andere Ende der Welt verpflanzt, nur weil dich die Midlife-Crisis gepackt hat.«

Das nachfolgende Schweigen am Tisch nahm beklemmende Ausmaße an. Nora wusste nichts zu erwidern. Im Grunde konnte sie Max' Reaktion sogar verstehen. Sie hätte wahrscheinlich ähnlich reagiert. Aber wieder stand sie vor unlösbaren Problemen wegen ihrer Liebe zu Tom. Wieder einmal bewegte sie sich am Rande der Verzweiflung, weil nichts in ihrem Leben glatt lief, wenn es um diese Liebe ging. War das ein Zeichen? Sollte sie doch auf ihn verzichten und sich mit dem alltäglichen Für und Wider ihres normalen Lebens zufrieden geben? Sie schluckte heftig, als Tom ruhig nach ihrer Hand griff und sie in seine Hände legte. Diese Geste der Nähe und Vertrautheit gab Max einen Stich. Auch wenn er sich tausendmal gesagt hatte, dass der Bruch zwischen ihm und Nora endgültig sei, konnte er den Gedanken an einen neuen Mann in ihrem Leben nur schwer ertragen. Selbst die Tatsache, dass er, Max, ein überaus erfolgreicher Manager war, konnte ihn in dieser Situation nicht trösten, denn auch Tom war kein Niemand, kein Hungerleider.

Mit einer energischen Geste stellte er den Salzstreuer zurück und sah angelegentlich auf die Uhr, als hätte er noch einen weiteren Termin. Er vermied den Blick auf Noras Hand in den schlanken, gebräunten Händen von Tom und schaute auf in Noras Gesicht. In diesem Moment genoss er das Gefühl, alle ihre Zukunftspläne zerschlagen zu können, denn wenn er eines sicher wusste, dann das: Nie würde sie Niklas und Marie hier lassen und auswandern. Lässig lehnte er sich zurück, um ihr einen weiteren Schlag zu versetzen. »Ich erhielt gestern Mittag einen Anruf von Frau Bach.« Er beobachtete die Wirkung, die seine Worte auf Nora hatten.

Sie setzte sich unwillkürlich gerade auf und machte ein erstauntes Gesicht. »Ach ja? Warum hat sie denn bei *dir* angerufen?«

»Weil sie *dich* nicht erreichen konnte, Nora.«

Nora spürte den Vorwurf, der in seiner Stimme mitschwang, und schwieg.

Max fuhr fort. »Sie macht sich Sorgen um Marie. Marie hat sich sehr zurückgezogen. Sie lacht nicht mehr, geht ihren Freundinnen aus dem Weg und beteiligt sich kaum noch am Unterricht. Sie scheint das Interesse an der Schule verloren zu haben.« Er streifte Tom mit einem Seitenblick, bevor er sich wieder an Nora wandte. »Hast du eine Erklärung dafür?«

Eine tiefe Röte überzog Noras Gesicht. »Was soll dieser Ton, Max? Du weißt genauso gut wie ich, dass eine Trennung sich immer auf die Kinder auswirkt.«

Max lehnte sich wieder zurück. »Nun, getrennt sind wir schon seit über einem Jahr. Und die leichten Anfangsschwierigkeiten, nachdem ich ausgezogen war, hatte Marie rasch überwunden. Frau Bach spricht aber von den letzten drei Wochen.« Max beobachtete ihre Reaktion.

Tom sah eher hilflos von einem zum anderen. Es war offensichtlich, dass er keine Ahnung hatte, worum es ging. Er spürte nur Noras Unbehagen und drückte ihre Hand. Nora schwieg zunächst. In ihr tobte erneut ein Sturm unterschiedlichster Gefühle. Allen voran überschwemmte sie wie immer das Schuldbewusstsein. Aber genau darauf hatte Max es ja offensichtlich angelegt – sie in Bedrängnis zu bringen. Nach einer Weile schaute sie ihm ins Gesicht. Die Wut über seinen unterschwelligen Angriff ließ ihre Augen funkeln. Max sah, wie in dem tiefen Grün goldene Funken aufblitzten, die ihm mehr als alles andere an ihr verrieten, dass sie aufgebracht war.

Nora sprach leise, aber bestimmt. »Hör zu, Max. Egal, was du denkst, aber ich lasse mir von dir nicht jedes Mal die Schuld dafür geben, wenn im Leben unserer Kinder irgendetwas schief läuft. Du hast dein eigenes Leben, in dem die Kinder zu Besuch kommen und einen tollen Actionpapa haben, der mit ihnen großzügig alles Mögliche unternimmt und stets sein Sonntagsgesicht aufsetzt. Ich bin die Alltagsmama, die sich um die Schmutzwäsche, die Hausaufgaben und die Erziehung kümmern muss ... Das ist nicht fair, Max! Wenn *du* dich jetzt nach unserer Scheidung mit einer Frau treffen willst, bekommen die Kinder es nicht mit, aber meine Beziehung zu Tom soll nun der Auslöser für Maries Schwierigkeiten sein.«

Sie brach ab. Insgeheim schmeckte sie die bittere Erkenntnis, dass es tatsächlich so war, aber sie fühlte sich vom Leben ungerecht behandelt. Max konnte tun und lassen, was er wollte, während ihre Entscheidungen und Handlungen für Traumata bei den Kindern verantwortlich gemacht wurden. Verdammt! Sie hatte außer Max nur einen einzigen anderen Mann in ihr Leben gelassen. Was war so schlimm daran? Ihre Kinder spielten verrückt, ihre Eltern gaben ihr das Gefühl, ein schlechter Mensch zu sein, Tom erwartete von ihr, dass sie mit ihm ging, Max erwartete, dass sie sich ausschließlich seiner Kinder annahm ... Es konnte doch einfach nicht sein, dass sie für die Liebe zu Tom mit einem solchen Haufen unlösbarer Probleme bestraft wurde.

Max erhob sich und legte sich seine Jacke um. »Ich habe lediglich angeregt, dass du darüber einmal nachdenkst. Aber sag es mir nur, wenn dir die Kinder zu viel werden. Vielleicht ist es dir lieber, wenn sie zu mir kommen.«

Nora schnappte nach Luft. »Du drehst dir immer alles passend, nicht wahr, Max? Seit dem Tag ihrer Geburt bin ich für unsere Kinder da gewesen, während du dich um deine Karriere gekümmert hast. Ich beabsichtige, auch weiterhin für sie da zu sein.«

Max lächelte in ihr aufgebrachtes Gesicht. »Na, dann fang mal mit Marie an. Einen schönen Abend noch.« Er nickte kurz, ging an mehreren Tischen vorbei zum Tresen, wo er sein Bier bezahlte, und verließ das Lokal, ohne sie noch eines Blickes zu würdigen.

Nora saß sekundenlang wie betäubt da und sagte nichts. Tom fühlte sich merkwürdig deplatziert. Zum ersten Mal hatte er tatsächlich mitbekommen, mit welchen Schwierigkeiten Nora seinetwegen zu kämpfen hatte. Von der Unterhaltung selbst hatte er praktisch nichts verstanden, umso aufmerksamer hatte er die Gesichter und die Mimik der beiden beobachten können. Er hatte bemerkt, wie aufgewühlt und betroffen Nora war. Ihm war aber auch nicht entgangen, dass Max seine Empfindungen hinter offensichtlich zur Schau gestellter Härte zu verbergen suchte. Tom hatte keinen Triumph dabei empfunden, zu erkennen, dass Max seine Exfrau keinesfalls gleichgültig war. Ein dumpfes Gefühl der Angst hatte sich um sein Herz gelegt. Seine Träume von einer gemeinsamen Zukunft mit Nora schienen plötzlich nicht mehr greifbar. Er legte einen Arm um sie und zog sie an sich.

»Lass dich von seiner kühlen Art nicht ins Bockshorn jagen, mein Herz. Wir schaffen es.«

Nora fuhr sich über die Augen und seufzte. »Ach Tom, du hast doch keine Ahnung, was er gesagt hat. Marie hat seit deiner Ankunft Schwierigkeiten in der Schule. Max hat mit der Lehrerin gesprochen. Er hat mir zu verstehen gegeben, dass er die Kinder zu sich nehmen will, wenn es bei mir Probleme gebe. Außerdem wird er mit Sicherheit durch sämtliche Instanzen gehen, wenn ich mit seinen Kindern nach Australien auswandern will.« Nora atmete scharf aus. »So viel zu unserem Plan für eine gemeinsame Zukunft.«
Obwohl Tom nicht danach zumute war, lächelte er sie an. Sie war so schrecklich impulsiv. All ihre Emotionen waren ihr stets ins Gesicht geschrieben. Sie lebte so intensiv. Wieder einmal wurde ihm bewusst, wie tief seine Gefühle für sie gingen. Seine Finger strichen sanft über ihre Wange, als er ihr in die Augen sah.
»Was hast du denn erwartet, Nora? Dass er freudestrahlend zustimmt, dass ich mit seiner Familie nach Australien verschwinde? Natürlich braucht er Zeit zum Nachdenken, genauso wie die Kinder Zeit brauchen, sich an den Gedanken zu gewöhnen, dass es mich gibt.«
Der Kellner kam an ihren Tisch. Nora bestellte einen Rotwein und sah fragend zu Tom. »Bier?«
Er nickte, und der Kellner ging wieder.
Sie schwiegen beide. Sie wussten, dass sie meilenweit von einer Lösung für ihr Problem entfernt waren.

8

Caroline beobachtete mit Unbehagen, dass ihr Mann sich erneut einen Drink genehmigte. Wie um ihn davon abzulenken, bot sie ihm noch etwas vom Abendbrot an, doch er schüttelte den Kopf und setzte sich mit dem Glas in der Hand auf die Couch. Josh war nach dem Essen noch auf einen Sprung zu einem Nachbarjungen gegangen, der ein neues Gameboy-Spiel zum Geburtstag bekommen hatte. Caroline stellte das Geschirr in die Spülmaschine und ging dann zu Sam. Er schien sie kaum zu bemerken, denn er sah nicht einmal auf. Sie setzte sich und beugte sich vor.
»Was ist denn los, Sam? Hast du Ärger?«
Er leerte sein Glas in einem Zug und stellte es hart auf den Couchtisch. »Und wenn schon. Das interessiert dich ja doch nicht.«
Sie holte Luft und unterdrückte ein Seufzen. »Warum bist du so gereizt? Natürlich interessiert es mich, ob du Ärger hast oder nicht. Sonst hätte ich wohl kaum gefragt.«
Er stand auf und schenkte sich nochmals das Glas voll. Dann drehte er sich langsam zu ihr um. »Ich bin so was von auf hundertachtzig! Da reiße ich mir jahrelang für das Palace und den Newman ein Bein aus, und nun drückt die Konzernzentrale irgend so einen Vorstandssohnemann als Newmans Nachfolger ins Darwin Palace ...« Er nahm einen großen Schluck. »Verstehst du? Die setzen mir so ein Söhnchen genau vor die Nase! Newman ist natürlich tief betrübt, er weiß ja, was ich ihm in den letzten Jahren alles abgenommen habe. Ich habe geschuftet für drei! Und nun das!« Er trank weiter.

Caroline beobachtete es mit Sorge. Schon seit einiger Zeit hatte sie das Gefühl, dass er zu viel Alkohol trank. Oft wurde er dann aggressiv und laut. Sie lehnte sich zurück. »Das ist ja ehrlich ein Hammer.« Sie schwieg einen Moment. »Und was willst du jetzt tun?«

Er stand auf und ging wieder zum Servierwagen mit den Flaschen, um sein Glas aufzufüllen. »Natürlich mache ich das nicht mit. Ich glaub', es geht los! Der soll mal sehen, wie er allein klarkommt.« Er ließ sich erneut auf dem Sofa nieder und nahm einen großen Schluck.

Caroline legte eine Hand auf sein Knie. »Sam, hör auf, so viel zu trinken.« Sie machte eine Pause und sah ihn zögernd an. »Und wenn der Neue ganz nett ist? Vielleicht ist er ja auf deine Erfahrung angewiesen und stärkt deine Position. Vielleicht ist das Darwin Palace für ihn auch nur eine Zwischenstation auf dem Weg in die Konzernzentrale …«

Wütend schob er ihre Hand fort. »Sag mal, spinnst du? Du kapierst wohl nicht, worum es geht, oder? Ich mach doch nicht den Wegbereiter für so einen Bubi!« Er nahm wieder einen tiefen Schluck.

»Sam, du trinkst zu viel.«

»Ich trinke so viel, wie ich will.«

»Wir kommen doch auch so gut klar. Du mit dem Posten als stellvertretender Direktor und ich mit der Halbtagsstelle in der Praxis …« Auf ihrem Gesicht spiegelte sich Sorge. »Ich kann sicher auch meine Stundenzahl erhöhen, wenn es nötig sein sollte.«

Er kippte den Rest hinunter und sah sie wieder einmal geringschätzig an. »Danke. Danke, aber danke, nein! Noch bin ich nicht auf dein Gehalt angewiesen. Weder ich noch unsere Familie. Wir könnten auch gut ohne deinen Job leben. Wahrscheinlich sogar besser, weil dann hier zu Hause alles ein bisschen reibungsloser laufen würde.«

Caroline fühlte sich verletzt. »Ich finde, hier zu Hause ist alles in Ordnung.«

»Ach ja? Die Garage sieht aus wie ein Sperrmülllager, die Wäsche kommt auch nicht an Land, und Josh wird überwiegend mit Fertiggerichten ernährt. Alles nur, weil du dich unbedingt verwirklichen musst.«

Sie erhob sich. »Mit dir kann man ja nicht reden.«

Er sprang auf und schubste sie unsanft auf die Couch zurück. »Was tun wir denn gerade, hm? Wir reden doch!«

Sie rieb sich die Schulter und starrte ihn ungläubig an. »Sam, bitte! Beruhige dich. Ich verstehe überhaupt nicht, was in dich gefahren ist.«

Er nahm sein Glas vom Tisch und drehte es in den Händen. »Das ist ja das Problem. Du verstehst nicht, was in mir vorgeht.« Seine Augen funkelten böse. »Ich bin dir doch total egal!«

Caroline fuhr herum, als sie hinter sich ein Geräusch vernahm. Josh stand mit großen Augen an der Terrassentür und sah von ihr zu seinem Vater. »Warum müsst ihr denn immer streiten?«

Beide schwiegen sekundenlang betroffen. Dann ging Sam mit unsicheren Schritten zum Servierwagen. »Das musst du schon deine Mutter fragen.« Er sah auf die Uhr. »Los, ab ins Bad mit dir. Es wird Zeit.«

Wortlos verschwand Josh und schloss die Badezimmertür lauter als notwendig. Caroline stand auf und folgte ihm. Im Zimmer ihres Sohnes nahm sie eine saubere Jeans und ein T-Shirt aus dem Schrank und legte es mit frischer Unterwäsche für den neuen Tag über Joshs Schreibtischstuhl. Sie kämpfte mit den Tränen und trat zum Fenster. Ratlos starrte sie nach draußen und beobachtete die Palmwedel, die sich im warmen Abendwind wiegten. Ein paar bunte Vögel kreischten in den Gartensträuchern. Caroline drehte sich um, als sie Josh hörte.

Der Junge warf missmutig Hose und T-Shirt vor sein Bett und fischte seinen kurzen Schlafanzug unter dem Kopfkissen hervor. »Warum streitet ihr so oft, Dad und du?«

Caroline fuhr ihm schnell durchs Haar und setzte sich auf sein Bett. »Ach weißt du, Schatz, das kommt eben vor, dass Menschen, auch wenn sie sich sehr gern haben, einmal unterschiedlicher Meinung sind.«

Er war nun umgezogen und sprang in sein Bett. Seine Augen sahen sie immer noch neugierig an. »Aber ihr schreit euch jetzt immer so an.«

»Du hast Recht«, sagte sie verlegen, »das ist einfach dumm. Manchmal passiert das einfach. Weißt du, Daddy hat im Moment auch Stress im Hotel. Deshalb verliert er schnell die Geduld. Bestimmt wird es bald wieder anders.« Sie war aufgestanden und beugte sich über ihn. »Hast du die Zähne geputzt?« Er nickte, und sie gab ihm einen Kuss. »Schlaf schön, Josh.«

»Du auch, Mum.«

9

Die Auseinandersetzungen zwischen Nora und ihrem Sohn gingen weiter und fanden einen neuen Höhepunkt, als Niklas an einem Freitagabend nicht nach Hause zurückkehrte. Noras anfängliche Unruhe ging nach einiger Zeit in Reizbarkeit und Sorge über, weil sie meinte, Niklas wolle sie mit demonstrativem Zuspätkommen provozieren. Eine Weile hatte sie noch das gemeinsame Abendessen hinausgezögert und versucht, nicht an Niklas und seine Ablehnung zu denken. Ihre Gedanken drehten sich im Kreis. Nun war ihr Sohn nicht daheim, und sie machte sich Sorgen, und wenn er da war, litt sie unter seiner Feindseligkeit. Sie hatte keine Ahnung, wie sie mit dieser verfahrenen Situation fertig werden sollte. Sie sehnte sich nach einem gemeinsamen Leben mit Tom, aber sie wusste auch, dass eine Zukunft mit ihm und Niklas und Marie in etwa so wahrscheinlich war wie Weihnachten im Hochsommer. Sekunden später hatte sie schmunzeln müssen, als ihr eingefallen war, dass die Australier die Weihnachtstage immer im Hochsommer verbrachten. Sie hatte sich mit diesem Gedanken an ein womöglich gutes Omen getröstet und gemeinsam mit Tom, Marie und Sophie zu Abend gegessen. Doch mit fortschreitender Zeit war das zermürbende Warten zur Qual geworden. Mit brennenden Wangen war sie später vom Telefon zu Tom ins Wohnzimmer zurückgekehrt, nachdem sie Niklas' Klassenkameraden angerufen hatte. Neben aller Sorge hatte sie sich obendrein beschämt gefühlt. Eine Mutter, die keine Ahnung hatte, wo ihr zwölfjähriger Sohn steckte … Für einen kurzen Moment war ihr der Gedanke gekommen, was wohl Max dazu sagen würde, und sie hatte sogar darum gebetet, dass Niklas wieder auftauchen würde, ehe sie gezwungen wäre, Max über sein Verschwinden zu informieren. Vorwürfe von Niklas' Vater waren das Letzte, was sie jetzt brauchen konnte.

Während sie mit Tom beratschlagte, was sie als Nächstes tun könnten, hatte das Telefon geklingelt, und Nora hatte aufsteigende Panik unterdrücken müssen und sich atemlos gemeldet. Sekunden später wich ihre Panik dem Gefühl der Überraschung, als ihr alter Freund Alexander ihr mitteilte, dass Niklas bei ihm und seinem Sohn Patrick in Hannover eingetroffen sei. Obwohl sie erleichtert war, dass es Niklas offenbar gut ging, war sie zugleich entsetzt darüber, dass der Junge über hundertsechzig Kilometer allein per Bahn zwischen seine Mutter und sich gebracht hatte. Obendrein hatte sie im Gespräch mit Alexander wieder einmal das Gefühl, sich vor jemandem für ihre Beziehung zu Tom rechtfertigen zu müssen, denn natürlich hatte Niklas von ihm erzählt.

Nach dem Telefonat war Nora zu Tom ins Wohnzimmer zurückgekehrt. Er vernahm mit einem erfreuten Lächeln, dass Niklas wieder aufgetaucht war, und strich ihr zärtlich über die Wange. Sein aufmunterndes »Na siehst du, es wird schon werden!«, hatte Nora entgeistert aufschauen lassen.

»Ist das dein Ernst? Was wird schon werden? Unser gemeinsames Leben? Niklas tickt ja jetzt schon nicht mehr richtig, und das, obwohl wir das Thema Australien noch gar nicht ausdrücklich angesprochen haben. An Max mag ich da überhaupt nicht denken.«

Bemerkte er denn nicht, wie aussichtslos alle Pläne und Hoffnungen waren? Vielleicht bekam er manche Feindseligkeit nicht mit, weil er kaum Deutsch sprach. Sie schüttelte unmerklich den Kopf. Tom hatte doch sonst so feine Antennen, wenn es um die zwischenmenschlichen Töne ging. Wieso blieb er so gelassen? Sie taxierte sein Gesicht, dann senkte sie den Kopf und sah auf ihre Hände.

»Ich halte das nicht mehr lange aus, Tom. Dieses ewige Hin und Her. Die Angst, dass ich meine Kinder nicht nur verlieren kann, sondern auch, dass ich sie unglücklich mache, indem ich mein eigenes Glück durchsetzen will.« Sie hatte bitter aufgelacht. »Im Grunde sitzen wir noch genau da, wo wir uns nach unserer ersten gemeinsamen Nacht auf der Farm der Harpers befunden haben. Eigentlich lachhaft, dass wir immer noch an diesem Punkt sind, obwohl ich inzwischen tatsächlich geschieden bin. Findest du nicht?«

»Niemand hat uns versprochen, dass es leicht wird, Nora. Deine Kinder sind lebhaft und intelligent, ihnen steht eine eigene Meinung zu. Und wenn ich Max wäre, würde ich auch nicht hurra schreien, wenn man mich mit dieser Situation konfrontieren würde. Aber, was auch geschieht, ich liebe dich. Und wir gehören zusammen. Nora, ich kann dich nicht noch einmal verlieren.«

Sie sah in seine Augen. Wieder einmal war sie nicht in der Lage, seinem intensiven Blick auszuweichen. Ja, sie liebte Tom mit jeder Faser ihres Herzens. Sie konnte sich seiner Anziehungskraft nicht entziehen und spürte schon seinen Atem, als er sich zu ihr hinunterbeugte. Sein Kuss ließ die eben noch ausgestandenen Sorgen wegen ihres Sohnes in den Hintergrund treten. In diesem Moment fühlte sie nur noch Tom.

10

Niklas blieb weiterhin stur und bockig. Ihm missfiel die Vorstellung, die Scheidung seiner Eltern so einfach hinzunehmen und obendrein widerspruchslos den neuen Mann an der Seite seiner Mutter zu akzeptieren und sich ans andere Ende der Welt verfrachten zu lassen.

Insgeheim fand er Australien nicht uninteressant. Als noch alles in Ordnung gewesen war, hatte er oft an der Begeisterung seiner Mutter für dieses Land teilgehabt. Auch die Institution des Flying Doctor Service, des größten Luftrettungsdienstes auf der Erde, faszinierte ihn, denn er träumte davon, einmal Pilot zu werden. Aber eher hätte er sich die Zunge abgebissen, als das vor diesem Tom zuzugeben.

Niklas hatte sich für seinen Vater entschieden und beabsichtigte, nicht nach Australien auszuwandern. Seine unnachgiebige Haltung stürzte Marie in schwere Konflikte. Vom Tag ihrer Geburt an war sie ein »Mama-Kind« gewesen. Durch ein tiefes, unauflösliches Band mit ihrer Mutter verbunden, quälte sie die Vorstellung, von ihr getrennt zu leben. Aber Marie hing auch sehr an ihrem großen Bruder, der ihr unmissverständlich klar gemacht hatte, dass er nicht nach Australien wolle. Marie litt unsagbar unter den familiären Querelen. Ihre Eltern, zwischen denen nie laute oder böse Worte gefallen waren, stritten nur noch. Ihr Vater hatte Anwälte eingeschaltet, die ihrer Mutter böse Briefe schrieben. Immer wenn so ein Brief in der Post gewesen war, bemerkte Marie, wie ihre Mutter blass wurde. Oft hatte sie gehört, wie sie dann in der Küche oder im Schlafzimmer geweint hatte, wenn sie sich unbeobachtet glaubte.

Marie verlor ihr Interesse am Reiten, an der Schule und an den Treffen mit ihren Freundinnen. Sie hatte kaum mehr Appetit, wurde blass und magerte ab. Sie verstand nicht, warum sich alles ändern musste, begriff nicht, warum ihr Vater mit einem Mal so böse auf ihre Mutter war. Sie wusste nur, dass es mit Tom zusammenhing, dem sowohl ihr Vater als auch ihr Bruder die Schuld an allem gab. Aber Marie konnte Tom nicht hassen. Er war Sophies Vater, und in ihrem Herzen spürte sie, dass auch ihre kleine Schwester ein Recht auf ihren Vater hatte. Darüber hinaus mochte sie Tom. Er war immer freundlich zu ihr, ohne sich in irgendeiner Weise aufzudrängen oder »einzuschleimen«, wie es Niklas genannt hätte. Aus der fröhlichen, selbstsicheren Marie wurde ein zutiefst verunsichertes, ernstes Mädchen, das beim geringsten Anlass in Tränen ausbrach.

Zunächst hatte Niklas sie wegen ihrer meist neutralen Haltung Tom gegenüber attackiert und gehänselt, später jedoch hatte er erkannt, wie sehr sie unter der Situation litt. Seine kleine Schwester hatte sich selbst verloren – auf der Suche nach einem festen Halt zwischen Mutter, Vater und Bruder. Sie war psychisch nicht in der Lage, sich klar für einen zu entscheiden, weil sie dann sofort von dem Kummer zerfressen wurde, sich gleichzeitig gegen eine andere geliebte Person entschieden zu haben.

Niklas saß an seinem Schreibtisch und dachte nach. Der PC surrte leise und erinnerte ihn daran, dass er eigentlich mit der Internet-Recherche für sein Biologiereferat beschäftigt sein sollte. Als Marie sich eben einen Radiergummi von ihm geliehen hatte, war ihm erneut aufgefallen, wie sehr sich seine früher so fröhliche kleine Schwester verändert hatte. Seine Gedanken kreisten wieder um das Thema, das ihn nun schon seit Wochen beschäftigte. Er wollte nicht fort von hier. Aber er wollte auch nicht mehr diese bösen Auseinandersetzungen zwischen seinen Eltern miterleben, die eigentlich nur alle unglücklich machten und in reine Machtkämpfe ausarteten, nach dem Motto: »Ich kriege die Kinder!« – »Nein, du kriegst sie nicht!« Obwohl Niklas sich auf die Seite seines Vaters gestellt hatte, missfiel ihm dessen offensichtliche Freude daran, seine Mutter per Anwalt zur Verzweiflung zu treiben beziehungsweise sie zu einer Entscheidung zwischen Tom und ihren Kindern zwingen zu wollen. Seufzend wandte er sich seinem PC zu.

Noras Hände zitterten bereits, bevor sie den Briefkasten wieder verschlossen hatte. Ein Blick auf den Briefumschlag hatte genügt, und sie wusste, dass das Schreiben von Max' Anwälten kam. Sie klemmte sich die Fernsehzeitung und die Werbezettel unter den Arm und ging mit der Post in die Küche. Tom war mit Sophie spazieren gefahren, Marie spielte mit Kuno im Garten, und Niklas saß oben in seinem Zimmer über den Hausaufgaben. Sie konnte den Brief also in Ruhe lesen und musste sich vor niemandem zusammennehmen.
Ihr Herz schlug rasend schnell, als sie sich an den Küchentisch setzte und das Schreiben aus dem Umschlag zog. Sie zwang sich dazu, noch einmal tief durchzuatmen, dennoch gelang es ihr nicht, ihr Unbehagen zu verdrängen. Zu viele solcher Schreiben hatten sie in den letzten Wochen erreicht und sie zermürbt. Sie hatte den unterkühlten Fachjargon der Anwälte fürchten gelernt. Scherten die sich überhaupt darum, was sie bei den betroffenen Leuten anrichteten? Ging es denn nur darum, einen Fall zu gewinnen oder zu verlieren? Langsam senkte sie den Kopf und begann zu lesen. Wieder und wieder las sie den Brief und bemerkte gar nicht, dass ihr die Tränen in die

Augen geschossen waren. Mühsam sickerte der Sinn der glatten Formulierungen in ihr Bewusstsein. Max hatte nunmehr das alleinige Sorgerecht für Niklas und Marie beantragt. Er wollte ihr die Kinder wegnehmen. Die Begründungen für diesen Antrag trafen sie sehr. Zutiefst verzweifelt legte sie die Unterarme auf den Tisch, vergrub ihr Gesicht darin und weinte stumm. Nur das haltlose Zucken ihrer Schultern verriet, dass sie wirklich nicht mehr weiterwusste.

Niklas stand wie versteinert in der Diele und starrte durch die angelehnte Küchentür seine Mutter an. In der Hand hielt er den Locher, den er sich gerade aus dem Arbeitszimmer geholt hatte, um die frisch ausgedruckten Seiten für sein Biologiereferat lochen und abheften zu können. Im ersten Moment war er versucht, zu ihr zu laufen, um sie zu trösten. Doch dann zögerte er. Vielleicht wäre es ihr unangenehm, dass er sie so entdeckt hatte? Sein Blick fiel auf den Brief, der vor ihr auf dem Tisch lag. Auch er erkannte den Briefkopf und das Firmenzeichen der Anwaltskanzlei, die seinen Vater vertrat. Solche Briefe waren in letzter Zeit häufig in der Post gewesen. Entschlossen wandte er sich um und ging leise die Treppe wieder hinauf.

Drei Stunden später saß Niklas auf der Betoneinfassung eines Wasserspiels, das im Innenhof des großen Verlagshauses vor sich hin plätscherte. Die Frühlingssonne hatte sich gehalten und setzte glitzernde, tanzende Lichtpunkte auf die sprudelnde Wasseroberfläche. Er sah zum wiederholten Mal auf die Uhr. Sein Vater war – wie meistens – zu spät dran. Immerhin hatte er sich nach dem Anruf seines Sohns sofort bereit erklärt, ihn am Nachmittag zu treffen. Nach weiteren zehn Minuten kam Max Bergmann eilig durch die große Drehtür, sah sich suchend um und entdeckte

Niklas schließlich. Mit einem Trenchcoat über dem Arm und seinem Aktenkoffer in der Hand ging er auf ihn zu.
»Entschuldige, es hat etwas länger gedauert.« Er nestelte die Autoschlüssel aus der Hosentasche, während sie zum Parkhaus gingen.
»Schon gut, Papa. Das Wetter ist ja okay. Es hat mir nichts ausgemacht zu warten.«
Max warf ihm einen prüfenden Seitenblick zu. »Willst du mir nicht sagen, was du auf dem Herzen hast, hm?«
Niklas betrachtete im Gehen beiläufig seine offenen Turnschuhe. Ein wenig graute ihm vor dem Gespräch, aber er dachte wieder an seine Mutter und auch an Marie, und so riss er sich zusammen. Er wollte nicht feige sein. »Ich möchte gern in Ruhe mit dir sprechen, Papa.«
Max nickte. Ihn beschlich zwar ein beklemmendes Gefühl, aber er beschloss, sich dies nicht anmerken zu lassen. Er richtete den Schlüssel auf den Wagen, drückte einen Knopf, und sofort signalisierte ihm das Auto mit einem sonoren Surren, dass die Zentralverriegelung gelöst war. Max öffnete die Tür hinter der Fahrerseite, warf seinen Aktenkoffer mit dem Mantel auf die Rückbank und ließ sich dann hinter dem Steuer nieder. »Okay. Wo wollen wir hin? Möchtest du ein Eis essen gehen, oder wollen wir in der Wohnung zusammensitzen und eine Pizza kommen lassen?«
Niklas überlegte nicht lange. »Dann doch gern die Pizza bei dir, ja?«
Max ließ den Motor an. »Einverstanden.«
Zu Hause auf der Dachterrasse lehnte Max sich auf seinem Stuhl zurück und schlug die Beine übereinander. »Also, Nicky, was ist los?«
Niklas war aus seinen Turnschuhen geschlüpft und saß im

Schneidersitz auf dem weichen Polster des Stuhls. Ein wenig verlegen sah er auf. »Weißt du, Papa, ich möchte einmal in Ruhe mit dir über uns alle und über Mama und Australien sprechen ...« Er hob abwehrend die Hand, als Max sich sofort vorbeugte und etwas sagen wollte. »Lass mich ausreden. Ich weiß, du meinst, dass das eine Sache zwischen dir und Mama ist. Aber das ist *nicht* so. Es geht Marie und mich sehr wohl etwas an, denn es betrifft vor allem unser Leben. Wir sind nicht mehr so klein und dumm, dass ihr nach Belieben um uns streiten oder über uns entscheiden könnt.« Er machte eine Pause und war froh, dass sein Vater jetzt schwieg und abwartete. Als er fortfuhr, hatte er einen trotzigen Zug um den Mund. »Ich weiß, ihr liebt uns beide und wollt nur das Beste, aber so, wie es jetzt ist, ist es einfach nur beschissen. Du versuchst mit deinen Rechtsanwälten Mama fertig zu machen und sie aus dem Rennen zu werfen. Jedes Mal, wenn ein neuer Brief von deinen Superanwälten kommt, sitzt sie heimlich in der Küche und heult sich die Augen aus dem Kopf. Marie kann sich nicht entscheiden und ist total durcheinander. Kannst du dir vorstellen, dass sie nicht einmal mehr zum Reiten will? Sie isst kaum noch und wird immer blasser und dünner. Man braucht sie nur einmal schräg anzugucken, dann bricht sie in Tränen aus.« Niklas stockte. Eine Mischung aus Empörung und Verzweiflung war in sein Gesicht geschrieben, als er schließlich in seine Turnschuhe schlüpfte, aufstand und seinem Vater den Rücken zukehrte.

»So, wie es jetzt läuft, Papa, ist es einfach Megascheiße!«

Max schwieg sekundenlang, dann erhob er sich und ging zu Niklas. Zögernd legte er ihm eine Hand auf die Schulter. »Ich glaub dir, Nicky. Und du hast ja Recht, es muss sich etwas ändern. Aber ... ich kann doch nicht einfach hier in Hamburg sitzen und zusehen, wie deine Mutter mit euch ans andere Ende der Welt verschwindet. Kannst du das denn nicht verstehen?«

Niklas nickte. »Doch, das kann ich natürlich verstehen. Aber ihr habt euch nicht einmal die Mühe gemacht, Marie oder mich zu fragen, was wir davon halten.« Er sah seinem Vater fest in die Augen. »Ich will gar nicht nach Australien. Ich will hier bleiben, Papa. Aber ich glaube, Marie würde lieber bei Mama und Sophie bleiben. Sie zerfleischt sich innerlich, weil sie weder dich noch mich verletzen will.«

Niklas' Mundwinkel zuckten ein wenig, als er den Blick wieder der Stadt zuwandte. Max lehnte sich gegen die Betonbrüstung der Dachterrasse und sah seinen Sohn an. Erstaunt darüber, wie erwachsen der Junge schon war, kämpften Liebe und Vernunft einen harten Kampf in seinem Inneren. Sein Herz sagte ihm, dass Niklas Recht hatte. Es musste sich etwas ändern. Müde rieb er sich sekundenlang die Schläfen, bevor er aufschaute und lächelte. »Du bist wahrscheinlich zehnmal vernünftiger als deine Eltern. Ich werde in Ruhe mit deiner Mutter reden, das verspreche ich dir. Okay?«

Niklas atmete erleichtert auf. »Okay, Papa.«

Max knuffte ihn in die Seite. »Jetzt fahre ich dich rasch nach Hause, du hast ja morgen Schule.«

Entgegen seiner sonstigen Gewohnheit begleitete er seinen Sohn bis zur Haustür. Nora öffnete und wurde sofort kreidebleich, als sie ihn sah.

Erstaunt musste er zur Kenntnis nehmen, dass es ihm keine Freude bereitete, für sie zu einem Schreckgespenst geworden zu sein. Sie machte einen fahrigen Eindruck und hatte dunkle Ränder unter den Augen.

Nachdem Niklas nach oben verschwunden war, stand sie zögernd im Flur und sah Max unsicher an. Sie hatte nicht einmal mehr die Kraft, ihn wegen des neuen Anwaltschreibens zur Rede zu stellen. Es erschien ihr so sinnlos. Müde schaute sie ihn an. »Möchtest du hereinkommen?«
Max schüttelte den Kopf. Die Aussicht, im Wohnzimmer womöglich auf diesen Tom zu treffen, hätte seine Entscheidung sicher wieder zum Kippen gebracht. »Ich möchte in Ruhe mit dir reden. Hast du etwas Zeit?«
In Nora stiegen beklemmende Gefühle auf. Die Angst, dass er ihr womöglich einen letzten entscheidenden Schlag versetzen wollte, schnürte ihr fast die Kehle zu. Sie durfte die Kinder nicht verlieren. Aber was hatte sie seiner überlegenen Gelassenheit entgegenzusetzen? Verzweiflung? Hastig fuhr sie sich durchs Haar. »Warte mal. Ich bin gleich wieder da.« Sie verschwand im Wohnzimmer und kam kurz darauf in die Diele zurück, wo sie nach einem hellen Parka und ihrer Umhängetasche griff. Dann folgte sie Max zu seinem Wagen. Schweigend fuhren sie eine Weile. Es war, als hätte jeder von beiden Angst, den ersten Schritt zu tun.
Max musterte sie kurz von der Seite. »Hast du Hunger?«
Nora schüttelte den Kopf. Sie hätte jetzt keinen Bissen hinuntergebracht.
»Wollen wir dann ein Stück spazieren gehen?«
Nora atmete auf und nickte. Frische Luft war vermutlich das Einzige, was ihr aus ihrer Beklemmung helfen konnte.
Max parkte in einer ruhigen Nebenstraße, und sie schlenderten in der Dämmerung über einen beleuchteten Weg am Ufer der Alster entlang. Schließlich blieb Max stehen und sah Nora an.
»Niklas hat mich heute im Verlag abgeholt, weil er mit mir sprechen wollte. Er hat mir die Augen geöffnet, wie sinnlos unsere

Auseinandersetzungen sind. Im Grunde helfen sie niemandem. Sie machen nur die Erinnerung an unsere guten Zeiten kaputt ...«

Nora hatte das Kinn vorgereckt und sah auf den Fluss. Sie wollte abwarten, was Max zu sagen hatte. Insgeheim wusste sie, dass er Recht hatte, ihr war aber auch klar, dass es für sie beide keine zufriedenstellende Lösung aus diesem Dilemma geben würde. Sie machte ein paar Schritte auf eine Bank zu und ließ sich dort nieder.

Max folgte ihr und setzte sich neben sie. Nach kurzem Schweigen fuhr er fort. »Im Grunde ist es doch so – du willst die Kinder mit nach Australien nehmen, und ich will sie hier in Hamburg behalten. Wir haben aber noch nie daran gedacht, mit Marie oder Niklas zu sprechen, sie zu fragen, was *sie* wollen.« Er sah sie ernst an. »Wir tun ihnen weh, Nora, wenn wir einfach über ihre Köpfe hinweg um sie streiten oder über sie entscheiden ...«

Nora schluckte unwillkürlich. Sie wusste, dass das, was Max vorbrachte, vernünftig war, aber sie konnte den Gedanken nicht ertragen, dass ihre Kinder Nein sagen würden, wenn sie sie fragte, ob sie mit ihr nach Australien gehen würden. Unter keinen Umständen wollte sie ihnen dazu die Gelegenheit geben. Sie liebte sie mit jeder Faser ihres Herzens, aber sie wollte auch unbedingt, dass sie bei ihr blieben. Sie schwieg weiterhin. Ihre Kehle brannte, und vor Angst brachte sie kein Wort heraus.

Max hatte sie beobachtet und lehnte sich zurück. »Nora, sie sind keine Babys mehr. Heute Nachmittag war ich zunächst völlig sprachlos, wie viele Gedanken sich unser Sohn über alles gemacht hat. Niklas erzählte mir, wie sehr Marie unter unserer Auseinandersetzung leidet. Er ist davon überzeugt, dass sie gerne bei dir bleiben möchte, doch sie plagen auch Schuldgefühle mir gegen-

über.« Max sah, wie Nora die Zähne zusammenbiss. »Nora, Nicky will nicht nach Australien. Er möchte hier bei mir in Hamburg bleiben.« Er schwieg sekundenlang, bevor er hinzufügte: »Er wird bald dreizehn. Er verdient ein Mitspracherecht.«
Nora versuchte den Kloß in ihrem Hals hinunterzuschlucken. Aufsteigende Wut half ihr dabei. Ihre Augen sprühten Funken. »Du versuchst mir also allen Ernstes hier klar zu machen, dass wir einfach unsere beiden Kinder unter uns aufteilen sollten, ja? Wie praktisch, dass wir zwei haben. Eins für mich und eins für dich. Ich bekomme Marie, und du behältst Niklas.« Sie schaute verbittert auf. »Ist das deine Wunschlösung, Max? Dass wir die Kinder, die von Maries Geburt an zusammen waren, auseinander reißen? Sie wie Hausrat unter uns aufteilen? Nur weil du es nicht ertragen kannst, dass ich ein neues Leben anfange?«
Max senkte den Kopf und schloss die Augen. Eine Weile sprach keiner von ihnen. Nora atmete so heftig, als hätte sie einen Dauerlauf hinter sich. Sie hatte in der letzten Zeit kaum geschlafen. Ihre Gedanken hatten sich ständig wie ein Karussell in ihrem Kopf gedreht. Sie war erschöpft und verzweifelt. Wieder einmal war sie an dem Punkt angelangt, an dem sie fühlte, dass es keine Zukunft für ihre Liebe zu Tom gab. Sie schluckte. Vielleicht war das hier die Strafe dafür, dass sie Max betrogen hatte. Dass sie einer Liebe nachgegeben hatte, gegen die sie einfach wehrlos gewesen war. Die Schuldgefühle ihren Kindern gegenüber hatten sie inzwischen derart zermürbt, dass sie ständig müde aussah. Ein bitterer Zug um ihren Mund war dabei, sich einzugraben. Sie schluckte heftig gegen die Verzweiflung an, die sie erneut zu überrollen drohte.
Max las in ihrem Gesicht. Er wusste, dass er dieses Mal nicht einfach aufstehen oder sie anherrschen würde, dass das Ganze

dann eben von den Anwälten geregelt werden müsste. Erschreckend deutlich nahm er wahr, dass Nora am Ende war. Sie hatte sich vorgebeugt, die Hände vors Gesicht geschlagen, und weinte fast lautlos, aber das Zucken ihrer Schultern verriet ihm den Grad ihrer Verzweiflung. Betreten legte er einen Arm um sie und lehnte sie an sich. Auch Max war bewusst, dass sie sich an einem Scheidepunkt ihres Lebens befanden. Die Vorstellung, seine kleine Tochter nach Australien verschwinden zu lassen, quälte ihn ebenfalls. Seine Stimme klang belegt.

»He, Nora, du weißt, dass ich sie nicht unter uns aufteilen will. Aber wir können ihnen doch auch nicht einfach unsere Wünsche und Vorstellungen vom Leben aufzwingen. Wir dürfen sie auf ihrem Weg unterstützen, ihnen Halt geben, aber wenn sie so vernünftig sind wie unser Sohn, so liebenswert wie unsere Tochter, dann müssen wir ihnen auch eigene Entscheidungen zubilligen.« Er merkte selbst, wie nahe ihm das Ganze ging, denn auch er musste schlucken, ehe er fortfahren konnte.

»Glaub nicht, dass es für mich einen Triumph bedeutet, dass Niklas hier bleiben will. Du kannst dir kaum vorstellen, wie sehr es mich quält, Marie gehen zu lassen. Aber sie wäre unglücklich ohne dich – und ohne ihre kleine Schwester. Deshalb werde ich zustimmen, dass sie mit dir geht. Ich werde jeden möglichen Kontakt zu ihr halten, sie mit Niklas besuchen und ihr vor allem die Angst nehmen, dass sie mich verletzt, weil sie lieber bei dir bleiben will.« Er brach ab und fuhr sich nun selbst über die Augen.

Nora hob den Kopf. Ihr Gesicht war vom Weinen nass und ihre Wimperntusche verlaufen. Sie wusste plötzlich, dass Max es ernst meinte und dass er Recht hatte. Sie versuchte sich die Tränen mit den Handrücken abzuwischen, aber immer noch

folgten neue. Sie fühlte, dass der Knoten, der sich um ihr Herz geschlungen hatte, dabei war, sich zu lockern. Dass dies vermutlich der Preis war, den sie für ihre Liebe zu Tom bezahlen musste. Aber sie hatte keine Ahnung, wie sie sich ein Leben ohne ihren Sohn vorstellen sollte und ob der Schmerz darüber je verblassen würde. Sie sah Max an.
Es war offensichtlich, dass er ebenfalls Probleme mit der Situation hatte. Selten zuvor hatte sie ihn so betroffen erlebt. Nora nahm zitternd einen tiefen Atemzug. Ihre Stimme klang noch unsicher. »Ich weiß nicht, ob ich das schaffe, Max. Seit sie auf der Welt sind, habe ich mich um sie gekümmert. Mir ist, als müsste ich meinen rechten Arm hier lassen.«
Max lehnte sich wieder zurück. »Ich weiß, mir geht es ähnlich. Mehr denn je ist mir klar geworden, dass ich oft zu wenig Zeit für euch hatte, aber seit wir uns getrennt haben, weiß ich, wie wichtig ihr mir seid ... ich meine, was für tolle Kinder Niklas und Marie sind.«
Nora sah überrascht auf. Diese Seite an Max war ihr neu. Verheult wanderten ihre Augen dann wieder über den Fluss, dessen dunkle Wellen leise an das Ufer schwappten. Im Gegensatz zu den frühlingshaften Temperaturen des Tages war es jetzt sehr kühl geworden, und die Luftfeuchtigkeit schien die Böschung förmlich emporzukriechen wie ein Tier, das sich vorsichtig auf die Lauer legte. Nora fröstelte. Erneut atmete sie zitternd ein und aus. »Ich muss darüber nachdenken.« Sie fühlte sich krank vor Kummer. »Obwohl mir schon jetzt klar ist, dass du wahrscheinlich Recht hast, Max.« Ihre Mundwinkel zuckten. »Aber, es tut so schrecklich weh.«
Er nahm ihre Hand und drückte sie. »Ich weiß, Nora.«

11

Sam Winton atmete erleichtert auf, nachdem er Mr. Farrow aus der Konzernzentrale verabschiedet hatte. Das Gespräch war sehr angenehm verlaufen, und es zeichnete sich eine durchaus positive Entwicklung der Dinge für ihn ab. Er drehte sich auf seinem Bürosessel zur Seite und sah zufrieden durch die großen Fenster auf die Stadt hinunter. Es war richtig gewesen, dieses Mal die eigenen Interessen vehementer als sonst zu vertreten. Seine aufrechte Haltung schien auch Mr. Farrow beeindruckt zu haben. Nachdenklich wanderten Sams Augen zum Horizont. Er runzelte die Stirn. Caroline und Josh wären vermutlich zunächst nicht begeistert, Darwin verlassen zu müssen, aber es war schließlich zu ihrer aller Bestem. Seine Gedanken gingen schon zu dem neuen Hotelprojekt in Cairns. Dieses Mal hätte er die alleinige Verantwortung, er würde das gesamte Personal auswählen, einstellen und alles zum Laufen bringen.

Cairns hatte sich in den letzten Jahren prächtig entwickelt, und das Great Barrier Reef war einer der Publikumsmagneten des australischen Kontinents. Von Trinity Wharf aus starteten viele Kreuzfahrten zum Riff. Von September bis Dezember wurde Cairns zum internationalen Treffpunkt der Marlin-Angler. Gut betuchte Europäer und Amerikaner ließen es sich nicht nehmen, sich alljährlich der Herausforderung des am Angelhaken heftig kämpfenden Fischs zu stellen. Viele Touristen kamen hinzu, die sich dieses Schauspiel ansehen wollten.

Sam lächelte mehr als zufrieden. Alles Kunden für das Cairns Palace ...

Marlin-Angler, Taucher und Kreuzfahrer am Great Barrier Reef, Vogelliebhaber, die die Feuchtgebiete des tropischen Regenwalds erkunden wollten ... Und der vorhandene internationale Flughafen erleichterte ihnen allen eine angenehme An- und Abreise. Es war perfekt. Das musste sogar Caroline einsehen.

12

Die frühe Nachmittagssonne leuchtete Zuversicht versprechend ins Wohnzimmer, und die Grünpflanzen auf der Fensterbank schienen erleichtert aufzuatmen. Aber obwohl der Frühling so optimistisch auf dem Vormarsch war, fühlte Nora sich innerlich hin und her gerissen. Tom sprach freudig und aufgeregt von ihrer gemeinsamen Zukunft in Australien, doch Noras eigene Freude schrumpfte immer dann merklich, wenn ihr wieder bewusst wurde, dass ihr Sohn nicht mitkommen würde. Dennoch hatte das Gespräch mit Max entscheidend dazu beigetragen, dass sich die familiäre Situation entspannte. Die Briefe, die nun von Max' Rechtsanwälten kamen, beschäftigten sich nicht mehr in der bis dahin üblichen feindseligen Art mit den Sorgerechtsbestimmungen. Max erhielt das alleinige Sorgerecht für Niklas, Nora das für Marie. In den Momenten, in denen sie mal allein war und in Ruhe nachdenken konnte, zermarterte sie sich das Hirn darüber, ob ihre Entscheidungen richtig waren oder nicht. Sie zwang sich dazu, sich allein – ohne Toms Nähe und Einfluss – mit der Auswanderungsfrage auseinander zu setzen. Sicher, sie war immer begeistert vom australischen Kontinent gewesen, aber sie hatte diese Überlegungen auch noch nie vor dem Hintergrund getroffen, ob sie dort für immer wohnen wollte. Wie würde ihr Leben dort aussehen? Hier hatte sie Hilfe und Unterstützung, ihre Eltern und ihre Freunde. Sie hatte es sogar geschafft, trotz Sophies Geburt ihren Job zu behalten. Das würde sie in Australien sicher vergessen können. Mit Grauen fielen ihr all die Bestimmungen ein, die dieses Land für Einwanderungswillige vorsah. Sie hatte keine

Ahnung, was die Details anging und wie diese Prozedur mit zwei kleinen Kindern aussah. Würde Marie sich in einer australischen Schule wohl fühlen? Ihre Augen wanderten über die Einrichtung und taxierten ihre Lieblingsstücke. Was konnte sie mitnehmen? Wie würde eine Verschiffung funktionieren? Und was würde das kosten? Sie verspürte für den Moment wenig Begeisterung, sich damit zu beschäftigen. Vor dem Hintergrund des Ausmaßes, das dieser Umzug mit sich bringen würde, erschien ihr ihre Liebe zu Tom wieder einmal absolut verrückt. Seufzend schaltete sie den Computer ein, um im Internet über die Auswanderungsfrage zu recherchieren.

Als sie abends mit Tom allein war, ließ sie sich in eine Sofaecke fallen und zog die Beine hinauf. Sie nahm ein Kissen auf den Schoß und setzte sich im Schneidersitz zurecht. Tom nahm ihr gegenüber Platz und streckte seine Beine weit von sich. Wohlig lehnte er sich zurück. »Hamburg gefällt mir immer besser. Ich war heute mit Sophie in der City. Wir sind durch diesen großen Park Planten un Blomen gebummelt.«
Nora schmunzelte über Toms Aussprache des plattdeutschen Namens für Pflanzen und Blumen, was ihn aber nicht bekümmerte, denn er erzählte gleich weiter.
»Das mochte sie sehr. Ich konnte sie nur mit Mühe davon abhalten, zu den Fischen in den Teich zu steigen. Es gibt dort sogar einen richtig großen japanischen Garten.«
Nora zwinkerte belustigt. »Hamburg ist eben ein bisschen größer als Cameron Downs.« Sie wurde ernst und räusperte sich kurz. »Tom ... ich weiß nicht, ob wir uns nicht etwas vormachen ... mit unserem Leben in Australien.«
Er beugte sich beunruhigt vor und stützte die Ellbogen auf die

Knie. Eine steile Falte erschien auf seiner Stirn. »Was ist denn los? Ich dachte, wir sind uns endlich einig.«
Noras Finger bearbeiteten nervös den Bezug des Kissens. »Ich hab mich heute im Internet mal über die Einwanderungsbestimmungen informiert. Tom, ich weiß nicht, ob dein Land mit mir und den Kindern einig ist. Vielleicht waren wir zu voreilig. Du hast ja keine Ahnung, was da alles auf uns zukommt. Ich meine, abgesehen von etwa fünftausend Dollar an Kosten für das Procedere. Fragebögen, beglaubigte Übersetzungen der Dokumentationen für die Visa-Anträge, amtlich anerkannte Ärzte, die uns untersuchen werden. Ich konnte kaum glauben, was da alles fällig ist – körperliche Untersuchung, Röntgen auf Tuberkulose, Blut- und Urinproben, HIV-/AIDS-Tests. Prüfungen in den englischen Sprachkenntnissen über Lesen, Schreiben, Verstehen und Sprechen; nach den Ergebnissen wird man in verschiedene Level eingestuft. Polizeiliche Führungszeugnisse …« Sie sah ihn an und bemerkte ironisch: »Und zwar aus allen Ländern, in denen man in den letzten zehn Jahren vor der Antragstellung länger als zwölf Monate gelebt hat.« Sie lachte auf und schüttelte den Kopf. »Ich fasse das alles nicht. Das ist ja schlimmer als eine Zuchttauglichkeitsprüfung für einen Deutschen Schäferhund.«
Tom war aufgestanden und lachte. Er setzte sich zu ihr und zog sie an sich. »Du wirst dich doch nicht von ein paar Bestimmungen ins Bockshorn jagen lassen.« Er nahm ihr Gesicht in beide Hände und sah ihr tief in die Augen. »Ich liebe dich. Du bist das Wichtigste in meinem Leben, und ich lasse dich keinesfalls hier. Wir ziehen das gemeinsam durch, okay?« Er küsste sie zärtlich, und wieder einmal schrumpften Noras Bedenken zusammen, während sie seinen Kuss erwiderte. »Ich bin

australischer Arzt, und du bist die Mutter meiner Tochter. Da gibt es bestimmt irgendwelche besonderen Richtlinien. Ich werde mich erkundigen, also mach dich bitte nicht verrückt.«
Sie lächelte plötzlich schelmisch. »Das Einzige, was mich im Moment noch verrückt machen könnte, das sind Sie, Dr. Morrison.«
Seine dunklen Augen schienen sie festzuhalten, als er sich erneut über sie beugte. Sie spürte seinen Atem an ihrer Wange und fühlte seine Lippen, die sacht über ihr Gesicht strichen. Sie schlang die Arme um seinen Hals und schmiegte sich an ihn. Die fast schon magische Anziehungskraft, die zwischen ihnen bestand, zog beide in ihren Bann. Wieder einmal fragte sich Nora, wie sie ohne Tom hatte leben können. Wenn sie mit ihm schlief, fand sie nicht nur die rein körperliche Erfüllung, sie fühlte auch den mentalen Einklang. Es war, als fänden über diese Begegnung hinaus auch ihre Seelen und ihr Geist zueinander. Noch nie war sie einem anderen Menschen so nah gewesen. Sie hatte Max aufrichtig geliebt und war auch mit ihm glücklich gewesen, aber ihr war nicht klar gewesen, dass es diese vollkommene Art der Verbindung geben konnte. Und deshalb hatte sie auch nichts vermisst. Erst als sie Tom in Australien begegnet war, hatte sie diese Gefühle plötzlich mit aller Macht kennen gelernt. Gleichzeitig hatte sie sie aber auch nicht zulassen wollen und sie fast ein wenig gefürchtet. Dieser totale Gleichklang, diese Anziehungskraft, die zwischen ihnen herrschte, das wortlose Verstehen – all das hatte sie damals verwirrt und vielleicht auch etwas Unheimliches, etwas Mystisches an sich gehabt. Jetzt aber, wenn sie zusammen waren, fühlte sie nur noch die Sehnsucht in sich, für immer bei ihm zu sein. Sie wusste inzwischen, dass sie niemals einen anderen Mann so lieben würde wie Tom.

13

Enttäuscht schüttelte Caroline Winton den Kopf und stand auf. »Ich verstehe deine Pläne nicht, Sam. Wir haben doch ein schönes Leben. Warum musst du daran unbedingt etwas ändern? Mit der stellvertretenden Leitung des Darwin Palace bist du doch schon ganz oben angekommen. Wem willst du denn jetzt noch etwas beweisen, indem du wieder von vorne anfängst und dieses geplante Cairns Palace aufbaust? Du wirst noch weniger Zeit für uns haben.«

Sam sprang auf und ging zu einem kleinen Servierwagen, auf dem verschiedene Karaffen standen. Es lief nicht gut, Caroline begriff einfach gar nichts. Er goss sich einen weiteren Whiskey ein und schwenkte die goldene Flüssigkeit prüfend im Licht. Schließlich nahm er einen großen Schluck und sah seine Frau an.

»Ich bin lange genug *Stellvertreter* gewesen. Und ich habe schon mal gesagt, dass ich nicht den Wegbereiter für dieses Konzernsöhnchen spiele. Das hier ist meine Chance. Was ist so schlimm daran, dass ich beruflich weiterkommen will? Es ist doch für uns alle von Vorteil. Wir könnten sogar endlich daran denken, noch ein Kind zu bekommen. Ist es verwerflich, dass ich mir Gedanken darüber mache, ob es gut ist, dass unser Sohn allein aufwächst?«

Caroline atmete heftig aus. »Nun, für dich würde sich ja auch kaum etwas ändern. Es ist für dich wohl völlig klar, dass ich einfach meinen Job aufgebe, oder? Du sprichst über deine Pläne, als wären sie bereits beschlossene Sache.« Sie machte eine kleine Pause, in der sie ihn musterte. »Ich glaube dir nicht, dass dein

Herz so sehr an dem neuen Hotel in Cairns oder gar an einem weiteren Kind hängt, Sam. Ich denke eher, du meinst endlich einen Weg gefunden zu haben, mich ans Haus zu binden. Mein beruflicher Erfolg hat dich noch nie besonders froh gestimmt.«
»Blödsinn!« Er kippte den Rest des Glases hinunter und kniff sekundenlang die Augen zu. »Du bist ja förmlich verblendet von deiner Aufgabe, anderen Leuten Zahnfüllungen zu verpassen. Darüber scheinst du unter anderem deine biologische Uhr vollkommen aus den Augen verloren zu haben.«
Er war laut geworden. Er wusste, dass er zu weit gegangen war. Wie um sich von dieser Tatsache abzulenken, machte er sich nochmals an den Karaffen zu schaffen. Caroline sah ihn einen Augenblick sprachlos an, aber sie wusste, dass sie sich nicht würde zurückhalten können. Dieses Mal nicht. Zu oft schon hatte er versucht sie klein zu machen. Ihr Blick war kalt, als sie ihn beim Einschenken beobachtete.
»Weißt du, Sam, ich wünsche mir momentan wirklich nichts weniger als ein Baby von dir.«
Erschrocken registrierte sie gleich darauf die Härte dieser Bemerkung und fragte sich, wann sie beide eigentlich angefangen hatten jeglichen Respekt voreinander zu verlieren.
Sam war zusammengezuckt und fuhr herum. Seine dunklen Augen funkelten drohend. »Bist du jetzt völlig übergeschnappt?«
Sie hatte nicht gewusst, dass seine Stimme so laut werden konnte. Einen Augenblick lang dachte sie an Josh. Hoffentlich war er nicht aufgewacht. Es gelang ihr, ruhig zu bleiben. »Vielleicht solltest du diese Frage zuerst dir selbst stellen, Sam. Ich finde dein Theater hier mehr als unangemessen. Von deinem Gebrüll ganz zu schweigen.«
Klirrend fiel das Glas zu Boden, als er mit zwei schnellen Schrit-

ten bei ihr war, sie an den Oberarmen packte und schüttelte. Seine Wut war grenzenlos. »Verdammt, Caroline, ich bin dein Mann! In diesem herablassenden Oberlehrerton redest du nie wieder mit mir! Hast du das verstanden?«

Caroline sah erschrocken ungezügelte Wut in seinen Augen. Sein Atem roch nach Alkohol. Zum ersten Mal in ihrer Ehe hatte Caroline Angst vor ihm. Er hatte sie losgelassen und ausgeholt. Sekundenlang erwartete sie seinen Schlag, doch plötzlich fuhr er sich über die Stirn und wandte sich ab.

Caroline rieb sich die schmerzenden Arme. Sie fror plötzlich, obwohl die Hitze des heutigen Tages eigentlich unerträglich gewesen war. Stumm drehte sie sich um und wollte das Zimmer verlassen, doch sofort war er bei ihr. Bedauernd hob er die Hände und sah sie verzweifelt an.

»Bitte, Caroline! Das wollte ich wirklich nicht. Du hast mich so wütend gemacht. Immer weist du mich zurück, immer glaubst du ganz genau zu wissen, was am besten ist.«

Caroline hatte das Gefühl, neben ihm keine Luft mehr zu bekommen. Dennoch wollte sie vermeiden, ihn erneut zu provozieren. »Sam, lass uns morgen weiterreden, ja? Wir sind jetzt beide so durcheinander. Wir sollten das in Ruhe besprechen.«

Wenige Sekunden lang flackerte nochmals Angst in ihren Augen auf, als er keine Anstalten machte, sie vorbeizulassen, doch dann ging er mit einem Nicken zum Fenster, und sie verließ wortlos das Zimmer.

Joshua hatte mit weit geöffneten Augen an der Tür seines Zimmers gestanden. Jetzt wandte er sich um und warf sich auf sein Bett. Er presste beide Hände auf die Ohren, in der Hoffnung, nie mehr hören zu müssen, wie gemein seine Eltern zueinander waren. Was war nur los? Er konnte sich nicht daran erinnern, dass sie früher so miteinander gesprochen hatten, geschweige denn, dass sie sich angeschrien hatten. Warum schimpfte Dad mit Mum? Warum wollte er unbedingt noch ein Kind? War er unzufrieden mit ihm, Josh? Joshua drehte sich auf die Seite und starrte die Wand an.

14

Das Restaurant war nicht besonders groß, aber sehr gepflegt und gemütlich. Viele Grünpflanzen schufen eine angenehme Atmosphäre, und gedämpftes Licht an den sonnengelb gestrichenen Wänden, die mit grobem Strukturputz versehen waren, suggerierte Ruhe und Wärme. Tom und Nora saßen in einer Nische am Fenster und warteten auf das Dessert. Noras Wangen hatten sich vom Wein und vom warmen Essen gerötet. Zum ersten Mal seit mehreren Wochen erlebte Tom sie wirklich entspannt und ausgeglichen. Er war froh, dass er darauf bestanden hatte, einmal wieder in Ruhe mit ihr auszugehen. Noras Freundin hatte sich gleich bereit erklärt, auf die Kinder aufzupassen.
Tom lächelte, nahm Noras Hand und sah ihr in die Augen. »Ich liebe dich. Und ich kann dir nicht sagen, wie glücklich es mich macht, dass du mit mir kommst. Bitte, Darling, lass uns heiraten. Ich möchte, dass wir richtig zusammengehören, wenn wir in Australien eintreffen.«
Nora fühlte etwas Kühles auf ihrer Handfläche, und ihr Blick traf auf einen schmalen goldenen Ring, an dem ein rund eingefasster Diamant funkelte. Sie hielt ihn zwischen Daumen und Zeigefinger und drehte ihn im Licht, zwischen Glück und Verlegenheit schwankend. »O Tom, der ist wunderschön.« Ihre Augen leuchteten, während sie sich vorbeugte und ihn zärtlich küsste. Als sie sich wieder auf ihrem Platz niederließ und den Ring vorsichtig überstreifte, pustete sie sich eine Haarsträhne aus der Stirn und lächelte. »Mir ist plötzlich viel zu warm hier.«

Tom lachte leise und zog ihre Hand an seine Lippen. »Heißt das, du sagst *Ja*?«

»Hast du etwa daran gezweifelt, Tom?«

Er schloss kurz die Augen. Als er sie wieder öffnete, konnte sie grenzenlose Erleichterung darin lesen. »Du glaubst gar nicht, Nora, wie oft ich in den letzten Wochen um unsere Liebe gefürchtet habe. Diese schlimmen Auseinandersetzungen mit Max, deine Angst, die Kinder zu verlieren – all das hat dich so zermürbt, dass ich immer mit der Furcht gelebt habe, dass deine Liebe zu mir doch noch auf der Strecke bleibt, dass du uns aufgibst.«

Nora war nachdenklich geworden. Sie beugte sich vor und strich zärtlich über seine Wange. Ihre Stimme war leise. »Es tut mir so Leid, Tom. Ich ... ich kann mir auch denken, welche Schwierigkeiten du gehabt haben musst, deinen Aufenthalt hier immer weiter auszudehnen. Hoffentlich hat das Ganze nicht deinen Job gefährdet.« Sie sah ihn fragend an, doch er grinste.

»Ich hatte mit Bill zwar den einen oder anderen Kampf deswegen, aber ich konnte es nicht riskieren, dich zurückzulassen. Ich wollte dieses Mal einfach nicht aufgeben.«

Nora legte ihre Hand auf seine Hände. »Gott sei Dank bist du geblieben.« Plötzlich wurde sie ernst und betrachtete erneut den Ring an ihrem Finger. Sie drehte ihn hin und her, ehe sie Tom zögernd ansah. »Sag mal ... du willst mich doch aber jetzt nicht nur heiraten, damit es keine Probleme mit meiner Aufenthaltsgenehmigung gibt?«

Nun griff er nach ihrer Hand und hielt sie fest. Obwohl sich ein paar Fältchen der Belustigung um seine Augen bildeten, blieb auch er ernst. »Nein, Nora. Ich will dich nicht heiraten, weil es dann leichter mit den Einreiseformalitäten wäre. Keine Sorge.«

Er schüttelte kurz den Kopf. »Ich hab mich sogar schon erkundigt. Da ich australischer Staatsbürger bin, wir beide eine feste Beziehung und obendrein ein gemeinsames Kind haben, würde ohnehin ein eheähnliches Verhältnis zu Grunde gelegt. Du und die Kinder, ihr werdet ein zweijähriges Visum auf Probe bekommen. Danach sehen wir weiter. Sogar das mit der Krankenversicherung oder Arbeitserlaubnis läuft sofort.«

Nora nickte. Sie sah immer noch nachdenklich aus. Er ließ ihre Hand los. »Was ist denn? Das sind doch gute Nachrichten, oder?«

Sie zögerte kurz. »Ja, schon. Aber es ist trotzdem ein komisches Gefühl, für eine ganz vorherbestimmte Zeit in ein Land aufgenommen zu werden. So eine Art Duldung. Kannst du das verstehen?«

Tom schob den Kerzenhalter, der mitten auf dem Tisch stand, zur Seite. »Natürlich kann ich das verstehen. Aber glaubst du, im umgekehrten Fall wäre alles viel einfacher?«

Nora sah ihn entrüstet an. »Ich kann mir nicht vorstellen, dass hier mit Einwanderungswilligen aus EU-Staaten oder aus Amerika oder Australien ein solcher Zinnober veranstaltet wird, wie es dein Land mit uns tut.«

»Nimm das doch nicht alles so schrecklich persönlich, Nora. Es gibt diese Bestimmungen nun mal, und ich hab sie mir nicht ausgedacht. Wir ziehen das schon durch. Wir können zusammenbleiben, Nora. Du und ich, mit Marie und Sophie, wir werden eine richtige Familie sein – in Australien. Das ist mehr, als ich je zu hoffen gewagt habe.«

Nora nickte stumm. Er machte ihr schwer zu schaffen, Niklas zurücklassen zu müssen. Wahrscheinlich hielt sie sich deshalb mit allen möglichen Bedenken auf. Sie konnte sich aber auch

nicht einfach über seinen eigenen Wunsch hinwegsetzen, da hatte Max zweifellos Recht. Und mittlerweile war das Sorgerecht ohnehin endgültig festgelegt ... Nora riss sich zusammen und schaute Tom ins Gesicht.
»Du hast ja Recht. Es geht bloß alles so wahnsinnig schnell. Es ist nur *eine* Entscheidung, die ich treffe, und nichts wird mehr so sein, wie bisher.« Sie lächelte. »Aber ganz bestimmt bin ich glücklich, dass wir zusammenbleiben können.«

15

Catherine Morrison stand auf ihrer Terrasse und hatte die reich blühende blutrote Bougainvillea gegossen, die an einer seitlichen Mauer emporrankte. Sie richtete sich auf, um mit der Gießkanne zu einem Kübel auf der gegenüberliegenden Seite zu gehen, in dem ein rosaroter Oleanderbusch nach Wasser verlangte. Als sie auch seinen Durst gestillt hatte, stellte sie die Kanne ab und lehnte sich gegen die Verandabrüstung, um auf den Indischen Ozean zu sehen. Das tat sie jeden Morgen, sie liebte dieses Ritual zu Beginn eines neuen Tages. Und Rituale brauchte sie in ihrem Leben. Jetzt mehr denn je.

Ihre dunklen Augen wanderten langsam über den Horizont, während eine leichte Brise ihr dunkles, von grauen Strähnen durchzogenes Haar durcheinander wirbelte. Im nächsten Jahr würde sie ihren fünfundsechzigsten Geburtstag feiern. Unwillkürlich runzelte sie die Stirn. Es stimmte sie traurig, dass es wieder eine Feier geben würde, an der ihr Mann Jonathan nicht mehr teilnahm. Ein tiefer Schmerz erfüllte sie. Es erschien ihr nicht gerecht, dass sie überhaupt nicht dazu gekommen waren, die Früchte ihres Lebens, den gemeinsamen Lebensabend, zu genießen. Wie oft hatten sie davon geträumt, noch die eine oder andere schöne Reise zu machen, endlich von finanziellen Sorgen frei zu sein. Aber es war alles anders gekommen.

Ein schwerer Schlaganfall hatte ihren John vor drei Jahren getroffen wie ein Blitz aus heiterem Himmel. Traurigkeit ergriff sie bei der Erinnerung daran, wie sie tagelang an seinem Bett gesessen hatte und er doch nur kurz wieder zu Bewusstsein gekommen war. Die Erinnerung an sein seltsam verzerrtes Gesicht ließ sie schaudern. Tom und Caroline waren angereist, um ihr beizustehen. Trotzdem hatte sie – entgegen ihrer gefassten Haltung – nichts und niemand trösten können.

Sie liebte ihre beiden Kinder, aber ihr war schon damals klar gewesen, dass sie ihr eigenes Leben lebten – leben mussten. Sie konnte sich nur einfach nicht vorstellen, wie *ihr* Leben ohne John weitergehen sollte. Sie waren beinahe vierzig Jahre verheiratet gewesen, hatten zwei wunderbare Kinder großgezogen und schließlich jahrelang gemeinsam seine Arztpraxis geführt. Sie hatte die Buchhaltung und die Abrechnungen übernommen, er die Patienten versorgt. Und plötzlich war alles vorbei gewesen. Später dann hatte sie die Vorschläge von Tom und Caroline abgelehnt, nach Cameron Downs beziehungsweise Darwin zu ziehen. Sie wollte vermeiden, sich hilflos an ihren Sohn oder ihre Tochter zu klammern, ja, womöglich eine Last für sie zu werden. Sie wusste, sie musste sich selbst aus diesem Tiefpunkt befreien.

Schließlich hatte sie sich aufgerafft, die Praxis und das Haus in Perth verkauft, in dem sie jeder Winkel an John erinnert hatte. Mit dem Geld hatte sie sich eine schöne großzügige Wohnung etwas außerhalb der Stadt zugelegt, die ihr mit ihrem Blick auf den Indischen Ozean das Gefühl der Freiheit vermittelte und sie wieder atmen ließ. Inzwischen hatte sie sich in diesem neuen Leben zurechtgefunden, und doch kehrte in regelmäßigen Abständen der Schmerz über den erlittenen Verlust zurück. Niemand konnte die Lücke schließen, die ihr Mann hinterlassen hatte.

Seufzend blinzelte sie gegen das helle Sonnenlicht an und murmelte leise seinen Namen. »Ach John.«

Als das Telefon klingelte, wandte sie sich rasch um und ging in die geräumige Wohnung zurück. Erfreut lachte sie auf. »Oh, hallo, Tom! Das ist aber schön, dass du dich meldest. Wie ist es in Deutschland?«

Sie erinnerte sich genau an das lange Telefongespräch, das er vor gut drei Wochen mit ihr geführt hatte. Seit ewigen Zeiten hatte er einmal etwas von sich erzählt. Er hatte eine besondere Frau erwähnt, und obwohl es ihr nicht gefallen hatte, dass diese Frau in Deutschland lebte, verheiratet war und Kinder hatte, war sie froh gewesen, dass ihr sonst so verschlossener Sohn sich dem Leben wieder zu öffnen schien. Nachdem sie alles erfahren hatte, war sie schockiert gewesen, insbesondere darüber, dass Tom – ohne es zu wissen – Vater geworden war. Sie hatte also eine Enkeltochter in Deutschland, deren Mutter sie nicht einmal kannte und deren Sprache sie nicht verstand.

Tom hatte ihr einige Tage darauf einen Fotoabzug geschickt, der ihr dabei helfen sollte, sich an den Gedanken zu gewöhnen. Und obwohl unmittelbar nach dem Telefonat Zweifel in ihr aufgestiegen waren, ob die »Geschichte« wohl auch stimmte, wusste sie bereits nach dem ersten Blick auf das Foto des kleinen Mädchens, dass ihr Sohn der Vater war. Sprachlos hatte sie beinahe einen ganzen Nachmittag immer wieder das Bild zur Hand genommen und in alten Fotoalben geblättert, um sich zu vergewissern, dass sie keiner Täuschung erlag. Die Kleine schien eine Miniaturausgabe von Tom zu sein.

Jetzt lauschte sie der Erzählung ihres Sohnes aus Deutschland. Er schien aufgekratzter als sonst, und sie nahm Aufregung zwischen seinen Worten wahr. Dennoch forschte sie nicht nach, sondern überließ es ihm, das zu erzählen, was er freiwillig preisgab. Nach einer Weile machte er eine zögernde Pause. »Mum? Eigentlich rufe ich dich an, weil ich dir sagen wollte, dass ich Nora hier heiraten werde.«

Catherine schwieg sekundenlang. Was bedeutete das? Würde er nicht mehr nach Australien zurückkehren? Sie wusste nicht, was sie sagen sollte.
Tom fuhr fort. »Ich weiß, dass das sehr plötzlich für dich kommt, Mum. Aber mir ist hier so vieles klar geworden, vor allem, dass ich diese Frau und mein Kind liebe und sie nicht verlieren möchte. Kein Tag würde vergehen, an dem ich nicht an sie denken und mich fragen würde, was sie wohl tun und wie es ihnen geht. Ich … ich habe Nora dazu bringen können, mit mir nach Australien zu kommen.«
Catherine atmete auf und schloss erleichtert die Augen. »Gott sei Dank, Tom! Ich freue mich für euch. Ich hatte nur schon befürchtet, dass du dort bleiben würdest.«
Tom musste unwillkürlich grinsen. Er war jetzt neununddreißig Jahre alt, und doch bliebe er für seine Mutter immer »das Kind«.
»Nein, Mum. Obwohl ich darüber nachgedacht hätte, wenn Nora Hamburg nicht hätte verlassen wollen.« Er seufzte kurz. »Es ist aber alles sehr kompliziert hier. Ihr Exmann hat Schwierigkeiten wegen der Kinder gemacht, ihr zwölfjähriger Sohn will nicht mit uns kommen, und ihre Tochter leidet unter den Unstimmigkeiten. Das alles macht Nora so zu schaffen, dass ich mehr als einmal Angst hatte, dass sie mich einfach wieder fortschickt.«
Catherine schluckte. Was war das für eine Frau, die einen solchen Einfluss auf ihren Sohn hatte, dessen ganze Leidenschaft – bis auf seinen Irrtum mit Sarah – bislang seinem Beruf gegolten hatte? Jetzt vernachlässigte er seit Wochen seine Arbeit beim Royal Flying Doctor Service und schien daran nicht einen Gedanken zu verschwenden.

»Ach Tom, das hört sich nicht gut an. Bist du sicher, dass du das Richtige tust? Denkt ihr auch an die Kinder?«
Tom schwieg einen Moment unzufrieden. »Nora hat eigentlich immer nur an die Kinder gedacht. Bis auf die kurze Zeit in Australien hat sie ihre eigenen Gefühle immer hintangestellt. Ich bin froh darüber, dass sie erstmals Zweifel bekommen hat, ob es richtig ist, ihre Liebe zu mir zu verleugnen. Mit Mut und Geduld werden sich die augenblicklichen Schwierigkeiten schon lösen lassen.« Er atmete tief durch. »Und, Mum, ich könnte außerdem nicht mehr einfach auf Sophie verzichten. Sie ist mein Kind. Es ist ein unglaubliches Gefühl, sie auf dem Arm zu haben.«
Catherines Blick war zu dem Foto neben dem Telefon gewandert. Sie lächelte.
»Ich wünsche euch alles Glück der Welt. Ich kann es kaum erwarten, euch zu sehen. Aber warum heiratet ihr so überstürzt?«
Tom antwortete sofort. »Weil es nicht den geringsten Zweifel an der Richtigkeit dieser Entscheidung gibt.«
Catherine spürte seinen Unwillen. »Schon gut, Tom. Wann heiratet ihr?«
Er zögerte nur kurz. »Am Freitag.«
»Ich werde an euch denken, und ich freue mich darauf, euch zu sehen. Wie schaut es mit eurer Heimreise aus?«
»Es ist ein geradezu unglaublicher bürokratischer Aufwand, aber wir sind fest entschlossen, jetzt so schnell wie nur irgend möglich in unser neues Leben zu starten.«
Dazu gab es nichts mehr zu sagen. »Ich halte euch die Daumen, mein Junge.«
»Danke, Mum. Ich melde mich wieder.«
»Ja, mach's gut. Und pass auf dich auf.«

Sie legte den Hörer auf und starrte vor sich hin. Sie hatte gar nicht bemerkt, dass sie sich auf dem kleinen Korbsessel neben dem Telefontischchen niedergelassen hatte. Ihre Gedanken drehten sich unaufhörlich um das eben geführte Telefonat. Sie versuchte sich vorzustellen, wie Toms Leben in Hamburg aussah, welchen Einfluss diese Frau auf ihren Sohn hatte. Der Gedanke, dass Tom verheiratet und als Familienvater hierher zurückkommen würde, fiel ihr schwer. Hoffentlich war alles richtig so. Seufzend schaute sie auf ein gerahmtes Foto von Jonathan.

»Ach John, was sagst du dazu?«

16

Die Kinder nahmen es besser auf, als Nora angenommen hatte. Nachdem die Situation sich entspannt hatte und feststand, dass Niklas in Hamburg bleiben konnte, war er ein wenig umgänglicher geworden. Tom gegenüber blieb er nach wie vor distanziert, aber er wahrte zumindest die Grundregeln der Höflichkeit. Dass sein freier Wille, in Hamburg zu bleiben, akzeptiert worden war, hatte ihm die Fähigkeit zu dieser Höflichkeit gegeben. Marie fühlte sich besser, nachdem ihr Vater mit ihr gesprochen hatte. Ihr war immer noch bange davor, ihn und Niklas zurückzulassen, aber die Aufregung über das bevorstehende Abenteuer »Australien« hatte sie gepackt. Sie war grenzenlos erleichtert, dass sie bei ihrer Mutter und Sophie bleiben durfte, und dass sie sich ihrer Sympathie für Tom nicht mehr schämen musste. Sie freute sich auf das große weite Land, von dem ihre Mutter schon so oft erzählt hatte, und auch dort würde sie reiten dürfen. Wahrscheinlich sogar öfter als hier in Hamburg.
Dass Nora und Tom heiraten wollten, kam für die Kinder nicht sehr überraschend. Sie hatten in den vergangenen Wochen beobachten können, wie sehr die beiden einander zugetan waren, und das, obwohl Nora und Tom es vermieden hatten, im Beisein der Kinder Zärtlichkeiten auszutauschen, um ihre Gefühle nicht zu verletzen. Bis zum heutigen Tag kehrte Tom zum Schlafen ins Hotel zurück. Auch diese Regelung hatte es Niklas leichter gemacht die Situation zu akzeptieren. Nora war so froh darüber, dass die Querelen zwischen ihr und Max aufgehört hatten, dass sie ihn sogar zur Trauung eingeladen hatte. Doch Max

hatte die Einladung abgelehnt und ihr Glück gewünscht. »Ich akzeptiere es, Nora. Erwarte nicht, dass ich mich darüber freue.«
Die Trauung selbst war so schlicht und knapp wie möglich gehalten und fand im engsten Kreis statt. Es sollte keine große Feier geben. Nora wäre das so kurz nach ihrer Scheidung von Max stillos vorgekommen. Aber sie hatten den Zeitpunkt auch nicht weiter hinausschieben wollen, da sie sich liebten und absolut einig waren. Sie trug ein apricotfarbenes Kostüm, das mit ihrem Teint harmonierte und hervorragend zu ihrem goldbraunen, schimmernden Haar passte, das sie locker aufgesteckt trug. Sie war nicht mehr so ernst, und ihre Züge hatten sich entspannt. Tom sah sie liebevoll an. Er hatte einen dunklen Anzug gewählt, der ihm ebenfalls gut stand.

Neben Niklas und Marie saßen Noras Eltern ein wenig beklommen auf den Stühlen der ersten Sitzreihe hinter dem Brautpaar. Sie schienen von den Ereignissen der letzten Wochen förmlich überrollt worden zu sein. Sie billigten keineswegs die Entscheidung ihrer Tochter, mit diesem Mann nach Australien auszuwandern. Australien! Das war ein Land auf der anderen Erdhalbkugel. Für sie in etwa genauso weit weg wie der Mars. Sie litten darunter, dass Nora und Max geschieden waren, und sie litten auch darunter, zwei der Enkelkinder, die ihnen sehr ans Herz gewachsen waren, zu verlieren. Dennoch spürten sie, dass Nora nicht willkürlich handelte oder womöglich von der Midlife-Crisis mitgerissen wurde. Sie hatten miterlebt, wie sehr sie sich gequält hatte, weil die Familie auseinander gebrochen war, und sie hatten bemerkt, dass Nora glaubte sie tief enttäuscht zu haben. Louisa und Hermann Waldner wollten ihre Tochter nicht mit diesem Gefühl im Herzen gehen lassen.

Louisa hielt die kleine Sophie auf dem Schoß, und als diese sich zu ihr umdrehte und sie anstrahlte, stockte ihr wieder einmal der Atem. Die Ähnlichkeit zwischen Tom und seiner Tochter war so verblüffend, dass in Noras Mutter die Erkenntnis wuchs, dass sie tatsächlich zusammengehörten. Auch Hermann Waldner war sprachlos gewesen, als er Tom zum ersten Mal mit seiner Tochter erlebt hatte. Sie schien eine weibliche Miniaturausgabe von ihm zu sein und mit dieser Ähnlichkeit auch irgendwie ein Recht auf ihren Vater einzufordern, an dem sie inzwischen mit wahrer Affenliebe hing. Noras Eltern trösteten sich über den bevorstehenden Abschied von dieser neuen kleinen Familie damit hinweg, dass sie mit Max und Nora abgesprochen hatten, immer für Niklas da zu sein. Max würde seine Wohnung aufgeben und mit seinem Sohn das Haus bewohnen, das Nora und er damals geplant hatten. Sie beide hatten vereinbart, ihren Kindern jeden Weg zum anderen Elternteil offen zu halten.

Neben Nora hatte Alexander Platz genommen, neben Tom saß Sylvia, Noras Freundin, die ihr in den vergangenen eineinhalb Jahren sehr ans Herz gewachsen war. Die beiden unterschrieben als Trauzeugen die Heiratspapiere und gratulierten als Erste. Nach der Trauung ging die kleine Gesellschaft essen. Zu Noras grenzenloser Erleichterung verlief alles ruhig und harmonisch. Selbst Niklas blieb friedlich und hatte sich mit Patrick ans Ende der Tafel verkrümelt.

Am Abend ging Tom zum ersten Mal gemeinsam mit Nora in Maries Zimmer zum Gutenachtsagen. Er setzte sich zu Marie ans Bett und bat Nora ihr alles auf Deutsch zu sagen. Marie schaute ihn mit großen Augen an und hörte zu, wie Tom sie auf Englisch ansprach und ihre Mutter übersetzte.

»Marie, ich weiß, es war nicht leicht für dich, mich an der Seite deiner Mutter zu akzeptieren. Aber ich bin dir dankbar, dass du es getan hast.« Er lächelte ihr zu. »Du sollst wissen, dass ich nicht den Platz deines Vaters einnehmen will. Max bleibt dein Papa, und wann immer du willst, darfst du ihn oder deinen Bruder besuchen oder anrufen, ja?« Marie nickte. Ihre Wangen waren ganz rot geworden. »Also, ich will dir deinen Papa nicht wegnehmen, ich will einfach dein Freund sein, okay?«

Er strich ihr über den Kopf, während Marie ihn zum ersten Mal kurz umarmte und erneut nickte. Sie war froh darüber, dass diese Freundschaft jetzt möglich war, ohne dass sie sich deswegen wie eine Verräterin vorkommen musste.

Als Tom das Zimmer verlassen hatte, setzte Nora sich zu ihrer Tochter. Zärtlich drückte sie sie an sich. »Ich hab dich so lieb, Marie. Glaub mir, alles wird gut. Schlaf jetzt schön, ja?«

»Ich hab dich auch lieb, Mama.«

Nora schloss die Zimmertür hinter sich und traf auf Tom, der auf sie gewartet hatte. Er deutete auf die Tür zu Niklas' Zimmer und flüsterte: »Das wird schwieriger. Übersetzt du noch einmal?«

Nora nickte.

Tom klopfte leise an. Niklas saß noch am PC und fragte seine E-Mails ab. Überrascht drehte er sich auf seinem Stuhl um, als Tom hereinkam. Dieser war noch nie in seinem Zimmer gewesen. Unsicher hörte er den englischen Worten zu, die seine Mutter sicherheitshalber für ihn übersetzte.

»Niklas, keine Sorge, ich gehe gleich wieder. Ich möchte dir nur sagen, dass ich akzeptiere, wie du dich entschieden hast. Ich hatte auch tatsächlich nie vor, deinen Vater zu ersetzen oder auszubooten. Max bleibt dein Vater, auch wenn deine Mutter jetzt mit mir verheiratet ist. Ich will nur, dass du weißt, dass du immer bei uns in Cameron Downs willkommen bist. Jederzeit

kannst du uns beziehungsweise deine Mutter und deine Schwestern besuchen, okay?« Als Niklas ein wenig betreten nickte, streckte Tom die Hand aus. »Abgemacht?«
Niklas ergriff die Hand und murmelte: »Okay.«

Als Nora später in Toms Arm lag, konnte sie nicht einschlafen. Die Ereignisse der letzten Wochen schienen nun endlich ihren Höhepunkt in der Tatsache gefunden zu haben, dass sie nicht nur von Max geschieden, sondern bereits mit Tom verheiratet war. Bei diesem Gedanken lächelte sie in die Dunkelheit. Jedem, der ihr dies ein Vierteljahr zuvor prophezeit hätte, hätte sie einen Vogel gezeigt. Sie kuschelte sich an Tom.
»Kannst du nicht schlafen?«
»Ach, mir geht so viel im Kopf herum. Und ich kann nicht glauben, dass ich – kaum geschieden – tatsächlich schon wieder verheiratet bin.«
Er drückte sie kurz an sich. »Diesmal aber mit dem Richtigen.« Er grinste.
Nora drehte sich auf den Bauch und stützte sich mit den Ellbogen ab. »Schade, dass du übermorgen nach Hause fliegst.«
Er verschränkte die Arme hinter dem Kopf. »Ich würde auch lieber bleiben, Darling. Aber ehe ihr hier abreisefertig seid und die Möbel auf dem Containerschiff sind, vergehen noch einige Wochen. Ich kann Bill unmöglich noch länger warten lassen. Und ich riskiere ja, dass sich meine Vertretung in Cameron häuslich niederlässt.«
Nora nickte. »Ich weiß.«
Er gab ihr einen kleinen Schubs. »Es fällt mir wirklich schwer, gerade jetzt zu fliegen. Außerdem habe ich immer das Gefühl, dich überwältigen wieder alle möglichen Zweifel, wenn ich

nicht bei dir bin.« Er hob drohend den Zeigefinger. »Vergiss nicht, wir sind jetzt verheiratet. Du kannst es dir nicht mehr einfach überlegen.«

Nora lachte leise und gab ihm einen Kuss. »Das will ich ja gar nicht, du verrückter Australier.« Das Mondlicht strahlte hell auf die Fensterbank. Sie sah ihm in die Augen und lächelte. »Weißt du, wie Niklas dich genannt hat, als du hier aufgetaucht bist und es ihm ganz und gar nicht passte, dich an meiner Seite zu sehen?«

Er wartete gespannt. »Hm?«

»Er war schrecklich sauer und schimpfte mit mir: Du und dein ›Mr. Tom from Down Under‹!«

Er lachte nun auch. »Tja, dem ist wohl nichts hinzuzufügen.« Er streckte einen Arm nach ihr aus. »Komm her zu ›Mr. Tom from Down Under‹. Übermorgen lässt er dich nämlich für ein paar Wochen allein.«

17

Nora fand kaum Zeit Tom zu vermissen. Ihre eigene Abreise mit den Mädchen rückte immer näher, und ständig gab es irgendetwas zu tun oder zu regeln. Die Formalitäten für die Auswanderung und die Organisation der Möbelverschiffung beanspruchten sie neben ihrem normalen Alltag mit drei Kindern sehr. Sie verspürte Nervosität und Aufregung bei dem Gedanken an das Kommende, und immer wieder hatte sie das Gefühl, womöglich etwas Wichtiges zu vergessen. Dann aber – mitten in Maries Sommerferien – war es so weit. Der Tag der Abreise war da, und es schien kein Zurück zu geben.

Innerlich aufgewühlt, aber nach außen hin um größtmögliche Gelassenheit bemüht, stand Niklas im Wohnzimmer und sah dem aufgeregten Hin und Her von Nora und Marie zu. Die kleine Sophie war auf dem Arm ihrer Großmutter und quietschte fröhlich ob des ganzen Lebens um sie herum. Ihr Großvater brachte einen großen Koffer in den Flur, während Nora wahrscheinlich zum fünfundzwanzigsten Mal den Inhalt ihres Handgepäckrucksacks überprüfte. Die Aussicht auf eine so lange Reise mit einem Schulkind und einem Wickelkind ließen in ihr Panik und Nervosität aufkommen. Worauf hatte sie sich bloß eingelassen? Der Blick auf ihre Eltern verunsicherte sie ebenfalls. Obwohl sie ihr nie offen Vorwürfe gemacht hatten, spürte sie deutlich, dass sie die Scheidung und das Auseinanderbrechen einer einstmals so intakten Familie missbilligten. Nora wusste außerdem, dass sie ihre Eltern nie wieder sehen würde, wenn sie nicht selbst nach Hamburg zurückkäme. Niemals würden Hermann und Louisa Waldner in ein Flugzeug steigen und dreiundzwanzig Stunden Flug auf sich nehmen, um in ein Land zu gelangen, in dem sie sich so fremd fühlen würden wie ein Eisbär in der Sahara. Nora schluckte. Nicht einmal für ihre einzige Tochter und auch nicht für ihre beiden Enkelkinder würden sie dies tun.

Das Taxi fuhr in die Zufahrt und hupte kurz. Nora hatte sich den Abschied von Niklas hier im Haus einfacher vorgestellt als am Flughafen. Und doch legte sich nun eine eiskalte Hand um ihr Herz und trieb ihr die Tränen in die Augen. Tapfer schluckte sie sie hinunter und ging zu ihrem Sohn, um ihn an sich zu drücken. »Mach's gut, Nicky.« An seinem Ohr flüsterte sie nur für ihn hörbar: »Ich hab dich lieb. Pass gut auf dich auf!«

Ihr Sohn nickte betreten. »Ja, mach ich, Mama.«

Sie legte eine Hand an seine Wange. »Versprich mir, dass du uns besuchen kommst.«

»Ja, okay. – Mit Papa.«

Sie gab ihm noch einen Kuss und wandte sich dann ihren Eltern zu. Als die traurige Anspannung ihren Höhepunkt erreichte, hupte es in der Auffahrt. Niklas lief zum Fenster. »Das ist ja Papa.« Erfreut rannte er zur Tür.

Max kam atemlos ins Haus. »Hab ich's gerade noch geschafft!«

Marie lief auf ihn zu und umarmte ihn stumm.

Nora biss sich auf die Unterlippe, als sie sah, wie sie sich an ihren Vater schmiegte.

Max strich ihr über den Kopf und hob sie auf seinen Arm, als wäre sie drei Jahre alt und nicht neun. Er sah über ihre Schulter hinweg zu Nora. »Soll ich euch zum Flughafen fahren?«

Nora schüttelte den Kopf. »Das ist lieb, Max, aber ich glaube, das würde es uns nur viel schwerer machen, meinst du nicht?«

Er nickte langsam und küsste Marie auf die Wange. »Mama hat Recht, mein Schatz ... Rufst du mich an und schreibst mir?«
Marie nickte nur. Es war offensichtlich, dass ihr der Abschied mehr als schwer fiel.
Der Taxifahrer hupte erneut, und Hermann Waldner griff nach dem Koffer, froh darüber, der Situation entfliehen zu können. Niklas schnappte sich den Rucksack und folgte seinem Großvater nach draußen.
Nora umarmte ihre Mutter und nahm ihr Sophie ab. »Ich melde mich, sobald wir angekommen sind, Mama. Mach dir bitte keine Sorgen, ja?«
Louisa Waldner nickte und wischte sich über die Augen.
Nora stand nun mit Sophie auf dem Arm vor Max. »Wir bleiben doch in Verbindung, Max?«
Er kitzelte Sophie kurz unter dem Kinn und nickte. »Ja.«
Sie sah ihn unverwandt an. »Und du kommst uns mit Nicky besuchen?«
Er legte die Hände auf ihre Schultern. »Ja, Nora. Wenn es mit den Ferien einigermaßen hinhaut, okay?«
Sie nickte stumm und musste schlucken, ehe sie antwortete: »Okay, Max. Bitte gib gut Acht auf unseren Sohn, ja?«
Er war berührt. »Und du auf unsere Tochter.«
Sie küsste ihn auf die Wange und trat zur Tür, denn sie fühlte mit absoluter Gewissheit, dass sie in Tränen ausbrechen würde, wenn sie nur noch eine Minute länger bliebe. Draußen umarmte sie ihren Vater und nochmals Niklas. Kuno lief aufgeregt winselnd von einem zum anderen. Als er schwanzwedelnd vor Nora stehen blieb und sie erwartungsvoll anschaute, gab sie Sophie Niklas. »Hältst du sie mal kurz, Nicky?« Sie ging in die Hocke und nahm Kunos Kopf in beide Hände. Den offenen Blick

aus seinen klugen braunen Augen konnte sie kaum ertragen. Ihre Stimme klang unsicher. »Ich kann dich doch nicht mitnehmen, Kuno!« Sie strich über sein weiches Fell, während ihr die Tränen in die Augen traten. »Mach's gut, Kuno, und pass gut auf Nicky auf!« Sie richtete sich auf, nahm Niklas Sophie ab und küsste ihn noch einmal, ohne darauf zu achten, dass ihr die Tränen inzwischen über die Wangen liefen. Dann stieg sie rasch ins Taxi. Als der Wagen rückwärts aus der Auffahrt fuhr, winkten sie den Zurückbleibenden zu. Sowohl Marie als auch sie selbst weinten. In diesen Sekunden sandte sie ein Stoßgebet zum Himmel, in dem sie darum bat, dass sie ihre Entscheidung für Tom und Australien auch wirklich nie würde bereuen müssen.

18

Die ersten Wochen in Cameron Downs waren angefüllt mit neuen Erlebnissen und Plänen. Nora und Tom mussten feststellen, dass das Haus nicht genug Platz bot. Marie hatte zwar ein schönes helles, luftiges Zimmer bekommen, für Sophie aber war nur eine winzige Kammer übrig, die sich bei ansteigenden Temperaturen schnell aufheizte und nicht gut lüften ließ. Es stand fest, dass dies nur eine vorübergehende Lösung sein konnte. Da Tom in den letzten Jahren Geld beiseite gelegt hatte und Nora von Max monatlich Geld bekam (sie hatten sich auf diese Regelung geeinigt, da ansonsten das Haus in Hamburg hätte verkauft werden müssen), entschlossen sie sich schnell dazu anzubauen. Gemeinsam arbeiteten sie die Pläne dafür aus.
In jeder freien Minute übte Nora mit Marie so viel Englisch wie möglich, und sie lernte rasch. Sie wusste, dass diese Sprache ihr den Alltag zu den Menschen hier eröffnen würde. Und sie wollte endlich dem örtlichen Reitverein beitreten. Dort lernte sie bald darauf andere Mädchen kennen, mit denen die ersten Verabredungen zu Stande kamen, die ihre Sprachkenntnisse weiter förderten. Als sie sich nach einigen Wochen eingelebt hatte, ermöglichten Nora und Tom ihr eine Reitbeteiligung an einem Pferd, an das sie schon kurz nach ihrer Ankunft in Cameron Downs ihr Herz verloren hatte. Sie konnte nun täglich nach der Schule reiten und sich um die schokoladenbraune Stute, die passenderweise den Namen Chocolate hatte, kümmern. Marie blühte förmlich auf, und Nora war mehr als froh zu erkennen, dass ihre alte Fröhlichkeit sowie ihr Selbstbewusstsein zurückkehrten.

Tom und Nora hatten sich in den vergangenen Wochen ausgiebig mit den Plänen für den vorgesehenen Anbau beschäftigt. Sie scherzten und lachten beim Zeichnen und Beratschlagen der Fülle an Möglichkeiten, die sich ihnen bot, und manchmal kehrten Noras Gedanken unwillkürlich zurück in die Vergangenheit mit Max. Auch mit ihm hatte sie damals ausgelassen und glücklich solche Pläne geschmiedet. Würde sie dieses Mal ihr Glück mit Tom festhalten können?

19

Catherine Morrison legte den Telefonhörer auf und versuchte die Aufregung zu unterdrücken. Tom würde sie übers Wochenende besuchen, und mit ihm seine Frau und die beiden Mädchen. Ihre Gedanken überschlugen sich förmlich, und im Geiste überlegte sie bereits, was sie alles vorbereiten wollte. Sie plante sofort die Einkäufe, ließ sich Rezepte durch den Kopf gehen, überlegte das Für und Wider eines jeden Rezepts im Hinblick auf die möglichen Essgewohnheiten der Kinder, sah nach ihren Bettwäsche-Vorräten im Wäscheschrank und befand sich plötzlich inmitten hektischer Vorfreude.
Wann hatte sie ihren Sohn zuletzt gesehen? Sie musste tatsächlich überlegen. Als allein stehender Arzt war er in seinem Beruf aufgegangen und hatte darüber hinaus oft bereitwillig die Dienste an Wochenenden, Feiertagen oder in den Ferienzeiten übernommen, um den Kollegen, die Familie hatten, einen Gefallen zu tun. Selten war Zeit für einen Besuch gewesen, und Catherine hatte sich mit Besuchen ihrerseits zurückgehalten, um ihm nicht auf die Nerven zu gehen. Schließlich schien er kein besonderes Verlangen nach regelmäßigen Besuchen zu haben. Sein Kopf war offensichtlich mit anderen Dingen voll gewesen. Catherine hatte dies stets akzeptiert und sich umso mehr gefreut, wenn sie sich dann tatsächlich einmal trafen und es viel zu erzählen gab.
Caroline war anders als Tom. Weniger in sich gekehrt, ja, fast schon übersprudelnd aufgeschlossen. Sie hatte nie Schwierigkeiten, sich in ungewohnte Situationen einzufinden und rasch neue Freundschaften zu schließen. Ihre Tochter besuchte sie

mit Joshua regelmäßig und forderte umgekehrt auch Gegenbesuche ein.

Catherine war vor einer selbst gestalteten Bildergalerie stehen geblieben und nahm ein Foto zur Hand, das Tom und seine Schwester Arm in Arm zeigte. Beide lächelten in die Kamera. Sie betrachtete das Bild voller Stolz. Obwohl ihre Kinder sich äußerlich durchaus ähnelten, waren sie, was die Wesenszüge anging, grundverschieden. Diese Verschiedenartigkeit hatte sie aber nie daran gehindert, großartig miteinander auszukommen. Sie waren von der Kindheit über die Pubertät bis zum Erwachsenenalter stets eng miteinander verbunden geblieben und hingen sehr aneinander. Catherine riss sich aus ihren Gedanken. Es gab jetzt schließlich viel zu tun. Voller Vorfreude über den anstehenden Besuch machte sie sich an die Vorbereitungen.

Einige Tage später war Nora im Flugzeug auf dem Weg nach Perth mehr als froh darüber, dass Sophie gleich einschlief. Als Niklas und Marie im Babyalter gewesen waren, hatten Max und sie auf Flugreisen verzichtet, sodass Nora über keinerlei Erfahrung mit schreienden Kleinkindern im Flugzeug verfügte. Tom hielt die schlafende Sophie jetzt auf dem Schoß, während Nora mit Marie aus dem Fenster sah. Danach schloss Marie ihre Kopfhörer an und verfolgte das Radioprogramm.

Nora schmiegte sich an Tom. »Na, kannst du glauben, dass wir tatsächlich mit beiden Kindern unterwegs zu deiner Mutter sind?«

Tom sah zufrieden von der schlafenden Sophie zu Nora. »Mum freut sich wirklich auf uns.«

Nora zwinkerte ihm zu. »Hoffentlich. Wie ist es denn in Perth?

Mit Martin bin ich ja für unsere Reportage dort in den Indian Pacific gestiegen, der uns nach Sydney gebracht hat. Leider hatten wir damals keine Zeit übrig, um Perth ausgiebig zu erkunden.« Sie lächelte spitzbübisch. »Wenn ich natürlich gewusst hätte, dass meine künftige Schwiegermutter dort lebt, hätte ich das Ganze mit vollkommen anderen Augen gesehen.«
Tom lachte. »Du bist unmöglich, Nora. Damals warst du doch noch mit Max verheiratet, und deine Schwiegermutter lebte in Deutschland.«
Nora grinste und wurde dann wieder ernst. »Also, wie ist es in Perth, der einsamsten Großstadt der Welt?«
Tom lehnte entspannt den Kopf gegen die Nackenstütze. »Damit liegst du gar nicht so verkehrt. Die isolierte Lage macht die Stadt tatsächlich zu etwas Besonderem. Zunächst einmal ist Perth wunderschön und kann es durchaus mit Sydney aufnehmen. Ich bin da ganz unvoreingenommen, trotz des ewigen Argwohns, der zwischen den Bewohnern der östlichen Städte und Perth besteht.«
Nora schaute verwundert. »Ich dachte, nur zwischen Sydney und Melbourne bestünde Konkurrenz?«
Tom nickte. »Ja, schon. Aber Perth liegt etwa dreitausend Kilometer von diesen Metropolen entfernt. Geografisch betrachtet liegt es sogar näher an Singapur. Man hat sich im Laufe der Geschichte oft von der Politik im Stich gelassen gefühlt. Perth musste es irgendwie allein schaffen. Der Goldrausch brachte eine Menge Glücksritter mit sich, die Entdeckung von Bodenschätzen machte viele Leute reich und ließ die Stadt aufblühen. Heute sieht man höchst argwöhnisch auf die ›eastern staters‹, die Oststaatler. Diese wiederum bezeichnen die Bewohner von Perth als ›sandgropers‹, im Sand Umhertapsende. Ein Spitz-

name, der übrigens noch aus den Zeiten des Goldrausches stammt.« Tom hielt kurz inne.
Nora hatte interessiert zugehört. »O nein, warum denn das? Es ist doch toll, dass so weit weg von allen anderen Städten noch eine weitere am Indischen Ozean existiert.« Sie überlegte einen Moment. »Hm, aber in Deutschland gibt es so etwas auch zwischen Norden und Süden. Doch genau erklären kann ich's nicht.«
»Hier könnte man schon fast sagen, dass diese Antipathie wie eine Tradition gepflegt wird. Sie gehört irgendwie zur Kultur. Jedenfalls ist Perth eine schöne Stadt, in der im Schnitt acht Stunden täglich die Sonne scheint. Außerdem ist es nicht so laut und hektisch wie in Sydney oder Melbourne. Der Kings Park ist einfach traumhaft. Ich freue mich schon darauf, euch alles zu zeigen. Meine Mutter hat nach Vaters Tod das Haus und die Praxis verkauft und sich eine hübsche Wohnung mit Blick auf den Indischen Ozean zugelegt. Wenn man auf der Terrasse sitzt, hört man die Brandung rauschen. Immer wenn ich da bin und auf die türkisfarbenen Wellen schaue, kann ich verstehen, dass sie dort nicht weg will.«
Nora schloss genießerisch die Augen. »Hm, das hört sich gut an. Ich liebe das Meer.«

Nach der Landung befiel sie jedoch eine nervöse Anspannung. Wann immer sie Tom über seine Mutter hatte reden hören, war ihr aufgefallen, wie sehr er an ihr zu hängen schien. Was, wenn diese sie nicht leiden konnte? Während Tom das Formular am Schalter der Autovermietung ausfüllte, hielt sie Sophie auf dem Arm und sah sich um. Marie stand neben Tom und schaute zu, wie er die Formalitäten abwickelte. Als alles erledigt war, reichte

er ihr mit einem Lächeln die Autoschlüssel und schickte sie voraus, um den Wagen auf dem Parkplatz zu suchen. Er schob den Kofferwagen, auf dem sich drei Reisetaschen, zwei Handgepäckrucksäcke und Sophies Babyautositz stapelten. Mit gespieltem Entsetzen betrachtete er den Gepäckberg und grinste Nora an. »Man könnte meinen, wir wollten für immer hier bleiben.«
Nora zuckte mit den Schultern. »So ist das nun mal mit Familie. Windeln, Gläschen, Trinkfläschchen, Sauger, Lätzchen und Kleckerwäsche, Spielzeug, Bücher und so weiter. Du wirst dich dran gewöhnen müssen.«
Tom lachte. »Es ist unglaublich faszinierend.« Er deutete auf Marie, die in der Ferne winkte. »Da! Marie hat unser Auto ausfindig gemacht.«

Perth war groß, sauber und modern. Angenehmes Mittelmeerklima empfing sie, und Nora atmete auf. Temperaturen um die zwanzig Grad Celsius ließen es zu, dass sie sich munter und unternehmungslustig fühlte. Ein strahlend blauer Himmel spiegelte sich in den hohen Wolkenkratzern. Tom fuhr einmal durch Perth und wies auf interessante Dinge hin. Die gepflegte Stadt am Swan River mit ihren Grünflächen beeindruckte Nora. Tom erklärte ihr, dass über eintausend Quadratkilometer Parks, Sportplätze und Naturschutzgebiete zum Stadtgebiet gehörten.
»Du hast in Sydney studiert. Warum bist du eigentlich von hier weggegangen?«
Er zuckte mit den Schultern. »Ach, ich weiß es im Grunde auch nicht. Aber damals wollte ich unbedingt fort von hier. Von meinen Eltern und von Perth. Ich musste einfach mal was anderes kennen lernen, verstehst du? Mich abnabeln. Meine Eltern waren nicht sehr begeistert. Schließlich hätte ich ebenso gut hier

studieren und weiterhin bei ihnen wohnen können, was viel günstiger gewesen wäre. Aber dann haben sie nachgegeben und mich ziehen lassen. Immerhin waren sie sehr froh darüber, dass ich Medizin studieren wollte. Auch heute noch rechne ich es ihnen hoch an, dass sie mir diese Freiheit, fortgehen zu können, eingeräumt haben. Vielleicht ist das der Grund, dass ich jetzt immer wieder so gerne hierher zurückkehre.«

Nora nickte und legte eine Hand auf sein Knie. »Ich hab ein Buch über Kindererziehung. Es heißt: Wenn die Kinder klein sind, gib ihnen Wurzeln, wenn die Kinder groß sind, gib ihnen Flügel! Das scheint bei dir und deinen Eltern funktioniert zu haben.«

Die anfängliche Unsicherheit zwischen Catherine und Nora legte sich bald. Toms Mutter war zwar ein wenig zurückhaltend, fand aber ausgesprochen rasch Zugang zu Marie und Sophie. Wann immer es sich ergab, stand Nora auf der Terrasse und genoss die Aussicht auf den Indischen Ozean. Sie beobachtete das Kommen und Gehen der Wellen und verglich wieder einmal ungläubig ihr früheres Leben in Deutschland mit ihrem jetzigen hier in Australien. Manchmal konnte sie das alles kaum begreifen. Sowohl in Hamburg als auch hier in »Down Under« schien ihr – bis auf die heftigen, aber im Nachhinein betrachtet relativ kurzen Sorgerechtsstreitigkeiten mit Max – viel Glück beschieden zu sein.

Sie hatte mit Max wirklich gute Zeiten gehabt und zwei wunderbare Kinder mit ihm. Auch jetzt noch erschien ihr ihre Heimatstadt Hamburg als die schönste Stadt Deutschlands. Als echte Hamburgerin hatte sie selbst hier in Australien zutiefst betrübt die Nachricht aufgenommen, dass nicht Hamburg zur Auswahl der Olympiastädte 2012 für Deutschland ins Rennen geschickt würde, sondern Leipzig. Aber diese Gefühle waren wohl ihrem Lokalpatriotismus zuzuschreiben. Sie liebte einfach die Vielseitigkeit und das pulsierende Leben des Hamburger Hafens, der immer wieder als »Tor zur Welt« bezeichnet wurde, sie mochte aber auch die vielen ruhigen Ecken, die Alster und Elbe in verschiedenen Stadtteilen boten. Die Michaeliskirche, die von Hamburgern nur »der Michel« genannt wurde, war für sie ebenso untrennbar mit der Stadt verbunden wie der Tierpark Hagenbeck. Wie oft war sie mit Niklas und Marie wohl dort gewesen? Sie seufzte kurz, während sie dabei zusah, wie sich die Wellen an einigen Felsen brachen. Sie hielt ihr Gesicht in die Sonne und genoss den leichten Frühlingswind. Jetzt war sie hier – am anderen Ende der Welt. Auch hier war sie glücklich. Sie liebte Tom, mit dem sie eine zauberhafte Tochter und ein gemeinsames Leben verband. Durfte ein einzelner Mensch so viel Glück im Leben haben?

Wieder einmal kehrten ihre Gedanken zu Niklas zurück, den sie verloren zu haben glaubte. Noch immer war sie traurig darüber, dass er es vorgezogen hatte, in Hamburg zu bleiben. Wie er wohl dort zurechtkam – ohne sie und Marie? Hoffentlich ging es ihm gut.

Nora fuhr zusammen, als Tom seine Arme um sie schlang. Sie hatte das Klappen der Terrassentür nicht gehört. Zärtlich schmiegte er sein Gesicht in ihr Haar und sah dann über ihre Schulter hinweg auf den Ozean.

»Na, hab ich zu viel versprochen?«

Sie lehnte ihren Kopf an seine Wange. »Nein, bestimmt nicht. Es ist traumhaft schön hier.«

Er ließ sie los und reckte die Arme kurz hoch in den Himmel, dann lächelte er unternehmungslustig. »Was meinst du zu ei-

nem Ausflug?« Er zwinkerte. »Nur wir beide? Mum will mit den Kindern noch zum Strand runter.«
Nora nickte. »Wohin soll's denn gehen?«
»Das kommt darauf an, wonach dir der Sinn steht. Eher ein kurzer Trip, oder könntest du die Kinder meiner Mutter auch bis morgen überlassen? Ich hätte da eine Idee, die dir bestimmt gefallen würde.« Er schmunzelte so selbstzufrieden, dass Nora lachen musste.
»Und was für eine?«
»Mir ist schon öfter dein Faible für Bäume aufgefallen, und ich würde dir gerne die schönsten Karri- und Jarrahbäume zeigen. Nur ist es von hier nach Manjimup oder Pemberton eine längere Fahrt. Wir sollten eine Übernachtung einplanen.«
Nora zögerte. »Glaubst du denn, deine Mutter kriegt das hin? Ich meine mit Marie und Sophie? Wird ihr das nicht zu viel?«
Tom sah über die Schulter zurück ins Wohnzimmer, wo seine Mutter mit den Mädchen spielte. Er stieß Nora an. »Schau doch mal. Siehst du nicht, wie sie sich über die beiden freut?«
Nora lächelte. »Ja, schon. Aber ich will erst mit Marie reden. Also wenn, dann starten wir frühestens morgen. Sie soll mir sagen, ob sie einverstanden ist, schon allein bei Catherine zu bleiben. Ich weiß nicht, ob sie sich nicht doch noch unsicher fühlt. Ihr Englisch muss sich ja noch entwickeln, und auch sonst ist alles hier so neu für sie.«
Tom nickte. »Einverstanden, frag sie. Aber ich denke, sie sieht das lockerer als du.« Er deutete mit dem Kopf auf Marie, die sich kichernd über einen Schreibblock beugte und etwas zeichnete. »Sieh doch. Notfalls malt sie ihrer neuen Grandma auf, was sie noch nicht ausdrücken kann. Und beide haben Spaß dabei und lernen sich noch besser kennen.«

Diesen Tag verbrachten sie im Kings Park und am Strand unterhalb von Catherines Wohnung. Ein lauer Wind und eine nicht zu heiße Sonne ließen die Zeit zum Vergnügen werden. Nora nahm die neuen Eindrücke mit allen Sinnen auf und genoss es, Marie und Sophie unbeschwert und fröhlich in ihrer neuen Umgebung zu erleben. Hand in Hand schlenderte sie mit Tom durch den Park, der sie mit seiner Größe und Vielfältigkeit beeindruckte. Natürlich gab es auch hier wie in jedem Park gepflegte Grünanlagen mit weiten Rasenflächen, Blumenbeeten und hübsch angelegten Wegen, doch ein großer Teil – vielleicht ein Viertel des Ganzen – bestand aus naturbelassenem Buschland. Nora staunte, als Tom ihr erklärte, der Park sei vierhundert Hektar groß.

Später am Strand spielten sie mit den Kindern und liefen durch die heranrollenden Wellen über den Sand. In einer ruhigen Minute setzte Nora sich dann mit Marie auf einen großen Stein, um mit ihr zu sprechen. Sie zögerte nur kurz, als Nora ihr von Toms Ausflugsplan erzählte.

»Ihr seid dann eine Nacht weg und kommt am nächsten Abend zurück, Mama, oder?«

Nora nickte und beobachtete das Gesicht ihrer Tochter genau. Sie wollte keinesfalls, dass Marie sich ausgeschlossen fühlte, aber Sophie, die für einen so langen Ausflug noch zu klein war, hing sehr an ihrer Schwester. Und wenn sie nur Marie mitnähmen, würde es sicher Theater mit der Jüngsten geben. Marie schien das zu ebenfalls so zu sehen.

»Ich mag Catherine. Ich denke, es ist okay, wenn wir hier bleiben. Mach dir keine Gedanken, Mama, ich kümmere mich auch um Sophie. Ich weiß ja, was sie alles braucht. Habt ihr einen schönen Ausflug.«

Gerührt schlang Nora beide Arme um ihre Tochter. »Ach Marie, was täte ich nur ohne dich?«

Am nächsten Morgen brachen sie in aller Frühe auf. Von Perth führte sie der Weg nach Mandurah und von dort weiter an der Küste entlang zum Yalgorup National Park, wo sie einen langen einsamen Spaziergang in den Sanddünen machten. Die Hochsaison hatte noch nicht begonnen, sodass sie alles in relativer Ruhe genießen konnten.
Später ging es nach Bunbury, wo sie den Highway wechselten und landeinwärts fuhren. Nach der heißen roten Erde bei Cameron Downs betrachtete Nora fast schon ungläubig die hügelige, beinahe englisch anmutende Landschaft bei Bridgetown.
In Manjimup, das sich selbst als Tor des Tall Timber Country bezeichnete, wurden sie am Stadtrand von vier riesigen Bäumen begrüßt. Hier und im Pemberton National Park kam Nora aus dem Staunen kaum noch heraus. Die Karri- und Jarrahbäume hatten Schwindelerregende Höhen. Tom erzählte, dass die Karries im Pemberton National Park eine Höhe von über hundert Metern erreichten und somit die höchsten Hartholzbäume der Welt seien. Nora erfuhr, dass der Karri für seine unglaubliche Anzahl an Blüten bekannt sei. Ein ausgewachsener Baum könne durchaus für zweihundertfünfzig Kilogramm Honig sorgen. Dennoch hatte Nora Mühe, die beiden Hartholzbaumarten zu unterscheiden, die große Ähnlichkeit aufwiesen. Verblüfft hörte sie zu, als Tom erklärte, den Unterschied zwischen den beiden Arten könne man beim Verbrennen eines Holzsplitters feststellen. Wenn die Asche eine grauschwarze Farbe aufweise, sei es ein Jarrah, wenn sie weiß sei, ein Karri.
Fasziniert legte Nora den Kopf in den Nacken und ließ ihre Au-

gen den unglaublich hohen Stamm nach oben entlangwandern. Sie hatte schon immer eine Schwäche für schöne Bäume gehabt. Der Umfang dieser hier – sie schätzte fünfzehn bis zwanzig Meter – nahm nach oben hin ab, was ihnen etwas Edles und Anmutiges verlieh. Unwillkürlich fiel ihr eine Zeile von Khalil Gibran ein: »Bäume sind Gedichte, die die Erde in den Himmel schreibt.« Nora lächelte. Wenn dieser poetische Spruch auf einen Baum passte, dann auf diese hier.

Viel zu schnell gingen die Tage in Perth zu Ende, und Nora sah dem Abschied fast mit Bedauern entgegen. Sie mochte Catherine und war froh, dass sich ihre anfängliche Sorge als unbegründet herausgestellt hatte. Darüber hinaus hatte sie Perth ins Herz geschlossen, diese schöne Stadt am Swan River, deren Erscheinungsbild das Selbstbewusstsein und den Stolz ihrer Einwohner widerzuspiegeln schien.
Der Abschied war herzlich, und Catherine winkte dem abfahrenden Wagen noch lange hinterher. Die Rückkehr in ihre plötzlich wieder so stille Wohnung fiel ihr schwer, und in den wenigen Tagen hatte sie die Mädchen so lieb gewonnen, dass sie sie schon jetzt zu vermissen glaubte.

20

Als Maries zehnter Geburtstag näher rückte, klingelte eines Tages das Telefon. Nora war überrascht, Max zu hören.
»Hallo, Nora. Geht es euch gut?«
Sie lächelte und pustete sich eine Haarsträhne aus der Stirn. »Ja, obwohl ich immer noch nicht alle Kartons ausgepackt habe. Wer weiß, ob ich damit jemals fertig werde, es fehlt uns noch an Platz. Den Kindern geht es prächtig. Wie geht's Niklas? Alles in Ordnung bei euch?« Sie machte eine Pause, weil sie ihm Gelegenheit geben wollte, sein Anliegen vorzubringen.
»Ja, alles okay. Nicky geht's gut. Nora, ich rufe wegen Maries Geburtstag an. Ich möchte ihr etwas Schönes schenken und wollte dich deswegen um Rat fragen.«
Nora überlegte. »Hm. Also nichts macht sie momentan glücklicher als der Reitverein hier in Cameron Downs. Ich bin ehrlich froh darüber, denn seit sie dort ein und aus geht, hat sie schon einige Freunde gefunden. Tom und ich bezahlen ihr inzwischen eine Reitbeteiligung.« Nora lachte. »Die Stute Chocolate liebt sie inzwischen mehr als uns alle!« Sie wurde wieder ernst. »Tja, Max, ich denke irgendetwas für das Pferd, zum Reiten oder ein eigener schöner Sattel, wenn es ein teures Geschenk sein darf.«
Max hatte atemlos zugehört. »Halte mich nicht für bescheuert, Nora, aber ist die Stute zu verkaufen?«
Nora war einen Moment sprachlos. »Hör mal, Max, ich glaube, du hast mich da missverstanden. Ich meinte wirklich nicht ...«
Er unterbrach sie. »Nora, bitte! Ich bin nicht größenwahnsinnig oder übergeschnappt, Marie fehlt mir nur sehr. Mich würde der Gedanke trösten, ihr diese Riesenfreude zu machen. Sie beschäf-

tigt sich jeden Tag mit dem Pferd, somit würde sie jeden Tag an ihren Vater in Hamburg erinnert. Wir wären quasi über dieses Pferd miteinander verbunden.«

Nora konnte Max verstehen, denn Niklas fehlte ihr ebenfalls so sehr, dass sie oft grenzenlose Traurigkeit überfiel, wenn sie an ihn dachte. »Also, ich bin sprachlos.«

Max überlegte fieberhaft. »Ich weiß natürlich, dass die Anschaffung des Pferdes nicht alles ist. Die monatlichen Unterstellkosten sind vermutlich hoch. Wenn du einverstanden bist, würde ich mich daran beteiligen beziehungsweise alles, was über diese Reitbeteiligung hinausgeht, übernehmen. Kannst du dich mal schlau machen?«

Nora dachte an Marie, und ihr Herz schlug schneller. Sie würde sich wahnsinnig freuen. »Okay, Max. Ich melde mich dann bei dir.«

»Verrate aber nichts, Nora. Es soll eine Überraschung sein.«

Die weiter voranschreitenden Bauarbeiten am Haus bedeuteten für Nora Hektik, Lärm und Unruhe. Sicher, die Aussicht auf mehr Wohnraum und damit mehr Lebensqualität war verlockend, aber die Bauleute brauchten dieses und jenes, und der Lärm ließ Sophies Mittagsschlaf überhaupt nicht mehr zu. Die Kleine war deswegen häufig quengelig und am Spätnachmittag meistens aufgrund von Übermüdung unausstehlich. Mehr als einmal beneidete Nora Tom, der in seiner Arbeit Erfüllung und Anerkennung fand und wenn er heimkehrte staunend die Fortschritte am Haus bewunderte, welches dann schon meist friedlich in der Abendstimmung unter den Bäumen ruhte und nicht mehr viel vom Staub, Dreck und unvorstellbaren Lärm der Tagesarbeit erahnen ließ. Aber Nora wollte nicht undankbar sein.

Sie tröstete sich mit dem Gedanken, dass es nicht ewig dauern würde, bis alles fertig wäre. Die Zimmerarbeiten am Dachstuhl des Anbaus hatten bereits begonnen. Seltsam, fast wie ein Gerippe hoben sich die kahlen Dachbalken vom vorhandenen Dach des alten Hauses ab. Nora grauste es vor dem Moment, an dem dieses Dach geöffnet werden musste, um das alte Dachgeschoss mit dem neuen zu verbinden. Die Vorstellung, dass das Dach und die Zimmerwände aufgestemmt werden würden, erzeugte ein realistisches Bild vor ihrem inneren Auge, in welchem Staub und Tohuwabohu sie alle tagelang würden leben und schlafen müssen.
Die Wochenenden jedoch, an denen Tom keinen Dienst hatte, gehörten ihnen allein, und sie begannen stets mit einem Frühstück in aller Ruhe. Nora genoss die Stille, die ihr fast unwirklich vorkam.
Das Radio lief, und nachdem ein Musikstück endete, berichtete der Moderator von den Bränden, die vor Sydney und Canberra wüteten. Während Tom Sophie einen Honigtoast klein schnitt, hörte Nora angespannt zu. Schließlich wurde wieder Musik gespielt, und sie sah auf. »Tom?«
Er wischte Sophie Honig von den Fingern. »Hm?«
»Hast du das gehört? Vor Sydney brennt es.«
Er sah nicht wirklich interessiert aus. »Ja. Aber das passiert praktisch in jedem Jahr. Die Buschfeuer gehören zu Australien, Nora.«
Sie legte eine Scheibe Käse auf ihren Toast. »Aber wie kannst du sie Buschfeuer nennen, wenn sie doch fast die Riesenstadt Sydney erreicht haben?«
»Na, sie brechen halt irgendwo im Busch aus und dringen manchmal unglücklicherweise weit vor.«

Sie runzelte die Stirn. »War Cameron Downs auch schon mal in Gefahr?« Der Gedanke gefiel ihr überhaupt nicht.

Tom zwinkerte Marie zu, die aufmerksam zuhörte. Dann wandte er sich an Nora. »Darling, solange ich hier bin – und das sind immerhin einige Jahre –, war das noch nie der Fall.« Er schien zu überlegen. »Hm, bis Windorah sind schon mal ein paar Feuer gekommen, aber nicht bis Cameron.«

Nora hatte sich an dem Thema offenbar festgebissen. Sie dachte an Deutschland und daran, dass dort jeder noch so kleine Ort eine freiwillige Feuerwehr hatte. Hier hatte sie noch gar nicht darauf geachtet. »Was würde denn geschehen, wenn ein Feuer doch mal bis Cameron käme?«

Tom biss nun selbst in seinen Toast und kaute zufrieden. »Das würden wir Tage im Voraus erfahren. Buschbrände und ihre Ausläufer werden genauestens beobachtet. Die Einsatzleitstellen der Feuerwehren registrieren alles von der Ausbreitung bis zur Windrichtung und so weiter.«

Nora sah verblüfft aus. »Heißt das, man beschränkt sich aufs Beobachten und aufs Warnen? Tun sie denn nichts dagegen?«

Tom verlor ein wenig die Geduld. »Nora! Natürlich unternimmt die Feuerwehr etwas, wenn Gefahr droht. Es gibt da verschiedene Möglichkeiten wie zum Beispiel Gegenfeuer legen, Gräben ausheben, Bäume fällen, gefährdete Häuser vorbeugend mit Wasser besprengen. Als Vororte von Sydney 2001 in Gefahr waren, sind sogar neben den normalen Löschhubschraubern drei Fünfunddreißig-Millionen-Superhelitanker im Einsatz gewesen, riesige Hubschrauber, die in wenigen Minuten neuntausend Liter Wasser aufnehmen können. Sie wurden zu regelrechten Maskottchen im Kampf gegen das Feuer. Und soweit ich weiß, waren sie auch sehr erfolgreich.«

Nora sah ihn skeptisch an und schwieg einen Moment. Sie konnte sich beim besten Willen nicht vorstellen, dass solche teuren Helikopter hier draußen zum Einsatz kämen. Cameron Downs war schließlich nicht Sydney. Dann fiel ihr Blick durch das Verandafenster nach draußen auf den Anbau. Nicht auszudenken, wenn so ein Buschbrand alles zerstören würde. »Sind wir eigentlich gegen so etwas versichert?«
Tom schaute sie an, als käme sie von einem anderen Stern. »Selbstverständlich nicht. Das Risiko, dass ein Buschfeuer tatsächlich bis hierher kommt, ist wirklich nicht hoch. Nicht besonders viele sind dagegen versichert. Die Prämien sind irre hoch. Schließlich kommt es in Australien jedes Jahr zu solchen Bränden.«
Nora schüttelte den Kopf. »Aber das ist doch völlig unlogisch. Du sagst, es gibt jedes Jahr solche Feuer, dass aber kaum jemand dagegen versichert ist, weil die Prämien so irre hoch sind. Die sind doch aber bestimmt nur deshalb so hoch, weil eben doch jedes Jahr Häuser abbrennen, nicht? Wenn man sich nicht versichert, ist das doch irgendwie wie russisches Roulett, oder?«
Tom begann zu lachen. »Nora, du könntest glatt Versicherungen verkaufen. Du würdest bestimmt jeden von der Notwendigkeit, unbedingt versichert sein zu müssen, überzeugen.«
Sie zog eine Grimasse, während Sophie zu quengeln begann, weil ihre Finger erneut komplett mit Honig verklebt waren. Tom stand auf und blieb vor der Kleinen stehen. »Daddy trägt dich ins Bad, ja? Dort waschen wir deine Hände. Du fasst mich aber solange nicht an, hörst du?« Er lachte unbekümmert. »Sonst sind wir auf ewige Zeiten aneinander gefesselt.« Er hob Sophie, die ihre Hände hoch in die Luft gestreckt hatte, von ihrem Stuhl und ging mit ihr zur Tür. Als er wenig später zurück-

kam, blieb er hinter Noras Stuhl stehen und küsste sie rasch auf den Kopf. »Ich werde mich mal erkundigen, was so eine Versicherung kostet, okay?«

Eine Woche später wurde Nora voller Unruhe vor dem Piepsen des Weckers wach. Marie hatte Geburtstag. Nora verspürte eine so freudige Aufregung, dass sie nichts mehr im Bett hielt. Leise stand sie auf und beschloss, den Frühstückstisch zu decken, alles vorzubereiten und die Kerzen für Marie anzuzünden. Bevor sie ins Bad ging, sah sie erneut zur Uhr. Sie konnte es kaum erwarten.
Eine Stunde später kam Marie mit einem verlegenen Lächeln die Treppe herunter und ließ sich gratulieren. Der Geburtstagstisch war – wie in jedem Jahr – hübsch dekoriert, und die Kerzen leuchteten. Sie packte ihre Geschenke aus, die vorwiegend aus Büchern und Reitutensilien bestanden, bedankte sich und scherzte mit Sophie, die staunend zusah. Nach einer Weile bemerkte Nora den suchenden Blick, mit dem Maries Augen über den Tisch wanderten. Sie registrierte den Anflug von Enttäuschung, den ihre Tochter tapfer zu verbergen versuchte. Nora legte einen Arm um sie.
»Du denkst doch nicht, Papa hätte dich vergessen?«
Marie lief rot an. Sie zuckte mit den Schultern. »Na, vielleicht hat die Post ja länger gebraucht.«
Nora biss sich auf die Lippe und sah erneut zur Uhr. Sie nickte Tom zu, der geschäftig mit einem Saftkrug zum Frühstückstisch ging. Er wandte sich um. »Komm, Marie, wir wollen an deinem Geburtstag ganz in Ruhe frühstücken.« Er bückte sich und hob Sophie in ihren Hochstuhl.
Nora band der Kleinen ein Lätzchen um und setzte sich neben sie.

Tom sah sich scheinbar suchend um. »Ach, es fehlt noch Milch. Ich hole welche.« Er verschwand durch den Nebeneingang nach draußen in die Garage. Gleich darauf sah Nora ihn den kleinen Pfad hinter dem Haus entlanglaufen. Sie unterdrückte nur mit Mühe ein Schmunzeln und kümmerte sich um Sophie. Marie erzählte munter, was sie heute in der Schule erwartete und wen sie gerne einladen würde. Etwa fünf Minuten später schaute sie verwundert auf, als Hufschlag zu vernehmen war. Durch das Fenster zur Veranda war Tom zu sehen, der ein überaus sorgfältig gestriegeltes Pferd führte.

Marie blieb sekundenlang sprachlos sitzen. Sie errötete bis unter die Haarwurzeln, als sie auch noch eine kleine rote Schleife am Halfter entdeckte. »Aber das ist ja Chocolate!«

Nora freute sich riesig über die gelungene Überraschung. Sie stand auf, umarmte ihre Tochter und küsste sie herzhaft auf die Wange. »Dein Vater hat dich selbstverständlich nicht vergessen, Marie. Chocolate gehört jetzt dir.«

Marie schluckte. Sie umarmte Nora stumm und lief dann nach draußen, wo Tom schon auf sie wartete. Er sah lachend an sich hinunter. »Endlich kommst du. Sie hat mich schon zweimal ordentlich angeschnaubt. Jetzt muss ich mich für meine Patienten noch mal umziehen.«

Marie umarmte ihn, und er strich ihr über den Kopf. »Schon gut, Marie. Hauptsache, du kümmerst dich gut um sie. Bring sie den Pfad hinunter zurück. Vorne an der Abzweigung wartet Michael mit dem Auto und dem Hänger. Er fährt sie wieder in den Stall.« Er zwinkerte ihr zu. »Diese Überraschung war uns aber alle Mühe wert.«

Marie rang immer noch nach Fassung. Sie fuhr sich mit dem Handrücken über die Augen. Seit sie in den Kindergarten ge-

gangen war, hatte sie sich ein eigenes Pferd gewünscht. Schließlich sah sie zu Tom auf. »Hilfst du mir rauf?«
Er zog die Augenbrauen hoch. »Ohne Sattel, Trense und Reitkappe? Das ist zu gefährlich Marie. Führ sie lieber.«
»Na gut.« Sie klopfte der Stute strahlend den Hals und verschwand mit ihr auf dem kleinen Pfad. Sie konnte ihr Glück kaum fassen.
Nora kam mit Sophie auf dem Arm nach draußen, während Tom ihnen entgegenging. Er küsste sie und grinste. »Na, diese Überraschung hat sie förmlich sprachlos gemacht.«

21

Der Garten lag im Licht der untergehenden Sonne. Es war schon spät, und doch war die Umgebung von den Geräuschen des Outback, das an die Ausläufer der kleinen Stadt grenzte, erfüllt. Die Luft hatte sich nur sehr langsam ein wenig abgekühlt, und ein lauer Wind strich durch duftende Sträucher. Das Zirpen der Zikaden schien heute kein Ende nehmen zu wollen.

Nora hatte die Kinder zu Bett gebracht und stand unschlüssig auf der Veranda. Sie war erschöpft, denn die frühsommerliche Wärme des Tages hatte sie müde gemacht. Sie ging langsam die Stufen in den Garten hinunter und schlenderte den staubigen Weg entlang ums Haus herum. Sie vermisste plötzlich Kuno. Wenn sie in Hamburg im Garten gewesen war, hatte er sie stets auf Schritt und Tritt begleitet – auch um ihr ständig seinen Ball vor die Füße zu legen. Sie sah seine klugen braunen Augen im Geiste vor sich und seufzte, ehe sie weiterging. Hier und da blieb sie stehen, knipste einen verblühten Zweig ab und schaute nach, wie ihre Kräuter gediehen.

Am Ende des Grundstücks standen unter einem großen Eukalyptusbaum zwei Gartensessel neben einem kleinen Tisch. Nora zögerte einen Moment. Sie hatte das Babyfon im Haus liegen lassen. Wenn Sophie anfinge zu weinen, würde sie es hier nicht hören. Dann aber gab sie ihrer Müdigkeit nach und ließ sich in einen der Sessel fallen. Nur eine kurze Pause. Wenn die Kleine schlimm weinte, würde Marie sie rufen. Außerdem war Sophie satt und zufrieden eingeschlafen. Es war also eher unwahrscheinlich, dass sie sich gleich noch mal meldete. Tom war zum

Ende seiner Schicht noch zu einem Notfall weit draußen auf eine Farm gerufen worden. Bei ungünstigen Wetterbedingungen für den Rückflug müsste das Rettungsteam dort sogar übernachten.

Nora legte den Kopf zurück und betrachtete das Blätterdach, das sich träge im Wind bewegte, und durch das nun blass die ersten Sterne schimmerten. Manchmal konnte sie es nicht fassen, dass sie diesen Schritt tatsächlich gewagt hatte. Nach wie vor liebte sie Australien, aber dennoch wollte sich ein wirkliches Heimatgefühl noch nicht bei ihr einstellen. Sie hatte Schwierigkeiten, sich an das Klima zu gewöhnen. Besonders der beginnende australische Sommer warf sie förmlich um. Die oftmals schon trockene Backofenhitze mit ihrem unerschöpflichen Vorrat an Fliegen machte ihr und den Kindern das normale Alltagsleben schwer. Meldungen über erste Buschbrände ließen in ihr eine grenzenlose Angst aufkommen, die von »normalen« Australiern nur belächelt wurde. Und noch immer geriet sie in gelinde Panik, wenn ihr große oder kleine Spinnen begegneten oder wenn sie einmal eine Schlange zu Gesicht bekam. Sie liebte die fröhlichen, aufgeschlossenen Australier, und sie hatte in Cameron Downs wirklich gute Freunde gefunden; dennoch fielen ihr immer wieder eine gewisse Oberflächlichkeit und manchmal auch Unzuverlässigkeit auf, die hier und da einfach zur landestypischen Nonchalance gehörten.

Nora betrachtete die Sterne am Himmel und atmete tief durch. Immer, ausnahmslos immer dachte sie in diesen stillen Momenten an ihren Sohn. Sie vermisste ihn schmerzlich und litt darunter, ihn nicht bei sich zu haben. Das Gefühl, bei ihm versagt, ja, mehr noch, ihn enttäuscht zu haben, nagte an ihr.

Doch nach wie vor war ihre Liebe zu Tom grenzenlos. Sie liebte

es, seine Nähe zu spüren, mit ihm zu reden, zu lachen oder auch zu streiten. Ihr wurde warm ums Herz, wenn sie ihn mit Marie und Sophie beim Spielen oder Toben beobachtete. So sehr sie sich auch bemühte, ihn dabei zu ertappen, er machte nie einen Unterschied zwischen den beiden Mädchen. Er liebte Marie inzwischen genauso wie seine eigene Tochter Sophie. Nora vermisste Tom schmerzlich, wenn er auf seiner mehrtägigen Kliniktour war.
Den Kopf locker zurückgelehnt, ließ sie ihre Gedanken davontreiben und nickte ein.
Stunden später fuhr sie zusammen, als jemand sie an der Schulter berührte. Es war inzwischen völlig dunkel geworden, und sie hatte einen Moment lang Mühe, sich zurechtzufinden. Verwirrt sah sie auf.
Tom war hinter ihren Gartensessel getreten und schlang beide Arme um sie. Sein Atem strich sacht über ihre Wange. »Was machst du denn hier draußen in der Dunkelheit, mein Herz? Ich habe dich schon gesucht.«
Sie streckte sich und fuhr ihm mit beiden Händen durchs Haar. »Ach, ich muss wohl eingeschlafen sein. Es war hier so herrlich unter den Bäumen. Die Hitze am Tag schafft mich einfach.«
Er ließ sich in den zweiten Sessel fallen und rieb sich die Stirn. Müde streckte er die langen Beine von sich und gähnte.
Nora musterte ihn. »Wie war dein Tag? Bist du hungrig?«
Er schüttelte den Kopf. »Nein, wir haben bei den Johnsons gegessen, nachdem wir den jungen Arbeiter versorgt hatten.«
»War es schlimm? Musstet ihr ihn mitnehmen?«
Tom hatte offenbar keine große Lust, darüber zu reden. »Hm. Er ist jetzt in der Klinik. Er wird wieder ganz gesund. Es dauert nur eine Weile. Er ist unglücklich von einem Viehgatter gefal-

len, als ein Bulle angriff. Beckenbruch.« Er beugte sich vor und nahm ihre Hand. »Doch nun zu dir. Was haben meine Mädchen heute so gemacht?« Er hob ihre Hand an seine Lippen.
Nora schmunzelte. »Ach, es war ein ganz normaler Tag. Wir waren damit beschäftigt, bei der Hitze nicht wegzuschmelzen.«
Tom lachte. »Und wir haben doch erst Frühsommer. Aber keine Sorge, ihr werdet euch daran gewöhnen.« Er zog sie an der Hand zu sich herüber auf seinen Schoß. »Komm her zu mir, mein Herz. Du hast mir schrecklich gefehlt.«
Nora lächelte und schlang beide Arme um seinen Hals. »Du mir auch.«
Als sie seine Lippen spürte, überkam sie das vertraute Gefühl grenzenlosen Glücks. Sie hatte immer noch keine wirkliche Erklärung für den Zauber gefunden, der zwischen ihr und Tom bestand. Ihre Finger knöpften sein Hemd auf und glitten über seine warme Haut. Auch er konnte sich ihrer Zärtlichkeit nicht mehr entziehen. Sacht, aber bestimmt fuhren seine Hände unter ihr Top und strichen die Träger über den Schultern beiseite.
Später würde sie ein wenig erschrocken die Tatsache betrachten, dass er sie in einem Gartensessel im Schutz der Bäume mehr oder weniger öffentlich geliebt hatte, aber jetzt gab es nur sie beide.
Anschließend saß sie an ihn geschmiegt auf seinem Schoß und lauschte seinem Herzschlag, der sich – wie auch ihr eigener – nur langsam wieder beruhigte. Nach einer Weile löste sich Tom von ihr und sah ihr in die Augen. »Liebling?«
»Hm? Was ist?«
Tom hielt ihre Hand fest. »Du weißt doch, dass ich mir immer eine Familie gewünscht habe, oder?«
Sie horchte auf. »Ja, und jetzt hast du sie plötzlich.«

Er nickte nachdrücklich. »Genau. Und das macht mich glücklich. Aber könntest du dir nicht vorstellen, dass wir beide noch ein Baby bekommen?«
Sie sah ihn sekundenlang sprachlos an und atmete dann hörbar aus. Unwillkürlich zog sie ihr Top zurecht und streifte sich die Träger wieder über die Schultern. »Ach Tom, was soll das denn jetzt? Ich habe drei gesunde Kinder bekommen, ich bin durch mit dem Thema. Schon Sophie kam völlig unerwartet. Jetzt bin ich natürlich froh, sie zu haben, aber noch ein Kind … nein.«
Tom hatte den Kopf gesenkt und mit ihrer Hand gespielt. Als er aufschaute und sie traurig ansah, musste Nora lachen. »Nicht wieder dieser Hundeblick, Tom. Überleg doch mal, ich werde bald sechsunddreißig und du vierzig. Findest du nicht, wir sind zu alt, um noch ein Baby in die Welt zu setzen?«
Er drückte sie an sich und fuhr mit den Lippen ihren Hals entlang bis zu der zarten Mulde über dem Schlüsselbein, die er besonders liebte. »Nein, das finde ich überhaupt nicht. Wir sind beide kerngesund, wir lieben uns, und ich meine, wir könnten noch drei Kinder in die Welt setzen.«
Nora machte sich von ihm los und zeigte ihm einen Vogel. »Sag mal, Tom, spinnst du?«
Er zwinkerte ihr verschmitzt zu. »Na gut, eines reicht auch.«
Sie musste lachen, doch plötzlich wurde sie ernst. »Du willst einen Sohn. Ist es das, Tom? Einen Stammhalter.«
Tom schaute sie enttäuscht an. »Nora, jetzt spinnst aber du. Ich bin doch kein Macho. Ich wünsche mir ein Kind von dir. Dabei ist mir egal, ob es ein Junge oder ein Mädchen wird. Und wenn es so zauberhaft wie Marie oder Sophie wird, werde ich verrückt vor Glück.«
»Und wenn ich absolut nicht mehr will?«

Er legte den Kopf zurück und betrachtete den Himmel. »Dann werde ich ein wenig schmollen und das akzeptieren. Was hast du denn angenommen? Nora, ich habe einen Wunsch geäußert, von dem ich weiß, dass er von uns beiden getragen werden muss.« Er lächelte kurz und zuckte mit den Schultern. »Und wenn du nicht möchtest, dann helfe ich eben weiterhin anderer Leute Babys auf die Welt. Diese Möglichkeit bleibt mir hier ja immer noch.«

Nora seufzte und lehnte ihren Kopf wieder an seine Schulter. Eine Weile schwiegen beide. Schließlich sah sie ihn an. »Gib mir Zeit. Ich verspreche nichts, aber ich werde darüber nachdenken, okay?«

22

Max ließ sich in den Sessel fallen und griff nach seinem Glas. Er grinste Alexander an. »Na, das haben wir uns nach diesem Tag aber verdient, was?«

Alexander lachte und nahm einen Schluck von seinem eiskalten Bier, ehe er sich zurücklehnte. »Ich hatte tatsächlich keinen Schimmer, was für ein Höllenlärm auf so einer Kart-Bahn herrscht.«

Max streckte zufrieden die Beine aus. »Dafür hatten die Jungs einen Riesenspaß. Ich habe Niklas seit ewigen Zeiten nicht mehr so lachen sehen. Allein das war's wert.«

Alexander wurde ernst. »Wie kommt ihr denn so klar im Alltag? Ihr habt lange nichts von euch hören lassen.«

»Ich hatte zunächst Schwierigkeiten, alles unter einen Hut zu kriegen. Aber ich will dir nichts vormachen, es hat sich alles geändert.« Er fuhr sich durchs Haar. »Trotzdem läuft es so einigermaßen – hauptsächlich allerdings, weil Noras Eltern voll und ganz für Niklas da sind. Ich habe zwar versucht beruflich etwas kürzer zu treten, aber du weißt ja, wie das ist.«

Alexander nickte. »Ja, ich kenne diese Scheißsituation. Im Job erwarten alle weiter volle Leistung, ansonsten ist man weg vom Fenster, und innerlich zerreißt es einen, wenn man an das Kind denkt, das zu Hause sehnsüchtig auf einen wartet und dessen einziger Halt man womöglich ist. Patrick hat mehr als einmal stundenlang auf mich gewartet und war tief verletzt, weil ich einen zugesagten Ausflug oder einen Nachmittag mit ihm am PC nicht einhalten konnte.«

Max atmete schwer aus. »Niklas macht total dicht. Ich erfahre kaum etwas aus der Schule oder von seinen Freunden. Ich weiß auch nicht, wie er die Trennung von Nora und Marie wirklich weggesteckt hat. Manchmal macht es mich ja selbst rasend, dass meine Tochter so weit fort ist.«

Alexander nickte. »Und Nora? Sie hat bestimmt auch Schwierigkeiten, mit der Trennung von Niklas klarzukommen. Ich höre das manchmal aus ihren E-Mails heraus.«

Max runzelte verärgert die Stirn. »Das weiß ich nicht. Es war schließlich *ihr* Wunsch, nach Australien zu gehen.«

»Ich bin mir sicher, sie leidet sehr darunter, Nicky nicht mehr um sich zu haben.« Alexander bemerkte Max' Unmut und wechselte daher das Thema. »Es ist wirklich schön, dass ihr hier seid. Patrick war vor Freude ganz aus dem Häuschen. Natürlich hat er inzwischen auch hier in Hannover gute Freunde gefunden, aber du weißt ja, Niklas ist fast so etwas wie ein Bruder für ihn.«

Max nickte. »Ja, das ist für Nicky wohl ähnlich.« Unvermittelt beugte er sich vor und stützte den Kopf in die Hände. »O Gott, Alex, ich hab Angst, dass er so ernst und verstockt bleibt, wie er jetzt seit Wochen ist. Ich komme nicht mehr richtig an ihn ran. Manchmal hab ich das Gefühl, er funktioniert nur noch. Er lebt, atmet, geht zur Schule, isst, macht Schularbeiten, geht zum Sport und kommt wieder nach Hause. Sobald das Thema auf seine Mutter oder Marie kommt oder auch nur ganz banal im Fernsehen der australische Kontinent erwähnt wird, versteinern seine Gesichtszüge.« Er sah fast verzweifelt auf. »Bleibt das so? Wird er nie wieder locker und unverkrampft sein? Ist er jetzt schon ein verstockter Erwachsener?«

Alexander überlegte einen Moment, dann sagte er: »Max, er hat

die beiden nicht verloren. Sie leben noch. Er muss jetzt erst einmal die Distanz verdauen, die plötzlich da ist. Und ich denke, die seelische Distanz macht ihm im Moment mehr zu schaffen als die örtliche. Er leidet mit Sicherheit darunter, dass Nora nicht mehr hier ist, aber er solidarisiert sich auch dermaßen mit dir, dass er ihr nicht verzeihen kann.«
Max presste kurz die Lippen aufeinander. »Ich könnte ihn jetzt tatsächlich nicht auch noch verlieren.«
»Das spürt er. Und darum vermeidet er krampfhaft alles, was die Sprache auf Nora oder Marie bringen könnte. Du selbst musst lockerer werden, ihm signalisieren, dass es okay ist, mit den beiden in Australien Kontakt zu halten. Ja, dass es sogar wichtig ist.«
Max schlug mit der Hand auf die Sessellehne. »Ach Scheiße! Das hört sich alles so wahnsinnig sozial und toll an. Nora lebt in Australien ihr aufregendes neues Leben, und ich kann zusehen, wie wir hier mit den Trümmern fertig werden, die sie hinterlassen hat.«
Alexander nickte. »Ja, das stimmt vielleicht, aber warum baust du dir nicht ebenfalls ein tolles neues Leben auf, hm? Was hindert dich daran?«
Max sah ihn ungläubig an. »Zuallererst mein Sohn. Denkst du, ich mag ihm jetzt auch noch'ne neue Frau zumuten? Abgesehen davon, dass ich selbst erst mal bedient bin.«
Alexander lachte. »Du musst ja nicht gleich mit der Tür ins Haus fallen. Aber du solltest auch nicht mit Scheuklappen durchs Leben gehen.«
Max lächelte spöttisch. »Du sprichst wohl aus Erfahrung, hm? Obwohl du ja offensichtlich *nicht* mit Scheuklappen durchs Leben gehst, haben wir hier doch auch noch nie eine Frau gesehen.«

»Es hat sich eben noch nicht ergeben ... Und Sophie war ... sie war ...«

Max unterbrach ihn. »Schon gut. Das war nicht fair von mir. Entschuldige.« Er hob mit einem erneuten spöttischen Grinsen sein Glas. »Kommt Zeit, kommt Rat. Prost, Alex.«

23

Einige Tage später hatte Nora schläfrig geblinzelt, als die Schlafzimmertür geöffnet wurde. Tom setzte sich auf seine Bettkante und stellte den Wecker, bevor er sich zufrieden seufzend in sein Kissen fallen ließ.
Nora streckte einen Arm aus und legte ihre Hand auf seine Brust. »Wie spät ist es?«
Er nahm ihre Hand und gähnte. »Ein Uhr fünfzehn.«
»So spät? Hattet ihr noch einen Notfall in der Klinik?«
»Hm. Jason ist ausgefallen, und da musste ich bei einer OP einspringen.« Er gähnte wieder. »Dafür fange ich morgen aber später an.«
Nora lächelte, als er sie in seinen Arm zog und zärtlich küsste, während er sacht die dünnen Träger ihres Seidenhemds zur Seite schob und mit den Lippen über Hals und Dekolleté tiefer wanderte. Noras Schläfrigkeit war verflogen, und ihre Hände erkundeten nun seinen Körper. Beiden wurde in solchen Momenten bewusst, dass sie sich nie mehr ein Leben ohne den anderen vorstellen konnten. Im nächsten Augenblick zuckten sie jedoch zusammen, als das Babyfon knackte und Sophies Weinen zu vernehmen war. Gespielt leidend ließ sich Tom zur Seite fallen, wühlte den Kopf ins Kissen und stöhnte. »Was für ein Timing!«
Nora lachte, stand auf, brachte ihre Träger wieder in Ordnung und ging zur Tür.
»Mal sehen, was deiner Tochter fehlt.«
Sophie stand in ihrem Gitterbett und weinte. Als sie ihre Mutter sah, streckte sie beide Arme nach ihr aus und verstummte

schluchzend. Nora beugte sich hinunter und nahm sie auf den Arm. Sofort wurde sie ruhig. Im Zimmer herrschte drückende Wärme, und Nora musste sich eingestehen, dass auch sie hier nicht schlafen könnte. Sie beugte sich erneut zum Bettchen hinunter und fischte einen Schnuller heraus. Sie betrachtete die erhitzten Bäckchen und die blitzblanken Augen ihrer Tochter.
»Hast du Durst, mein Schatz?«
Sophie nickte, und Nora ging mit ihr ins Schlafzimmer. »Schau mal, Daddy ist ganz müde. Lässt du ihn schön schlafen? Dann hol ich dir einen kühlen Tee, ja?«
Sophies Hände patschten begeistert in Toms Gesicht, und Nora verließ schmunzelnd das Zimmer. Als sie zurückkam, sah ihr die Kleine entgegen und streckte die Arme nach ihrer Trinktasse aus, um zu trinken. Anschließend kuschelte sie sich wie selbstverständlich zwischen ihre Eltern. Das leise Sauggeräusch, das ihr Schnuller verursachte, verriet Zufriedenheit. Es dauerte nicht lange, und sie schlief ein. Nora beobachtete Tom und Sophie im Schlaf, und ihr wurde wieder einmal warm ums Herz. Die Kleine hatte das Gesicht ihrem Vater zugewandt. Ihre dunklen Ponylöckchen mischten sich mit seinem dunklen welligen Haar. Zärtlich strich sie beiden über den Kopf und schaltete ihre Nachttischlampe aus.

24

Caroline Winton stand allein im Bad und betrachtete ungläubig die großen rotblauen Flecken, die die Hände ihres Mannes auf ihren Oberarmen hinterlassen hatten. Was sollte sie nur tun? Sie hatte keine Ahnung. Ihr erster Impuls war gewesen, ein paar Sachen einzupacken und erst einmal abzureisen – zu Tom oder zu ihrer Mutter Catherine. Dann fiel ihr ein, dass Josh ja Schule hatte. Sie konnte ihn nicht einfach abmelden, um mit ihm zu verschwinden.

Innerlich noch immer wie betäubt, schlüpfte sie in ein langes Baumwoll-T-Shirt und setzte sich auf den Badewannenrand. Die Vorstellung, jetzt neben Sam die Nacht zu verbringen, ließ sie schaudern. Er war dermaßen außer Kontrolle geraten, wie sie es noch nie erlebt hatte. Sie ging davon aus, dass er in der Zwischenzeit weitergetrunken hatte. In welcher Verfassung er wohl mittlerweile war?

Die Erinnerung an die schrecklichen Sekunden, in denen sie diese ungezügelte Wut in seinen Augen gesehen hatte, ließ Angst in ihr aufkommen. War das wirklich der Mann gewesen, den sie geheiratet hatte? Damals war sie sicher gewesen, dass er die Liebe ihres Lebens war. Wann hatte er sich so verändert? Oder hatte nur sie sich am Ende verändert? Caroline fuhr sich über die Stirn und stand auf. Im Spiegel sah sie sich dabei zu, wie sie mechanisch die Zähne putzte und sich anschließend mit kaltem Wasser das Gesicht wusch. Als sie das Handtuch wieder am Haken aufhängte, klopfte es leise an die Badezimmertür, und sie fuhr unwillkürlich zusammen. Erstarrt rührte sie sich nicht. Doch einen Moment später hörte sie Joshs Flüstern und öffnete die Tür.

»Josh! Was machst du denn hier so spät? Bist du aufgewacht?«
Er sah sie vorwurfsvoll an. »Dad hat so gebrüllt. Warum müsst ihr denn schon wieder streiten?«
Caroline ging in die Hocke und nahm ihren Sohn in den Arm. »Ach, Josh, es tut mir so Leid. Manchmal streiten Eltern eben. Komm, ich bring dich ins Bett.«
Sie war froh, das Schlafzimmer noch nicht betreten zu müssen, und folgte Josh in sein Zimmer. Er schien verstört, und als er sie bat, noch bei ihm zu bleiben, bis er eingeschlafen war, griff sie nach einer Überdecke, die achtlos über einem Stuhl hing, wickelte sich darin ein und legte sich zu ihm. Lange lag sie wach und dachte über eine Lösung für ihre Familie nach. Sie konnte sich nicht einmal die Frage beantworten, ob sie ihren Mann noch liebte. Sie wusste jedoch, dass sie nicht mit jemandem zusammenleben wollte, vor dem sie Angst haben musste. All ihre Gedankengänge endeten an dem Punkt, dass sie sich Abstand wünschte. Sie wollte ihre Gefühle ordnen, um zur Ruhe zu kommen. Verzweifelt grübelte sie Stunde um Stunde. Verdammt! Dass aber auch Mum und Tom so weit entfernt lebten. Sie konnte nicht mal eben ins Auto springen, um sie zu sehen oder sie zu besuchen. Nicht einmal Toms Frau Nora hatte sie bislang kennen gelernt. Sam war es nicht möglich gewesen, sich freizunehmen, solange Hauptsaison war und viele Touristen Darwin besuchten.
Sie lächelte plötzlich. Ihr großer Bruder war inzwischen sogar Familienvater. Und sie hatte geglaubt, nach der Scheidung von Sarah werde er ewig nur mit seinem Job verheiratet bleiben. Mit einem Mal verspürte sie Sehnsucht danach, ihren Bruder zu sehen, mit ihm zu sprechen. Mit ihm hatte sie schließlich ihre Kindheit verbracht. Sie war neugierig darauf, seine Frau kennen

zu lernen und auch die beiden kleinen Mädchen. Toms Leben musste sich inzwischen völlig verändert haben. Sie dachte nach. Josh war acht Jahre alt und ein guter Schüler. Vielleicht wäre seine Lehrerin ja damit einverstanden, ihn für eine Woche zu beurlauben. Caroline gefiel der Gedanke. Gleich morgen würde sie Mrs. Carson darum bitten. Nicht mehr ganz so niedergeschlagen wie zu Beginn ihrer Grübeleien schlief sie ein.

25

Nach und nach gewöhnte sich auch Marie in Cameron Downs ein. Regelmäßig übte Nora weiterhin mit ihr Englisch, damit sie sich noch besser verständigen konnte. Ihre Sorge, dass ihre Tochter aufgrund der Sprachschwierigkeiten einen schweren Start haben würde, erwies sich als unbegründet. Innerhalb weniger Wochen lernte Marie das an Englisch, wofür Nora in Deutschland Jahre gebraucht hatte. Rasch freundete sie sich mit einigen Mädchen aus ihrer Klasse an und vergaß ihren anfänglichen Kummer und ihr Heimweh.
Nora machte sich nichts vor. Dass sie so überaus freundlich in der kleinen Stadt aufgenommen wurden, hatte mit Sicherheit nicht zuletzt mit Toms Stellung hier zu tun. Man schätzte und mochte ihn sehr, und so brachte man auch seiner Frau und den beiden Mädchen diese Sympathie entgegen, obwohl es nach ihrer Ankunft durchaus Getuschel gegeben hatte – über ihre Scheidung in Deutschland und die zwei Kinder von zwei Vätern. Wie immer bei diesen Gedanken musste Nora schlucken. Nie war es ihr gelungen, sich davon frei zu machen, was andere von ihr dachten, weder in Deutschland noch in Australien.
Nora ging von der Veranda in die Küche und sortierte nun die Schmutzwäsche vor der Waschmaschine. Als sie sich aufrichtete und nach dem Waschmittel greifen wollte, wurde ihr plötzlich schwindlig. Eine leichte Übelkeit stieg in ihr auf. Während sie sich mit den Händen auf dem Gerät abstützte und sekundenlang die Augen zusammenkniff, wurde ihr urplötzlich klar, dass sie wieder schwanger war. Ihr Herz klopfte

heftig, und die Übelkeit nahm augenblicklich zu. Sie wandte sich um und rannte ins Bad, wo sie sich in die Toilette erbrach. Mit immer noch klopfendem Herzen lehnte sie sich anschließend gegen die Fliesen und versuchte sich zu beruhigen. Verdammt! Furcht ergriff sie, als sie an eine Schwangerschaft in dieser Hitze dachte, an mögliche Komplikationen und an eine weitere Entbindung. Warum nur hatte sie es darauf ankommen lassen?

Sie wusste nicht, wie lange sie so dagesessen hatte, als ihr Magen erneut rebellierte und sie sich wieder übergeben musste. Ihr körperliches Unwohlsein verstärkte unwillkürlich die Abneigung gegen eine erneute Schwangerschaft. Ihr viertes Kind! Sie musste doch nicht bei Trost gewesen sein, als sie Toms Schmeicheleien nachgegeben hatte. Sie griff nach einem Waschlappen, ließ kaltes Wasser darüber laufen und rieb sich das Gesicht ab. Anschließend nahm sie ihre Zahnbürste und schraubte die Zahnpasta auf. Aber allein der Geruch der Zahncreme ließ ein erneutes Würgen in ihr aufsteigen. Wieder kauerte sie über der Toilette und übergab sich.

Eine ganze Weile blieb sie danach vor der Toilette hocken. Sie wagte es nicht, sich zu rasch zu erheben. Der bittere Geschmack in ihrem Mund ließ sie sich elend fühlen. Spöttisch sah sie an sich hinunter. Wer sollte sich bloß um die Mädchen kümmern, wenn sie die nächsten Monate hier vor der Toilette verbringen müsste? Tränen stiegen ihr in die Augen, und sie ärgerte sich auch darüber maßlos. Diese verdammten Hormone würden sie wieder wehrlos allen Gefühlsschwankungen aussetzen.

Sie war so in ihre Überlegungen und Vorwürfe vertieft, dass sie die Haustür nicht hörte. Erschrocken fuhr sie zusammen, als Tom in der Tür stand. Einen Moment lang sah er sie besorgt an,

doch innerhalb von Sekundenbruchteilen erfasste er die Situation, und ein in Noras Augen übertriebenes Strahlen erschien auf seinem Gesicht. Sie zog eine Grimasse.
Tom lachte leise und kniete sich neben sie, um sie in die Arme zu ziehen.
»Aber das ist ja wunderbar! Du kannst dir nicht vorstellen, wie glücklich ich bin.« Er nahm ihr Gesicht in beide Hände und sah ihr in die Augen. »Liebling, jetzt schau mich doch nicht so an. Wenn wir beide noch so etwas Süßes wie Marie oder Sophie bekommen ... Herrgott, du weißt gar nicht, wie ich mich freue.«
Nora war zu überwältigt von ihren eigenen Sorgen. Sie schob ihn von sich und schlug die Hände vors Gesicht. Zu unerwartet hatte sie die Wucht der Erkenntnis getroffen. Tränen liefen ihr über die Wangen. Ärgerlich stieß sie hervor: »Du musst es ja auch nicht bekommen!«
Tom war froh, dass sie ihn nicht ansah. Nur mit Mühe unterdrückte er ein Schmunzeln und stand auf. Geschäftig ließ er kaltes Wasser in ein Zahnputzglas laufen und reichte es ihr. »Komm, mein Herz, trink etwas, dann wird es dir gleich besser gehen. Ich koche uns heute auch etwas Schönes.«
Nora ließ sich von ihm aufhelfen und kämpfte erneute Übelkeit nieder. »Bloß nicht!«
Er biss sich gut gelaunt auf die Unterlippe und versuchte abzulenken. »Sind die Mädchen bei Lisa?«
Nora strich sich ein paar widerspenstige Haarsträhnen aus dem Gesicht und nickte. »Hm. Ich wollte ganz in Ruhe die Wäsche machen.«
»Soll ich die beiden abholen, während du dich ein wenig hinlegst?«
Nora spülte sich energisch den Mund aus und spuckte das Was-

ser ins Waschbecken. Ihre Blicke trafen sich im Spiegel, und sie nickte zustimmend. Sein zufriedenes Katergesicht ärgerte sie in dem Moment maßlos. Ohne ein weiteres Wort ging sie an ihm vorbei und schloss die Schlafzimmertür hinter sich. Innerlich aufgewühlt stand sie vor dem Kleiderschrank und suchte frische Sachen heraus. Sie hatte das Bedürfnis, ausgiebig zu duschen. Sie gab sich nicht dem Gedanken hin, dass erst ein Test die endgültige Gewissheit bringen würde. Jede ihrer Schwangerschaften hatte so begonnen.

Ein wenig wehmütig betrachtete sie die zarte seidene Spitzenunterwäsche, die sie noch in Hamburg gekauft hatte, und stellte resigniert fest, dass diese ihr nun nicht mehr lange passen würde. Sie gestattete sich einen letzten tiefen Seufzer, nahm ihre Sachen und ging ins Bad. Draußen sah sie Tom aus der Einfahrt fahren, während sie die Dusche anstellte. Sekunden später ließ sie sich das warme Wasser auf Kopf und Schultern prasseln und entspannte sich. Die Stimme ihrer Mutter klang ihr in den Ohren: »Wer A sagt, muss auch B sagen ...« Sie lächelte unwillkürlich. Wie oft hatte sie sich als Teenager über diese Sprüche geärgert. Sie seifte sich ein und shampoonierte ihr Haar. Dann spülte sie alles ab und stieg aus der Dusche. Während sie sich abfrottierte, musterte sie kritisch ihren Körper. Wie würde sie nach einer weiteren Schwangerschaft aussehen? Sie wickelte sich in das Badetuch und föhnte ihr Haar. Als es in weichen Wellen glänzend ihr Gesicht umrahmte, öffnete sie die Tür des Badezimmerschränkchens und nahm ihre teuerste Creme heraus, um ihr Gesicht zu verwöhnen. Ein exklusiver Duft legte sich auf ihre zarte Haut, und sie betrachtete argwöhnisch die ersten Lachfältchen, die ihre Augen umgaben. War sie nicht viel zu alt für ein Baby? Als sie kurz darauf in die schimmernde kühle Seidenwäsche und die frischen Sachen stieg, fühlte sie sich besser. In der Küche nahm sie sich einen großen trockenen Keks und schenkte sich ein Glas Mineralwasser ein. Dann ging sie in den Garten und setzte sich in einen der Sessel, die unter den Bäumen standen. Ihre erste Panik hatte sich gelegt, und doch war sie von wirklicher Begeisterung noch weit entfernt.

26

Caroline legte den Hörer auf und trat ans Fenster. Gerade hatte sie ihren Sohn in der Schule krankgemeldet und sich in der Praxis entschuldigt. Sie war innerlich aufgewühlt und fragte sich, ob ihr Vorgehen richtig war, aber nach einem erneuten Zusammenstoß mit Sam in aller Frühe wollte sie nicht das Risiko eingehen, dass ihr ein Verreisen mit Josh außerhalb der Ferien nicht erlaubt würde. Sie sah auf die Uhr. Es war halb acht. Eigentlich sollte sie keine Zeit verlieren, aber sie war noch immer wie gelähmt.

Nachdem sie Sam im Bad gehört hatte, war sie leise aufgestanden und hatte Kaffee gekocht. Sie war felsenfest davon überzeugt gewesen, dass sie in Ruhe miteinander würden reden können. Doch wieder war es zu einem bösen Streit gekommen, in dessen Verlauf Sam schließlich voller Zorn seine Aktentasche genommen hatte und zur Tür gegangen war. Sie hatte sich ihm in den Weg gestellt und ihm klar machen wollen, dass sie miteinander reden müssten. Doch offensichtlich war er anderer Meinung gewesen. Caroline musste schlucken, als sie sich in Erinnerung rief, wie grob er sie beiseite gestoßen hatte. Sie war mit der Hüfte gegen die Kommode geprallt. »Du machst doch sowieso nur das, was *du* für richtig hältst!« Das hatte er noch gesagt.

Sie war immer noch verwirrt. Hatte er womöglich Recht? Ihre Hand tastete unwillkürlich über ihren Hüftknochen. Die Stelle schmerzte. Trotz und Widerwillen stiegen in ihr auf. Nein! Er hatte kein Recht, sie so zu behandeln. Nicht in Wut und Rage und auch nicht unter Alkoholeinfluss. Entschlossen drehte sie sich um und ging ins Bad. Sie musste hier weg. Und Josh würde sie mitnehmen.

Mit einem unbehaglichen Gefühl dachte sie kurz daran, wie Sam wohl reagieren würde, wenn er feststellte, dass sie fort waren. Konnte es passieren, dass er nochmals die Kontrolle verlor? Dass er sie suchte? Was würde er tun, wenn er sie fand? Caroline beschloss, ihm keine Chance zu lassen, ihnen schnell zu folgen. Sie wollte sich in Ruhe klar werden, wie ihre Zukunft aussehen könnte. Die Aussicht, ihren Bruder schon so bald wiederzusehen, beruhigte sie ein wenig. Mit Tom hatte sie immer reden können.

27

Max Bergmann stand ein wenig verloren im ehemaligen Zimmer seiner Tochter. Auch wenn er wieder viel arbeitete und oft spät nach Hause zurückkehrte, in den stillen Momenten musste er sich eingestehen, wie sehr sie ihm fehlte. Er vermisste es, ihre zarten Arme um seinen Hals zu spüren oder die Begeisterung ihrer hellen Stimme zu hören, wenn er einmal früher nach Hause gekommen war. Es erfüllte ihn mit Bitterkeit, wenn er daran dachte, dass dies alles nun Tom erlebte. Er trat ans Fenster und sah nachdenklich hinaus. Der Nachmittag ging bereits in den Abend über, und gleich würde es dunkel werden. Sein Schwiegervater brachte für heute die wohl letzte Schubkarre Laub zum Komposthaufen und räumte alles zusammen. Max rieb sich die Schläfen. Er war Noras Eltern dankbar, dass sie sich so um Niklas, den Hund und das Haus kümmerten. Jeden Tag, wenn Nicky mittags aus der Schule kam, erwartete ihn bereits Noras Mutter mit dem Essen. Wie selbstverständlich waren die beiden da und halfen, wo Hilfe nötig war.
»Papa?«
Max drehte sich um. »Ich bin oben, Niklas.«
Den polternden Schritten auf der Treppe folgte wenig später sein Sohn. Erstaunt betrat er Maries Zimmer. »Was machst du hier?«
Max seufzte kurz. »Ich hab mich nur mal umgesehen. Und ganz ehrlich – Marie fehlt mir.«
Niklas sah ihn einen Moment unsicher an und versenkte die Hände in den Taschen seiner weiten Baggy-Jeans, sodass diese noch tiefer rutschten. Dann nahm sein Gesicht wieder den ver-

schlossenen Ausdruck an, der sich so oft darauf fand, seit Nora mit Marie fortgegangen war.

»Es geht ihr gut, Papa. Ich hab gestern eine E-Mail von ihr bekommen.«

Max sah überrascht auf. »Ach ja?«

Niklas nickte. »Ja, die Mail wimmelte von Rechtschreibfehlern, aber sie klang fröhlich.«

Max musterte seinen Sohn interessiert. »Vermisst du sie? Und die Kleine?«

Niklas ging mit federnden Schritten zum Fenster und schwang sich mit einer sportlichen Drehung auf die Fensterbank. Er sah trotzig aus. »Ach, was soll das? Kommen sie zurück, wenn ich sage, dass sie mir fehlen? Nee! Also kann ich's mir auch schenken.«

Max merkte, dass ihn dieses Thema nicht weiterbrachte. Er spürte, dass sich irgendetwas verändern musste. Niklas und er lebten ein merkwürdiges Leben in dem Haus, das einmal ihnen allen ein Zuhause gewesen war. Er klopfte seinem Sohn auf die Schulter. »Ich habe mir am letzten Wochenende die Bauzeichnungen angesehen. Was hältst du davon, wenn wir einen Durchbruch von deinem in Maries Zimmer machen? Dann hättest du viel mehr Platz. Weißt du, es will mir einfach nicht gefallen, dass wir beide hier mit all den leeren Zimmern leben.«

Niklas war im ersten Moment erfreut, zögerte dann jedoch. »Aber wenn Marie zurückwill oder uns besucht, dann ist ihr Zimmer weg.«

Max legte einen Arm um die Schultern seines Sohns. »Ach, Nicky, sie lebt bei Mama. Die beiden sind unheimlich weit weg, mindestens dreiundzwanzig Flugstunden. Abgesehen davon, dass die Flüge sehr teuer sind, besucht man sich da nicht einfach mal so eben. Auch wenn es uns schwer fällt, müssen wir das akzeptieren.« Max gab ihm einen kleinen Schubs und sah sich um. Seine Miene hatte sich aufgehellt.

»Noch ein Vorschlag. Wir können doch Mamas Arbeitszimmer als neues Zimmer für Marie oder andere Gäste fertig machen, dann müssen wir uns keine Sorgen machen, wo wir Marie unterbringen, falls sie einmal zu uns kommt, hm? Was meinst du? Hilfst du mir am Wochenende beim Tapezieren?«

Niklas grinste geschmeichelt. »Na klar.«

»Und was ist nun mit dem Durchbruch? Willst du das zweite Zimmer oder nicht?«

Niklas strahlte. »Dann lieber doch.«

Max lachte. »Das hab ich mir gedacht. Ich werde mit der Baufirma telefonieren und einen Termin ausmachen.« Er hob den rechten Zeigefinger. »Aber beim Tapezieren und Streichen packst du mit an.«

»Klar, ist gebongt.« Niklas sprang von der Fensterbank. »Papa?«

Max sah ihn an. »Hm?«

»Ich hab Hunger.«

Max lachte erneut und fuhr ihm durch die vom Gel stachlig abstehenden Haare. »Na, dann komm.«

Hermann Waldner stellte die Schubkarre unter die Überdachung des kleinen Geräteschuppens und hängte die Harke in die dafür vorgesehene Aufhängung. Summend brachte er den Schlüssel ins Haus. Kuno folgte ihm. Offensichtlich betrachtete er seinen Bedarf an Frischluft für heute als gedeckt, denn er ließ sich mehr als zufrieden auf seinem Platz hinter der Haustür nieder. Als Hermann Waldner die Diele betrat, kamen Niklas und Max gerade die Treppe herunter. Sein Enkel sah zur Tür.

»Hallo, Opa. Isst du noch mit uns Abendbrot?«
Dieser schüttelte den Kopf und schlug den Kragen seiner Jacke hoch. »Nein, Nicky. Die Oma wartet sicher schon auf mich. Macht's gut, ihr beiden. Wir sehen uns ja morgen schon wieder.«
Er winkte ihnen kurz zu und verließ das Haus.
Draußen fuhr ihm der kalte Herbstwind durch Mark und Bein, und er freute sich auf einen ruhigen Fernsehabend vor dem Kamin. Als er in der Dämmerung die beiden Nebenstraßen entlangging, die ihn nach Hause bringen würden, dachte er wieder einmal an seine Tochter. Wie mochte es Nora gehen? Der letzte Brief von ihr lag schon eine Weile zurück. Die Post brauchte unheimlich lange. Und wenn er ehrlich war, musste er sich eingestehen, dass sich ihr Verhältnis zueinander abgekühlt hatte. Weder er noch seine Frau hatten wirkliches Verständnis für ihre Tochter aufbringen können. Als sie damals nach dem schweren Unfall endlich aus Australien heimkehrte – schwanger von einem anderen –, da waren sie einfach fassungslos gewesen. So sehr sie sich später auch bemüht hatten, Nora zu verstehen, es war ihnen nie ganz gelungen. Sie hatte doch alles gehabt, was man sich nur wünschen konnte. Er zog die Nase hoch und schüttelte den Kopf. Immer noch verwirrte es ihn, dass sie nun mit Marie und Sophie in Australien lebte, während Niklas und Max hier waren. Es erschien ihm nicht richtig.

28

Einige Zeit später saßen Tom und Nora abends auf der Veranda. Nora hatte noch immer nicht ihr seelisches Gleichgewicht wiedergefunden. Sie litt unter ständiger Übelkeit und mochte deswegen kaum aus dem Haus gehen, weil sie befürchtete, sich vor anderen übergeben zu müssen. Sie sah abgespannt und müde aus, und die tägliche Arbeit fiel ihr schwer. Statt während der Schwangerschaft aufzublühen, lagen dunkle Ringe unter ihren Augen, und sie hatte auch an Gewicht verloren. Die Untersuchungen ergaben jedoch, dass es dem Kind gut ging. Zu ihrer eigenen Beruhigung hatte Nora auf einer Fruchtwasseruntersuchung bestanden, deren Ergebnis aber noch auf sich warten ließ. Tom goss kalten Orangensaft in zwei Gläser und reichte ihr eines davon.

»In den nächsten Tagen werden sicher die Ergebnisse der Laboruntersuchung eintreffen. Falls du dich überraschen lassen willst, ob es ein Mädchen oder ein Junge wird, solltest du die Finger davon lassen, mein Herz. Ich möchte es nämlich wissen und habe angekreuzt, dass sie es mitteilen sollen.«

Sie sah ihn prüfend von der Seite an. »Hast du nicht gesagt, es sei dir vollkommen egal, was es wird?«

Er beugte sich zu ihr und strich ihr eine Haarsträhne aus dem Gesicht, die sich aus ihrem Zopf gelöst hatte. In den letzten Wochen hatte er eine Engelsgeduld entwickelt. »Ist es auch. Aber so kann ich mich schon konkret darauf einstellen, ich kann sogar schon über Namen nachdenken. Ich konnte schließlich noch nie einen Namen für ein Kind aussuchen.« Er grinste breit.

Nora lehnte sich an ihn. »Es ist wirklich nicht so, dass ich mich nicht freue, aber wir werden sehr viel weniger Zeit füreinander haben, Tom. Und wir haben schon jetzt nicht sehr viel Zeit, findest du nicht?«

Tom zog sie enger an sich und küsste sie. »Du machst dir zu viele Gedanken, glaub mir. Es wird bestimmt alles gut werden.«

Nora rückte von ihm ab. »Du verstehst überhaupt nicht, was ich sagen will, oder?« Ihre Augen funkelten. »Mein Gott, Tom, wir beide werden genauso im Alltagstrott versinken wie damals Max und ich.«

Tom sah sie betroffen an und schwieg.

Nora lehnte sich zurück und betrachtete einen Moment die Blumenkästen auf der Verandabrüstung. »Weißt du, das mit uns, das ist etwas so Besonderes. Ich … ich will es festhalten. Und ich habe Angst davor, dass alles kaputtgehen wird. Du gehst in deinem Beruf auf, bist wichtig und rettest Menschenleben. Und zwischen den Schichten freust du dich auf uns. Aber ich? Ich sitze demnächst hier draußen mit drei Kindern. Sophie wird noch nicht einmal aus den Windeln sein, wenn das Baby kommt. Ich habe davon geträumt, hier mit dir gemeinsam zu leben … nicht nur deine Kinder aufzuziehen.« Sie spürte, dass sie sich zu hart ausgedrückt hatte, und fügte hinzu: »Ach, ich weiß nicht, ob du verstehst, was ich sagen will. Ich liebe Kinder. Und ganz besonders unsere. Aber ich fürchte, dass unsere Ehe dabei auf der Strecke bleiben wird. Wir werden uns von ›wenn‹ zu ›wenn‹ hangeln, bis es zu spät ist …«

Tom sah sie verständnislos an.

»Nun, zunächst werden wir sagen: ›*Wenn* Sophie keine Windeln mehr braucht …‹, dann: ›*Wenn* das Baby nicht mehr gestillt werden muss …‹, ›*Wenn* das Baby nachts nicht mehr schreit …‹, ›*Wenn* Marie Ferien hat …‹, ›*Wenn* Sophie in den

Kindergarten kommt ...‹, ›*Wenn* ...‹, *dann* wird alles leichter, *dann* gehen wir wieder einmal aus, *dann* fahren wir auch in Urlaub, *dann* denken wir wieder an uns.«
Tom schluckte unwillkürlich. Auf der einen Seite liebte er Noras Lebendigkeit und Diskussionsfreude, auf der anderen Seite traf sie den Nagel oft derart genau auf den Kopf, dass ihm der Wind aus den Segeln genommen war. Dennoch erwiderte er zuversichtlich: »Darling, wir schaffen das. Ich verspreche es dir. Wir werden gemeinsam eine Lösung für alles finden. Ich will auch nicht, dass du dir so viele Sorgen machst. Schau, wir haben Freunde hier. Lisa und Bill sind ganz vernarrt in die Mädchen. Und auch Kim oder Jason würden einspringen, wenn Not ist.«
Er spürte, dass sie die Angst vor der neuen Situation lähmte und sie daran hinderte, sich zu entspannen. Vorsichtig nahm er ihre Hand und legte sie in seine Hände. »Soll ich mich um jemanden kümmern, der im Haushalt hilft? Oder wollen wir ein Aupairmädchen engagieren?«
Nora musste nun doch lachen. »Das fehlte mir noch. Eine schmachtende Halbwüchsige, die sich nach Dr. Morrison verzehrt.«
Tom lachte ebenfalls. »Und das, wo sich Dr. Morrison nur nach seiner Frau verzehrt.« Er küsste sie zärtlich. »Es ist schön, dass du wieder lachen kannst, Schatz.«
Nora betrachtete ihre Hände. »Ach Tom, ich weiß, dass ich in letzter Zeit ziemlich kompliziert war. Nach dem ersten Nachdenken gefiel mir ja im Grunde der Gedanke an ein Baby. Es ist dann aber so schnell gegangen. Am meisten stört mich das Gefühl, Niklas irgendwie zu verraten. Ihn habe ich in Deutschland zurückgelassen, und jetzt mache ich hier in Australien auf fröhliche neue Familie. Er wird denken, ich hätte ihn abgeschrieben,

oder schlimmer noch, ihn ersetzt – mit noch einem Baby von dir.« Sie verstummte.
Tom sah betroffen drein. Wie hatte er nur annehmen können, dass sie den Abschied von Niklas verwunden hätte? Schuldbewusst musste er sich eingestehen, dass er in den letzten Wochen nicht einen Gedanken daran verschwendet hatte, ob sie noch damit zu kämpfen hatte. Er zog sie wieder an sich und hielt sie fest. Tief atmete er durch, bevor er leise zu sprechen begann.
»Darling, so darfst du nicht denken. Ja, es ist traurig, dass Niklas' heile Welt auseinander brechen musste, aber das ist nun einmal passiert. Mehr als jede dritte Ehe wird geschieden. Natürlich ist es besonders schlimm, wenn Kinder betroffen sind. Aber es war Niklas' Wunsch, bei Max in Deutschland zu bleiben. Er ist doch dort nicht allein. Er hat seinen Vater, der sich um ihn kümmert, seine Großeltern, Freunde … Sicher geht es ihm gut.«
Tom betrachtete Nora, die zusammengesunken neben ihm saß. Ihre Verzweiflung war so offensichtlich, dass er sich innerlich über sich selbst ärgerte. Er hatte nur in der Freude gelebt, dass sie sich für ihn und sein Land entschieden hatte. Alarmiert legte er eine Hand unter ihr Kinn und sah ihr prüfend in die Augen.
»Hast du Heimweh?«
Sie erkannte die Angst in seinem Blick und schüttelte langsam den Kopf. Auch wenn sie sich schon öfter nach Deutschland zurückgesehnt hatte, war es doch nicht so, dass sie bereit gewesen wäre, ihr Leben mit Tom und den Kindern hier wieder aufzugeben. Sie liebte das weite, wilde Land, dessen Farbenspiel sie immer wieder begeisterte. Sie mochte auch das kleine Städtchen Cameron Downs, hinter dessen Grenzen das unermesslich weite Outback begann, das sie immer noch in ihren Bann zog und

das ihr von der Geschichte der Aborigines erzählte. Sie schaute Tom an und zwang sich zu einem kläglichen Lächeln.

»Nein, ich will nicht zurück nach Deutschland. Aber ich vermisse meinen Sohn.« Sie zögerte und sah wieder auf ihre Hände. »Ich habe oft das Gefühl, ihn für uns geopfert zu haben. Er fehlt mir einfach unsagbar … und ich habe in Deutschland ein solches Chaos hinterlassen, dass mir manchmal ganz elend ist. Ich glaube, auch meine Eltern werden mir nie wirklich verzeihen, was geschehen ist.«

Eigentlich hatte sie Tom mit diesen Gedanken nicht belasten wollen, aber nun waren sie ausgesprochen.

Innerlich beunruhigt versuchte Tom nach außen hin gelassen zu wirken. Und doch befürchtete er zum ersten Mal, dass er zu viel von Nora erwartet hatte. Er hatte sie aufgefordert, ja, sogar gedrängt, in Deutschland alle Brücken hinter sich abzubrechen, um mit ihm gemeinsam einen Neuanfang zu wagen. Ihm war nicht wirklich klar gewesen, in welche Verzweiflung sie ihre Gewissensnöte wegen Niklas getrieben hatten. Irgendwie hatte er angenommen, sie werde sich schon an den Gedanken gewöhnen, dass der Junge bei seinem Vater groß wurde. Irgendwie hatte er geglaubt, dass sie, wenn sie erst einmal hier wäre, nicht mehr so viel darüber nachgrübeln würde. Doch er musste sich eingestehen, dass er sie mit der neuen Familie, die hier entstand, in noch größere Nöte gebracht hatte, denn nun konnte sie weder vor noch zurück.

Tom war aufgestanden und überlegte ein wenig ratlos. Schließlich wandte er sich um.

»Ich habe auch kein Rezept, Nora, das ihn hierher zaubert. Ich wünschte, es gäbe eines, aber wir sollten uns damit trösten, dass es *sein* Wunsch war, dort zu bleiben.« Tom betrachtete sie nach-

denklich. »Lade ihn doch ein, die Ferien hier zu verbringen. Ich weiß zwar, dass es bis dahin noch einige Zeit dauert, aber bis es so weit ist, wird sich unser Leben wieder beruhigt haben, und Niklas wird seine Vorbehalte vielleicht auch vergessen haben und sich auf dich und die Mädchen freuen, was meinst du?«
Nora erhob sich nun auch und stellte sich einen Augenblick neben ihn. »Ich weiß, du meinst es gut, aber ich glaube nicht, dass er schon herkommen wird.«
Langsam wandte sie sich ab und stieg die Stufen in den Garten hinunter, um die Gartenberegnung anzustellen.

29

Lustlos stapfte Niklas hinter seinem Vater her, der sicherlich schon den zwanzigsten Baum begutachtet und für nicht annehmbar befunden hatte. Obwohl Max ihn ständig mit einbezog, blieb er einsilbig. Insgeheim fürchtete er sich davor, die Weihnachtstage ohne Marie und seine Mutter zu verleben, und dies zum ersten Mal. Sicher, sowohl sein Vater als auch seine Großeltern hatten sich in der Adventszeit bemüht, alles so normal wie möglich ablaufen zu lassen. Doch gerade dieses krampfhafte Bemühen um Normalität war ihm auf den Wecker gefallen. Außerdem hatte er sich regelrecht darüber gefreut, wie gut es ihm gelungen war, ohne seine Mutter und Marie klarzukommen. Die Weihnachtszeit mit ihrer familiären Besinnlichkeit und Gefühlsduselei machte ihm nun aber erst richtig bewusst, wie sehr ihm die beiden doch fehlten. Gleichzeitig ärgerte er sich darüber. Er wollte dieses Gefühl nicht zulassen, er war schließlich kein Baby mehr. Mürrisch folgte er seinem Vater, der erneut einen Baum prüfte und ihn fragend ansah. Niklas zuckte mit den Schultern und nickte.

»Ja, der ist doch okay.«

Max sah über die Zweige hinweg seinen Sohn an.

»Sag mal, was ist denn los? Willst du keinen Weihnachtsbaum?«

Niklas zog die Mundwinkel nach unten. »Weiß nicht. Ist doch auch egal.«

Max unterdrückte seinen aufkommenden Ärger. Wenn er etwas nicht leiden konnte, dann war es diese Scheißegal-Haltung von Niklas. Verdammt, er hatte sich extra die Zeit für seinen Sohn genommen. Wenn er daran dachte, wie viel Arbeit unerledigt auf seinem Schreibtisch liegen geblieben war, wurde ihm ganz schlecht. Er ignorierte Niklas und drehte den Baum noch einmal. Dann nickte er dem Verkäufer zu, der wartend ein paar Meter abseits stand. Sogleich kam er herbei und nahm ihm den Baum ab, um ihn transportfertig zu machen. Max zahlte, und gemeinsam trugen sie die Tanne zum Wagen, um sie auf dem Dachgepäckträger zu befestigen. Ein kalter Wind blies ihnen entgegen und machte die regenfeuchte Luft noch unangenehmer.

Als sie zu Hause ankamen, waren Hermann und Louisa Waldner gerade im Aufbruch begriffen. Louisa legte einen Arm um Niklas und sah zu ihm auf. »Na, mein Großer? Ich habe deine Lieblingsplätzchen gebacken. Macht es euch gemütlich. Opa hat auch schon den Kamin für euch angemacht.«

Niklas küsste sie rasch auf die Wange. »Danke, Oma. Bis morgen.«

Hermann Waldner war zum Wagen gekommen. Als er Anstalten machte, beim Abladen des Baums zu helfen, wehrte Max ab. »Nichts da, Hermann. Ihr macht hier wahrhaftig genug. Nicky kann mir helfen, das Ding auf die Terrasse zu bringen, nicht wahr?«

Niklas nickte.

Max sah von Hermann zu Louisa. »Es bleibt doch aber dabei, nicht? Nächste Woche seid ihr Heiligabend bei uns!« Er schaute Louisa streng an. »Und du lässt dich einmal verwöhnen und tust nichts. Nicky und ich werden uns um das Essen kümmern.«

Die beiden lachten. »Na hoffentlich werden wir das nicht bereuen. Bis morgen.«

30

Die nächste Zeit verbrachte Nora mit den letzten Weihnachtsvorbereitungen. Sie war nicht so aufgekratzt wie sonst bei der Sache, denn neben der Übelkeit machte ihr auch der australische Sommer schwer zu schaffen. Die Hitze warf sie förmlich um, und die Müdigkeit der ersten Schwangerschaftsmonate ließ den normalen Alltag zur Strapaze werden. Auch hatte sie Schwierigkeiten, die sommerlichen Temperaturen, das gleißende Sonnenlicht und das trockene Outback mit dem Weihnachtswinterwunderland in Verbindung zu bringen, an das sie von klein auf gewöhnt war. Doch sie zwang sich dazu, an den Traditionen festzuhalten. Es sollte Marie und Sophie später nicht an den schönen Erinnerungen fehlen, die sie selbst mit diesen Feiertagen verband.

Marie schien es ähnlich zu gehen wie Nora. Bei den Bastelarbeiten in Shorts und Sonnentop kicherte sie über Weihnachtsengel, -glöckchen und Schneespray.

Das Plätzchenbacken fiel Nora in diesem Jahr besonders schwer. Nicht nur Fliegenschwärme, die gegen die Fliegengaze an den Fenstern brummten, und die Hitze kamen ihr absurd vor, sie fiel zwischendurch auch mental in ein tiefes Loch. Das gemeinsame Backen war Niklas immer besonders wichtig gewesen. Als Kind hatte er das Anfertigen und Entstehen des Gebäcks mehr geliebt, als es zu essen. Mehr als einmal hatte Nora im Eifer des Gefechts einen Streit um die besten Ausstechförmchen unter den Geschwistern schlichten müssen. Wieder einmal wurde ihr schmerzlich bewusst, wie sehr ihr Niklas fehlte. Selbst wenn sie sich jetzt damit zu trösten versuchte, dass er mit seinen dreizehn Jahren wahrscheinlich ohnehin nur genervt die Augen verdreht hätte,

wenn sie ihn zum gemeinsamen Backen aufgefordert hätte. Sie schluckte tapfer und wischte sich mit dem Handrücken über die Augen.
Marie sah sie an. »Weinst du, Mama?«
Nora zwang sich zu einem Lächeln. »Nein, nein, Schatz. Mir ist wohl etwas Mehl in die Augen gekommen.«
»Mir fehlt Nicky auch noch.«
Dass sie ihrer Tochter nichts hatte vormachen können, ließ Nora unter Tränen schon wieder lachen. Sie nahm sie in den Arm. »Ach Marie, was täte ich nur ohne dich, hm?«
Marie lachte. »Ohne mich hättest du in dieser Hitze bestimmt keine Plätzchen gebacken, Mama.«
Nora pustete sich eine Haarsträhne aus der Stirn. »Da könntest du durchaus Recht haben.«

Eine gute Woche später feierten Nora, Marie und Sophie ihr erstes Weihnachtsfest mit Tom in Australien. Nora beobachtete die Kinder beim Auspacken der Geschenke und genoss Toms Nähe, der ein paar Tage dienstfrei hatte. Doch trotz der entspannten Stimmung war sie in Gedanken oft in Hamburg. Wie würde Niklas das erste Weihnachtsfest ohne sie und seine Schwester verleben? Ob er traurig war? Ob er sich einsam fühlte, so plötzlich als Einzelkind? Nora grübelte. Sie lehnte sich in ihrem Sessel zurück und legte eine Hand auf den Bauch. Sie hatte Niklas auch noch nichts von dem Baby gesagt. Womöglich hätte er das jetzt zu Weihnachten noch schlimmer gefunden als ohnehin schon. Musste er nicht annehmen, sie wollte ihn ersetzen? Herrgott, dass aber auch alles so kompliziert sein musste. Sie nahm sich vor, Niklas nach Weihnachten eine ausführliche E-Mail zu schreiben und ihn und Max nochmals einzuladen.

31

Sam Winton saß auf dem Sofa und las wieder und wieder die Zeilen, die seine Frau ihm hinterlassen hatte. Eine steile Falte auf seiner Stirn zeugte von Wut, als er jetzt sein Glas auf dem Couchtisch abstellte und abrupt aufstand. Er ging zum Wohnzimmerfenster und starrte in den Garten hinaus, über den sich ein schwüler Abend herabgesenkt hatte, der keine wirkliche Abkühlung versprach. Die Sonne war bereits untergegangen. Die großen Palmwedel raschelten im feucht-warmen Wind, und nur ein paar lautstark lamentierende Kakadus schienen sich pudelwohl zu fühlen. Die elektronische Steuerung schaltete mit dem Einsetzen der Dämmerung den Unterwasserspot im Pool ein und lenkte Sams Blick unwillkürlich auf das einladende kühle Blau des Beckens und das helle Glitzern des klaren Wassers. Dann drehte er sich um, kehrte zum Tisch zurück, griff nach seinem Glas und trank den Inhalt in einem Zug aus, bevor er wieder zum Servierwagen ging.

Sie hatte ihn verletzt. Nicht zum ersten Mal fühlte er sich ausgeschlossen – aus ihrem und Joshs Leben. Obendrein ärgerte er sich darüber, dass sie ihm nicht einmal gesagt hatte, wohin sie verschwunden war. Aber das war nicht schwer zu erraten. Entweder war sie bei ihrer Mutter oder bei ihrem Bruder. Sam war wütend. Er fühlte sich bloßgestellt. Er konnte sich schon vorstellen, was »Dr. Morrison« für eine Meinung hatte. Aber Scheiße, er wollte Caroline nicht verlieren. Er liebte sie doch! Merkte sie das denn nicht? Hilflos musste er sich plötzlich eingestehen, dass er sich dafür schämte, sie in Angst versetzt zu haben und völlig unbeherrscht gewesen zu sein. Er unterdrückte den Wunsch, vor Ärger loszuschreien, und verließ das Zimmer. Er würde sich umziehen und schwimmen, bis er keine Luft mehr bekam.

32

Am letzten Tag der Weihnachtsferien sah Max im Restaurant eine ganze Weile zu, wie Niklas sein Essen auf dem Teller hin und her schob. Da er sonst einen gesunden Appetit hatte, verriet ihm dieses Verhalten, dass ihn etwas beschäftigte. Schließlich ließ Max sein Besteck sinken und fragte: »Also, Nicky, was ist los? Hast du keinen Hunger? Du warst doch gestern ganz begeistert von der Idee, heute hierher zu kommen.«
Niklas trank etwas und lehnte sich dann zurück. Er sah ein wenig trotzig aus. »Mama hat heute gemailt.«
Max blieb gelassen und griff nach seinem Bierglas. »Ja und? Das tut sie doch häufiger. Sie möchte den Kontakt zu dir nicht verlieren, Nicky. Du bist ihr wichtig.«
Der Junge verdrehte die Augen. »Wie man's nimmt.«
Max wunderte sich. »Was soll denn das, Niklas? Natürlich bist du deiner Mutter wichtig. Marie ist mir doch auch keineswegs gleichgültig, nur weil sie jetzt so weit von mir entfernt lebt. Zweifelst du an Mama?«
Niklas verzog die Mundwinkel, seine Stimme klang schnippisch. »Na, jedenfalls hat sie sich sehr rasch um Ersatz bemüht – sie ist nämlich wieder schwanger.«
Max starrte ihn sekundenlang an. Was sollte er dazu sagen? »Ehrlich?«
Niklas nickte. »Ja, sie schreibt, Tom hätte es sich so gewünscht, und durch den Anbau sei das Haus jetzt groß genug.«
Max sah plötzlich müde aus. Ihm war klar, dass er kein Recht hatte sich einzumischen, und doch ärgerte er sich über Nora. Sie lebte einfach munter ihr neues Leben, und er konnte hier in

Hamburg sehen, wie Niklas damit klarkam. Er bemerkte, dass sein Sohn ihn beobachtete, und riss sich zusammen. »Und wie geht es Marie? Ich habe meine E-Mails zu Hause schon ein paar Tage nicht mehr abgefragt.«

»Ganz gut, denke ich. Sie schickt mir so zwei- bis dreimal pro Woche 'ne Mail.« Er verdrehte erneut die Augen. »Meist schwärmt sie von ihrem Pferd. Sie hat mir neulich so viele Fotos im Anhang mitgeschickt, dass mein PC geschlagene zwanzig Minuten brauchte, um sie runterzuladen. Alles Bilder von dem Gaul. Sicher mag sie ihn mehr als dich oder mich.«

Max lachte. »Hauptsache, es geht ihr gut.«

33

Erfreut legte Tom das Telefon auf den Tisch zurück. Er strahlte Nora an. »Es klappt tatsächlich! Caroline kommt morgen mit Josh zu uns. Meine Güte, ist das lange her, dass ich die beiden zu Gesicht bekommen habe. Komisch, dass sie es jetzt so eilig hat.« Er nahm Noras Hand. »Mach dir bitte keine Sorgen, du wirst sie mögen. Meine Schwester ist sehr nett und unkompliziert.« Er zwinkerte fröhlich. »Und solltest du Zahnschmerzen bekommen, bist du bei ihr genau an der richtigen Adresse.«
»Hoffentlich muss ich nicht andauernd ins Bad stürzen, um mich zu übergeben, und hoffentlich schlafe ich nicht mitten im Gespräch mit ihr ein, weil mich gerade die schwangerschaftserhaltenden Hormone überwältigen.«
Tom lachte. »Auch dafür wird sie Verständnis haben, du wirst schon sehen.«

Samstagabend nach einem gemütlichen Essen schlenderte Caroline neben Tom durch den dunklen Garten. Die Verandabeleuchtung wies ihnen den Weg. Nora hatte sich, als die Kinder endlich im Bett waren, tatsächlich entschuldigt und war schlafen gegangen. Die ersten Monate der Schwangerschaft machten ihr aufgrund der Übelkeit und Müdigkeit immer noch mehr zu schaffen, als ihr lieb war. Sie war froh über Carolines Versicherung gewesen, dass es ihr damals mit Josh ganz ähnlich ergangen sei.
Die Luft draußen im Garten hatte sich angenehm abgekühlt. Tom und Caroline erreichten die beiden Gartensessel unter den

Bäumen. Auf dem Tischchen stand ein Windlicht, dessen Kerze Tom mit einem Feuerzeug anzündete. Er sah zu seiner Schwester und deutete auf einen der Sessel.

»Das hier ist Noras Lieblingsplatz im Garten. So etwas wie ihre Zuflucht, wenn die Kinder endlich im Bett sind.«

Caroline ließ sich in die weichen Polster sinken und schloss genießerisch die Augen. »Das kann ich gut verstehen.« Nach einer Weile des Schweigens schaute sie auf. »Sie gefällt mir, deine Nora.« Sie grinste schelmisch. »Zugegeben, Mum und mir blieb nach deinem Anruf aus Deutschland zunächst die Spucke weg. Du und heiraten? Und so plötzlich? Und dann auch noch eine Frau, die erst geschieden werden musste und schon Kinder hat.« Sie schüttelte gespielt missbilligend den Kopf. »Zwei vom ersten Mann, und eins von dir!« Sie schnalzte viermal mit der Zunge.

Tom zog eine Grimasse. »Jaja, so platt ausgedrückt hört es sich tatsächlich fast skandalös an, vor allem für die hiesigen Umstände.«

»Du liebst sie, und sie liebt dich. Das kann jeder sehen, der euch beobachtet. Und nur das ist wirklich wichtig.« Sie lächelte plötzlich versonnen. »Die Mädchen sind goldig, Tom.«

Er griff über den Tisch nach ihrer Hand und drückte sie kurz. »Es ist schön, dass du mich endlich mal wieder besuchst. Du und Josh, ihr habt mir ehrlich gefehlt.« Er bemühte sich, höflich hinzuzufügen: »Was macht Sam? Wie läuft das Hotel?«

Caroline schluckte unwillkürlich. Den ganzen Abend schon hatte sie dieses Thema gefürchtet. Seit Tagen hatte sie ihre Gefühle, ihre Ängste vor der Zukunft unterdrückt. Sie schwieg, weil sie Sorge hatte, dass Tom das Zittern in ihrer Stimme bemerken könnte.

Er beugte sich neugierig vor. »Hey! Alles in Ordnung? Was hast du denn, Schwesterchen?«

Sie stand auf und drehte ihm den Rücken zu. Sie kämpfte darum, nicht die Fassung zu verlieren, und versuchte tief durchzuatmen.

Tom war ihr gefolgt und hinter ihr stehen geblieben. Er legte ihr die Hände auf die Schultern. »Komm schon! Was ist los? Macht er dir Ärger? Soll ich ihn für dich verhauen?«

Caroline holte zitternd Luft. Sie wollte vor ihrem Bruder nicht so verzweifelt erscheinen. Kläglich lächelnd legte sie den Kopf schief. »Das wäre vielleicht gar nicht so verkehrt.«

Tom sah sie abwartend an. »Hat er eine andere?«

Sie schüttelte den Kopf. »Nein, ich glaube nicht. Dazu hätte er gar keine Zeit. Nach seinem Job klammert er sich an uns.« Sie ging zu ihrem Stuhl zurück und nahm wieder Platz. Während Tom sich in seinen Sessel fallen ließ, seufzte sie tief. »Sam will, dass wir nur ihm gehören. Ich soll nur für ihn da sein. Seinen Erfolg bewundern, noch ein Kind bekommen … Tom, er macht mir Angst. Er trinkt zu viel. Er flippt manchmal völlig aus. Er ist sogar eifersüchtig auf meinen Job.«

Tom hörte aufmerksam zu. Eine winzige Alarmglocke in seinem Inneren hatte angefangen zu läuten. »Was meinst du mit ›Er flippt manchmal völlig aus‹? Er schlägt euch doch nicht, oder?«

Caroline schwieg. Sie schämte sich plötzlich. Wie konnte sie ihrem Bruder die Situation erklären? Sie verstand sie ja selber kaum. Vielleicht sah sie nur Gespenster, wo keine waren. Sam würde sich bestimmt wieder beruhigen. Er war gebildet, sie war gebildet. Gemeinsam hatten sie einen wundervollen Sohn. Beide waren sie erfolgreich. Sie gehörten einfach nicht in das Milieu, in dem so etwas vorkommt.

Tom war durch ihr Schweigen noch unruhiger geworden. Er schlug mit der Hand auf den Tisch, sodass das Windlicht klirrte. »Los, Caroline, raus mit der Sprache. Hat er euch geschlagen?« Die Frage kam ihm selbst ungeheuerlich vor.
Caroline zuckte peinlich berührt mit den Schultern. »Nein, nicht wirklich. Er hat sehr viel Stress im Hotel ... und wenn wir dann noch in Streit geraten, dann wird er damit nur schwer fertig.«
Tom starrte sie ungläubig an. »Was soll das denn heißen? Dass man, wenn man Stress im Beruf hat, das Recht hat, seine Familie zu vermöbeln?«
Caroline biss sich auf die Unterlippe. Sie hatte ganz vergessen, wie gnadenlos und hartnäckig ihr Bruder sein konnte, wenn ihm etwas gegen den Strich ging. »Das hat er ja nicht getan. Josh hat er sowieso noch nie angerührt.«
Tom schlug erneut auf den Tisch, und seine Schwester zuckte zusammen. »So. Dann ist ja alles in Ordnung, oder? Er schlägt also nur dich.«
Caroline griff nach seiner Hand. »Er hat mich nicht geschlagen, Tom. Aber er war ganz kurz davor.« Als sie an Sams erhobene Hand und sein wutentbranntes Gesicht zurückdachte, fühlte sie sich beklommen. Sie sprach leise weiter. »Er ... er war so ärgerlich. Wir haben beide Dinge gesagt, die wir nicht hätten sagen dürfen. Er hatte getrunken und sich offensichtlich nicht mehr im Griff. Er hat mich in seiner Wut geschüttelt, und ich habe ein paar blaue Flecken davongetragen. Das ist alles.«
Tom starrte sie durchdringend an und sagte nichts.
Caroline wand sich unbehaglich. Vielleicht hätte sie doch besser geschwiegen. Aber dafür war es nun zu spät. Sie zog jetzt ihre Strickjacke von den Schultern, sodass Tom ihre Oberarme se-

hen konnte. Die Flecken hatten inzwischen die blaurote Farbe gewechselt und waren in gelbe Umrisse mit grauschwarzer Mitte übergegangen.

»Siehst du, sie verschwinden ja schon wieder. Wahrscheinlich mache ich mich verrückt. Sam hat sich später entschuldigt.« Sie hatte plötzlich nicht mehr den Mut, von ihrem erneuten Zusammenstoß im Flur zu berichten, der sie letztendlich zur Flucht bewegt hatte. Insgeheim hoffte sie darauf, dass ihr Bruder ihr Recht geben würde, und fügte hinzu: »Es wird bestimmt nie wieder vorkommen.«

Tom hatte im Licht der Gartenlampen die dunklen Flecken auf den Armen seiner Schwester gesehen, die deutlich verrieten, wo Sam sie gepackt hatte. Er biss die Zähne zusammen. Er war sich sicher, dass er seinen Schwager mehr als nur zur Rede gestellt hätte, wenn er hier gewesen wäre. Mit Schaudern stellte er sich die lautstarke Auseinandersetzung vor und fragte sich, wie viel Josh wohl davon mitbekommen hatte. Seine Stimme klang jedoch fest, als er entgegnete: »Caroline, du weißt genau, dass es nicht einfach wieder aufhören wird. Ich habe das oft genug erlebt. Es wird schlimmer. Die Frauen lassen sich im Krankenhaus zusammenflicken und glauben immer wieder an den friedlichen Neuanfang. Wenn er auch noch trinkt, ist es ganz aus. Willst du ein Leben in Angst vor seinen Ausbrüchen führen? Willst du das für Josh?«

Sie zog die Jacke wieder fest um sich und zuckte mit den Schultern. »Ich weiß im Moment nicht, was ich tun soll. Auf der einen Seite will ich ihn nicht verlieren, auf der anderen habe ich jetzt schon Angst vor ihm. Jedes Mal, wenn er zum Servierwagen und zu den Flaschen geht, beobachte ich ihn ängstlich. Bevor ich den Mund aufmache, denke ich darüber nach, ob ich ihn womöglich mit dem, was ich sagen will, provozieren könnte.« Sie strich sich die Haare hinters Ohr zurück und blickte traurig in die Kerzenflamme. »Dann wieder meine ich, mir meine Ängste und Sorgen nur einzubilden. Sicher gibt es bei allen Paaren so etwas wie unsichere Zeiten ... Zeiten eben, in denen nicht alles hell und freundlich aussieht.«

Tom zog die Mundwinkel nach unten und schüttelte den Kopf. »Bestimmte Grenzen dürfen nicht überschritten werden, Caroline, egal, wie heftig ein Streit wird, und egal, wie düster die Zeiten einer Ehe sein mögen.«

Sie blickte trotzig auf. »Du konntest Sam doch noch nie besonders gut leiden, oder?«

Tom erwiderte ihren Blick ruhig. »Sam und ich standen uns nie besonders nahe, das ist richtig. Doch ich würde nicht sagen, dass ich ihn nie leiden konnte. Aber du und Josh, ihr steht mir näher. Ich will nicht, dass der Kleine böse Streitigkeiten seiner Eltern mitbekommt, bei denen sein Vater seiner Mutter wehtut. Egal, ob er sie schüttelt, schubst oder auch richtig schlägt. Hast du dir mal überlegt, wie der Junge das verkraften soll? Das wird ihn verändern, ihn prägen.«

Caroline schwieg. Am Himmel zogen einzelne Wolkenfelder dahin und verdeckten einen Teil des Sternengeflimmers. Minutenlang war nur das nächtliche Zirpen der Grillen zu vernehmen. Nachtfalter umflatterten das Windlicht und stürzten sich auf die Gartenlampen. Tom beobachtete eine Motte, die in wilder Entschlossenheit immer wieder gegen das Glas des Windlichts stieß. Schließlich schaute er auf.

»Liebst du ihn noch? So richtig, meine ich? Wie damals, als ihr geheiratet habt?«

Sie sah ihn unsicher an und sagte erst einmal nichts.

Er bohrte weiter. »Kannst du sofort Ja sagen, wenn ich dich frage, ob er der Mann ist, mit dem du noch weitere Kinder haben willst, mit dem du alt werden willst? Mit dem du den Rest deines Lebens verbringen willst?«
Caroline stützte die Ellbogen auf den Tisch und beugte sich vor. »Ich weiß es einfach nicht, Tom. Mir ist momentan nicht klar, was richtig oder falsch ist.«
»Nun, du hast eine gute Ausbildung. Du könntest überall neu anfangen.« Plötzlich grinste er. »Cameron Downs würde sich bestimmt riesig über eine Zahnärztin freuen. Seit der alte Doc McIntosh seine Praxis aufgegeben hat, müssen alle nach Milparinka zum Zahnarzt, manche fahren sogar nach Broken Hill.« Er stupste sie an. »Ich wäre froh, wenn meine Lieblingsschwester zur Abwechslung mal nicht so weit von mir entfernt wäre.«
Sie verdrehte die Augen. »Lieblingsschwester! Tom, ich bin deine einzige Schwester.«
Er lachte. »Eben.«
»Das geht mir alles viel zu schnell. Ich bin doch noch gar nicht so weit. Ich kann doch nicht so schnell aufgeben. Sam und ich, wir sind immerhin seit zehn Jahren verheiratet. Wenn ich ihn verlasse, verliert Josh den Vater. Zumindest, wenn wir so weit fortgingen.« Sie stützte den Kopf in die Hände. »Mein Gott, das ist doch einfach nicht zu fassen! Nie hätte ich gedacht, einmal vor solchen Problemen zu stehen.«
Tom legte eine Hand auf ihre Hände. »Lass es dir in Ruhe durch den Kopf gehen. Hör auf deine innere Stimme. Wenn die dir sagt, es ist aus, dann zieh auch die Konsequenzen. Lieber ein Ende mit Schrecken als ein Schrecken ohne Ende. Wenn du dich an den Gedanken mit Cameron Downs gewöhnen könntest, helfe ich dir, wo ich kann. Auch für Josh bin ich immer da.«

Er grinste wieder. »Stell dir vor, er könnte mit unseren Mädchen aufwachsen.«

Als Caroline einige Zeit später im Gästezimmer in ihrem Bett lag, ging ihr das Gespräch mit Tom nicht aus dem Sinn. Sie seufzte, als sie daran dachte, wie müde sie morgen sein würde. Aber der Schlaf ließ sich nicht herbeizwingen, zu viel hing von ihren Überlegungen und Entscheidungen in der nächsten Zeit ab. Die Verantwortung für Josh lastete schwer auf ihr. Wie würde er es verkraften, wenn sie Sam verließe? Was würde er sagen, wenn er von seinen Freunden in Darwin Abschied nehmen müsste? Würde sie es fertig bringen, die Gemeinschaftspraxis, in der sie seit Jahren tätig war, einfach hinter sich zu lassen? Könnte es für sie ein Leben ohne Sam geben? Wie hatte er den Brief aufgenommen, den sie ihm hinterlassen hatte? War er wütend? Würde er sie suchen? Fragen über Fragen wirbelten in ihrem Kopf durcheinander. Leise stand sie auf und ging zum Bett ihres Sohnes, das am Fenster stand. Obgleich er in wachem Zustand ein echter Rabauke sein konnte, glich er im Schlaf noch eher einem kleinen verletzlichen Kind. Vorsichtig küsste sie ihn auf die Schläfe. Leise schmatzend drehte er sich auf die Seite und schob einen Handrücken unter seine Wange. Fröstelnd verschränkte Caroline die Arme vor der Brust und starrte hinaus in die Nacht. Was sollte sie nur tun?

Die nächsten beiden Tage vergingen, und in Caroline wuchs die Angst, als sie nichts von Sam hörte. Einerseits fuhr sie bei jedem Telefonklingeln zusammen und erwartete seinen Anruf – und seine Vorwürfe –, andererseits machte es sie genauso nervös, nichts von ihm zu hören. Würde er hier auftauchen und ihr eine Szene machen? Konnte er Josh hier einfach abholen und wieder nach Darwin zurückbringen?

Tom war erschrocken gewesen, als seine Schwester schließlich zugab, praktisch auf der Flucht zu sein. Er redete ihr ins Gewissen, dass sie etwas tun müsse, dass es vielleicht schon ein Anfang sei wenn sie Josh in der Schule von Cameron Downs anmelde, allein schon deshalb, damit ihr niemand Vorwürfe machen könne, dass sie ihn nicht in die Schule schickte. Caroline zögerte. Wäre das der richtige Schritt? Würde sie damit Sam nicht restlos gegen sich aufbringen? Inzwischen war es Donnerstag. Für diese Woche wollte sie sich einfach noch nicht festlegen. Sie war vollkommen durcheinander und sehnte sich plötzlich danach, ihre Mutter wiederzusehen. Sie beschloss deshalb, mit Josh zu Catherine nach Perth zu fliegen.

34

Einen Tag später sah Nora überrascht auf, als Tom schon mittags den Wagen vor dem Haus parkte und fröhlich pfeifend die Stufen hinaufsprang.
Sie ging ihm entgegen. »Hast du etwas vergessen?«
Er lächelte geheimnisvoll und zog sie an der Hand ins Schlafzimmer. »Nein. Ich habe eine Überraschung für dich. Wir fahren übers Wochenende weg. Was sagst du nun? Nur wir beide.« Er grinste. »Du hast ja keine Ahnung, wie schwer es mir gefallen ist, den Mund zu halten.« Er hatte den oberen Teil des Kleiderschranks geöffnet und nahm eine Reisetasche heraus. »So, komm, lass uns packen, ja? Caroline ist auch erst Montagabend mit Josh zurück.«
Nora ließ sich auf die Bettkante sinken und beobachtete ihn sprachlos. Und doch bemerkte Tom, wie Freude und Aufregung in ihren Augen aufglommen. Da sie nichts sagte, zog er mehrere Schubladen auf und fügte hinzu: »Die Mädchen sind bei Bill und Lisa eingeladen. Die wollen mit ihnen nach Tibooburra in den Kinder-Zirkus. Den Rest der Zeit werden sie wohl im Pool planschen. Sie sind in den besten Händen – ein Arzt und eine Krankenschwester betreuen sie. Du siehst also, ich habe an alles gedacht. Unsere Kinder werden sich prächtig amüsieren, und wir beide«, er zog sie zu sich hoch, »wir brauchen auch mal einen Tapetenwechsel.« Er küsste sie zärtlich. »Wir sind bei Laura und Matt Harper eingeladen, du weißt schon, damals, als es mit uns begann ...« Er lächelte vielsagend. »Banggal und Marrindi vom Künstlerdorf würden sich ebenfalls sehr freuen, uns wiederzusehen. Voraussetzung ist

aber«, er machte eine Pause, und sie sah ihn fragend an, »dass du jetzt packst.«
Sie lachte und schlang beide Arme um seinen Hals.
»O Tom, ich bin wahnsinnig aufgeregt. Hat sich in der Siedlung viel verändert? Ich freue mich ja so!«

Zwei Stunden später befanden sich Marie und Sophie in der Obhut von Lisa. Während Marie sich bereits übermütig auf das Wochenende freute, hatte die kleine Sophie zunächst ein weinerliches Gesicht aufgesetzt, als der Geländewagen mit ihren Eltern abfuhr. Lisa lenkte sie rasch ab und ging mit ihr auf dem Arm hinter Marie ins Haus. Sie freute sich auf ein lebhaftes Wochenende mit den Kindern. Seit ihre Söhne in Sydney studierten, war es sehr still bei ihr und Bill geworden.

Nora war es doch schwer gefallen, sich von den Mädchen zu trennen. Mit gemischten Gefühlen sah sie die beiden im Außenspiegel immer kleiner werden, bis das Haus hinter einer Biegung verschwand.
Tom hatte sie beobachtet und legte eine Hand auf ihr Knie.
»Du bist schon ein merkwürdiges Wesen. Erst predigst du mir, wie wichtig es ist, dass wir uns auch mal Zeit für uns nehmen, und dann, wenn es so weit ist, würdest du am liebsten aus dem fahrenden Auto springen, um deine Ableger wieder einzusammeln.«
Er zwinkerte ihr zu, und sie lachte leise.
»Ja, ich weiß. Aber ich denke, das wird sich gleich geben. Ich freue mich nämlich richtig auf den Ausflug.« Sie war plötzlich ernst geworden. »Meinst du, es ist okay, dass wir zu den Harpers fahren? Immerhin haben sie das letzte Mal ziemlichen Ärger mit

uns gehabt, als sie uns nach dem Autounfall nachts im Busch zu Hilfe kommen mussten.«

Tom war inzwischen auf die Straße abgebogen, die sie aus Cameron Downs herausführen würde. Er warf ihr einen kurzen Seitenblick zu, bevor er wieder geradeaus sah. »Darüber brauchst du dir wirklich keine Gedanken zu machen. Matt und Laura freuen sich auf uns, und ganz besonders auf dich. Unfälle passieren. Niemand wünscht sie sich, aber hier draußen ist man besonders froh, wenn man helfen kann. Und nichts anderes haben die beiden getan. Und wenn du morgen gesund und munter vor ihnen stehst, werden sie sich wahnsinnig freuen.«

Nora sah ihn erstaunt an. »Morgen?«

Tom schmunzelte. »Ja, morgen. Wir bleiben bis morgen Mittag in der Siedlung. Ich dachte, du würdest dieses Mal gerne etwas mehr Zeit dort haben. Und Marrindi hat uns ausdrücklich eingeladen.« Er machte eine kurze Pause und fügte hinzu: »Außerdem hab ich mit Bill abgesprochen, dass ich dort die Kindersprechstunde abhalte. Du weißt schon, das normale Programm – Beratung der Mütter, Impfungen, Messen und Wiegen von Säuglingen und so weiter. Ich hoffe, es stört dich nicht. Vielleicht kannst du mir dabei ein wenig zur Hand gehen, dann ist es sicher schnell erledigt.«

Noras Aufregung wuchs bei seinen Worten. Ihre Wangen hatten sich gerötet. »Das muss gar nicht schnell erledigt werden. Es macht sicher Spaß. Ich bin ja schon so gespannt.«

Sie sah aus dem Fenster. Kaum vorstellbar, dass sie erst eine gute halbe Stunde unterwegs waren. Die Landschaft umgab sie – bis auf die rote unbefestigte Fahrbahn und ein paar Weidezäune – praktisch ohne jedes Zeichen auf menschlichen Einfluss. In größerer Entfernung entdeckte sie ein paar wilde Kamele. Zwei von ihnen hoben den Kopf und sahen in ihre Richtung. Kaum zu glauben, dass mit den Vorfahren dieser Tiere einmal Lasten – Gebrauchsgüter und Nahrungsmittel – durch die australische Wildnis bis hin zu einsamen Orten befördert worden waren. Nora beobachtete sie. Die Nachfahren dieser Tiere lebten nun frei in den kargen Zonen Australiens. Nora hatte sogar gelesen, dass Saudi-Arabien Kamele aus Australien importierte, wohl um frischen Wind in die eigene Zucht der Tiere zu bringen. Blinzelnd sah sie zum gleißenden Himmel hinauf, an dem ein Adler ruhig seine Kreise zog. Dankbar für die Klimaanlage im Auto seufzte sie unwillkürlich, als ihr Blick auf die Außentemperaturanzeige fiel. Sosehr sie dieses Land liebte, die Temperaturen versetzten sie immer wieder in Erstaunen.

Tom war ihrem Blick gefolgt und stellte die Klimaanlage zurück. »Du sollst sie nicht immer so hoch einstellen, Nora. Erstens erkälten wir uns schneller, und zweitens trifft dich der Temperaturunterschied beim Aussteigen dann wie ein Keulenschlag.«

»Ja, ich weiß. Du hast ja Recht. Doch manchmal möchte ich einfach wieder wissen, wie sich achtzehn Grad anfühlen.«

»Aber wenn draußen zweiundvierzig Grad herrschen, ist so was total ungesund.« Er deutete blitzschnell geradeaus. »Da, schau!«

Nora sah gerade noch zwei Kängurus zwischen den dünn belaubten Sträuchern neben der Straße verschwinden. »Wie schön!«

Tom lachte. »Lass das nicht Matt Harper hören. Die Farmer sehen diese Viecher mit anderen Augen.«

Noras Herz schlug schneller, als sie etwa drei Stunden später auf die Siedlung zufuhren. Sie hatte das Gefühl, in die Zeit ihres ersten Besuchs hier zurückversetzt zu werden. Waren seitdem wirklich mehr als zwei Jahre vergangen? Als Tom den Wagen vor der Künstlerwerkstatt parkte und ohne zu zögern ausstieg, wünschte sie sich etwas von seiner Ruhe und Gelassenheit, von der Selbstverständlichkeit, mit der er jetzt auf seine alten Bekannten zuging. Nach einigen Sekunden blickte er sich irritiert nach ihr um, weil sie noch nicht ausgestiegen war. Sie bemerkte seinen suchenden Blick und öffnete die Wagentür. Sie spürte eine Anspannung in sich. Ihr Interesse an den Aborigines und ihrer Kultur war so tief, dass unzählige Fragen in ihrem Kopf umherschwirrten. Gleichzeitig bekämpfte sie ihren Wunsch nach Antworten, weil sie um die kulturellen Unterschiede wusste. Man fragte hier nicht einfach, wonach einem der Sinn stand. Dennoch fühlte sie eine Art Sehnsucht in sich, diesen Menschen näher zu kommen, sie wirklich zu verstehen.
Nach der freundlichen Begrüßung folgte Nora Tom und den Stammesältesten zu einem runden Bau in der Dorfmitte, der zu drei Seiten hin offen war. Es standen Holztische und -bänke darin, und sie vermutete, dass das Gebäude als Versammlungsort diente. Tom hatte aus dem Geländewagen seinen Arztkoffer mitgenommen und trug in der anderen Hand eine Kühlbox, in der sich verschiedene Impfseren befanden, die er eigens für diese Kindersprechstunde mitgebracht hatte. Normalerweise hätte ihn eine Krankenschwester begleitet, aber da sie bei diesem Besuch nicht durch den üblicherweise dicht gedrängten offiziellen Terminplan weiter gehetzt wurden und Nora sich erboten hatte, so gut wie möglich zu helfen, sahen sie der vor ihnen liegenden Aufgabe beide entspannt entgegen.

Tom kannte inzwischen die meisten Aborigines in der Siedlung persönlich, und er kam immer wieder gerne hierher. Nach seinen Erfahrungen als Arzt in den Hungergebieten Afrikas war er psychisch und physisch zermürbt nach Australien zurückgekehrt und hatte sich in seinem alten Leben nicht mehr zurechtgefunden. Die Ohnmacht gegenüber Bürgerkrieg, Hunger und Tod hatte ihn an seine Grenzen geführt und ihn erkennen lassen, wie oberflächlich die Menschen in den so genannten Industrieländern manchmal ihr Leben lebten, sich oftmals mit Nebensächlichkeiten wie Kleidung oder der Frage über Freizeitvergnügen am Wochenende den Kopf zerbrachen, während anderswo auf der Welt Menschen zum gleichen Zeitpunkt um das nackte Überleben kämpften. Wo Mütter mit leerem Blick mit ansahen, wie die Kinder, die sie geboren hatten, plötzlich aufhörten vor Hunger zu weinen und stattdessen ihren letzten Atemzug taten.

Damals war Tom nach zwei Jahren in seine Heimat zurückgekommen und hatte diese Rückkehr wie einen Kulturschock empfunden. Und außerdem waren Zweifel in ihm aufgestiegen, was seine Berufung als Arzt anging. Innerlich verzweifelt darüber, wie wenig er für die Menschen in Afrika hatte tun können, glaubte er das Recht verloren zu haben, als Arzt tätig zu sein. Einige Zeit war er ziellos in Australien umhergereist. Später hatte er die Abgeschiedenheit des Outback gesucht, um wieder zu sich zu finden. Ein paar Wochen war er auch bei seiner Schwester Caroline in Darwin gewesen, um anschließend in die Nähe von Cameron Downs zurückzukehren. Selbst zu diesem Zeitpunkt hatte er sich noch nicht aufraffen können, wieder als Arzt zu arbeiten.

Nach einem Angelausflug in den Busch war er in der Siedlung

aufgetaucht und freundlich zum Bleiben aufgefordert worden. Marrindi und Banggal erinnerten sich noch gut an Tom und erkannten mit der Weisheit der Ältesten, dass der »Doc« selbst Hilfe brauchte. Man ließ ihn deshalb einfach in Ruhe und bezog ihn nur insoweit in die dörfliche Gemeinschaft ein, wie er von sich aus den Kontakt suchte oder nicht die geheimen Traditionen des Stammes gefährdete. Es entwickelte sich tiefer gegenseitiger Respekt und schließlich eine Freundschaft, aus der beide Seiten Lehren ziehen konnten. Mit dem wachsenden Vertrauen zueinander gewann Tom ein nie geahntes Verständnis für die Kultur der Aborigines.

Die »Clever Men« des Stammes, die Schamanen oder »Wirinun«, wie die Aborigines selbst sagten, Marrindi und sein Nachfolger Banggal halfen ihm in langen Gesprächen und Diskussionen dabei, seinen Weg ins Leben zurückzufinden. Später erkannte Tom, dass er hier in seinem eigenen Land, dem reichen Australien, Trost in der Aufgabe gefunden hatte, dazu beizutragen, die alte Kultur der Ureinwohner am Leben zu erhalten. Er hatte die Gründung der Künstlerwerkstatt angeregt und sich für die Verbreitung der hier entstehenden Werke eingesetzt.

Ein wenig erschrocken musste Tom jetzt feststellen, wie alt und gebrechlich Marrindi inzwischen geworden war. Sein Haar und der wehende Bart leuchteten weiß und boten einen starken Kontrast zu seiner dunklen faltigen Haut. Er war dünn geworden, und die Schultern und der einstmals gerade Rücken schienen ihn nach vorn zu beugen. Nur seine großen dunklen Augen hatten nichts von ihrer Wachsamkeit und Lebendigkeit eingebüßt. Als Tom ihn so offensichtlich besorgt musterte, lächelte der Alte und entblößte einige Zahnlücken, während er umständlich Platz nahm.

»Du machst dir Sorgen um mich, Tom? Dazu besteht kein Grund. Ich bin alt, daran lässt sich nichts ändern. Es wird langsam Zeit für mich, mit meinen Ahnen zusammenzukommen.«
Tom hatte sich ihm gegenüber auf einer Holzbank niedergelassen. Er war froh darüber, dass sie hier noch ganz allein waren. Banggal wurde mit Nora in einiger Entfernung von den Frauen des Stammes umringt, die dem weiblichen Gast ihre Kinder vorstellten. Ernst erwiderte er den ruhigen Blick des alten Mannes.
»Marrindi, lass dich von mir untersuchen. Vielleicht kann ich dir helfen.«
Der Alte lächelte nachsichtig. »Ihr Weißen könnt den Gedanken an den Tod nicht ertragen, nicht wahr? Dabei gehört der Tod zur Natur. Er ist Teil des ewigen Kreislaufs, der zwischen Entstehen und Vergehen abläuft.«
Er hatte sich erhoben und ging langsam aus dem offenen Gebäude hinaus. Tom war aufgesprungen und hatte sekundenlang gezögert, dann hatte er die indirekte Aufforderung des alten Mannes verstanden und folgte ihm in den Schatten eines riesigen Eukalyptusbaums, wo er sich neben ihn setzte. Eine Weile schwiegen beide, und Marrindi beobachtete insgeheim belustigt die offensichtliche Ratlosigkeit des weißen Freundes.
Tom sah ihn schließlich an. »Du gibst also einfach auf, Marrindi?«
Der Alte seufzte – etwa in der Art, in der eine Mutter seufzt, die ihrem Kind zum wiederholten Male etwas klar zu machen versucht. »Es gibt vieles, was du an meiner Kultur nicht verstehst. Umgekehrt gibt es für mein Volk genauso viele Dinge, die für uns Rätsel sind. Unsere Kulturen sind so unterschiedlich wie Sonne und Mond, wie Wüste und Meer. In deiner Kultur gibt es bei-

spielsweise eine Schrift, die für euch wichtig ist. Sie sagt euch: ›Macht euch die Erde untertan.‹ Für uns heißt das, ihr wollt die Erde beherrschen, sie formen, sie verändern. Bei uns ist das ganz anders. Unsere Traumzeit-Gesetze befehlen uns, diese Erde zu lieben und dafür zu sorgen, das sie so weit wie möglich in ihrer Ursprünglichkeit bewahrt bleibt. Über unsere Ahnen aus der Traumzeit sind wir unwiderruflich an unser Land gebunden. Wir sind eins mit der Natur. Wenn wir sie zerstören, zerstören wir uns selbst.« Er machte eine Pause und sah in Toms ernstes Gesicht. »Die Ahnen unserer Traumzeit haben alles geschaffen, und als sie verschwanden, hinterließ jeder Einzelne dieser Ahnen an einem bestimmten Ort ein Stück seines Wesens. An der Stelle seines Verschwindens entstand auf diese Weise so etwas wie eine Quelle neuen Lebens und ständiger Energie. Diese Orte betrachten wir als heilige Stätten, die für immer in Ehren gehalten werden müssen, denn die Seele jedes Menschen stammt von einem Schöpferischen Ahnen aus der Traumzeit ab. So wie diese Ahnen schon in der schöpfungsphase die Landschaft prägten und Berge, Flüsse und Täler schufen, so hinterließ der Ahne auch seine ›Prägung‹ im Geist des Menschen.«

Tom lehnte sich gegen den Baumstamm und ließ die feine rote Erde durch die Finger rieseln. »Aber was hat das mit deiner Gesundheit zu tun?«

Marrindi lächelte erneut nachsichtig. »Der Tod gehört nun mal zum Leben wie die Geburt. Der Begegnung mit dem Tod können wir nicht aus dem Weg gehen. Er ist wichtig für uns, und wir bereiten uns sorgfältig darauf vor. Alles Irdische muss geregelt sein, damit die Seele ihren Weg finden kann. Uns ist es fremd, den Umgang mit dem Tod zu vermeiden. Ihr Weißen bereitet euch auf berufliche Termine besser vor als auf euren Ab-

schied vom Leben. Beerdigungen sind für euch meist nur eine lästige Pflicht. Vielleicht macht euch das Sterben und Begraben anderer eure eigene Vergänglichkeit zu sehr bewusst. Nein, Tom, ich weiß, dass meine Zeit hier bald abläuft, und ich bin vorbereitet. Mein Wissen liegt nun bei Banggal und wird erhalten bleiben.« Er verstummte und sah nachdenklich vor sich hin.
Tom schwieg eigentümlich berührt. Immer hatte er als Arzt das Gefühl, helfen zu müssen, doch hier wurde keine Hilfe gewünscht. Marrindi strahlte über seine ruhige Selbstsicherheit eine solche spirituelle Überlegenheit aus, dass Tom sich klein vorkam. Und er musste den Gedanken des alten Mannes beipflichten. Seine Einschätzung der Weißen zu diesem Thema war ganz richtig gewesen. Gerade er als Arzt hatte den Tod nie einfach akzeptieren können, stand er doch gleichzeitig mit dem endgültigen Ende des Lebens für seine Ohnmacht in beruflicher Hinsicht, ja, vielleicht sogar für berufliches Versagen. Tom atmete schließlich heftig aus.
»Vielleicht stimmt das alles, was du gesagt hast, Marrindi. Aber es ist schwer für mich, dich gehen zu lassen. Einfach nichts tun zu können. Du bist mein Freund.«
Um die Augen des alten Mannes gruben sich viele Lachfältchen tief ein, als er Tom ansah. »Das bleiben wir auch, Tom. Freunde.«

Nora hatte eine dicke Decke über einen der Tische gebreitet und legte nun ein abwaschbares Wachstuch darüber. Desinfektionsspray und Krepptücher standen ebenso bereit wie eine batteriebetriebene Babywaage, deren auf zehn Gramm genaue Display-Anzeige hier draußen im Outback seltsam deplatziert wirkte. Suchend gingen Noras Augen immer wieder zu Tom und

Marrindi, die scheinbar bewegungslos unter dem großen knorrigen Baum saßen. Selbst auf die Entfernung spürte sie, dass ihren Mann etwas bedrückte. Als ihre Gedanken einen Moment bei Tom verweilten, richtete sich Marrindis Blick eigenartig wissend auf sie. Sekundenlang sahen sie sich an, dann wich Nora ihm aus. Als Tom immer noch keine Anstalten machte, mit der Babysprechstunde zu beginnen, griff sie nach einem schmalen Aktenordner und schlug ihn auf. Sie studierte die Listen und Eintragungen, die Lisa und Kim bei den vorangegangenen Terminen gemacht hatten, und erfasste rasch das Prinzip. Es würde ihr Freude bereiten, die Kinder zu sehen und kennen zu lernen, die zu den notierten Namen gehörten.
Marrindi wies mit einer Kopfbewegung auf Nora. »Sie ist eine gute Frau, hm?«
Tom war seinem Blick gefolgt, und er lächelte zustimmend. Bevor er jedoch etwas sagen konnte, fragte der Alte: »Wann kommt das Kind?«
Tom öffnete sprachlos den Mund. Nora war im vierten Monat schwanger. Aufgrund der lang anhaltenden Übelkeit hatte sie zunächst nur abgenommen. Sie trug Jeans und einen grob gestrickten Baumwollpullover. Kein Außenstehender hätte geahnt, dass sie schwanger war. Verblüfft wandte er sich Marrindi zu. »Woher …?«
Der Alte schnitt ihm das Wort ab. »Ich weiß es einfach. Genügt das nicht?«
Tom war zum zweiten Mal verunsichert. Schließlich schüttelte er kurz irritiert den Kopf. »Das Baby kommt in fünf Monaten.« Er fuhr sich über die Stirn, während sein Blick zu seiner Frau wanderte. »Ja, sie ist gut. Genau genommen ist sie die Einzige, die ich je wirklich gewollt habe, Marrindi. Wie man so sagt: Sie

ist die Liebe meines Lebens.« Er sah spöttisch zu seinem dunkelhäutigen Freund. »Falls du damit etwas anfangen kannst.«
Marrindi schien ihn nicht gehört zu haben. Er schaute unverwandt zu Nora und beobachtete sie. Mittlerweile war sie neben einem Jungen in die Hocke gegangen, der an einen Baum gelehnt Didgeridoo spielte. Neben ihm saß ein älterer Mann, dessen Instrument in seinen Händen ruhte. Augenscheinlich gab er dem Jungen Unterricht. Marrindi sah zu, wie der ältere Didgeridoo-Spieler ein paar Worte mit Nora wechselte und wie sie daraufhin lächelte.
Der alte Schamane seufzte schließlich und schaute Tom an. »Sie hat einen guten, offenen Blick. Sie scheint die Richtige für dich zu sein.« Er machte eine Pause, dann murmelte er: »Aber sie ist auf der Suche nach etwas. Du wirst um sie kämpfen müssen, Tom.«
Tom runzelte die Stirn. »Du irrst dich, Marrindi. Den Kampf um sie habe ich hinter mir. Was du vielleicht siehst, sind die Schatten der Vergangenheit.« Er schwieg einen Moment, bevor er fortfuhr: »Nora leidet darunter, dass ihr Sohn aus erster Ehe in Deutschland geblieben ist. Er wollte nicht mit hierher kommen.«
Marrindi nickte bedächtig. Seine Augen ruhten wieder auf Nora. Er machte einen abwesenden Eindruck und schien weit weg zu sein. Ein sorgenvoller Ausdruck lag auf seinem Gesicht. Nach einer Weile rieb er sich mit seiner knochigen Hand müde die Augen.
Vor langer Zeit, als er ein Kind gewesen war, hatten ihm seine besonderen Fähigkeiten oft Angst gemacht. Früh schon hatte er bemerkt, dass er anders gefühlt und gedacht hatte als die anderen Kinder seines Clans. Er war darüber keineswegs glücklich

gewesen. Oft hatte er die Einsamkeit gesucht, um in Ruhe nachdenken zu können. Merkwürdig klare Träume hatten ihn heimgesucht, und er war unsicher darüber gewesen, ob sie etwas zu bedeuten hatten.

Als er eines Tages allein am Flussufer gesessen hatte, war Namingkar, der Wirinun und Heiler des Stammes, lautlos aufgetaucht und hatte neben ihm Platz genommen. Zunächst hatte Marrindi, der Junge, verstockt geschwiegen, aber der Wirinun schien ihn schon seit längerer Zeit beobachtet zu haben und verwickelte ihn in ein Gespräch. So hatte alles angefangen.

Sein Weg durch Prüfungen und Initiationen, die von den alten Schamanen durchgeführt worden waren, war lang und oft hart und schmerzvoll gewesen. Und doch wusste er heute – praktisch am Ende seines Lebens –, dass er für sein Volk eine besondere Aufgabe erfüllt hatte, deren oberstes Ziel es war, den Menschen ein Empfinden für die Schöpferischen Mächte zu erhalten, ohne die es diese Welt nicht gäbe. Er hatte akzeptiert, dass er zu den wenigen Geistreisenden gehörte, deren Bewusstsein Ebenen der Wirklichkeit erreichen konnte, die gewöhnlichen Sterblichen verschlossen blieben.

Marrindi starrte gedankenverloren vor sich hin, während ihn diese Erinnerungen überkamen. Er musste lange geschwiegen haben, denn Tom legte nun eine Hand auf seinen Arm und sah ihn fragend an.

»Was ist los, Marrindi? Was hast du gesehen? Etwas, das mir Sorgen machen müsste?«

Der Alte rieb sich den Bart. »Das, was ich gesagt habe, stimmt. Du wirst um sie kämpfen müssen.«

Tom runzelte die Stirn. Wie den meisten Weißen fehlte ihm der unerschütterliche Glaube der Aborigines an spirituelle Fähigkeiten und Geschehnisse zwischen Geist und Materie. Dennoch hatte ihn Marrindi mehr als einmal mit Aussagen und Vorhersagen verblüfft, die wie selbstverständlich eingetreten waren. Tom wurde unruhig. So hatte er sich seinen Besuch hier nicht vorgestellt.

»Wie meinst du das? Wird es Probleme bei der Geburt oder mit dem Kind geben?«

»Nein.« Marrindi lächelte. »Deine Frau wird noch einen Sohn bekommen.« Er tastete nach Toms Hand und drückte sie. Er schien zu bedauern, dass er ihn in Sorge versetzt hatte. »Mach dir keine Gedanken wegen eines alten Mannes, Tom. Es wird nichts geschehen, was ihr nicht kraft eures Willens und eurer Liebe bewältigen könnt.«

Er blickte jetzt zum Versammlungshaus, vor dem sich die ersten Frauen mit ihren Kleinkindern und Babys einfanden. »Siehst du? Du wirst erwartet. Lass mich ruhig noch ein wenig hier im Schatten sitzen. Ich bin müde geworden.«

Tom musterte ihn noch einmal ernst und nickte dann. »Na gut. Ich bin dort drüben, falls du mich brauchst.«

Stunden später folgten Noras Augen einem dünnen Hund, der über den staubigen roten Hauptweg auf die andere Seite lief, wo ein kleiner dicht bewachsener Pfad zwischen den Bäumen verschwand und zum Flussufer hinunterführte. Sie war vorhin mit Tom dort gewesen, als sie den im Wasser spielenden und planschenden Kindern des Clans zugeschaut hatten. Tom war inzwischen wieder bei Marrindi, dessen eigenartig wissende Augen Nora so stark verunsicherten, dass sie es vorgezogen hatte, ein erneutes Zusammentreffen erst einmal zu vermeiden. Sie war bei den Künstlern geblieben.

Jetzt lehnte sie sich gegen den Baumstamm zurück, unter dessen Blätterdach sie saß, und sah einer der älteren Künstlerinnen zu, die ihr als Wudima vorgestellt worden war. Diese rührte gerade eine Farbe an, die sie für die Fertigstellung ihres nächsten Bildes benötigte. Noras alte Faszination und Begeisterung, was die Kunst der Aborigines betraf, waren zurückgekehrt. Ihre persönlichen Sorgen waren plötzlich weit genug weg, um die neu gewonnene Freiheit genießen zu können. Sie erfreute sich an den warmen Naturtönen der Farben und ließ sich Wudimas Maltechnik erklären. Später hörte sie gebannt zu, als diese ihr anhand der angefangenen Zeichnung erklärte, welche Geschichte das Bild darstellen würde.

Nora vermisste zum ersten Mal seit langer Zeit ihr Notizbuch, war sich aber ohnehin nicht sicher, ob es ihr erlaubt gewesen wäre, sich Notizen zu machen. Wudima schien ihre Irritation zu spüren und hielt inne. Fragend ruhten ihre samtigen dunkelbraunen Augen auf ihr. Nora erwiderte ihren Blick ein wenig verlegen.

»Es ist nichts. Ich mag eure Erzählungen nur so sehr, dass ich sie am liebsten alle aufschreiben würde.« Sie sah über die einfachen, fast schäbigen Häuser hinweg. »Manchmal habe ich Angst, dass eure Traumzeit einfach so verloren geht. Ich weiß natürlich, dass ihr eure Traditionen und auch eure Geschichten in den Erzählungen für eure Kinder und auch in eurer Malerei weitergebt, aber trotzdem wird mir mitunter angst und bange.« Sie verstummte und wurde rot. Musste das nicht überheblich oder gar bedrohlich klingen? Sie hoffte, dass die alte Frau sie richtig verstanden hatte.

Wudima schien mit ihrer Farbe zufrieden und hörte auf darin zu rühren. »Du bist gut im Beobachten, Nora. Die meisten

Menschen bekommen gar nicht mit, wie rasend schnell sich die Zeiten für unser Volk verändert haben. Es wurde viele Jahre lang erwartet, dass wir uns an eure Kultur anpassen. Aber wie können wir das, wenn unsere Traditionen uns das Gegenteil dessen vorschreiben, was ihr für gut befindet? Wir wollen den Erhalt, ihr den Fortschritt.« Sie seufzte. »Es stimmt, wir haben hier für uns so etwas wie eine Nische zwischen den Kulturen entdeckt. Mit dem Verkauf unserer Bilder für Touristen leben wir in eurer Welt, aber mit den Traditionen in unserer Siedlung hier am Fluss halten wir doch noch an unserem alten Leben fest. Manchmal kommt es mir vor, als balancierten wir auf zwei Beinen über zwei nebeneinander liegende Balken, die über einen reißenden Strom führen. Rutscht man mit einem Fuß ab, geht man unter. Wir brauchen beide Balken.«

Nora versuchte die Aufregung, die sie empfand, zu unterdrücken. Ihre Augen blitzten. »Aber bis jetzt gelingt es euch hier so fantastisch, dass man es aller Welt zeigen möchte. Ihr habt euch der so genannten weißen Welt nicht verschlossen, ihr treibt Handel mit ihr, und dann und wann nehmt ihr auch den medizinischen Rat der Flying Doctors in Anspruch. Jetzt ist es an uns, eure Welt kennen zu lernen, aus euren Erzählungen zu lernen. Ich weiß einfach, dass ich bestimmt nicht die Einzige bin, die von eurer Kultur, von euren Erzählungen fasziniert ist.«

Wudima schüttelte den Kopf. »Es ist gut so, wie es ist. Wir wollen nicht, dass Radiosender oder Fernsehstationen über uns berichten. Touristen kämen womöglich zu jeder Zeit hier an, genauso wie sie in Sydney den Taronga Zoo besuchen. Unser Leben würde sich verändern. Das wäre nicht gut.«

Nora senkte beschämt den Kopf. »Wahrscheinlich hast du Recht.«

Wudima lächelte nachsichtig. Ihr ganzes Gesicht schien aus Falten zu bestehen. »Aber ich spreche mit Marrindi und Banggal. Wenn sie einverstanden sind, kannst du einige unserer Erzählungen zusammentragen und aufschreiben. Ob nur für dich oder auch für andere, entscheiden wir, wenn wir damit fertig sind, was meinst du?«
Noras Herz schlug schneller. »Das wäre einfach wunderbar.«
Wudima nickte, stand auf und schlurfte mit der Farbschale und dem Bild in die Werkstatt.
Nora blieb allein zurück. Sie lehnte den Kopf gegen den Baumstamm und schloss die Augen. In der Ferne kreischten und lachten die Kinder am Fluss. Sie hörte, wie der warme Wind über ihr leise wispernd durch die Blätter strich. Obwohl ihr bei der Hitze im Freien manchmal der Atem stockte, fühlte sie sich an diesem Ort seltsam geborgen und zugleich frei. Die Vorstellung, auch nur einige ausgewählte Erzählungen der Aborigines aufschreiben zu dürfen, erfüllte sie mit gespannter Erwartung. Während sie sich in Gedanken darüber erging, fühlte sie zum ersten Mal deutlich die zarten Bewegungen ihres ungeborenen Kindes. Voller Freude über den Zauber dieser ersten Kontaktaufnahme legte sie die Hände auf ihren Bauch und dachte an das Baby – an Toms und ihr zweites Kind. Sie war so entspannt und versunken in ihre Muttergefühle, dass sie nicht bemerkt hatte, wie Tom mit Marrindi zurückgekommen war. Erst als Tom sich neben ihr niederließ, machte sie die Augen auf. Sein Blick ging zu ihren Händen, die immer noch auf ihrem Bauch lagen, und er sah sie fragend an. »Alles in Ordnung? Hast du Schmerzen?«
Sie strich sich verlegen die Haare hinters Ohr, setzte sich gerade hin und zupfte kurz an ihrem Pullover. »Alles in Ordnung.« Er-

neut fühlte sie sich durch Marrindis Anwesenheit verunsichert. Er hatte sich neben Tom auf einen Baumstumpf gesetzt.

Tom nahm ihre Hand. »Du hast doch etwas, oder?«

Nora beschloss, Marrindi für den Moment zu vergessen. Sie strahlte Tom an. »Ich hab das Baby gerade zum ersten Mal wirklich deutlich gespürt. Genau hier, unter diesem wunderschönen alten Baum. Ist das nicht toll? Ich hätte mir keinen schöneren Augenblick dafür wünschen können. Kein Geschrei von Sophie, keine Marie, die mal wieder ungehalten Sachen ihrer Reitausrüstung sucht und nicht findet, keine Handwerker, keine kaputte Waschmaschine. Nur das Baby und ich. Wir beide hatten diesen Moment hier draußen unter dem Eukalyptusbaum ganz für uns.«

Tom schien erleichtert. Er küsste sie rasch auf die Wange und zog sie an sich. »Gott sei Dank. Ich hab mir Sorgen gemacht, als ich dich so ernst und allein unter diesem Baum sitzen sah.«

Nora stand auf und zog Tom mit sich. »Komm, du musst dir unbedingt die Farben von Wudima ansehen.« Beide verschwanden in der Werkstatt.

Obgleich Marrindi sich den Anschein gegeben hatte, ganz in Gedanken versunken zu sein, hatte er aufmerksam zugehört. Als Wirinun fragte er sich, ob es nicht etwas Besonderes zu bedeuten hatte, dass Toms Frau ausgerechnet hier die ersten Bewegungen ihres Ungeborenen wahrgenommen hatte. Natürlich, sie gehörte nicht zu diesem Stamm, und von daher schien es gleichgültig zu sein, aber dennoch ... Marrindi grübelte. Für die Aborigines war es ungemein wichtig, wo sie die ersten Kindsbewegungen spürten, denn der Ort, an dem sich die Mutter zu diesem Zeitpunkt aufhielt, würde über die spirituelle Identität des Kindes entscheiden, über sein Totem. Dieses Totem repräsentierte im Wesentlichen den Urahn eines Clans, und zugleich war es die Verbindung der Aborigines zu ihren Traumzeit-Ahnen. Marrindi lehnte den Kopf gegen den mächtigen Stamm des Baums, unter dem er saß, und meditierte.

Als Tom und Nora etwa eine halbe Stunde später zurückkehrten, sah er ihnen entgegen und lächelte. Obwohl Nora ihn einerseits ein wenig fürchtete, war sie andererseits durchaus fasziniert von seinem Wesen. Er strahlte etwas aus, was man in ihrer Welt vielleicht Charisma genannt hätte, zu dieser Welt passte der Begriff Aura wahrscheinlich eher. Sie setzten sich neben den alten Mann. Tom gähnte ungezwungen und streckte entspannt die Beine von sich. Dann musterte er den Stammesältesten.

»Nun, Marrindi, hast du es dir überlegt? Willst du dich nicht doch untersuchen lassen?«

Marrindi schüttelte den Kopf. »Nein, Tom. Es geht mir gut.« Sein Blick streifte Nora, die erneut den Kopf zurückgelehnt hatte und müde blinzelnd die dunkelgrünen Blätter über sich betrachtete.

Tom war seinen Augen gefolgt und runzelte die Stirn. Was sollte das nur? Immerzu schien er Nora anzusehen. Dieser spirituelle Hokuspokus begann ihm auf die Nerven zu gehen. Er setzte ein finsteres Gesicht auf und schaute Marrindi an. Der Alte bemerkte, dass er Tom offensichtlich verunsichert hatte, und schenkte ihm ein schiefes Lächeln. »Ich denke darüber nach, ob es nicht von Bedeutung ist, dass deine Frau hier bei uns die ersten Bewegungen ihres Kindes gespürt hat.«

Tom verkrampfte sich. Nach all dem Kummer, den Nora wegen Niklas hatte, war es eigentlich seine Absicht gewesen, ihr hier endlich Frieden und Entspannung zuteil werden zu lassen. Ganz bestimmt wollte er nicht, dass ein unheimlicher alter

Schamane sie in Sorge versetzte. Er warf Nora einen raschen Seitenblick zu und registrierte, dass sie sich aufsetzte und dann interessiert vorbeugte. Sie schien nicht beunruhigt. Sie musterte Marrindi und zögerte sekundenlang. Als er sie jedoch freundlich anlächelte, begann sie zu sprechen.
»Ich finde es schön, dass ich das Kind hier bei euch zum ersten Mal gespürt habe. Es ist ein fast schon magischer Moment gewesen, unter diesem riesigen Baum zu sitzen, während der Wind in den Blättern rauschte.« Sie wurde rot, als sie bemerkte, dass Tom sie sprachlos anstarrte und Marrindis Augen durchdringend auf ihr ruhten. Einen Moment erwiderte sie seinen Blick und sah dann auf ihre Fußspitzen. »Ich habe in Deutschland sehr viel über die Kultur der Aborigines gelesen. Einiges davon werden wir wahrscheinlich nie vollkommen verstehen, aber ganz besonders gefallen hat mir die Verbindung eines jeden Mannes und einer jeden Frau zu ihrem traumzeitlichen Urahn, der den Menschen ihr Wesen, ihren Geist schenkt.« Sie legte eine Hand auf ihren Bauch. »Daran musste ich vorhin denken.«
Tom schaute sie an, als wäre ihr die Sonne nicht bekommen.
Nora lächelte unwillkürlich, während Marrindi ihr zunickte. Er spürte, dass hinter ihren Worten aufrichtiges Interesse für sein Volk steckte, und so legte er Tom beschwichtigend eine Hand auf den Arm. »Ich will es dir erklären, Tom: Jeder von uns wird in ein so genanntes Totem hineingeboren. Dieses Totem ist vielleicht ein Tier oder eine Pflanze, es kann aber auch ein anderes natürliches Phänomen sein wie der Wind, die Wolken, das Wasser oder die Sonne, denn wir sind eins mit der Natur. Um das verstehen zu können, muss man aber unsere Auffassung über die Entstehung der Menschen in der Traumzeit kennen. Es gibt dazu eine schöne Geschichte.« Ehe Tom etwas sagen konn-

te, fuhr der Alte fort: »Es heißt, dass vor langer Zeit zwei Schöpferische Ahnen, die Numbakulla-Wesen, auf ihrer Wanderung durch die Landschaft einige Inapertwa entdeckten, unfertige, einfache Wesen, die nur entfernt den späteren Menschen erahnen ließen. Sie waren praktisch in einer Zwischenphase – nicht Mensch, nicht Tier, nicht Pflanze. Du musst es dir in etwa so vorstellen wie einen Schmetterling, der noch in der verpuppten Raupe ruht. Die Numbakulla verwandelten diese Inapertwa nun in Menschen und gaben ihnen alles, was zu einem Menschen gehört, den Körper, das Denken und die Gefühle. Während sie sie verwandelten, vergaßen sie auch nicht, dass diese Neuerschaffungen nicht vollkommen von ihrer Urform abgetrennt werden durften, damit eine lebendige Verbindung bestehen blieb. Deshalb ist jeder Aborigine mit seiner Urform innerlich verbunden, ob es nun ein Tier oder eine Pflanze wie dieser alte Eukalyptusbaum ist.«

Marrindi machte eine kurze Pause und neigte den Kopf zur Seite, als könnte er auf diese Weise seinen Worten mehr Eindringlichkeit verleihen.

»Das Totem ist so nicht nur so etwas wie das übergeordnete Bewusstsein, das jedem Menschen den Geist schenkt, es verbindet den Menschen auch mit dem Land, das zu seinem Totemwesen gehört.«

Nora hatte erneut eine Hand auf ihren Bauch gelegt. »Was für ein schöner Gedanke.«

Tom stand auf und kratzte sich ein wenig nervös am Ohr, ehe er eine Hand ausstreckte, um Nora hochzuziehen. Er schätzte die Aborigines, und ganz besonders die, die hier lebten. Für Marrindi und seine Eigenheiten hatte er eine regelrechte Schwäche entwickelt, aber dennoch verunsicherte ihn dann und wann der unerschütterliche Glaube an spirituelle Geschehnisse und Verbindungen zwischen Gegenwart und Jenseits und ganz besonders, wenn seine Frau und sein ungeborenes Kind einbezogen wurden.

»Ich denke, wir richten schon mal unseren Schlafplatz in der freien Hütte neben Wudima, oder?«

Er wandte sich um und ging. Nora hatte Mühe, mit ihm Schritt zu halten. Sie war ein wenig enttäuscht, denn sie hätte das Gespräch mit Marrindi gern noch fortgesetzt. Es kam ihr unglaublich vor, dass sie ihm bei einer solch faszinierenden Erzählung hatte zuhören dürfen. Sie war sich ziemlich sicher, dass dieses Verhalten relativ Fremden gegenüber nicht üblich war. Tom schwieg und stapfte unbeirrt den staubigen Hauptweg entlang. Nora wunderte sich und blieb schließlich stehen. »Was ist denn los, Tom? Warum hast du es so eilig? Ich verstehe gar nicht, warum du so abrupt aufgestanden bist. Ich fand die Unterhaltung unglaublich.«

Tom blieb ebenfalls stehen und atmete heftig aus. »Ja, unglaublich! So würde ich diesen unheimlichen Hokuspokus auch bezeichnen.« Er setzte seinen Weg fort, und da Nora mit ihm sprechen wollte, blieb ihr nichts anderes übrig, als ihm zu folgen. Sie war verwirrt. Was hatte er nur?

Er war vor ihr am Wagen angekommen, hatte die Heckklappe bereits geöffnet, nahm die beiden Decken und Schlafsäcke heraus und reichte sie ihr. Dann griff er nach den Reisetaschen und schlug die Klappe wieder zu. Schweigend machten sie sich auf den Weg zu ihrer Unterkunft. Nora ließ ihm Zeit, sich zu beruhigen. Obwohl sie ihn vielleicht zum ersten Mal nicht verstand, wusste sie, dass sich alles klären würde. Nachdem sie ihre Decken über die Liegen gebreitet und die Schlafsäcke darauf

entrollt hatten, ließ sich Nora auf einem Bett nieder. Sie zog ihre Tasche zu sich heran und nahm eine Flasche Wasser heraus. Durstig trank sie ein paar Schlucke. Danach gab sie ein wenig Wasser auf ein Tuch und rieb sich das Gesicht ab. Erst jetzt merkte sie, wie müde sie war. Sie streckte sich auf der Liege aus und schloss die Augen, die vor Hitze und Staub brannten.
Tom setzte sich zu ihr. »Bist du müde?«
Nora blinzelte. »Ein bisschen.«
Er zögerte. »Tut mir Leid, dass ich eben so heftig reagiert habe.«
»Schon gut.« Sie stützte sich auf einen Ellbogen. »Aber was war denn los? Was hat dich denn so aufgebracht? Du magst doch die Aborigines. Du setzt dich doch sonst so für sie und die Künstlerwerkstatt ein.«
Tom schüttelte den Kopf. »Ach, ich weiß auch nicht. Natürlich mag ich sie, und den alten Zausel Marrindi ganz besonders.« Er grinste kurz. »Aber ich bin Arzt, Wissenschaftler. Ich halte mich gern an Fakten. Mir geht dieses Gefasel über Geister und frühere Welten einfach manchmal auf die Nerven.« Er war aufgestanden und wandte ihr den Rücken zu. Abrupt drehte er sich schließlich wieder zu ihr um. »Ich versuche immer wieder dahinter zu kommen, wieso mich dieser Geisterdoktor so oft aus dem Konzept bringen kann. Wie diese Verbindung zwischen Medizinmann und Priester funktioniert, verstehst du?«
Nora nickte. Tom ließ sich wieder auf der Liege nieder und betrachtete seine Fingernägel. »Gestern habe ich die Unterlagen über die Fruchtwasseruntersuchung aus der Post gefischt.« Er bemerkte, wie Nora die Stirn runzelte, und fügte sofort hinzu: »Keine Sorge, alle Ergebnisse sind in Ordnung. Ich weiß auch schon, was es wird.« Er lächelte, wurde jedoch gleich wieder ernst. »Aber Marrindi wusste es auch! Ich meine, spinne ich?

Oder was? Wir machen Tests und Untersuchungen. Wir sehen mit Ultraschallgeräten in die Gebärmutter. Und er? Der Alte hockt unter seinem Eukalyptusbaum, ist eins mit der Natur, beobachtet dich aus schätzungsweise zwanzig Metern Entfernung und sagt mir ganz ruhig, was wir erwarten.«

Nora lächelte unwillkürlich. »Das hat Dr. Morrison natürlich schwer in seiner ärztlichen Überlegenheit getroffen, nicht wahr?«

Tom schüttelte den Kopf. »Ach, ich weiß auch nicht. Aber der Alte hat das bei verschiedenen Anlässen schon öfter mit mir gemacht, und er scheint einen Riesenspaß dabei zu haben, mich aus dem Konzept zu bringen.«

Nora nahm seine Hand und zog ihn zu sich heran. »Den hätte ich auch, das kann ich dir sagen.« Ihre Augen blitzten übermütig, während sie seine Hand drückte. »Also, heraus damit. Was bekommen wir? Einen Sohn oder eine Tochter?«

35

Obwohl der Wagen langsam fuhr, wirbelte er eine Menge Staub auf. Fluchend drosselte Sam das Tempo noch mehr und hielt schließlich hinter einem großen Busch an, der in einer Kurve des Weges stand. Er stieg aus. Vielleicht konnte man ja von hier aus schon das Haus sehen.
Er schaute sich um. Weit und breit war niemand unterwegs. Er streckte sich müde, denn der Flug und die anschließende Fahrt mit dem Mietwagen waren anstrengend gewesen. Er stapfte den Weg hinauf und blieb auf der kleinen Anhöhe hinter einem Baum stehen. Das Haus lag friedlich in der Nachmittagshitze. Niemand war zu sehen. Verdammt, wo waren alle? Selbst wenn sein Schwager Dienst hatte, müssten doch die Kinder umherlaufen. Wo steckte sein Sohn? Und wo war Caroline? Unruhig warf er wenig später einen Blick über die Schulter zurück. Der Weg hier schien die einzige Zufahrt zum Haus zu sein. Wenn jemand käme, würde er sein Auto sofort sehen. Er durfte keine Fehler machen, also wandte er sich um und beschloss, den Wagen so zu parken, dass ihn niemand entdecken konnte. Die Überraschung sollte auf seiner Seite sein. Er hatte zwar noch keine Ahnung, was er eigentlich tun würde, aber die Wut und die Enttäuschung, dass seine Frau einfach so mit Josh fortgegangen war, brodelten in ihm.
Mit einer Flasche Wasser bezog er wieder seinen Beobachtungsposten, wo er schwitzend beinahe zwei Stunden zubrachte. Dann duckte er sich ins Gebüsch, als er hinter sich ein Motorengeräusch vernahm. Ein Wagen rumpelte langsam an ihm vorbei und hielt vor der Veranda. Eine Frau und ein kleines Mädchen

stiegen aus. War das seine neue Schwägerin? Die beiden lachten und scherzten miteinander. Gleich darauf lief die Gartenberegnung. Während die Frau mit einer Gießkanne die Blumen auf der Veranda versorgte, war das Mädchen im Haus verschwunden und kehrte mit einigen Büchern zurück. Beide setzten sich dann in den Schatten und blätterten in den Büchern.

Sam verspürte Unruhe. Was, wenn er den weiten Weg umsonst gemacht hatte? Wenn Caroline und Josh überhaupt nicht hier in Cameron waren, sondern in Perth bei Catherine? Er zwang sich zur Ruhe. Jetzt war er schon einmal hier, nun würde er auch abwarten. Er duckte sich erneut, als die Frau nach einer halben Stunde aufstand und die Beregnung ausstellte. Dann schloss sie die Haustür ab, die beiden stiegen in den Wagen und fuhren wieder fort.

Erschöpft ließ Sam sich auf dem Boden nieder und lehnte sich gegen einen Baumstamm. Seine Augen brannten, und er nahm einen großen Schluck Wasser. Verdammt, er konnte hier nicht einmal ein Hotelzimmer nehmen. Das würde sich in diesem Kaff sofort herumsprechen.

Die Aussicht, womöglich die Nacht hier draußen verbringen zu müssen, stimmte ihn nicht gerade froh. Irgendwann mussten sie schließlich nach Hause kommen. Dann würde er sehen, ob Josh und Caroline dabei waren.

Doch als er mit schmerzendem Nacken am Morgen erwachte, hatte sich immer noch nichts getan. Still und verlassen lag das Haus unter den beiden großen Bäumen. Müde und verärgert musste Sam sich eingestehen, dass er umsonst hergekommen war. Seine Wut darüber wuchs mit jedem Kilometer, den sein Wagen auf der Straße zurücklegte. Dann waren sie also in Perth bei Catherine.

36

Nora saß neben Tom im Auto und sah aus dem Fenster, während der Geländewagen der schier endlos erscheinenden roten Piste folgte. Immer noch faszinierte sie das Outback und zog sie die Weite dieses Kontinents in ihren Bann. Und sie konnte nicht umhin, es auch immer noch lustig zu finden, dass diese halbwegs geglätteten roten Sandbahnen als Straßen bezeichnet wurden. Grüne Büsche und dünn belaubte kleine Bäume zu beiden Seiten des Weges säumten den Blick zum Horizont, wo sie ein knallblauer Himmel erwartete.
Sie dachte an den gestrigen Tag zurück und lächelte zufrieden. Der Ausflug tat ihr unheimlich gut. Ihr war gar nicht bewusst gewesen, wie sehr ihr ein wenig Abwechslung und das Ausleben ihrer sicher auch berufsbedingten Aufgeschlossenheit und Neugier gefehlt hatten. Sie dachte an den vergangenen Abend, den sie in der Siedlung verbracht hatten. Zunächst hatte sie dem gemeinsamen Essen mit durchaus gemischten Gefühlen entgegengesehen. Sie fürchtete die – extra zu Ehren der Gäste – nach alten Traditionen gesammelte und gejagte Nahrung der Aborigines, »Bushtucker« genannt. Aber glücklicherweise war die Auswahl so groß, dass sich das Verzehren der Holz fressenden fetten weißen Witchetty-Larven vermeiden ließ, die sogar als besonders proteinreiche und nach Mandeln schmeckende Leckerbissen gelobt wurden.
Nora und Tom hatten sich auf verschiedene Wurzeln, Obstsorten und Nüsse beschränkt. Um jedoch die Gastfreundschaft der Aborigines nicht zu beleidigen, musste das im Erdofen gebackene Känguru probiert werden. Tom schien von früheren Besu-

chen her daran gewöhnt zu sein und ließ es sich unbekümmert schmecken. Schweren Herzens hatte Nora auch einige Bissen hinuntergeschluckt und dabei den Gedanken an die munter durch den Busch springenden Tiere verdrängt. Schließlich war es sicher nichts anderes, als wenn daheim in Deutschland Wild verzehrt wurde. Daheim – hatte sie das wirklich gedacht? Sie war doch jetzt hier zu Hause.

Etwas später dann war sie froh gewesen, dass niemand sie dazu aufgefordert hatte weiterzuessen. Sie hatte still die um das Feuer versammelte Gemeinschaft genossen, den flackernden Schein der Flammen, die knisternd das Holz verzehrten und sich deutlich von dem samtigen Nachthimmel abhoben, an dem die Sterne in unglaublicher Zahl funkelten. Mit Leichtigkeit gelang es ihr inzwischen, das Sternbild des »Kreuz des Südens« auszumachen, dessen Anblick ihr stets aufs Neue zu versichern schien, dass sie sich in der südlichen Hemisphäre dieser Welt befand, während Niklas in der nördlichen lebte.

Zu fortgeschrittener Stunde waren noch einige Geschichten erzählt worden, und Nora hatte das Einverständnis erhalten, sie später aufschreiben zu dürfen. Natürlich waren es Erzählungen, die auch für Nicht-Initiierte bestimmt waren. Keine Einzige würde wirklich geheimes Wissen weitergeben, doch darum war es ihr auch nie gegangen. Sie hoffte vielmehr, dass sich über die gemalten Bilder aus der Künstlerwerkstatt und die dazugehörigen Geschichten etwas von ihrer Faszination die Kultur der Aborigines betreffend an andere Menschen weitergeben ließe.

Ihr schwebte eine Sammlung aus Geschichten und Bildern vor, die zugleich als eine Art Werbeband oder ansprechender Katalog für die Künstlerwerkstatt dienen konnte. Außerdem beflügelte sie die Aussicht, wieder zu schreiben. Sie sah weiter aus dem Fenster und summte leise vor sich hin.

Dieses Mal erreichten sie die Farm der Harpers bei Tageslicht. Blökende Schafe standen dicht an dicht in einer durch Gatter begrenzten Koppel, während zahllose Arbeiter umherliefen und mit Pfiffen und Rufen die Hunde dirigierten, die zum Teil sogar über die Rücken der Schafe sprangen, um sie in die gewünschte Richtung zu treiben. Die großen Tore der Scherschuppen standen weit offen. Schmutzig graue Schafwolle türmte sich immer höher auf und schien nur darauf zu warten, zur Reinigung abtransportiert zu werden. Staub- und Sandpartikel flimmerten in der Luft. Es stank nach Schweiß und Tieren. Nora war nach Tom ausgestiegen und hinter ihm stehen geblieben. Sie beschirmte ihre Augen mit einer Hand und beobachtete das Getümmel. »Meinst du nicht, wir kommen mehr als ungelegen? Sie scheinen alle Hände voll zu tun zu haben.«
Tom wandte sich zu ihr um und grinste. »Nora, wir bleiben nur eine Nacht und nicht bis Neujahr. Matt und Laura haben auch jede Menge Hilfe, wie du sehen kannst. Sie haben uns eingeladen. Ich bin mir sicher, dass sie sich über unseren Besuch freuen.«
Die Fliegentür an der Veranda klappte auf, und Laura Harper kam eilig auf sie zu. Sie strahlte über das ganze Gesicht und umarmte Nora.
»Nora, ich freue mich ja so, Sie wiederzusehen. Gut schauen Sie aus. Man hält es kaum für möglich, nicht wahr, Matt? Nach dem Unfall waren Sie mehr tot als lebendig.« Sie drehte sich zu Tom um. »Hallo, Tom. Wie schön, dass Sie uns wieder einmal besuchen.«

Matt begrüßte beide grinsend und nahm Tom eine Tasche ab, während sie dem schmalen Pfad zum Gästehaus folgten. Obwohl Nora nur einmal zuvor hier gewesen war, kam ihr alles seltsam vertraut vor. Vielleicht lag es daran, dass ihr die Harpers von Anfang an sympathisch gewesen waren, oder daran, dass sie ihr bei Nacht und Nebel nach dem schweren Autounfall zu Hilfe gekommen waren.

Matt und Laura ließen sie allein, und Nora stand vor der Terrassentür und sah nach draußen. Es gab sie immer noch, die kleine Gästeterrasse und den hübschen Springbrunnen. Wie gastfreundlich musste man sein, wenn man sich solche Mühe gab, dass Besuch sich bei einem wohl fühlte? Ihre Augen wanderten über die sorgfältig bepflanzten Beete, deren Stauden und Büsche die Terrasse einfassten. Tom war hinter sie getreten und schlang beide Arme um sie. An ihrem Ohr flüsterte er: »Weißt du noch, wie es damals war? Du musst jetzt sagen: Tja, ich schätze, es wird Zeit, schlafen zu gehen.«

Sie wandte sich um und sah den Schalk in seinen Augen blitzen. »Du bist unmöglich! Du hast mich damals schließlich festgehalten und daran gehindert, einfach schlafen zu gehen.«

Er beugte sich zu ihr hinunter. »Gut, dass ich es getan habe.« Seine Lippen strichen sanft über ihr Gesicht, während seine Hände ihre Schultern streichelten.

Sie entwand sich seinen Zärtlichkeiten. »Ich gehe jetzt duschen. Und dann erwarten uns Matt und Laura.«

Er zog sie wieder an sich und küsste sie fordernd. Danach sah er sie grinsend an. »Wusstest du, dass Ehepaare im Outback immer gemeinsam duschen? Man muss hier nämlich Wasser sparen.«

Tom und Nora verbrachten einen schönen Tag bei Matt und Laura Harper. Nora unterhielt sich dieses Mal auch angeregt mit Matt und erfuhr viel über die Grundlagen der Schafzucht. Staunend registrierte sie die planmäßig durchdachten Arbeitsabläufe auf der Farm. Jeder hier – vom Verwalter bis zum Saisonarbeiter – schien genau zu wissen, was er wann und wo zu tun hatte. Die Größe der vielen Nebengebäude beeindruckte Nora. Haupthaus, Mannschaftsunterkünfte mit eigenem Küchenhaus, Stallgebäude, Scher- und Lagerschuppen, Hundezwinger, Schafkoppeln … Es machte fast den Eindruck einer eigenen kleinen Siedlung. Nora genoss es, einmal wieder etwas von dem Land zu sehen, das sie so begeistert hatte.
Als sie sich am darauf folgenden Tag mit Tom auf den Heimweg machen musste, wusste sie, dass sie hierher zurückkommen würde. Matt und Laura hatten sie aufgefordert, doch einmal die Mädchen mitzubringen, und Nora war sich sicher, dass Marie und Sophie begeistert wären.

37

Nach ihrer Rückkehr aus Perth war Caroline ruhiger. Auch ihre Mutter war betroffen wegen der Entwicklung der Dinge gewesen und hatte sich Sorgen gemacht. Caroline hatte sich nach den Gesprächen mit ihr und Tom entschieden, tatsächlich einen Neuanfang in Cameron Downs zu wagen. Ihr war klar geworden, dass sie nie wieder Angst vor ihrem Mann haben wollte und dass sie hier die besten Chancen auf eine gut gehende Praxis hatte. Ehe sie Sam wieder sehen würde, wollte sie jedoch alles geordnet wissen. Sie meldete Josh in der neuen Schule an und fand ein kleines Haus am anderen Ende der Stadt, das sie anmietete.

Josh war zunächst erstaunt gewesen, sah inzwischen aber alles wie ein vorübergehendes Abenteuer. Er bewunderte seine ein Jahr ältere neue Cousine Marie und spielte öfter so hingebungsvoll mit der kleinen Sophie, dass Caroline sich fragte, ob es die richtige Entscheidung gewesen war, sich schon vor Jahren gegen ein weiteres Kind ausgesprochen zu haben. Doch diese Frage stellte sich jetzt nicht mehr. Sie hatte sich für einen Neuanfang ohne Sam entschieden und sich schließlich bei einem Anwalt Rat geholt und die Scheidung eingereicht. Dennoch wollte sie verhindern, dass Sam dies erst durch den Brief erfuhr. Sie nahm ihren ganzen Mut zusammen und rief am Abend bei ihm an. Nervös wartete sie darauf, dass er sich meldete, doch niemand hob ab. Ratlos, aber auch ein wenig beunruhigt legte sie wieder auf. Unter seiner Handy-Nummer erreichte man ihn normalerweise immer. Wieder fragte sie sich, was er wohl gerade tat und wo er steckte.

Gleich nach ihrer Rückkehr aus der Siedlung erhielt Nora eine Nachricht von Max und Niklas, die einen festen Anreisetermin für ihren Besuch innerhalb der deutschen Osterferien nannten. Alles schien auf einmal hell und freundlich, und Nora umarmte mit dem Brief in der Hand übermütig Tom und tanzte mit ihm durchs Zimmer.

Catherine Morrison knetete mit unbehaglichem Gefühl ihre Hände im Schoß und sah zu, wie ihr Schwiegersohn ein Stück Kuchen verzehrte. Nach allem, was Caroline erzählt hatte, war sie zunächst erschrocken gewesen, ihn auf den Treppenstufen vor ihrer Wohnung sitzend vorzufinden, als sie vom Einkaufen heimkehrte. Trotzdem war er immer noch ihr Schwiegersohn, und sie sah keinen Grund, in Panik zu verfallen. Also hatte sie ihn hereingebeten.
»Du kannst dir sicher denken, warum ich hier bin, oder?«
Catherine nickte zögernd. »Caroline hat mir erzählt, dass ihr Schwierigkeiten habt.«
»Ich will mit ihr sprechen.«
»Das solltest du auch tun, denn das ist eine Sache zwischen euch beiden.«
Sein Blick schweifte durch die Wohnung. »Also, wo ist sie? Und wo steckt Josh?«
Catherine beugte sich erstaunt vor. »Aber sie sind nicht hier, Sam.«
Er musterte sie kühl. »Dieses Theater kannst du dir sparen. Sie müssen hier in Perth bei dir sein.«
Sie stand auf, ging zur nächstbesten Tür und stieß sie auf. »Bitte, sieh selbst nach. Sie sind nicht hier.« Sie überlegte einen Mo-

ment, ehe sie hinzufügte: »Sie waren hier, sind jetzt aber in Cameron Downs bei Tom und Nora.«
Er lachte trocken auf. »Da komme ich gerade her, was sagst du nun? Dort ist niemand.« Er fühlte sich ausgeschlossen und wurde laut. »Wollt ihr mich veralbern? Josh ist auch mein Sohn. Ich habe ein Recht darauf zu wissen, wo er ist.«
Catherine ging in den Flur und öffnete alle weiteren Türen. Dann sah sie ihn ruhig an. »Auch wenn du noch so böse wirst, Sam, sie sind nicht mehr hier. Es ist so, wie ich gesagt habe. Sie haben mich übers Wochenende besucht und sind jetzt wieder in Cameron Downs.«
Sekundenlang starrten sie einander an, dann nahm Sam seine Jacke und ging zur Tür. »Danke für deine Hilfe!« Er verließ die Wohnung und stieg auf der Straße in den Wagen, den er voller Optimismus am Flughafen gemietet hatte. Er spürte unbändige Wut und Enttäuschung in sich. Dennoch wollte er nur noch fort von hier. Er würde sich nicht auch noch hier auf die Lauer legen, um abzuwarten, ob die beiden auftauchten. Doch wo sollte er nun hin? Etwa wieder zurück nach Cameron Downs? Instinktiv hatte er gespürt, dass Catherine die Wahrheit sagte, doch wie sehr sollte er sich noch zum Affen machen? Er legte die Unterarme aufs Steuer und stützte den Kopf darauf. Er wusste nicht, wie lange er so gesessen hatte, als sein Handy klingelte. Mechanisch meldete er sich. »Sam Winton.«
»Sam? Ich bin's.«
Er setzte sich unwillkürlich auf. »Caroline. Ich bin in Perth. Ich wollte euch sehen.«
»Ich weiß, Mum hat mich gerade angerufen.« Sie wartete einen Moment, ehe sie ihren Mut zusammennahm und weitersprach.

»Es tut mir Leid, dass wir uns verpasst haben.« Fast schämte sie sich für diese Lüge, aber sie fühlte sich tatsächlich besser ohne ihn. Jetzt wurde es Zeit für die Wahrheit. »Ich weiß, es ist blöd, so etwas am Telefon zu sagen, aber ... ich habe nachgedacht, und ich glaube, es ist besser, wenn wir uns trennen.«

Die Stille in der Leitung kam ihr unheimlich vor. Sam starrte auf die Straße vor sich, ohne irgendetwas wahrzunehmen.

»Du musst doch auch gespürt haben, wie schlecht es um unsere Ehe bestellt ist ... Schau, wir haben uns auseinander gelebt, wir können ja nicht mal mehr reden, ohne zu streiten. Josh leidet darunter. Ich denke, es ist das Beste, wenn wir beide noch mal von vorne anfangen.«

Ihr war unbehaglich zumute, als er immer noch nicht reagierte, aber sie wollte auch nicht mehr diskutieren. »Ich habe die Scheidung eingereicht.«

Er war unfähig, irgendetwas dazu zu sagen. Da war nicht einmal mehr Wut in ihm, eigentlich nur Fassungslosigkeit. Er beendete das Gespräch ohne ein einziges Wort und ließ das Handy in seiner Jackentasche verschwinden. Ein paar Minuten starrte er noch vor sich hin, dann machte er den Motor an und fuhr los.

Caroline hielt den Hörer noch eine Weile in der Hand und grübelte. Was würde er tun? Sie hatte plötzlich Angst. Würde er hier auftauchen? Konnte er ihr Josh wegnehmen?

Als sie lautes Kindergeschrei vernahm, zuckte sie zusammen und ging zum Fenster. Draußen spielte Josh mit Sophie und stupste immer wieder einen Luftballon in die Höhe, ehe ihre ausgestreckten Hände ihn erreichen konnten. Versonnen schaute Caroline ihnen eine Weile zu, während sie sich langsam

entspannte. Sie sah Gespenster. Sam hatte sich nie sehr viel mit Josh beschäftigt, er musste sich nun mit den Tatsachen abfinden. Was konnte er hier schon tun?
Sie ahnte nicht, wie sehr sie sich irrte.

38

Noras Herz schlug bis zum Hals, als sie den Wagen in der Auffahrt hörte und aus dem Fenster sah. Endlich war es so weit. Sie würde Niklas wieder sehen. Mit klammen Fingern zog sie die leichte Strickjacke über dem weiten T-Shirt zurecht. Aber auch die geschickt ausgewählte Kleidung konnte ihre Schwangerschaft nun nicht mehr verbergen. Innerlich rief sie sich bei diesem Gedanken zur Ordnung. Schließlich hatte sie auch nichts zu verstecken. Aber es machte ihr doch etwas aus, dass sie Max und Niklas, die sie beinahe ein Dreiviertel Jahr nicht gesehen hatten, nun mit einem deutlich sichtbaren Babybauch entgegentreten musste.

Marie kam eilig die Treppe hinunter. »Sie sind da! Sie sind da, Mama!«

Nora folgte ihr. Sie war froh, dass Sophie noch ihren Mittagsschlaf hielt. Marie stürzte draußen sofort in die Arme ihres Vaters, der sie lachend herumwirbelte. »Meine Güte, Marie! Wie bist du gewachsen.«

Niklas stand verlegen grinsend daneben. Auch er schien ein gutes Stück in die Höhe geschossen zu sein. Nora umarmte ihn vorsichtig. In ihren Augen standen Tränen. »Nicky! Ist das schön, dich wiederzusehen.«

»Nun wein bloß nicht, Mama, sonst geh ich wieder«, sagte Niklas, klopfte ihr betreten auf die Schulter und wandte sich dann Marie zu.

Nora blieb vor Max stehen und küsste ihn auf die Wange. »Hallo, Max. Ich freue mich wahnsinnig, dass ihr hier seid. Wie war der Flug?«

Max lachte. »Endlos.«
Marie zog ihren Vater energisch und aufgekratzt zugleich an der Hand hinter sich her, um ihm alles zu zeigen. Max war froh darüber, denn trotz der langen Zeit, die Nora und er nun getrennt waren, hatte ihm der Anblick ihres Schwangerschaftsbauchs einen Stich versetzt und ihn daran erinnert, wie nah sie sich früher einmal gestanden hatten.
Nora sah zu Niklas. »Komm, Nicky, ich zeig dir das Haus.«
Er nickte und folgte ihr ein wenig beklommen. Nora hoffte inständig, dass es nicht mehr lange dauern würde, bis er auftaute. Sie hatte ihn so sehr vermisst, dass sie nun meinte, seine kühle Reserviertheit nicht länger ertragen zu können, die ihr das Gefühl gab, ihn für immer enttäuscht zu haben. Plötzlich kam ihr ein Gedanke, der sie in den nächsten Stunden nicht mehr losließ.

Als sie am Abend allein waren, hörte Tom ihr zu und runzelte die Stirn. »Das kann doch nicht dein Ernst sein, Nora. Wieso willst du denn um Himmels willen ganz allein mit Niklas in die Siedlung fahren? Ich könnte mir unter Umständen freinehmen. Oder vielleicht interessiert sich ja Max auch für die Künstlerwerkstatt.«
Nora legte den Kopf zurück und sah ihn herausfordernd an. »Meinst du, ich schaffe den Weg nicht alleine und brauche dringend männlichen Beistand?«
Tom verdrehte genervt die Augen. »Natürlich nicht. Aber der Weg ist streckenweise ziemlich holprig, und du bist im sechsten Monat. Wenn es dir unterwegs nicht gut geht, wäre ein zweiter Fahrer nicht schlecht.«
Nora erkannte, dass er sich Sorgen machte, und wurde sofort friedlicher. Sie betrachtete einen Moment ihre Hände und drehte

ihren Ehering hin und her. Sie sah plötzlich traurig aus. »Ich dachte, es wäre eine Möglichkeit, ungestört Zeit mit Niklas zu verbringen. Ich komme irgendwie gar nicht mehr an ihn heran. Ich fürchte, wir sind uns fremd geworden, und ich glaube, er hat immer noch Schwierigkeiten, mir das alles hier zu verzeihen.«
Tom seufzte und fuhr sich durchs Haar. »Ach Nora.« Er setzte sich zu ihr und nahm ihre Hand. »Ich verstehe dich ja. Aber Vertrauen lässt sich auch nicht mit Gewalt herbeizwingen.«
Sie schwieg.
Tom drückte ihre Hand. »Also meinetwegen. Aber du nimmst den Geländewagen. Der hat das bessere Funkgerät.« Er sah sie warnend an. »Wenn irgendetwas nicht in Ordnung ist, meldest du dich sofort, hörst du?«
Sie lächelte und gab ihm einen Kuss. »Ganz bestimmt. Mach dir keine Sorgen, es geht mir prächtig.«

Drei Tage später brach Nora mit Niklas auf. Max wollte möglichst viel Zeit mit Marie verbringen, und Tom nahm Sophie mit nach Cameron Downs, wo sich während seiner Dienstzeiten Carol vom Cameron Hotel um die Kleine kümmern wollte. Auch Caroline würde in ihrer Freizeit helfen.
Nora verspürte doch ein wenig Nervosität. Sie war noch nie so allein auf sich gestellt im Outback unterwegs gewesen. Dennoch schob sie alle unbehaglichen Gefühle gleich wieder beiseite. Sie würde zwei Tage mit Niklas zusammen sein. Gespannt fragte sie sich, wie es ihm wohl in der Siedlung gefallen würde. Sie musterte ihn aus dem Augenwinkel. Er schwieg und sah aus dem Fenster.
Ab und zu deutete sie hierhin und dorthin, um ihren Sohn auf etwas aufmerksam zu machen. Sie erklärte ihm die landschaftli-

chen Besonderheiten, für ihn fremdartige Bäume oder Vögel und erzählte ihm etwas über die Farmen, an deren Weideland sie vorüberfuhren. Sie freute sich, dass sie auch dieses Mal in einiger Entfernung ein paar Kamele entdeckte, die sie Niklas zeigen konnte.

Nach und nach schien die ungewohnte Umgebung den Jungen zu fesseln, und er stellte von sich aus Fragen. Wieder einmal bemerkte Nora, wie erwachsen ihr Sohn geworden war. Innerlich erfreut und bewegt zugleich erkannte sie, dass er sich – wie sie selbst auch – sehr für die Kultur der Aborigines und ihre heutige Situation interessierte. Er wollte wissen, wie es in der Siedlung aussah, und fürchtete offenbar, sich nicht ausreichend verständlich machen zu können.

Nora erzählte ihm von ihrem ersten Besuch und ihrer Nervosität und davon, wie warmherzig und gastfreundlich sie aufgenommen worden war. Sie berichtete von Marrindi und Wudima, von den verschiedenen Maltechniken in der Künstlerwerkstatt, der Farbherstellung und den Bildern und Instrumenten der Aborigines. Fast automatisch wurde hierbei die Traumzeit zum Thema.

Nora freute sich, als sie feststellte, dass Niklas sich bereits damit auseinander gesetzt hatte.

Die Kultur der Aborigines schien Mutter und Sohn wieder zusammenzuführen. Zum ersten Mal seit langer Zeit waren beide so weit weg von den Problemen und Ereignissen, die sie einander entfremdet hatten, dass eine ganz normale Unterhaltung möglich war.

Ein frischer Herbstwind trieb graue Wolkenfelder über den Himmel und dämpfte die Farben der roten Erde. Bald schon würden erste Regengüsse der Landschaft dabei helfen, die trockenen gelben Gräser auf den Weiden in frisches Grün zu verwandeln. Doch dieser Kontinent kannte kein Mittelmaß. Nora wusste, dass die Farmer wie in jedem Jahr zwar sehnlichst auf die Niederschläge warteten, aber gleichzeitig darum bangten, ob diese Niederschläge rasch genug vor den heftigen Blitzschlägen kommen würden, um die Ausbreitung der gefürchteten Buschbrände zu verhindern. So paradox es Nora auch vorgekommen war, als sie es erfahren hatte, aber auch die heftigen Gewitter taten der australischen Landschaft gut. Durch die Energie der Blitze während des Gewitters entstand in der Luft Nitrat, welches mit den nachfolgenden Regengüssen als Dünger in den ausgedörrten Boden gelangte und den Pflanzen gerade nach den kargen Zeiten des trockenen Sommers zu einem regelrechten Wachstumsschub verhalf.

»Da! Sieh mal!« Niklas hatte unter ein paar dünnen Bäumen eine kleine Gruppe Kängurus entdeckt, die nach Nahrung suchte. Er beobachtete sie interessiert. »Aber da ist doch alles knochentrocken. Finden sie überhaupt noch Nahrung? Wohin ziehen sie sich eigentlich zurück, wenn die Sonne so richtig vom Himmel knallt? Hier gibt es doch keine Höhlen oder so was.«

Nora hatte die Fahrt verlangsamt und hielt nun kurz an. Gemeinsam betrachteten sie die Tiere.

»Ich habe mal gehört, dass sie auf Wurzeln, Samen oder Knollen ausweichen, wenn das Gras knapp wird. Das wirft allerdings ein weiteres Problem auf. Wenn sie so viel trockenes Zeug fressen müssen, ist es zwangsläufig notwendig, dass sie mehr Wasser zu sich nehmen, was ja in Dürrezeiten schwierig ist, wenn Bäche und Flüsse austrocknen. Dafür können sie Wasser über eine Entfernung von mehr als zwanzig Kilometern riechen. Und so finden sich an den von Farmern angelegten Viehtränken oft auch viele Kängurus. Zum Ausruhen suchen sie sich dann Schatten unter den Bäumen, und um es kühler zu haben, scharren sie die oberste heiße Erdschicht beiseite und legen sich anschließend in die kühle Mulde. Ihre Vorderpfoten sollen besonders dünnhäutig und gut durchblutet sein. Wenn die Hitze unerträglich wird, lecken sie sie ausgiebig. Der Speichel verdunstet dann und kühlt gleichzeitig.«

Niklas schaute die Tiere unverwandt an. »Das sind die ersten Kängurus, die ich außerhalb eines Zoos sehe.«

Nora lachte. »Ja, genauso fasziniert war ich auch. Und – unter uns gesagt – ich bin es immer noch. Die australischen Farmer teilen aber unsere Begeisterung nicht. Diese großen Hüpfer dort bedeuten nämlich Konkurrenz auf den Weideflächen für ihre Schafe und Rinder.«

Niklas zuckte ein wenig trotzig mit den Schultern. »Immerhin waren die Kängurus zuerst hier, oder?«

Nora lachte erneut. »Da hast du Recht. Aber das will wohl niemand mehr wissen.«

Sie erreichten die Siedlung ohne Probleme, und Nora atmete auf. Nach einer freundlichen Begrüßung ging sie mit Niklas zwanglos umher und zeigte ihm auch die Künstlerwerkstatt. Der Junge sah zu, wie Bilder entstanden, und wurde aufgefordert, diese oder jene Maltechnik einmal auszuprobieren oder beim Anrühren der Farben zu helfen. Seine anfängliche Schüchternheit legte sich rasch, als er erkannte, dass die Aborigines bei Sprachproblemen völlig unbekümmert auf Mimik oder Gestik auswichen und so immer einen Weg fanden, sich verständlich zu machen.

Niklas' größte Faszination in der Werkstatt galt jedoch den Didgeridoos, die auf der einen Seite schon fertig bemalt und auf der anderen Seite noch unfertig herumstanden. Schon als seine Mutter damals in Hamburg eines gekauft hatte, war er mit Eifer dabei gewesen es auszuprobieren. Er hatte sich als ausgesprochen begabt gezeigt und auch sofort den Grundton getroffen. Nachdem Nora sich jedoch in Tom verliebt und seine Eltern sich getrennt hatten, hatte er trotzig alles gemieden, was in irgendeinem Zusammenhang mit Australien stand.

Nun ging er in der Werkstatt umher und betrachtete die Instrumente. Es war eine eigenartige Vorstellung, dass sie hier wirklich von Aborigines bemalt und dann vielleicht auch nach Deutschland oder in andere europäische Länder versandt wurden, um sie später in einem »Down Under Shop« kaufen zu können.

Nora und Wudima kamen zu Niklas. Nora nahm ein besonders schönes Exemplar in die Hand und strich darüber. »Mir haben die hier auch immer ganz besonders gut gefallen, Nicky. Hast du zu Hause noch ab und zu gespielt? Du hattest damals so viel Spaß an meinem Didgeridoo.«

Niklas' Miene war plötzlich wieder verschlossen. Er schüttelte leicht den Kopf. »Nee. Seit ihr weg seid, nicht mehr. Ich hatte auch keine Zeit dafür.«

Nora registrierte seinen abweisenden Blick und ließ ihn in Ruhe. Sie setzte sich zu einer jungen Frau, die an einem Bild malte, auf dem Fische und Vögel entstanden. Immer noch gefielen Nora die warmen Erdfarben besonders gut. Sie wusste, dass viele Aborigines schon auf Acrylfarben umgestiegen waren. Umso mehr schätzte sie es, dass die Künstler hier noch die traditionellen »alten« Farben bevorzugten, die aus rotem und gelbem Ocker, weißem Pfeifenton und schwarzer Holzkohle gewonnen wurden. Die Ureinwohner kannten auch weitere Möglichkeiten in der Herstellung von Farben, wenn die Erde ihnen die genannten Materialien nicht bot. Früher wurden manchmal auch Steine im Feuer geröstet, anschließend zerstampft und zu einem feinen Pulver gerieben, das mit den Farbextrakten aus diversen Pflanzen oder Baumwurzeln und mit Öl und Wasser vermischt eine einzigartig zarte Farbe ergab.

Niklas lehnte auch Wudimas Aufforderung, die Didgeridoos einmal auszuprobieren, mit einem verlegenen Kopfschütteln ab und schlenderte mit den Händen in den Hosentaschen nach draußen. Obwohl er sich noch ein wenig unbehaglich in dieser fremden Umgebung fühlte, war er froh, dass er weitgehend in Ruhe gelassen wurde und sich frei umschauen durfte.

In einiger Entfernung saßen zwei Jungen mit einem alten Mann im Schatten und spielten Didgeridoo. Sie grinsten breit, als er näher herankam, und der Alte winkte ihn zu sich und bedeutete ihm Platz zu nehmen. Niklas sah ihnen eine ganze Weile zu und fand die vibrierenden, warm klingenden Laute der Instrumente schön. Es hatte ihn schon damals in Hamburg fasziniert, wie viele unterschiedliche Variationen und Ausdrucksmöglichkeiten das Didgeridoo bot. Doch sowohl Nora als auch er selbst waren an der so genannten Zirkulationsatmung gescheitert, die ein Spielen ohne Unterbrechung zum Atemholen möglich macht. Interessiert beobachtete er, wie die Jungen den Instrumenten die eigenartigsten Töne entlockten, zum Beispiel den Kookaburra-Vogel imitierten, dann wieder weiterspielten und dabei die Wangen kreisrund aufbliesen, als hätten sie auf jeder Seite einen Tischtennisball im Mund. Es war, als würden sie mit dem Didgeridoo eine Geschichte über das Land erzählen.

Niklas hörte gespannt zu. Er bemerkte nicht, dass Marrindi ihn aufmerksam beobachtete. Der alte Schamane spürte, dass zwischen Nora und ihrem Sohn ein Problem bestand. Auch hatte

Tom ihm vor einiger Zeit offen gesagt, dass Nora darunter leide, ihren Sohn nicht mehr bei sich zu haben.
Marrindi schloss nach einer Weile die Augen und lehnte den Kopf gegen den Stamm des Baums, unter dem er am liebsten saß. Obwohl die Familienstrukturen seines Clans ganz anders zusammenhingen und funktionierten als bei den Weißen, wusste er, dass es die Trennung der Eltern war, die den Jungen so versteinert hatte. Er war für sein Alter ungewöhnlich ernst und schien Angst davor zu haben, Gefühle zu zeigen. Marrindi dachte nach. Er war inzwischen so alt, dass er meinte, ihn könnte nichts mehr überraschen.
Die Menschen waren manchmal einfach dumm, denn die meisten Probleme schufen sie sich selbst. Missverständnisse, Streit, Neid und die Unfähigkeit, einander Fehler verzeihen zu können, waren die Hauptursache für Kummer und Leid. Wenn sich aber Wut oder Groll erst einmal in einem breit machten, schadete man sich nur selbst, denn diese Gefühle verhinderten das freie Strömen der Lebensenergie. Marrindi öffnete die Augen und betrachtete Niklas erneut. Der Junge war nicht frei und unbeschwert, so viel stand fest.

Am Abend fand sich die Gemeinschaft am Feuer zusammen. Es wurde gegessen, erzählt und gelacht. Am Himmel zogen einzelne dicke Wolkenfelder vorüber, gaben aber zwischendurch immer wieder den Blick auf eine schier unglaubliche Zahl von Sternen frei.
Nach einer Weile sah Niklas über die Flammen hinweg und entdeckte einen Hund, der humpelnd den Pfad zum Fluss hinunterlief. Er stand auf und folgte dem Tier. Leise rief und lockte er es zu sich und streichelte es. Der Hund schien überaus

dankbar für die unerwarteten Streicheleinheiten und wedelte. Niklas löste einen kleinen Schlüsselanhänger mit einer winzigen Taschenlampe von seinem Gürtel, schaltete sie ein und beleuchtete die Pfote, die der Hund sich nun eifrig leckte. Im Schein der Lampe untersuchte er sie und fand ein spitzes Steinchen, das sich zwischen den Ballen festgesetzt hatte. Er redete beruhigend auf das Tier ein und entfernte den Stein behutsam. Anschließend klopfte und streichelte er den Hund erneut, der jetzt begeistert um ihn herumsprang.
Niklas lachte leise. »Siehst du, so ist es doch gleich viel besser, nicht?« Er wandte sich um und erschrak, denn Marrindi stand plötzlich vor ihm.
Der Alte stützte sich auf einen Stock und lächelte. »Da hast du wohl einen neuen Freund gewonnen.«
Niklas hakte seinen Schlüsselanhänger wieder fest und schob die Hände in die Hosentaschen. »Hm.«
Marrindi deutete auf einen abgelegten Baumstamm, der am Flussufer als Bank diente. »Komm, wir setzen uns einen Moment.«
Obwohl Niklas der alte Schamane ein wenig unheimlich war, folgte er ihm. Er wusste, dass Marrindi in der Gemeinschaft einen hohen Rang einnahm. Sie schwiegen einige Minuten und sahen auf den Fluss, der jetzt im Herbst nur mehr ein dünnes Flüsschen war.
Marrindi zeigte auf das Wasser und bemerkte: »Nach den ersten Regengüssen wird er wieder so breit sein, dass wir an dieser Stelle nasse Füße bekämen.«
Niklas war erstaunt. »Ehrlich?«
Marrindi nickte. »Ja. Sag, Niklas, gefällt es dir hier in Australien?«

Der Junge verfolgte ernst, wie ein paar dichte Wolkenfelder an der dünnen Mondsichel vorüberzogen. »Ja, ich finde es interessant hier. Es ist alles total anders als in Hamburg. Die Jahreszeiten, die Tiere, einfach alles.«
Marrindi schwieg sekundenlang, dann nickte er wieder. »Deine Mutter hat sich gleich in dieses Land verliebt, schon als sie das erste Mal herkam.«
Niklas verzog abschätzig die Mundwinkel. »Nicht nur in das Land.«
Der Alte sah ihn von der Seite an. »Tom ist ein guter Mann.«
Niklas blieb trotzig. »Das ist mein Vater auch.«
»Bestimmt ist er das. Sonst hätte er auch nicht zu deiner Mutter gepasst, und sonst wärst du nicht so, wie du bist.«
Niklas, dem unbehaglich zumute war, rutschte hin und her. Was sollte das hier eigentlich? Was wollte ihm der Alte sagen? Andererseits fand er die Situation durchaus spannend. Er saß spätabends mitten in Australien mit einem alten Aborigine am Flussufer. Weiter konnte man sich wohl kaum von Mathematikarbeiten oder Judoturnieren entfernen.
Marrindi stützte sich auf seinen Stock und sah aufs Wasser. »Deine Mutter interessiert sich sehr für unsere Traumzeit und ihre Geschichten. Soll ich dir mal eine ihrer Lieblingsgeschichten erzählen?«
Niklas nickte. Dieses Angebot konnte er ja wohl auch kaum ablehnen. Also zog er die Füße hinauf und setzte sich im Schneidersitz bequem zurecht.
Marrindi begann zu erzählen. »Vor langer Zeit lebte beim Clan der Goanna-Leute ein Junge namens Djambadu. Er war anders als die anderen Jungen seines Clans, denn er hatte schon früh viele Fragen und Gedanken, die ihn beschäftigten und nicht

mehr losließen. Dennoch bemühte er sich mit aller Macht, so zu sein wie all die anderen Kinder der Goanna-Leute, die sich immer dann über ihn lustig machten und ihn verspotteten, wenn er wieder einmal völlig in Gedanken versunken meditierte, über die Bedeutung seiner Träume nachdachte oder über den Weg in die Zukunft grübelte, anstatt wie die anderen auf die Jagd nach Kleintieren zu gehen oder im Fluss zu schwimmen. Es gefiel ihm nicht, dass er offenbar so anders war, und er litt darunter, von den anderen als Träumer verlacht zu werden. Als Djambadu eines Tages besonders böse gehänselt und ausgegrenzt worden war, lief er fort und kletterte in unwegsamem Gelände in eine Höhle, wo er sich stundenlang versteckte. Er war zornig und fühlte sich durch das Verhalten der anderen verletzt. Als ihn in der Dunkelheit der Hunger und die Kälte aus der Höhle trieben, geriet er ins Straucheln und stürzte einen steinigen Abhang hinunter. Er brach sich ein Bein. Die Leute seines Clans fanden ihn erst am anderen Morgen und brachten ihn ins Lager, wo sich der Wirinun – der Heiler und Magier des Stammes – seiner annahm. Der über viele Stunden hinweg unbehandelt gebliebene Bruch war jedoch kompliziert und hatte sich obendrein noch entzündet. Es stand tagelang nicht fest, ob Djambadu das Fieber überstehen oder sein Bein verlieren würde.«

Marrindi machte eine kleine Pause, und Niklas sah ihn gespannt an.

»Er wurde wieder gesund, aber das Bein blieb steif, sodass der Junge fortan humpelte. Er haderte mit seinem Schicksal und suchte die Schuld bei den anderen.« Marrindi neigte seinen Kopf Niklas zu. »Was meinst du, Niklas, wer hat Schuld? Die anderen Kinder, die ihn geärgert haben, oder er selbst, der dort oben herumgeklettert und gestürzt ist?«

Niklas dachte kurz nach. Die anderen Jungen hatten ihn zwar zur Flucht veranlasst, aber Djambadu allein war in die Felsen geklettert und schließlich gestürzt. Niklas hegte ausgesprochene Sympathien für den Einzelgänger Djambadu. Trotzdem blieb er neutral. »Schwer zu sagen. Irgendwie haben beide Seiten falsch gehandelt.«

Marrindi schloss die Augen und nickte. »Djambadu ahnte das bereits, und doch war der Zorn noch in ihm. Es war leichter, den anderen die Schuld zu geben. Er wurde immer verbitterter, und auch seine Gesundheit litt, denn der Groll setzte sich in ihm fest und bewirkte, dass er sich nicht entspannen, ja, sich über nichts mehr freuen konnte. Diese Entwicklung bemerkte der alte Wirinun. Er hieß Yaobeda.« Marrindi grinste. »Das muss ein ähnlich alter Knochen wie ich gewesen sein. Also, Yaobeda nahm sich seiner an. In langen Gesprächen erörterten sie philosophische Fragen und sprachen über den Sinn des Lebens. Djambadu lernte viel über sein Volk, und sein Geist wurde frei. Er erkannte viele Zusammenhänge im menschlichen Miteinander der Stammesgemeinschaft und des Lebens an sich, das wie ein Fluss von der Quelle bis zum Meer ist. Ihm wurde klar, dass der Groll, den er bis dahin in sich getragen hatte, sein Leben vergiftete, ja, ihn daran hinderte, etwas Nützliches, etwas Besseres zu tun, dass er seine Energien nicht in negative Gefühle investieren und sich darin verlieren, sondern sie auf positive Dinge verwenden sollte, wie zum Beispiel etwas zu erforschen, was ihm noch unklar war, oder auf den Erhalt der Natur.«

Marrindi legte den Kopf in den Nacken und sah zu den Sternen auf. »Jeden Tag aufs Neue können wir uns entscheiden, ob wir unsere Energie und unsere Kraft auf etwas Destruktives oder Sinnloses verwenden oder ob wir sie für positive Dinge einsetzen und vielleicht etwas Gutes bewirken wollen.« Er schaute Niklas wieder an. »Djambadu erfuhr von Yaobeda viel über den Kreis der Zeit und unsere Traumzeit-Ahnen. Der Junge zeigte dabei so viel Verständnis für die geheimnisvollen Zusammenhänge und Traditionen, dass schließlich die Geister der Ahnen durch ihn wirkten und ihn Jahre später selbst zu einem großen Wirinun werden ließen.«

Niklas hatte gespannt zugehört und schwieg nun nachdenklich. Zwar hatte sich recht bald, nachdem Marrindi mit seiner Geschichte begonnen hatte, der alterstypische Trotz und Widerspruchsgeist gegen eine solche »Moral von der Geschicht«-Erzählung gemeldet, wenig später jedoch war ihm aufgefallen, dass die Werte der beiden ansonsten so unterschiedlichen Völker gar nicht so weit auseinander lagen. In seiner Welt zu Hause wurden christliche Werte vermittelt, deren wichtigster sicherlich die Nächstenliebe war. Hier, auf der anderen Erdhalbkugel, erzählte ihm der alte Gelehrte eines uralten Volkes eine Geschichte, die eigentlich nichts anderes besagte.

Marrindi stand auf. »Hat dir die Geschichte gefallen?«

Niklas nickte. »Hm.«

Marrindi legte eine Hand auf seine Schulter. »Es wird Zeit, dass wir zurückgehen. Deine Mutter wird sich schon fragen, wo du bleibst.«

Gemeinsam machten sie sich auf den Weg zu den anderen.

Nora sah sie als Erste. Immer wieder waren ihre Augen suchend zu der Stelle gewandert, an der die beiden auf dem Pfad zum Fluss hinunter verschwunden waren. Obwohl sie Unruhe verspürt hatte, war es ihr möglich gewesen, bei Wudima und einer jüngeren Frau namens Bindinie sitzen zu bleiben. Niklas war schließlich kein kleines Kind mehr, und Nora wusste, dass Mar-

rindi bei ihm bleiben würde. Sie verbiss sich ihre Neugierde, über was die beiden wohl sprachen, und wünschte ihrem Sohn, dass er den alten Mann genauso faszinierend fand wie sie selbst.
Das Baby in ihrem Bauch begann zu strampeln und machte ihr bewusst, wie lange sie schon in derselben unbequemen Haltung bei den beiden Frauen saß. Sie lächelte sie an und stand auf. Ein paar Schritte in der angenehmen Nachtluft täten ihr bestimmt gut. Außerdem wollte sie Niklas nicht das Gefühl geben, schon besorgt auf ihn gewartet zu haben. Deshalb schlenderte sie in die andere Richtung. Sie atmete tief durch. Was für ein schöner Abend. Sie mochte die Menschen hier und freute sich über die freundliche Nähe, die sie inzwischen zuließen. Wudima hatte ihr heute sogar etwas über die Herstellung der Naturfarben erzählt – eine Kunst, die üblicherweise geheim blieb. Nora hatte zum ersten Mal eine alte Farbenschale bewundern können, die aus einem großen ovalen und kunstvoll bearbeiteten Stein gefertigt worden war.
Sie blieb unter dem Eukalyptusbaum stehen, unter dem sie vor mehr als zwei Monaten gesessen und die ersten Bewegungen ihres ungeborenen Kindes gespürt hatte. Sie legte eine Hand auf ihren Bauch und schaute zu der großen Baumkrone auf, die heute – in der Dunkelheit der Nacht – ganz anders aussah. Sie fühlte die Nähe zu ihrem Kind und schloss die Augen. In jeder ihrer Schwangerschaften hatte sie diese Momente bewusst genossen. Sie wollte sich diese Zeit auch für ihr viertes Kind nehmen, vielleicht gerade weil diese Schwangerschaft mit eher negativen Empfindungen begonnen hatte. Wieder hörte sie den Wind in den Blättern rauschen und fühlte sich auf seltsame Weise beruhigt und geborgen. Fast kam es ihr vor, als würde hier in der Siedlung ihre Sichtweise auf die alltäglichen Proble-

me irgendwie relativiert. Die Menschen, die hier lebten, sahen sich weniger als Zentrum der Welt, sondern einfach nur als einen Teil von ihr. Und wie konnte sich die Welt nur um einen kleinen Teil drehen? Nora schmunzelte plötzlich, als ihr eine Szene aus dem Film *Crocodile Dundee* einfiel, in der es um den Uluru ging und darum, ob der Felsen im Roten Herzen Australiens nun den Ureinwohnern oder den Weißen gehöre. Der Aborigine, dem diese Frage gestellt worden war, hatte grinsend erwidert, dass der Monolith so viele Millionen Jahre alt sei, dass eine solche Frage ähnlich lächerlich sei, wie wenn zwei Flöhe darum streiten würden, wem der Hund gehöre, auf dem sie lebten. Nora lächelte immer noch, als sie Schritte hörte. »Na, mein Großer? Alles in Ordnung?«
Niklas kam auf sie zu. Er gähnte kurz und nickte dann. »Hm.« Sehr gesprächig war er nicht gerade. Früher hatte sein Mund kaum einmal still gestanden, und mehr als einmal war sie froh gewesen, wenn der kleine blonde Wirbelwind endlich im Bett verschwunden war und sie minutenlang nur die Stille im Haus hatte genießen können. Sie zog die Strickjacke enger um sich. »Was war denn mit dem Hund?«
Niklas latschte mit seinen klobigen Turnschuhen neben ihr her. »Ach, der hatte einen kleinen Stein zwischen den Ballen. Ich hab ihn rausgeholt, und dann war alles in Ordnung. Das mache ich im Winter auch immer bei Kuno, wenn er zu lange im Schnee war, dann setzen sich manchmal so gefrorene Schneeklümpchen dazwischen fest.«
Nora musterte ihn von der Seite. Stolz und mütterliche Zuneigung erfassten sie, und sie war froh über die Dunkelheit, denn Niklas hätte die Empfindungen, die sich auf ihrem Gesicht spiegelten, sicher nicht geschätzt. Sie sah das Haus in Hamburg

plötzlich deutlich vor sich und Niklas und Kuno im Garten. Sie durfte ihrem Sohn nicht sagen, wie sehr er ihr hier fehlte, denn sie wusste, dass sie dazu kein Recht hatte. Um ihre Verunsicherung zu überspielen, wich sie aus und sagte leise: »Kuno fehlt mir manchmal noch wahnsinnig. Geht es ihm gut?«
»Ja, der ist happy, wenn er mit Opa im Garten ist oder wenn er von Oma einen Leckerbissen abstaubt.« Er grinste. »Opa ist im Herbst halb wahnsinnig geworden, weil Kuno immer seinen Ball in den frisch zusammengeharkten Laubhaufen verbuddelt hat.«
Nora lachte. »Das sehe ich vor mir.« Dann wurde sie ernst. »Oma und Opa geht es auch gut, nicht? Sie schreiben mir ab und zu. Kommst du mit ihnen klar?«
Er nickte und wurde wieder einsilbig. »Ja, die sind okay.«
Nora stöhnte innerlich. Immer wenn sie auf Niklas' Situation in Hamburg zu sprechen kam, wurde er verstockt. Es war klar, dass er sie dafür verantwortlich machte. Im Grunde hatte er damit ja Recht. Sie wechselte das Thema.
»Ich bin müde. Wie steht es mit dir? Willst du noch ein bisschen aufbleiben oder auch schon schlafen gehen?«
»Ich bin auch müde. Ich gehe nur noch Marrindi gute Nacht sagen, dann komme ich rüber.«
»Okay.« Nora sah ihm einen Moment lang nach. Würde es immer so zwischen ihnen bleiben, so neutral und unverbindlich? Sie schluckte. Niklas war und blieb ihr Kind. Sie konnte und wollte sich nicht damit abfinden, das Vertrauen, das einmal zwischen ihnen bestanden hatte, verloren zu haben. Langsam ging sie zu ihrer Unterkunft. Automatisch griff sie auf dem Schränkchen neben ihrer Liege zu einer Taschenlampe, um alle Zimmerecken auszuleuchten und unter dem Bett

nachzusehen, ob Schlangen, Spinnen oder sonstige Tiere sich verirrt hatten. Immer noch hatte sie in dieser Hinsicht nichts von der stoischen Gelassenheit der Australier annehmen können. Danach machte sie sich bettfertig und genoss es, sich wohlig unter der Decke auszustrecken. Müde schloss sie die Augen und sah Tom vor sich. Kaum war sie nicht bei ihm, schon fehlte er ihr. Ihre Gedanken gingen zu Marie und Sophie, und sie freute sich auf das Wiedersehen mit ihren Mädchen. Langsam schlief sie ein.

Am nächsten Tag verbrachten sie noch mehrere Stunden in der Siedlung. Nora fiel auf, dass Niklas Marrindis Nähe suchte. Der alte Mann schien großen Eindruck auf ihren Sohn zu machen. Sie ließ ihm die verbleibende Zeit und vervollständigte die Notizen, die sie sich zu den Traumzeit-Erzählungen gemacht hatte. Wudima beantwortete auch alle weiteren Fragen, die Nora noch mit sich herumtrug. Beschwingt und zufrieden packte sie gegen Mittag ihre Sachen zusammen und verstaute sie im Jeep. Es war heute merklich kühler als gestern, und der Wind türmte dunkle Wolkenfelder auf, die Regen anzukündigen schienen. Nora betrachtete den Himmel. Es hatte mehrere Monate nicht geregnet. Sie seufzte. Was wäre Niederschlag jetzt hier für eine Wohltat. Und wie oft hatte sie sich andererseits in Hamburg über trübes graues Nieselwetter geärgert. Aber eine solche Trockenheit wie hier war einfach nicht vorstellbar gewesen. Sie schlug die Heckklappe zu und schüttelte diese Gedanken ab. Es wurde Zeit aufzubrechen, und sie wollte sich noch verabschieden.

Auf der Rückfahrt schwiegen beide eine Weile. Nora wollte die Ruhe auch nicht mit nervösem Geplapper ausfüllen. Sowohl

Niklas als auch sie selbst schienen die neu gewonnenen Eindrücke erst verarbeiten zu müssen. Nach geraumer Zeit auf der endlosen roten Piste verlangsamte Nora die Fahrt. In einiger Entfernung lag schräg vor ihnen ein totes Känguru auf der Fahrbahn, und als sie näher kamen, schwang sich ein riesiger Vogel in die Luft. Niklas' Augen verfolgten ihn interessiert, ehe sein Blick mit leichtem Bedauern zu dem Känguru wanderte. »Der Vogel hat davon gefressen, nicht? Er sah aber gar nicht aus wie ein Geier.«
Nora hatte das Tier ebenfalls beobachtet. Sie freute sich über die Gelegenheit, wieder mit Niklas ins Gespräch zu kommen. »Das war ein Keilschwanzadler, Nicky. Er ist Aasfresser, und in diesen Dürrezeiten lebt er fast wie im Schlaraffenland, weil viele Tiere verenden und ihm so Nahrung bieten.«
»Wow! Und das Känguru?«
Nora zuckte mit den Schultern. »Da es noch halb auf der Fahrbahn liegt, denke ich, dass es eher durch ein Auto oder einen Roadtrain gestorben ist.« Sie sah nach oben und betrachtete einen Moment die Wolkenberge. Der Himmel nahm auf der einen Seite eine unnatürlich dunkelblaue Farbe an, die sich auszubreiten schien. »Wir sollten machen, dass wir nach Hause kommen. Das schaut nach einem Gewitter aus.« Nora lenkte den Wagen um das tote Känguru herum und fuhr rasch weiter.
Niklas blickte zum Himmel. »Wäre das schlimm? Ich meine, wenn wir in ein Gewitter gerieten?«
Nora schüttelte den Kopf. »Nein, nein. Nur manchmal bringen diese Gewitter einen solchen Platzregen mit sich, dass die Straßen unpassierbar werden.« Sie wollte ihn nicht beunruhigen und fügte hinzu: »Aber wir haben ja den Jeep, und vielleicht schaffen wir es auch bis nach Cameron Downs, ehe es losgeht.«
Minutenlang hing Niklas seinen Gedanken nach. Unvermittelt

fragte er dann: »Du kennst wohl inzwischen alle Tiere hier in Australien, oder?«

Nora lachte. »Nein, ganz bestimmt nicht. Ich glaube auch kaum, dass das möglich ist. Die Lebensräume auf diesem Kontinent sind so unterschiedlich, dass sie den verschiedenartigsten Tieren Platz bieten.« Sie schwieg einen Augenblick, ehe sie fortfuhr. »Ein ganz besonderer Wunsch hat sich für mich auch noch nicht erfüllt. Ich würde für mein Leben gern einmal Wale beobachten. Es muss zu schön sein, diese friedlichen Riesen in ihrer natürlichen Umgebung zu sehen.«

Sie plauderten eine Weile, und Nora war froh, dass sie gut vorankamen. Immer wieder gingen ihre Blicke zu den Wolken am Himmel, die inzwischen bizarre Formationen bildeten und sich in ein einzigartiges Farbspektakel aus unterschiedlichen Blau- und Grautönen hüllten. In der Ferne zuckten bereits die ersten Blitze.

Auch Niklas schien die Erwartungshaltung der Natur zu bemerken und sah aufmerksam nach draußen. »Diese Gewitter nach der langen Dürre, die lösen die Buschfeuer aus, nicht?«

Nora zuckte innerlich zusammen. Die riesigen Feuer, die diesen Kontinent jedes Jahr heimsuchten, gehörten nicht zu ihren Lieblingsthemen. Sie hatte eine beinahe unerklärliche Angst vor der Macht, die von diesen Bränden ausging, ließ es sich jetzt jedoch nicht anmerken. »Ja, oftmals ist das so.«

Niklas schüttelte den Kopf. »Aber wieso brennt es hier so häufig? Und dann gleich immer so wahnsinnig?« Er schaute sich um. »Gut, es ist sehr flach und irre trocken, aber das kann doch nicht der einzige Grund dafür sein.«

Nora nickte und sah weiter auf die Fahrbahn. »Das hast du ganz richtig beobachtet. Australien ist in der Mitte ein ungeheuer flacher Kontinent. Trockene stürmische Winde können über weite Teile ungehindert hinwegpreschen. Wenn es also einmal brennt, breiten sich solche Feuer rasend schnell aus. Hinzu kommt die Trockenheit, und ein weiterer entscheidender Faktor sind die Eukalyptusbäume. Ihre vielen verschiedenen Arten – ich habe mal gelesen, es gibt über fünfhundert – machen etwa neunzig Prozent des australischen Baumbestands aus. Ihre Blätter enthalten das leicht entflammbare Eukalyptusöl. Ist es nun monatelang trocken und heiß, verdampft dieses Öl aus ihren Blättern und steigt in die Luft auf. Auf diese Weise entsteht zusammen mit aufkommenden Gewittern eine gefährliche Kombination.«

»Wow! Das ist ja irre.«

Ehe er noch etwas hinzufügen konnte, knackte das Funkgerät. Toms Stimme war zu hören.

»Delta Foxtrott Tango ruft Morrison Mobile. Nora, bist du da?«

Sie lächelte erfreut und drückte routiniert eine Taste. »Hier Morrison Mobile. Hallo, Tom. Uns geht es gut, wir sind schon auf dem Rückweg. Wo steckst du denn?«

Es rauschte kurz in der Leitung, ehe sie seine Stimme wieder vernahm. »Wir sind auf Kliniktour. Heute auf der Parbury Station. Ich wollte hören, ob bei euch alles in Ordnung ist. Wir haben auf dem Hinflug ein paar heftige Turbulenzen gehabt. Greg meint, es liegen Gewitter in der Luft.«

»Ja, es ist hier windig, und der Himmel ist von einem wahnsinnigen Blaugrau, aber wir kommen gut voran. Ich schätze, es sind noch etwa sechzig Meilen.«

»Okay, passt gut auf euch auf, ja? Ich freue mich auf nachher. Delta Foxtrott Tango. Ende.«

»Ich freue mich auch, Tom. Morrison Mobile. Ende.« Ein Blick zu Niklas verriet ihr, dass seine Plauderlaune vorüber war. Er sah stumm und angestrengt aus dem Fenster. Mit leichtem Bedauern konzentrierte sie sich wieder auf die Fahrbahn und ließ ihn in Ruhe.

In den nächsten Tagen blieb Niklas in sich gekehrt. Er machte einen nachdenklichen Eindruck, war aber nicht mehr so abweisend. Tom jedoch ging er wo immer er konnte aus dem Weg. Nora hatte hin und her überlegt, was sie tun könnte, um die Distanz zu ihrem Sohn zu durchbrechen. Manchmal verspürte sie grenzenlose Enttäuschung. Sie hatte sich so wahnsinnig auf ihn gefreut und er zeigte nach wie vor diese oftmals kühle Reserviertheit, die ihn mitunter verstockt und unfreundlich wirken ließ. Immer wieder gingen ihre Gedanken in die Vergangenheit, in seine Baby- und Kinderzeit, in der sie sein uneingeschränktes Vertrauen besessen hatte und in der sie die wichtigste Person in seinem Leben gewesen war. Sie sah ihn übermütig lachend im Garten, wo er sie und Marie mit dem Gartenschlauch nass gespritzt hatte, beim Packen- und Versteckenspielen, beim Ballwerfen mit Kuno oder in seinem Zimmer über den Hausaufgaben. Sie sah sich auf seinem Bett sitzend Vokabeln oder Judobegriffe für eine anstehende Gürtelprüfung abfragen. Sie mochte sich einfach nicht damit abfinden, dass es nie wieder so sein würde.

Nora hatte Marie und Niklas im Reitstall abgesetzt, Sophie zu Carol gebracht und Max ins Hotel zurückgefahren. Er hatte auf einem Zimmer im Hotel bestanden. Nun wartete sie allein vor der Flying Doctors Base im Auto, um Tom abzuholen, denn sie hatte heute keine Lust hineinzugehen. Sie war müde und enttäuscht, dass es offenbar keinen Weg gab, um Niklas' Vertrauen wiederzugewinnen. Sie musste sich eingestehen, dass dieses Vertrauen wohl völlig zerstört war. Traurig senkte sie den Kopf und starrte vor sich hin. Sie war so in Gedanken versunken, dass sie förmlich zusammenzuckte, als ihr jemand durch das offene Seitenfenster auf die Schulter tippte. Es war Phil, der seinen Pilotenkoffer zwischen seinen Füßen abstellte und sich grinsend zu ihr hinunterbeugte.

»Hi, Nora.« Er schob seine Baseballkappe in den Nacken und zwinkerte ihr zu. »Na, wie geht's dem Flying Doctors' Nachwuchs?«

Sie legte eine Hand auf ihren Bauch und zwang sich, ihn anzulächeln. »Hi, Phil. Alles bestens.«

Seine blauen Augen musterten sie. »Warum sitzt du hier so allein rum? Du weißt doch, wie sich alle freuen, wenn du mal vorbeischaust.«

Sie fühlte sich ertappt. »Ja, Phil, aber mir war heute nicht danach.«

Er ging in die Hocke und setzte sich auf seinen Koffer. »Kann ich irgendwas für dich tun?«

»Nein. Es hat nichts mit dir oder mit euch hier zu tun. Mein Sohn ist zu Besuch und ... irgendwie sind wir uns wohl fremd geworden. Er scheint mir mein neues Leben hier nicht verzeihen zu können. Aber ich kann die Zeit ja auch nicht zurückdrehen ...«

»Hm. Der Junge muss sich halt auch erst an die neue Situation gewöhnen, Nora. Das ist bestimmt nicht leicht für ihn. Das ist doch schließlich sein erster Besuch, oder? Er sollte möglichst tolle Erfahrungen hier machen, damit er gute Erinnerungen an Australien mit nach Hause nimmt und gerne wieder herkommt.«

Nora sah mutlos aus. »Ich war schon im Künstlerdorf mit ihm. Er schien auch richtig fasziniert von den Aborigines, von der Landschaft und den Tieren, aber kaum hatte Tom sich über Funk gemeldet, wurde er wieder zum Eisblock und starrte aus dem Fenster.«

»Trotzdem wird er die Erinnerungen an diesen Ausflug mit dir nicht vergessen, glaub mir.« Phil runzelte nachdenklich die Stirn. »Hm, lass uns mal überlegen. Was macht er denn sonst? Was interessiert ihn denn noch so?«

Noras Blick blieb unwillkürlich auf den Streifen von Phils Pilotenhemd hängen. Sie seufzte. »Nichts interessiert ihn mehr als die Fliegerei. Seit er in den Kindergarten gegangen ist, will er Pilot werden.« Sie sah die vielen Lachfältchen, die sich um Phils Augen vertieften, und fuhr fort, ehe er noch etwas sagen konnte. »Du kannst dir jeden gut gemeinten Vorschlag sparen. Er wird nichts als blasiertes Desinteresse zeigen, denn alles, was auch nur im Entferntesten mit Tom und mit den Flying Doctors zu tun hat, lehnt er ab. Er wäre auch bei Max im Hotel, wenn Marie ihn nicht so bekniet hätte bei uns zu wohnen. Die Flying Doctors sind allein wegen Tom ein rotes Tuch für ihn.«

Phil rückte seine Kappe wieder zurecht und stand auf. »Na, das wollen wir doch mal sehen.« Er stützte sich auf dem Autodach ab und beugte sich zu Nora hinunter. »Habt ihr heute noch etwas Bestimmtes vor?«

Nora schüttelte verwirrt den Kopf. »Nein. Die Kinder sind beim Reiten und Sophie bei Carol im Haus, und ich wollte jetzt Tom mitnehmen. Danach sammeln wir die drei wieder ein und fahren nach Hause.«

Er grinste verschmitzt. »Na, klasse. Das ist aber nett von dir, Nora, dass du mich zum Abendessen einlädst. Mein Kühlschrank ist total leer. Ich wäre glatt verhungert. Ich bin dann so um sieben Uhr bei euch.«

Nora musste lachen. »Ich freue mich sehr, Phil. Aber mach dir keine allzu großen Hoffnungen wegen Niklas.«

Er war schon auf dem Weg zu seinem Wagen und winkte ihr noch einmal zu. Gleich darauf kam Tom durch die Tür und sprang mit seiner Arzttasche in der Hand die Stufen zum Parkplatz hinunter. Nachdem er die Tasche im Kofferraum verstaut hatte, stieg er ein und küsste sie.

»Na, Darling, wartest du schon lange? Die Übergabe hat heute etwas länger gedauert.«

Sie deutete auf Phils Wagen, der gerade vom Parkplatz fuhr. »Nein. Phil hat mir ein paar Minuten Gesellschaft geleistet. Ich hab ihn heute zum Essen eingeladen.«

Tom schien verwundert. »Ja? Kommt er denn? Er war vorhin so müde, dass er nur noch davon gesprochen hat, schnell unter die Dusche und dann ins Bett zu gehen.«

Nora lenkte den Wagen auf die Straße. Sie war gerührt und hatte zugleich Schuldgefühle. Wie nett von Phil, dass er alles stehen und liegen zu lassen bereit war, um ihr bei ihren Problemen mit Niklas zu helfen. Sie beschloss, etwas besonders Gutes zu kochen. »Das wusste ich natürlich nicht. Was isst er denn gerne?«

Tom grinste. »Ach, der mag alles. Er ist nicht sonderlich verwöhnt.«

Als Phil am Abend eintraf, hielt er eine große Packung Eis in der Hand, die er Nora überreichte. »Hier, Nora. Wenn ich mich schon bei euch satt essen kann, will ich wenigstens für den Nachtisch sorgen.«

Sie lachte. »Ach, Phil, wir sind doch froh, dass du dich mal wieder bei uns sehen lässt.«

Niklas sagte nicht viel beim Essen. Immer wieder gingen seine Augen jedoch zu Phil, der viel mit Marie und Sophie herumschäkerte und sich freute, wenn die Mädchen lachten. Phil trug Jeans und Mokassins, hatte aber ein Flying Doctors Sweatshirt an. Niklas wusste nicht, was ihn mehr beeindruckte: die Tatsache, dass hier ein Pilot mit am Tisch saß, jemand, der seinen ureigensten Traum schon verwirklicht hatte, oder die Tatsache, dass dieser so völlig ungezwungen und fröhlich war.

Nach dem Essen wollte Nora Sophie zu Bett bringen, und die anderen räumten den Tisch ab. Niklas half kurz dabei und schlenderte dann nach draußen. Er fühlte sich wie ein Außenseiter in dieser australischen Runde und empfand zum ersten Mal so etwas wie Neid, nicht dazuzugehören. An der Garagenwand hing eine Dartscheibe, und in einem Regal weiter oben fand er die Pfeile. Unzufrieden mit sich selbst, begann er sie auf die Scheibe zu werfen. Er hatte noch nicht lange gespielt, als Phil zu ihm kam. Er zündete sich eine Zigarette an. »Na, Niklas, bist du gut im Dartspielen?«

Er zuckte mit den Schultern. »Nicht besonders.«

Phil nahm einen tiefen Zug und sah zum Himmel auf. Der Wind hatte sich gelegt, und ein paar dicke Wolkenfelder trieben träge vor der Abendsonne. Es begann dunkel zu werden. Die Blätter der Bäume und Sträucher raschelten leise, und die ersten Motten und Falter wurden vom Licht der Verandabeleuchtung angezogen. Oben wurde ein Fenster geöffnet, und durch die dünne Fliegengaze hörten sie den Klang einer Spieluhr. Phil lächelte unwillkürlich. »Ein schönes Zuhause. Tom ist zu beneiden.«

Niklas biss die Zähne zusammen und schwieg. Er zielte und warf erneut drei Pfeile.
Phil sah ihm zu. »Hast du noch mehr Pfeile?«
Niklas wies auf den Karton, und Phil nahm sich welche. Eine Weile spielten sie im Schein der Garagenlampe schweigend, und nur ab und zu erfolgte ein Klagelaut, wenn einer von ihnen weit daneben traf. Nach einigen Minuten schaute Phil wieder nach oben. Fachmännisch wanderten seine Augen über den Himmel. »Gutes Flugwetter. Hoffentlich hält es sich bis morgen. Wir haben einen Krankentransport auf dem Plan.« Niklas nickte nur, doch Phil wollte nicht so schnell klein beigeben. »Na ja, aber unsere neue Aircraft ist schon gut. Mit der lässt sich einiges anfangen.«
Niklas hob einen Pfeil auf und sah Phil scheu an. »Ein neues Flugzeug? Was für ein Typ? Eine Kingair?«
Phil schmunzelte innerlich, blieb nach außen aber gelassen. Er tat überrascht. »Oh, du kennst dich aus? Du hast Recht, die meisten Flugzeuge beim RFDS sind vom Typ Kingair. In Südaustralien und im Northern Territory haben sie jetzt aber Erfahrungen mit einem neuen Typ gemacht. Mit einer Pilatus PC12. Mit ihr können wir schneller und höher fliegen und auf kürzeren Pisten landen. Außerdem ist sie kostengünstiger in der Anschaffung und im Unterhalt.«
Niklas hörte wie gebannt zu. »Sie ist einmotorig, nicht?«
Phil nickte anerkennend. »Ja, das stimmt.« Ganz beiläufig fügte er hinzu: »Du kannst sie dir gern mal ansehen. Im Hangar stehen auch die anderen beiden Flugzeuge. Ich werde morgen schon früh dort sein. Wenn du magst, zeig ich dir alles.«
Niklas rang mit sich. So ein Angebot würde er so schnell nicht wieder bekommen. »Ist Tom morgen auch da?«

Phil schüttelte den Kopf. »Nein, soweit ich weiß, ist er in der Klinik, und Jason und Kim begleiten morgen die Tour.« Er sah den Jungen aufmunternd an. »Also wenn du Frühaufsteher bist und Lust hast vorbeizukommen, kann ich dir unsere Aircrafts zeigen.«

Niklas gab seinen Widerstand auf. Die Aussicht, den Hangar und die Flugzeuge besichtigen zu dürfen, war einfach zu verlockend. Er nickte. »Das würde ich gerne alles einmal sehen.« Plötzlich verfinsterte sich sein Gesicht. Er hatte keine Ahnung, wie er zum Flugplatz kommen sollte. Morgens war Mama sicher mit den Mädchen beschäftigt. Und Tom würde er bestimmt nicht darum bitten. Er zuckte mit den Schultern. »Ich weiß aber noch nicht, wie ich dorthin kommen soll ...«, begann er, sprach aber nicht weiter, da er keine Lust hatte, seine Vorbehalte gegenüber Tom zu erklären.

Phil klopfte ihm auf die Schulter. »Weißt du was? Ich hol dich morgen früh ab, was hältst du davon?« Er lachte unbekümmert und zeigte zum Haus. »Na komm, wir holen uns noch eine Portion Eis, ja?«

Nie würde Niklas die Eindrücke vergessen, die er bei der Besichtigung der Base gewonnen hatte. Und nie würde er die Begegnung und den freundschaftlichen Umgang mit Phil vergessen. Beinahe ehrfürchtig hatte er im Morgengrauen neben ihm im Auto gesessen und aus dem Augenwinkel die Pilotenuniform gemustert. Im Hangar war er fast scheu um die Flugzeuge herumgegangen und hatte sich lange umgesehen. Phil erklärte ihm jede einzelne Maschine, und als er den Jungen schließlich aufforderte, im Cockpit Platz zu nehmen, schlug Niklas das Herz bis zum Hals. Er staunte darüber, wie eng bemessen der Raum in den Flugzeugen und wie Platzsparend und durchdacht die medizinische Ausrüstung untergebracht war. Mit großen Augen betrachtete er neben Phil die Instrumente und hörte seinen Erläuterungen zu. Obwohl Niklas viele Stunden seines Lebens an seinem PC-Flugsimulator zugebracht hatte, war es ein vollkommen anderes Gefühl, hier in Wirklichkeit zu sitzen.

Die folgenden Tage vergingen wie im Flug. Max wollte auch ein gemeinsames Ferienerlebnis, und so flog er mit Niklas und Marie ins Rote Herz, wo sie den Uluru, die Olgas und Alice Springs besuchten.

Als Max und Niklas zum Ende der Ferien nach Hamburg zurückflogen, standen Nora und Marie am Flugplatz und sahen der kleineren Maschine nach, die die beiden nach Sydney bringen würde. Marie schmiegte sich an Nora. »Sie kommen ja wieder, Mama. Wenn alles klappt, schon im nächsten Jahr.«
Nora nickte und zog ihre Jacke fester um sich. »Hoffentlich.«

39

Sam hatte das Auseinanderbrechen seiner Familie noch immer nicht akzeptiert. Tagsüber lenkte ihn mittlerweile seine neue Aufgabe im Cairns Palace ab, doch abends erwartete ihn niemand in seinem unpersönlichen Apartment. Die Stille und Trostlosigkeit ertränkte er regelmäßig mit so viel Alkohol, dass er nicht mehr denken konnte und schließlich einschlief. Den telefonischen Kontakt zu Josh ertrug er nur selten. Immer wenn er die Stimme seines Sohnes hörte, wurde ihm bewusst, dass dieser kaum mehr erreichbar für ihn war. Also schickte er lieber Briefe und ab und zu ein Päckchen. Er brauchte Zeit, denn er fühlte sich verloren und ausgebootet. An manchen Tagen flackerte auch die Wut wieder in ihm auf – Wut darüber, dass Caroline einfach gegangen war, dass sie ihnen keine Chance mehr gegeben und dass sie ihm Josh weggenommen hatte.

Kurz vor Joshs neuntem Geburtstag hielt er die Situation nicht mehr aus. Er übertrug zwei Tage vor dem Wochenende seinem Stellvertreter die Hotelleitung und flog von Cairns nach Broken Hill, wo er sich einmal mehr einen Mietwagen nahm, um nach Cameron Downs zu fahren. An Joshs Geburtstag parkte er auf der gegenüberliegenden Straßenseite der Schule und wartete. Als die Kinder aus dem Gebäude strömten, hatte er zunächst Mühe, seinen Sohn zwischen all den anderen auszumachen, doch dann entdeckte er ihn. Er lief zu ihm und wirbelte ihn gut gelaunt herum. »Hi, Sportsfreund. Alles Gute zum Geburtstag!«

Josh war völlig perplex, strahlte dann aber. »Dad! Wo kommst du denn her?«

Sam zwinkerte. »Aus Cairns. An deinem Geburtstag wollte ich doch bei dir sein. Komm mit, wir machen einen Ausflug.«

Josh schien erst aufgeregt, dann aber besorgt. »Und Mum? Sicher wartet sie auf mich, und heute Nachmittag ist doch auch die Party.«

Sam legte einen Arm um ihn und zog ihn mit sich. »Deine Mutter weiß Bescheid. Sie war einverstanden, weil wir uns so lange nicht gesehen haben, und bis heute Nachmittag sind wir wieder zurück. Komm, im Auto liegt auch ein Geschenk für dich.«

Josh freute sich. »Cool. Wo soll's hingehen, Dad?«

Sie stiegen ein, und während Josh sein Geschenk auspackte, fuhr Sam los. Sein Sohn machte große Augen und jubelte. »Wow, Dad! Ein Handy! Ist das wirklich meines? Und ich darf es auch schon benutzen?«

Sam lachte zufrieden. »Na klar. Dafür ist es ja da. Jetzt können wir beide uns immer anrufen.«

»Super.« Josh drehte und wendete das silberne Mobiltelefon voller Bewunderung. »Robert und Lewis werden Augen machen.«

»Sind das deine Freunde?«

»Hm. Ja. Wir machen oft was zusammen.«

»Gefällt es dir hier?«

Josh wurde ernst. »Ja, sehr. Aber du fehlst mir, Dad.«

Sam nickte. »Du fehlst mir auch, Josh. Mehr als du dir vorstellen kannst.«

Verwundert sah Caroline zur Uhr. Der Tisch war gedeckt, und Joshs Lieblingsessen stand fertig im Ofen. Wo blieb er nur? Er war doch sonst so pünktlich. Dann lächelte sie. Wahrscheinlich hatte er in Geburtstagslaune die Zeit vertrödelt und berichtete noch von seinen Geschenken. Unwillkürlich ging ihr Blick zu der neuen Inlineskater-Ausstattung auf dem Geburtstagstisch. Sie hatte ihn nur mit Mühe davon abhalten können, die neuen Inliner vor der Schule auszuprobieren.

Eine gute halbe Stunde später war ihre gelassene Nachsicht verflogen. Das Gratin wurde immer dunkler im Ofen, und sie sah voller Sorge wieder zur Uhr. Dann ging sie zum Telefon und tippte die Nummer ein, die ihr inzwischen so vertraut geworden war.

»Hallo, Nora. Ich bin's, Caroline. Sag mal, wisst ihr, wo Josh steckt? Er müsste schon längst zu Hause sein.«

»Warte mal, ich frage Marie, ob sie ihn gesehen hat.«

Gleich darauf vernahm sie wieder Noras Stimme. Sie klang beunruhigt. »Caroline? Marie sagt, sie hätte gesehen, wie Josh von einem Mann vor der Schule abgeholt worden ist. Sie haben sich umarmt, und Josh ist mit ihm weggefahren. Kann das sein Vater gewesen sein?«

Caroline war bleich geworden. Nachdem sie wochenlang nichts von Sam gehört hatte, war sie überzeugt gewesen, dass er die Situation endlich akzeptiert hatte. Und nun das.

»Gibt mir bitte mal Marie, ja?«

Als Marie ans Telefon kam, ließ sich Caroline eine Beschreibung geben. Sie schloss die Augen. Josh war tatsächlich bei Sam. Was hatte er vor? Sie versuchte ruhig zu bleiben. Er würde seinem Sohn nichts tun ...

Marie hatte den Hörer wieder Nora gereicht.

»Können wir irgendetwas tun, Caroline?«

»Nein, danke, Nora. Ich weiß noch gar nicht, was ich tun kann. Schließlich hat er ein Recht darauf, seinen Sohn zu sehen. Ich denke, ich werde mich mit meinem Anwalt beraten, welche Möglichkeiten ich habe. Bis später.«

Caroline legte auf und ließ die Schultern hängen. Ihr Blick fiel erneut auf den geschmückten Geburtstagstisch, doch sie war zu geschockt, als dass sie in Panik verfallen wäre. Sie fühlte sich traurig und leer. In ihrem tiefsten Inneren war ihr klar gewesen, dass Sam nicht klein beigeben würde, doch sie hatte dieses Gefühl stets verdrängt und sich nur auf ihren Neuanfang in Cameron Downs konzentriert. Fast ein wenig ungläubig hatte sie registriert, dass alles wie am Schnürchen lief. Josh lebte sich gut ein, fand neue Freunde und hatte Spaß in der Schule, ihre kleine noch leicht veraltet eingerichtete Zahnarztpraxis ging hervorragend, sodass sie schon Pläne für eine neue Ausstattung geschmiedet hatte. Sie fühlte sich frei und unabhängig. Darüber hinaus gab ihr die Nähe zu Tom und seiner Familie Sicherheit.

Und jetzt das – Sam verschwand mit Josh an seinem Geburtstag.

Nora verbrachte die nächsten Stunden eher geistesabwesend. Der Gedanke an Caroline und Josh ließ ihr keine Ruhe. Zwei Stunden vor der Geburtstagsparty rief sie ihre Schwägerin an und erfuhr, dass der Junge noch immer nicht zu Hause war. Caroline schien wie erstarrt, sie war unfähig, irgendetwas Vernünftiges in die Wege zu leiten. Nora beschloss, mit den Mädchen früher als beabsichtigt zu ihr zu fahren. Ehe sie aufbrachen, informierte sie Tom in der Klinik. Er war bestürzt.

»Wir müssen ihn suchen. Womöglich ist er mit dem Jungen schon auf dem Weg nach Cairns. Wer weiß, wie es in Queensland für Caroline mit dem Sorgerecht aussieht.« Er machte eine Pause. »Pass auf, Nora. Ich sehe zu, dass ich Jason zu Hause erwische. Vielleicht kann er mich hier eher ablösen. Du sagtest, Marie hätte das Auto gesehen? Kann sie den Wagen beschreiben? Wenn wir auch keine offizielle Polizeiaktion daraus ma-

chen können, so kann ich doch über den RFDS einen Funkspruch absetzen, dass die Flugzeuge der Umgebung Bescheid geben sollen, wenn sie ihn entdecken. Es ist schließlich keine Saison für Touristen und wenig los auf den Straßen. Wir könnten also Glück haben.«
Nora gab ihm Maries Beschreibung des Fahrzeugs und verabschiedete sich. Immer noch ernst, aber doch schon etwas zuversichtlicher griff sie nach ihrer Jacke und zog sie an. Ihr Schwangerschaftsbauch ließ es mittlerweile nicht mehr zu, sie zu schließen, also blieben die unteren Knöpfe offen. Sie sah sich im Spiegel und seufzte unwillkürlich. Dann straffte sie die Schultern und ging zur Tür. Bald war es geschafft.

Der Wagen fuhr immer weiter, und Josh setzte sich plötzlich unruhig auf. Cameron Downs hatten sie schon weit hinter sich gelassen.
»Dad, wohin fahren wir denn?« Er sah auf die Uhr. »Ich muss doch um vier zurück sein, wenn alle zu meiner Party kommen.«
Sam unterdrückte seinen Unmut darüber, dass es Josh bereits jetzt schon nach Hause zog. »Freust du dich denn gar nicht, dass ich da bin und wir was unternehmen?«
Josh biss die Zähne zusammen und nickte. »Doch, natürlich.«
Er sah aus dem Fenster. Sie fuhren in Richtung Broken Hill. Wenn sein Vater dorthin wollte, würden sie es nie pünktlich zurück zur Party schaffen.
Er schwitzte plötzlich, als ihm klar wurde, dass seine Mutter nichts von diesem Ausflug wissen konnte, denn die Party hätte sie niemals sang- und klanglos platzen lassen. Verstohlen musterte er seinen Vater, der ihm mit einem Mal ganz fremd vorkam. An der nächsten Tankstelle blieb er bewusst im Wagen, als

sein Vater zur Toilette ging. Nachdem dieser außer Sichtweite war, nahm er sein Handy und wollte seine Mutter anrufen. Gleich darauf entdeckte er enttäuscht, dass der Akku noch nicht betriebsbereit war. Hektisch steckte er das Mobiltelefon wieder ein und sah sich um. Noch während er überlegte, ob er von der Tankstelle aus telefonieren könnte, kam sein Vater zurück.

Sam beugte sich durch das geöffnete Fenster und sah Josh fragend an. »Willst du dir gar nicht die Beine vertreten?«

Der Junge schüttelte den Kopf.

»Und Hunger hast du auch nicht? Wir könnten eine Kleinigkeit essen. Es sieht sehr nett da drinnen aus.«

Josh überlegte nicht mehr lange und stieg aus. »Doch, Hunger hab ich.«

Sam lachte und fuhr ihm durchs Haar. »Na dann komm. Du hast die freie Auswahl.«

Sie ließen sich an einem Tisch in einer Fensternische nieder und gaben schon nach kurzer Zeit ihre Bestellung auf. Während sie auf das Essen warteten, kam die Unterhaltung zwischen ihnen nur schleppend in Gang. Josh fühlte sich unwohl. Auf der einen Seite trauerte er in durchaus kindlicher Manier seiner Party nach, auf der anderen Seite spürte er fast so etwas wie Gefahr, die von Sam ausging. Wenn es auch keine körperliche Gefahr war, so hatte sein Vater doch dafür gesorgt, dass er, Josh, nicht mehr bei seiner Mutter war, bei der er sich immer sicher gefühlt hatte. Instinktiv ahnte er jedoch, dass es besser war, jetzt nicht nach ihr zu jammern. Er wusste durchaus noch, dass sein Vater sehr aufbrausend sein konnte.

Sie schauten auf, als ein riesiger Roadtrain ein wenig abseits anhielt. Der Fahrer, ein kräftiger Mann in Jeans und Cowboystiefeln, schlenderte auf das Lokal zu. Plötzlich blieb er stehen und

betrachtete Sams Wagen. Sam sah es und wurde aufmerksam. Dann ging der Fahrer weiter. Ehe Sam noch darüber nachdenken konnte, was das zu bedeuten hatte, wurde das Essen serviert. Hungrig machte sich Josh über seine Pommes frites her.
Der Fahrer des Roadtrain kam herein und grüßte die Bedienung hinter der Theke. Sie schienen sich zu kennen und scherzten miteinander. Der Mann lümmelte sich auf einen Barhocker und bestellte etwas zu essen.
Sam hatte zwar bemerkt, wie still Josh geworden war, aber er hatte keine Ahnung, wie er die fröhliche Anfangsstimmung ihres Ausflugs wiederherstellen konnte. Zunehmend empfand er auch Verärgerung darüber, dass Josh es nicht mal ein paar Stunden ohne seine Mutter aushielt. Wieder einmal fühlte er sich ausgegrenzt und zurückgewiesen. Die Vorstellung, dass nun möglicherweise sein Schwager Tom eine engere Beziehung zu Josh hatte als er selber als Vater, machte ihn wütend. Er riss sich zusammen und fragte: »Wer soll denn eigentlich zu deiner Party kommen?«
Josh leckte etwas Ketchup von seiner Fingerspitze ab, ehe er seinen Vater anschaute.
»Robert, Jacob, Lewis und Tony aus meiner Klasse, und natürlich Onkel Tom und Nora mit Marie und Sophie.«
Sam nickte verkniffen. »Natürlich.« Nicht einmal sein Sohn hatte daran gedacht, ihn überhaupt einzuplanen.
Josh lehnte sich zurück, griff nach seinem Becher und trank einen Schluck. Schon wieder hatte er das Gefühl, etwas Falsches gesagt zu haben. Aber sein Vater hatte doch gefragt. Ein wenig trotzig wandte er sich erneut seinem Teller zu. Beide bemerkten nicht, dass der Fahrer des Roadtrain ihnen hin und wieder einen Blick über die Schulter zuwarf. Er war mit seinem Imbiss eher

fertig als die beiden, zahlte, scherzte nochmals mit der Bedienung und verließ dann das kleine Restaurant.
Josh beobachtete kauend, wie er die Stufen zum Fahrerhaus hinaufstieg und wie sich das riesige Gefährt wenig später in Bewegung setzte. »Sieh mal, Dad! Was für ein Truck!«
Sam nickte geistesabwesend. Er grübelte. Warum schien er so unwichtig für seinen Sohn zu sein? Bitterkeit stieg in ihm auf. Caroline hatte ganze Arbeit geleistet. Sie hatte ihm Josh regelrecht abspenstig gemacht und dafür gesorgt, dass er ihn nicht vermisste. Der Junge musste zur Abwechslung einmal nur Zeit mit ihm verbringen, dann würde sich das ändern.

Der Fahrer des Roadtrain war gerade wieder auf der Straße, als er zum Funkgerät griff und die Zentrale des RFDS in Cameron anfunkte. Er fuhr regelmäßig dieselbe Strecke und kannte sich gut aus. Als sich jemand meldete, erklärte er die Situation.
»Ich hab vorhin euren Funkruf wegen des blauen Toyotas, der gesucht wird, gehört. Wenn es ein Mann und ein kleiner Junge sind, nach denen ihr Ausschau haltet, die hab ich gerade beim Essen gesehen. Der Wagen stand an der Tankstelle, und die beiden waren im Mannaringa Field Inn.«
Zufrieden verabschiedete er sich, stellte die Musik lauter und fuhr weiter.

Tom wollte gerade die Klinik verlassen, als ihn der Anruf aus der Zentrale erreichte. Sekundenlang starrte er nach dem Gespräch aus dem Fenster. Wie verdammt noch mal kam er jetzt so schnell nach Broken Hill? Wenn er noch lange wartete, wäre Sam außer Reichweite. Er sah auf, als draußen Phil vorbeiging, der seinen Dienst ebenfalls gerade beendet hatte. Eilig lief Tom ihm nach.

»Phil?«
Der Pilot drehte sich um, sah Tom und tat so, als wollte er flüchten. »Keine Chance, Tom! Ich hab Dienstschluss.«
Tom holte ihn ein und schilderte ihm die Situation. Phil nahm seine Baseballkappe ab und fuhr sich durch das kurze graue Haar. Er überlegte. »Hm. Die RFDS-Kingair scheidet aus.«
Tom war ungeduldig. »Das weiß ich selbst. Es liegt ja kein dienstlicher Einsatz vor.«
Phil ging zum Parkplatz weiter, und Tom folgte ihm. Schließlich sah er entschlossen aus. »Wir treffen uns am Flugplatz. Jacob McAllister schuldet mir noch was … Ich versuche mir seine Cessna auszuleihen, okay? Aber du holst Caroline. Ohne sie als Mutter haben wir keine Chance, den Jungen zu kriegen.«
Tom schlug ihm erleichtert auf die Schulter. »Danke, Phil. Wir sind so schnell wie möglich dort.« Damit lief er zu seinem Wagen und fuhr los.

Nach einem weiteren Blick auf die Uhr ging Nora zu Caroline, die verstört und unruhig auf und ab lief. Behutsam legte sie ihr einen Arm um die Schultern. »Caroline, soll ich die Party absagen?«
Caroline schüttelte den Kopf.
»Aber was willst du denn den Kindern sagen? In zwei Stunden stehen die Jungs vor der Tür.«
Beide sahen auf, als draußen ein Wagen hielt.
»Das ist Tom!« Nora lief zur Tür und öffnete.
Tom küsste sie rasch und blieb dann vor seiner Schwester stehen. Er hatte es eilig. »Los, Caroline, hol deine Jacke, am Flugplatz wartet Phil auf uns. Wir haben einen Hinweis bekommen,

dass Sam mit Josh auf dem Weg nach Broken Hill ist. Wenn wir uns beeilen, sind wir vor ihm dort und können verhindern, dass er mit ihm nach Queensland oder wer weiß wohin abhaut.«

Caroline sprang auf und suchte schnell ihre Sachen zusammen. Tom zog Nora unterdessen an sich. »Kriegst du das hier allein hin?«

Sie nickte. »Ja. Findet nur Josh wieder, okay?«

Er küsste sie und lief mit Caroline zum Wagen.

Nora schaute ihnen nach. Dann zog Sophie an ihrer Jacke. Sie nahm die Kleine auf den Arm und drückte sie an sich. »Na du?« Sie sah sich suchend nach Marie um, die abseits im Türrahmen von Joshs Zimmer lehnte und einen verstörten Eindruck machte. Nora streckte ihre freie Hand aus. »Marie, komm her.«

Sie ließ sich ebenfalls in den Arm nehmen. An Nora geschmiegt, fragte sie: »Ist Joshs Vater böse? Ich meine, warum haut er denn einfach mit ihm ab?«

»Er ist nicht böse, mein Schatz. Er ist wahrscheinlich wütend und traurig, dass er Josh kaum noch sieht. Schau, Papa und ich haben in Hamburg auch um euch gestritten. Es ist einfach unheimlich traurig, wenn eine Familie auseinander bricht, aber manchmal verändern sich Vater oder Mutter und passen nicht mehr gut zusammen. Und dann geht es nicht anders. Oft dauert es lange, bis eine gute Lösung für alle gefunden wird. Ich schätze, das wird bei Caroline, Sam und Josh noch ein Weilchen dauern.« Sie setzte Sophie wieder ab, schaute erneut auf die Uhr und klatschte kurz in die Hände. »Was meint ihr? Zum Absagen der Party ist es jetzt zu spät. Kriegen wir ein eigenes Programm zu Stande, das Caroline und Josh nicht dumm dastehen lässt? Marie, hilfst du mir?«

Caroline zog ihre Jacke enger um sich und lauschte dem Vibrieren der in die Jahre gekommenen Cessna. Sie fröstelte. Die Angst um Josh und vor der Begegnung mit Sam lähmte sie förmlich. Tom saß vorne bei Phil und beobachtete die Straße unter sich. Caroline war froh über die Unterstützung durch ihren Bruder, fürchtete aber, dass er mit seiner Ader für Gerechtigkeit Sam allzu forsch gegenübertreten und diesen damit zu etwas Unüberlegtem oder Schlimmem provozieren könnte. Mit einem Schaudern erinnerte sie sich an Sams Jähzorn. Was, wenn er sich und Josh etwas antat, nur um sie, Caroline, zu treffen?
»Da unten! Das müssen sie sein!« Tom hatte sich zu ihr umgedreht und deutete aufgeregt auf die Straße. Caroline löste den Sicherheitsgurt und beugte sich ins Cockpit. Tom sah gerade zu Phil. »Kannst du da runtergehen?«
Caroline wartete seine Antwort gar nicht ab. »Wir gehen da jetzt keinesfalls runter!« Ihre Stimme klang plötzlich fest, als sie ihren Bruder anschaute. »Sam würde ausflippen, wenn ausgerechnet du wie James Bond im Flugzeug vor seiner Nase auf der Straße landen und deinen Neffen einfordern würdest.«
Tom sah verdutzt aus, und Phil unterdrückte ein Grinsen.
»Ich denke, Caroline hat Recht. Er könnte erschrecken und das Steuer verreißen, oder er würde in Panik wenden und fliehen, oder er flippt aus und nimmt den Kleinen als Geisel.«
Tom schwieg. Es war ihm anzusehen, dass er ungern Zeit verstreichen ließ. Dann blickte er von einem zum anderen. »Also, was schlagt ihr vor?«
Phil rückte seine Kopfhörer zurecht. »Wir sind kurz vor Broken Hill. Ich gehe jede Wette ein, dass er dort den Wagen am Flughafen abgeben und versuchen wird, einen Flug zu kriegen. Ich schlage vor, wir landen in Broken Hill und erwarten ihn unauf-

fällig am Flughafen. Vielleicht entdeckt uns Josh dort und läuft einfach zu uns ... Das wäre allemal besser als ein Wahnsinnsaufstand, oder?«

Caroline nickte. »Einverstanden, Phil. Ich kenne Sam, wenn der sich in die Ecke gedrängt fühlt, verliert er die Nerven.«

Tom zögerte noch. »Und wenn er in Broken Hill nicht zum Flugplatz fährt? Wenn er stattdessen ein Hotel sucht? Dann finden wir ihn so schnell nicht wieder.«

Caroline schluckte, hob dann aber ihr Kinn. »Das Risiko muss ich eingehen, denn wenn wir ihn jetzt dort unten mit dem Flugzeug bedrängen, bringen wir Josh viel eher in Gefahr.«

Tom lenkte ein. »Gut, wenn ihr meint, dann machen wir es so.«

Phil drehte sich zu Caroline um. »Schnall dich wieder an, ja? Wir landen in ein paar Minuten.«

Sie ließ sich auf ihrem Platz nieder und griff nach den Gurtenden, um die Schnalle einrasten zu lassen. Ihre Gedanken waren schon in Broken Hill. Sie hoffte inständig, dass alles gut gehen würde. Ihr Herz schlug schneller, als sie schließlich gelandet waren und das Flugzeug verließen.

Josh war eingeschüchtert, als er sich am Flughafen wiederfand. Auch wenn sein Vater ihm klar zu machen versucht hatte, dass sie beide mehr Zeit miteinander verbringen müssten, wusste er instinktiv, dass diese Reise nicht mit seiner Mutter abgestimmt sein konnte. Tapfer biss er die Zähne zusammen, als ihm ein Blick auf seine Armbanduhr verriet, dass in einer Stunde seine Party beginnen sollte. Was würden seine Freunde von ihm denken? Er senkte den Kopf. Mum musste sich doch auch Sorgen machen. Er wollte nur noch heim, aber er hatte Angst vor sei-

nem Vater und seiner aufbrausenden Art. Bestimmt wäre er sauer und würde behaupten, dass er, Josh, wohl keine Lust mehr hätte, Zeit für ihn aufzubringen, dass ihm andere Dinge wichtiger seien. Unruhig trat er von einem Bein auf das andere. Sam, der mit der Abwicklung der Mietwagenrückgabe beschäftigt war, bemerkte es und setzte seinen Stift ab.
»Josh, musst du mal aufs Klo?«
Er wollte schon den Kopf schütteln, dann aber nickte er. Sam wies ihm den Weg und wandte sich wieder dem Ausfüllen des Formulars zu.

Caroline hielt Tom am Arm zurück. »Warte noch, bis er drinnen ist.«
Kurze Zeit später war Josh fertig und setzte sich einen Moment auf den geschlossenen Deckel in seiner Kabine. Müde und ratlos fuhr er sich mit den Handrücken über die Augen. Er wusste nicht mehr ein noch aus. Erschrocken zuckte er zusammen, als eine Stimme vor der Tür seinen Namen rief. Er öffnete und stand gleich darauf völlig perplex vor seinem Onkel. »Onkel Tom, was machst du denn hier?«
Tom drückte ihn erleichtert an sich. »Das Gleiche könnte ich dich auch fragen, Josh. Komm schnell mit, deine Mum ist auch hier.«
Er war nervös, denn jeden Moment konnte Sam hier auftauchen. Vorsichtig öffnete er die Tür und sah zum Schalter der Autovermietung. Sam schob gerade das Formular mitsamt den Schlüsseln über den Tresen. Eilig verließ Tom mit dem Jungen die Toilette und ging in die entgegengesetzte Richtung. Hinter einer Biegung trafen sie Caroline. Josh stürzte in ihre Arme, und sie hielt ihn einfach nur fest. Während ihre Hände über sein

dunkles Haar strichen, konnte sie die Tränen nur mühsam zurückhalten.

Tom sah sich um. »Wo steckt Phil? Sam wird sich gleich auf die Suche nach Josh machen.«

Caroline holte zitternd tief Luft. »Er wollte das Auftanken überwachen und die Cessna klarmachen.«

Josh löste sich von ihr und schaute von einem zum anderen. »Was ist mit Dad?«

Tom drängte zum Ausgang und mahnte die beiden zur Eile. »Erst mal sollten wir hier raus, dann sehen wir weiter.«

Am Flugzeug trafen sie Phil, der Josh erleichtert begrüßte. Tom blieb vor seiner Schwester stehen. »Willst du mit Sam reden? Soll ich mitkommen?«

Sie zögerte. Eigentlich wäre es nur fair, wenn sie mit Sam sprach. Doch war er fair gewesen? Hatte er mit ihr gesprochen, ehe er mit Josh weggefahren war? Was, wenn er dort in der Halle eine Szene machte, herumschrie oder sie schlug? Konnte er gar ihren Heimflug nach Cameron noch verhindern? Die Angst überwog schließlich. »Ich will nur noch hier weg.«

Josh zerrte an ihrem Ärmel. »Aber Mum, Dad wird denken, ich bin vor ihm weggelaufen.«

Sie legte einen Arm um ihn. »Möchtest du wieder nach Hause, Josh?«

Er nickte.

»Dann müssen wir jetzt fliegen. Ich werde Dad anrufen und ihm sagen, dass du nicht fortgelaufen bist, sondern nur zu deiner Geburtstagsparty wolltest, okay?«

Als das Flugzeug wenig später die Landebahn entlangrollte, hielt sie seine Hand. Obwohl sie überglücklich war, ihren Sohn wieder bei sich zu haben, kam sie sich feige vor. Wie musste Sam sich fühlen, wenn er Joshs Verschwinden bemerkte? Würde er einen Aufstand machen? Ihre Vorstellungskraft ließ seine geballte Wut vor ihr lebendig werden. Angst machte sich in ihr breit – Angst davor, dass er jederzeit wieder in Cameron auftauchen würde, und Angst davor, dass er Josh erneut entführen könnte. Musste sie von nun an mit dieser Sorge leben?

40

Drei Wochen später stieß Nora einen erstickten Schrei aus, während sich ihr kleiner Sohn seinen Weg auf die Welt bahnte. Tom fühlte sich neben ihr wie ein Tiger im Käfig. Auch wenn er schon Hunderten von Kindern auf die Welt geholfen hatte, war das hier etwas vollkommen anderes. Hier hatte seine eigene Frau stundenlang gelitten, gekämpft und geatmet, damit sein Sohn geboren werden konnte. Bill hatte darauf bestanden, dass er die Geburt betreute und Tom nur als Vater anwesend war. Jetzt, im Nachhinein, war Tom froh darüber.
Bill legte den Kleinen in Noras Arme und genoss einen Moment den Anblick, der sich ihm bot. Beide Eltern beugten sich staunend über das Kind. Tom standen Tränen in den Augen, während Nora zärtlich ihre Finger über die runden Babywangen gleiten ließ und den kräftigen Jungen ungläubig ansah. Auch nach der vierten Entbindung kam es ihr wie ein Wunder vor. Als sie Tom anschaute, ließen seine Augen sie nicht mehr los. Er nahm ihre Hand und legte sie an seine Wange. Er musste nichts sagen, denn wie immer stand alles in seinem Blick.
Bill war berührt. Selten zuvor hatte er seinen Kollegen derart ergriffen erlebt. Ein wenig verlegen stellte er sich neben ihn. »Tom, du möchtest ihn doch sicher selbst abnabeln, oder?«
Nora lachte leise. »Wenn er dazu noch imstande ist. Er scheint ja ganz hingerissen von dem Kleinen.« Sie schaute ihn liebevoll an. Bill grinste, während er seinem Kollegen zusah.
»Wie soll er denn heißen, der kleine Bursche?«
Die Nabelschnur war abgeklemmt, und Tom nahm das Baby hoch. Er sah fragend zu Nora, die ihm aufmunternd zunickte.

Daraufhin drehte er sich mit dem Kind zu Bill. »Er heißt Steven. Steven Morrison.«
Lisa kam mit einem rollbaren Babybett ins Entbindungszimmer, das sie neben den Wickeltisch stellte. »Steven. Was für ein schöner Name. Gibst du ihn mir, Tom? Er soll nicht frieren. Ich wiege und messe ihn rasch, dann bekommt ihr ihn angezogen zurück.«
Während Nora von Bill genäht wurde, setzte sich Tom zu ihr und hielt ihre Hand. Nora biss bei jedem Stich, den Bill machte, die Zähne zusammen. Trotzdem war sie glücklich. Sie verspürte unendliche Erleichterung, dass sie es geschafft hatte. Sie war grenzenlos dankbar, noch ein gesundes Kind bekommen zu haben, und sie liebte Tom.

Die nächsten Wochen führten Nora dann aber an ihre Grenzen. Steven war ein unruhiges und empfindliches Kind, das kaum einmal länger als drei Stunden hintereinander schlief und ganze Nächte hindurch schrie. Organisch fehlte ihm nichts. Er war das, was man im Allgemeinen als Schrei- oder Kolikbaby bezeichnete. Körperlich selbst erschöpft, fiel es Nora immer schwerer, ihren beiden Töchtern gerecht zu werden. Über diese Erschöpfung hinaus machte das Baby es unmöglich, sich täglich ausgiebig um die Mädchen zu kümmern.
Sophie zeigte alle normalen Anzeichen von Eifersucht und wollte »wie das Baby« versorgt werden, was hieß, dass sie wieder rund um die Uhr gewickelt werden musste, obwohl sie es zuvor schon öfter aufs Töpfchen geschafft hatte. Marie hatte sich über das Brüderchen gefreut, dann aber schnell festgestellt, wie unruhig das Familienleben geworden war. Sie spürte die Müdigkeit und Reizbarkeit ihrer Mutter und nutzte jede sich bietende

Möglichkeit, sich in den Reitstall zu verziehen. Nora wusste, dass sie über die schulische Situation ihrer ältesten Tochter momentan nicht im Bilde war, und sie litt darunter, es wieder einmal nicht allen recht machen zu können. Mehr als einmal fragte sie sich, wie es andere Familien mit mehreren Kindern schafften, diesen Anforderungen zu genügen.

Nichts fehlte ihr mehr als Schlaf. Sie hätte nie gedacht, dass man sich so sehr nach Schlaf sehnen konnte. Steven schrie so oft, dass nach einigen Wochen auch nur ein harmloses Knacken des Babyfons Schweißperlen auf ihre Stirn trieb und ihre Handflächen feucht werden ließ. Bleich und abgespannt vernahm sie bei Kinderarztterminen die Erzählungen anderer Mütter, die stolz berichteten, dass ihre Babys sich nur noch einmal pro Nacht »meldeten«, gestillt wurden und wunderbar weiterschliefen.

Sie hätte Steven auch gerne viermal pro Nacht gestillt, wenn er dann nur ein einziges Mal weitergeschlafen hätte. Aus purer Angst vor seinen Koliken aß sie nicht das Geringste, was diese auslösen konnte. Doch auch wenn sie kaum noch etwas zu sich nahm, schrie er. Selbst Tom war ratlos. Er erkannte, wie sehr sich die Mädchen zurückgesetzt fühlten, und doch hatte auch er keine Lösung parat. Sein Schichtdienst in der Klinik zwang ihn dazu, Nora oft allein zu lassen. Selbst wenn Lisa neben ihrem Job in der Klinik ihre Hilfe anbot oder auch Caroline ab und zu einsprang, waren es immer nur kleine Verschnaufpausen innerhalb dieses Vierundzwanzig-Stunden-Tages für Nora. Am meisten litt sie jedoch darunter, Marie und Sophie nicht mehr die gewohnte Aufmerksamkeit schenken zu können. Sie wollte ihre Mädchen durch den Tag begleiten, sie wollte ihnen zeigen, wie wichtig sie ihr waren. Und doch wurden Unterhaltungen, Hausaufgaben oder Bastelarbeiten immer wieder unterbrochen, weil das Baby schrie. Scherzhaft hatte sie einmal zu Tom gesagt, wie sehr es sie überrasche, dass Steven überhaupt zunehme und bei all der Schreierei offenbar prächtig gedeihe.

Wie sie es zuvor befürchtet hatte, blieb praktisch keine Zeit für ihre Ehe. Alles drehte sich um die Kinder, die Wäscheberge und den Haushalt. Unglücklich mit der momentanen Situation erinnerte sie sich an die Einzigartigkeit ihrer Liebe zu Tom. Das wortlose Verstehen, das zwischen ihnen geherrscht hatte. Der intensive Blickkontakt, der bereits genügt hatte, um winzige Schwingungen zwischen ihnen in Gang zu setzen. Was war davon übrig geblieben? Wieder einmal drohten diese Gefühle im Alltagseinerlei und im Stress unterzugehen. Alarmiert fragte sie sich mehr als einmal, ob sie und Tom unbemerkt dabei waren, sich ebenfalls so auseinander zu leben, wie sie und Max das getan hatten. Verzweifelt versuchte sie dagegen anzukämpfen. Sie musste es einfach schaffen, alles in den Griff zu bekommen.
Irgendwann würden die Schreiphasen aufhören. Doch selbst wenn sie es tatsächlich einmal geschafft hatte, für sich und Tom abends etwas Besonderes zu kochen, war sie so müde, dass sie mit der Gabel in der Hand am Tisch einschlief. Ihre Erschöpfung war nicht zu übersehen, und Tom versuchte mehr als einmal sie zu einer Haushaltshilfe zu überreden. Nora wusste aber, dass sie sich eine solche Hilfe nach dem Anbau kaum leisten konnten. Außerdem sah sie ihre Abgespanntheit als persönliches Versagen. Mein Gott, andere Frauen bekamen auch Kinder und gingen nicht derartig unter. Sie mochte sich nicht vorstellen, was auf den umliegenden Farmen geredet werden würde, wenn bei Dr. Morrison eine Haushaltshilfe eingestellt werden müsste.

41

Caroline hatte wieder Vertrauen in ihr neues Leben gefasst. In den vergangenen Wochen hatte sie nur wenig von Sam gehört. Die Korrespondenz lief ohnehin über die Anwälte, und sie war froh, sich nicht ständig mit Sam und seinen Vorwürfen auseinander setzen zu müssen.
Das erste Telefonat, nachdem sie Josh am Flughafen von Broken Hill abgefangen hatten, war schrecklich gewesen. Sam hatte getobt, geschrien und sich zutiefst ungerecht behandelt gefühlt. Natürlich hatte er den ganzen Flughafen mobil gemacht, als ihm Joshs Verschwinden aufgefallen war.
Caroline hatte in der ersten Zeit danach kaum Ruhe gefunden. Die Angst, Sam könnte ihr Josh erneut einfach wegnehmen, hatte sich wie ein Stachel in ihr festgesetzt und ließ sie auch jetzt noch häufig in Albträumen alles noch einmal durchmachen. Ihr Leben war nun komplett durchorganisiert. Es sollte Sam nicht noch einmal möglich sein, Josh allein abzufangen. Einerseits war sie froh darüber, dass er sich kaum mehr meldete, andererseits nagte die Angst an ihr, dass er nur auf den richtigen Moment wartete.
Die Geburt von Noras und Toms Sohn Steven lenkte sie jedoch ab. Sie freute sich mit ihnen und half, wo sie nur konnte, auch wenn ihre mittlerweile gut laufende Praxis ihr dafür nur wenig Zeit ließ.

Nora hielt durch. Immer wieder in den folgenden vier Monaten war sie der Verzweiflung nahe, aber irgendwann – sie wusste nicht, ob es nur die Routine war, die einkehrte, oder ob sie sich an den Schlafmangel gewöhnt hatte – wurde es besser. Eines Tages betrachtete sie sich kritisch im Spiegel. Sie war sehr schmal geworden, was sie freute, doch ansonsten bot sie mit den glatt zurückgebundenen Haaren und den typischen Babyspuckflecken auf der Schulter ihres Sweatshirts kein umwerfendes Bild. Sie schenkte sich ein aufmunterndes Lächeln und stellte fest, dass müde Knitterfältchen und dunkle Schatten unter den Augen ein Übriges taten. Nein, so hatte sie sich ihr Leben hier nicht vorgestellt. Sie bekam kaum etwas mit von diesem Land und seinen Menschen, von Toms Arbeit, von der Kultur der Aborigines, die sie einmal so fasziniert hatte. Wie lange schon lagen jetzt ihre begonnenen Notizen über die Erzählungen der Aborigines unvollendet in der Schreibtischschublade?

Doch wie auch schon in Deutschland hatte sie Schuldgefühle bei diesen Gedanken. Sie liebte ihre Kinder, und sie liebte Tom. Musste diese Liebe nicht ausreichen, um sie zu einem restlos glücklichen Menschen zu machen? Warum war sie so ungeduldig und erwartete offenbar immer zu viel vom Leben?

Sie schüttelte unzufrieden mit sich selbst den Kopf und begann herumliegende Schmutzwäsche von Marie einzusammeln. Obwohl ihre Tochter eine gute Reiterin war, der mittlerweile dann und wann selbst schwierigere junge Pferde anvertraut wurden, war sie offenbar nicht in der Lage, ihre Wäsche in den dafür vorgesehenen Korb zu bringen. Nora rang sich seufzend ein Lächeln ab, als sie an Niklas dachte. Bei ihm war es genauso gewesen.

Wahrscheinlich waren Kinder auf der ganzen Welt so. Während sie eine Plastikwanne vor die Waschmaschine stellte und die fertig gewaschene nasse Wäsche hineingab, überschlug sie in Gedanken den Zeitraum, den sie dies nun auch noch für Sophie und Steven würde tun müssen. Sie schob die Wanne beiseite und zog sich einen vorsortierten Korb mit Schmutzwäsche heran, die sie jetzt in die Maschine warf. Sie hielt inne, als sie einen winzigen weichen Babypullover in der Hand spürte. Unbewusst drückte sie ihr Gesicht in den dunkelblauen Nicki-Stoff und atmete den Babyduft ein. Sie liebte ihre Kinder. Warum nur fiel es ihr so schwer, sich mit den alltäglichen Aufgaben, die nun einmal dazugehörten, abzufinden? Sie warf den Pulli entschlossen in die Maschine. Weil diese Aufgaben einfach nie aufhörten. Weil nie ein Ende abzusehen war. Weil jeden Tag – auch Samstag und Sonntag – alles wieder von vorne anfing. Dabei gingen ihr doch noch so viele Dinge im Kopf herum. Themen, die sie interessierten, Gedanken, die sie gerne weiterverfolgen würde Bücher, die sie begeisterten. Und für nichts davon war mehr Zeit.

Sie schloss die Maschinentür und zog das Waschmittelfach auf. Mechanisch griff sie nach einer Flasche, die auf einem Regal über dem Gerät stand, schraubte sie auf und füllte das Mittel ein. Sie glaubte, dass sie selbst mit geschlossenen Augen die richtige Menge würde dosieren können. Sie stellte die Flasche zurück, schob das Fach zu und drückte eine Taste. Summend startete der erste Waschgang. Sie klopfte leicht mit der Hand auf die Maschine. »Wenigstens *du* hast nichts zu meckern.« Nora griff nach dem Babyfon und hakte es an den Hosenbund, dann nahm sie den Korb mit der nassen Wäsche und ging zur Verandatür. Ihr Blick streifte den Frühstückstisch und die unordentliche Küche, die Tom und Marie heute früh hinterlassen hatten. Hoffentlich gab Steven noch ein paar Minuten Ruhe, damit sie die Wäsche aufhängen und ein wenig Ordnung schaffen konnte. Sie hatte jedoch erst die Fliegentür passiert, als das Babyfon knackte und anhaltendes Babygeschrei übertrug. Müde und resigniert stellte Nora den Korb auf dem Tisch ab und ging ins Haus zurück. Wie konnte dieses Baby nur mit so wenig Schlaf auskommen? Stundenlang hatte es in der Nacht wieder gequengelt und geschrien. Sie sah müde auf die Uhr. Acht Uhr dreißig. Ihre Augen brannten. Gerade einmal drei Stunden hatte Ruhe geherrscht. Sie ging an Sophies Zimmertür vorüber. Wenigstens die Kleine schlief noch.

In Stevens Zimmer trat sie an seine Wiege und nahm ihn auf den Arm. Mit ein paar zitternden Schluchzern verstummte das Baby und sah sie aus großen blanken Augen an. Nora drückte ihr jüngstes Kind sacht an sich. Ihre Lippen strichen über den zarten Haarflaum des Babyköpfchens und flüsterten beruhigende Koseworte. Sie ging quer durch sein Zimmer zum Fenster. Während sie die Vorhänge beiseite zog und gerade die Wickelkommode ansteuern wollte, hörte sie Sophie rufen. Also ging sie mit Steven auf dem Arm ins Nebenzimmer. Das kleine Mädchen stand offensichtlich munter und ausgeruht in seinem Gitterbett und streckte ihr unternehmungslustig die Arme entgegen.

»Mama! Mama, komm!«

Nora umfing sie mit ihrem zweiten Arm und hob sie aus dem Bett. »Na, meine Süße? Hast du schön geschlafen?« Dann setzte sie sich auf einen Sessel, der hinter der Tür stand, und schaute mit einem Anflug von Galgenhumor von einem Kind zum anderen. »Und jetzt? Wer von euch beiden hat mehr in der Windel?«

42

Tom ließ sich neben Nora auf dem Sofa nieder und griff nach der Fernbedienung, um den Fernseher einzuschalten. Interessiert verfolgte er die Abendnachrichten. Im Landesinneren waren die ersten Buschfeuer des Jahres ausgebrochen. Unwillkürlich warf er einen Seitenblick auf Nora, die überraschenderweise ruhig blieb, obwohl sie auf dieses Thema doch immer so besorgt reagiert hatte. Ihr rechter Ellbogen war auf der Sofalehne abgestützt, und die rechte Hand hielt ihr Kinn. Als er genauer hinsah, bemerkte er, dass sie schon schlief. Doch ein wenig enttäuscht, dass sie nicht einmal die Nachrichten durchgehalten hatte, griff er nach einem leichten Plaid, um sie zuzudecken. Blinzelnd wurde sie wach und gähnte. »Ich muss wohl schon eingenickt sein.« Sie sah zur Uhr und grinste. »Ein neuer Rekord.«
Tom nahm einen Schluck Bier. »Unser Junior schafft dich, was?«
Nora zuckte mit den Schultern. »Ach, im Moment schafft mich alles hier. Es ist fast unmöglich, allen gerecht zu werden.«
Tom stellte den Ton des Fernsehgeräts leiser. »Das klingt ziemlich entmutigt. Meinst du nicht, wir sollten uns doch um ein wenig Hilfe kümmern?«
Nora schüttelte den Kopf. »Nein. Sosehr ich mich manchmal danach sehne, ich will es allein schaffen.« Sie zog eine Grimasse. »Es kann ja nur noch besser werden.«
Eine Weile schwiegen beide. Tom legte eine Hand auf ihr Knie. »Es tut mir Leid, dass ich dir keine große Hilfe bin. Ich gebe zu, ich hab mir tatsächlich alles ein bisschen einfacher vorgestellt.«

Nora legte ihren Kopf an seine Schulter. »Mir war das von Anfang an klar. Darum war ich auch eher skeptisch, als ich so rasch schwanger wurde. Und du tust doch, was du kannst. Dein Dienstplan, die Schichtwechsel, die Kliniktouren – mehr als arbeiten kannst du eben auch nicht, Tom.«
Er küsste sie auf den Kopf. »Aber du wirkst so niedergeschlagen. Kann ich nicht irgendetwas machen, um das zu ändern?«
Sie sah an sich hinunter. »Ach, ich weiß auch nicht. Ich fühle mich so verbraucht, so müde und hässlich. Es bleibt keine Zeit mehr für mich, keine Zeit mehr für etwas anderes als die Kinderbetreuung und den Haushalt. Ich ... ich würde mich so gerne mit den Notizen von Marrindis und Wudimas Geschichten befassen. Der Wunsch, endlich mal wieder etwas zu Papier zu bringen, lässt mir keine Ruhe. Diese Traumzeit-Erzählungen für andere in Worte zu fassen, das würde ich unheimlich gerne tun.« Sie sah Tom an. »Dass ich es nicht kann, nur weil keine Zeit dafür übrig ist, das enttäuscht mich eben manchmal. Ich hab dann mitunter das Gefühl, dass da etwas in mir ist, das ich mit Gewalt unterdrücken muss, verstehst du?«
Er war betroffen. »Aber Nora, wenn du so empfindest, dann müssen wir etwas tun. Ich hatte doch keine Ahnung, dass dir dein Job so fehlt. Ich hab nur mitgekriegt, wie viel du hier zu tun hast, und bin gar nicht auf die Idee gekommen, dass du neben unserer Rasselbande etwas vermissen könntest.«
Nora wand sich. »Ach, vielleicht hat sich das jetzt auch zu dramatisch angehört. Ich bin auch nicht unglücklich oder unzufrieden, ich will nur auch noch ein bisschen mehr von diesem Land mitbekommen. Du weißt doch, wie sehr mich hier alles interessiert hat, ganz besonders auch die Kultur der Aborigines. Aber mein gesamter Aktionsradius erstreckt sich von hier zu Hause

bis zum Reitstall und zum Einkauf in Cameron Downs und zurück. Ich versorge die Kinder und kämpfe gegen den Wäscheberg an, der offenbar mein Schicksal geworden ist.« Sie zuckte resigniert mit den Schultern.
Tom schämte sich plötzlich. Er hatte Nora hierher gebracht und genau genommen auch zu einer weiteren Schwangerschaft überredet. Hätte er nicht bemerken müssen, wie gefangen sie hier draußen war? Stattdessen freute er sich darüber, endlich eine richtige Familie zu haben, ein Zuhause, in das es sich lohnte zurückzukehren und in dem ihn die Frau erwartete, die er liebte. Er senkte den Kopf und dachte nach. Augenblicke später nahm er ihre Hand.
»Darling, ich möchte, dass du diese Notizen bearbeitest.« Er schüttelte abwehrend den Kopf, als sie etwas sagen wollte, und fuhr fort: »Sie sind dir wichtig, und das allein ist Grund genug. Fremde Hilfe willst du nicht, okay. Aber sag mal, könntest du dir meine Mutter eine Weile hier vorstellen? Du mochtest sie doch, oder? Sicher wäre sie glücklich, uns ein wenig helfen zu können.« Er lächelte versonnen. »Mum liebt Kinder. Und sie hat bestimmt nicht mehr damit gerechnet, neben Josh noch so viele Enkel zu bekommen.«
»Ach, Tom, das alles hört sich jetzt so an, als wollte ich meine Arbeit hier nicht mehr tun, als wären mir unsere Kinder zu viel. Das ist nicht so. Wahrscheinlich hat mich der Schlafmangel auch nur zermürbt und unzufrieden gemacht. Es wird schon besser werden.«
Tom drückte ihre Hand und grinste. »Sicher. In ein paar Jahren.«
Nora schubste ihn mit dem Ellbogen. »Mach mir nur weiter so viel Mut.«

Er lachte. »Im Ernst, du solltest darüber nachdenken. Du hättest etwas mehr Zeit für dich und könntest mal durchatmen.«
Nora runzelte die Stirn. »Wäre dieses lebhafte Kindertreiben wirklich das Richtige für deine Mutter? Immerhin hat sie von sich aus nie angeboten, zu uns zu kommen.«
»Dazu ist sie viel zu rücksichtsvoll. Sie macht sich immer Gedanken, ob sie nicht das Familienleben stören würde oder ob sie als Gast womöglich ungelegen käme.«
Nora schaute ungläubig auf. »Im Ernst? Ich dachte schon, sie will uns nicht besuchen, weil ...«, sie zögerte kurz, »weil ich ihr vielleicht nicht so richtig als Schwiegertochter zusage.« Sie biss sich auf die Unterlippe. »Du weißt schon: Ich war schon mal verheiratet und hab zwei Kinder aus erster Ehe. Obendrein bin ich keine Australierin und so weiter.«
Tom schüttelte den Kopf. »Nora, du denkst völlig falsch von meiner Mutter. Wenn du meinst, sie sei dir gegenüber zurückhaltend gewesen, dann einzig und allein, weil sie Angst vor der vermeintlichen Sprachbarriere hatte, weil Sophie praktisch nur deutsch sprach, Marie ja sowieso. Mach einen Schritt auf sie zu, und du wirst sehen, wie sehr sie sich freut.«
Nora schaute noch immer zweifelnd. »Warum lebt sie denn überhaupt so weit von ihren Kindern entfernt? Vielleicht möchte sie doch lieber ihre Ruhe haben.«
Tom war sehr ernst geworden. Sekundenlang sah er vor sich hin, ehe er Nora wieder anschaute. »Mein Vater und sie waren das ideale Paar. Sie liebten sich sehr und haben ihr ganzes Leben gemeinsam in Perth verbracht. Genau genommen haben wir Kinder – Caroline und ich – sie dort gelassen, ganz allein in Perth. Wir haben unseren eigenen Weg gesucht und gefunden, ich hier beim Flying Doctor Service in Cameron Downs, Caro-

line als Mutter und Zahnärztin in Darwin. Beide haben wir Mum zu überzeugen versucht, in unsere Nähe zu ziehen, aber sie fühlte sich meinem Vater auch nach dessen Tod verbunden, und sie wollte niemandem zur Last fallen. Ruf sie an, Nora.«
Nora schwieg einen Moment. Sie war verlegen.
Tom drückte ihre Hand. »Natürlich könnte *ich* das tun. Sie anrufen und zu uns einladen oder sie auch direkt um Hilfe bitten. Ich denke aber, sie würde sich mehr freuen – und sich auch mehr eingeladen fühlen –,wenn *du* sie fragen würdest.«
Nora nickte vorsichtig. »Du hast Recht. Ich ... ich war nur so zögerlich, weil ich mich immer noch wegen Niklas und auch wegen Max schuldig fühle. Wenn mich schon meine eigenen Eltern nicht verstanden haben, wie kann ich dann von anderen erwarten, mich zu verstehen und zu mögen?«
Tom legte einen Arm um sie und zog sie an sich. »Gib ihnen doch einfach eine Chance, Nora.«

43

Catherine Morrison traf an einem heißen Frühsommertag im November in Cameron Downs ein. Sie hatte sich tatsächlich sehr über Noras Anruf gefreut und sah der Zeit, die sie mit ihren Enkelkindern würde verbringen können, mit Spannung und Aufregung entgegen. Noras Ehrlichkeit hatte sie beeindruckt. Sie war nicht nur auf einen Besuch eingeladen, sondern auch um Hilfe gebeten worden.

Catherine war eine praktisch veranlagte und erfahrene Frau. Es hatte sie nicht viel Mühe gekostet, sich vorzustellen, wie viel Arbeit und wie wenig Zeit Nora mit den beiden kleinen Kindern und Marie hatte. Auch gehörte sie nicht zu den Frauen der älteren Generation, die stets dachten: Na und? Da mussten wir doch früher auch durch. Wir hatten auch für nichts anderes mehr Zeit. Die Familie geht schließlich vor. Sie verstand nichts besser als Noras Wunsch, an Toms Leben teilhaben und Australien besser kennen lernen zu wollen. Und wenn sie so fasziniert von der Kultur der Aborigines war, warum sollte sie nicht auf ihre innere Stimme hören und dieses Traumzeit-Geschichten-Projekt in Angriff nehmen? Jeder Mensch brauchte schließlich Träume. Und wenn Noras Traum erfolgreich wäre, würde er nebenbei auch noch Gutes bewirken. Dass ihre Schwiegertochter eine gute Mutter war, hatte sie schon bei dem Besuch der jungen Familie in Perth sehen können. Man hatte sie nur mit Marie und Sophie zu beobachten brauchen, um zu erkennen, wie tief die Bindung zwischen Mutter und Töchtern ging. Darüber hinaus war ihr aufgefallen, wie glücklich Tom ausgesehen hatte. Noch nie zuvor hatten seine Augen so geleuchtet wie damals beim Zusammensein mit seiner Frau und den beiden niedlichen Mädchen. Nun würde sie auch das Baby zum ersten Mal in natura sehen. Voller Vorfreude kletterte sie aus der kleinen Maschine, die sie nach Cameron Downs gebracht hatte. Die Sonne schien gleißend hell, sodass sie ihre Augen mit einer Hand beschirmte und sich suchend umsah.

Nora stand mit den Mädchen und dem Baby hinter dem Zaun und winkte. »Hier sind wir! Hallo, Catherine!«

Sie winkte zurück und wartete auf ihre Reisetasche. Dann verließ sie rasch den kleinen Flugplatz, um zu ihnen zu gelangen. Gleich darauf stellte sie ihre Tasche ab und streckte Nora die Arme entgegen. »Ich freue mich schrecklich, euch wiederzusehen.«

»Catherine, schön, dass du da bist.«

Die aufrichtige Freude und die Warmherzigkeit, die Toms Mutter ausstrahlte, verscheuchte Noras Anspannung. Die Kinder trugen ein Übriges dazu bei. Gemeinsam verstauten sie Catherines Gepäck im Wagen und machten sich auf den Heimweg. Im Auto sagte Nora zu ihrer Schwiegermutter: »Ich hoffe, du bist nicht enttäuscht, dass Tom nicht am Flugplatz war. Er ist mal wieder auf Kliniktour, aber er will heute Abend pünktlich sein.«

Catherine lachte und sah sich im Auto um. »Na, er hätte doch auch keinen Platz mehr gehabt. Und dass mein jüngster Enkel mich auch abgeholt hat, ist mir eine besondere Ehre.«

Nora freute sich. »Du wirst staunen, wie sich das Haus verändert hat. Es ist jetzt viel größer und luftiger.«

»Ich bin schon gespannt. Fühlst du dich wohl dort, Nora? Es liegt doch ein wenig abseits vom Ort.«

Nora stellte die Klimaanlage etwas höher. »Ich liebe es, dort

draußen zu sein, so völlig von der Natur und den Tieren umgeben. Manchmal sehen wir in der Abenddämmerung sogar Kängurus in der Ferne. Nur die Wege zum Einkaufen und zur Schule sind halt ein bisschen weiter.« Sie lachte leise. »Aber daran muss man sich ja in Australien ohnehin gewöhnen, nicht?«
Catherine blies sich eine Haarsträhne aus dem erhitzten Gesicht. Die Reise war anstrengend gewesen. »Wie wahr. Ich bin selbst immer wieder überwältigt, wenn ich solche Reisen hinter mir habe.«
»Du kannst dich gleich frisch machen und ein wenig ausruhen. Es ist aber auch schon furchtbar heiß für diese Jahreszeit.«
Marie war zunächst noch schüchtern und zurückhaltend, während Sophie ständig an Catherine herumzupfte und ihr Bilderbücher zum Vorlesen hinhielt.
Als Nora den Wagen vor dem Haus parkte, stieg Catherine aus und sah sich staunend um.
»Wie schön der Anbau geworden ist. So hab ich es mir nicht vorgestellt. Das Haus scheint förmlich Schutz unter diesen beiden prächtigen alten Bäumen zu suchen. Sicher halten sie es schattig und kühl.«
Nora hatte die Babyschale von Steven abgeschnallt, nahm ihn samt der Wippe heraus und klappte die Tür zu. Sie lächelte. »Na ja, was sich hier so schattig und kühl nennt. Aber wenn man aus der prallen Sonne kommt, ja, dann ist es wohl kühl.«
Catherines Blick glitt über den Garten. »Und der Garten sieht prächtig aus. So viele Blumen haben hier noch nie geblüht. Findest du denn dafür auch noch Zeit?«
Nora wurde rot, so sehr freute sie sich über die Anerkennung. »Na, manchmal. Komm, ich zeig dir dein Zimmer.«
Sie war gespannt, ob es ihrer Schwiegermutter gefallen würde.

Tagelang hatte sie besondere Mühe darauf verwendet, es so behaglich wie möglich herzurichten. Sie wollte von sich aus alles für ein gutes Verhältnis zu Catherine tun. Aus Toms Worten hatte sie herausgehört, wie viel ihm seine Mutter bedeutete. Und insgeheim schämte sie sich, dass sie sich nicht eher gefragt hatte, ob Catherine sich in Perth vielleicht einsam fühlte oder auf eine Einladung wartete.

Jetzt öffnete sie die Fliegentür, stellte Steven samt Babyschale ab und schloss die Haustür auf. Catherine folgte ihr mit der Reisetasche, und Marie hielt Sophie an der Hand und half ihr die Stufen hinauf. Alles im Haus war sauber und aufgeräumt. Die hellen Tapeten und die warmen Holztöne der Möbel harmonierten mit goldgelben Vorhängen, die seitlich neben den großen Fensterfronten befestigt waren. Der große Wohnraum ging in eine durch einen modernen Tresen abgetrennte Küche über, in deren Mitte ein großer Esstisch stand. Nora ging weiter und öffnete eine Tür. »Hier, das ist dein Zimmer, Catherine. Gleich nebenan ist auch das Bad.«

Catherine stellte ihre Tasche auf einem Stuhl ab und sah sich um. Im Raum befand sich ein großes Gästebett, das passend zu den Vorhängen und zur Tapete bezogen war. Es sah frisch und einladend aus. Ein Doppelfenster ging zum Garten hinaus und gab den Blick auf blühende Sträucher und zwei große Eukalyptusbäume am Ende des Weges frei. Die duftigen Gardinen bauschten sich im Wind. Auf einem kleinen Sekretär, vor dem auch der Stuhl stand, befand sich eine winzige Vase mit frischen Blumen.

Catherine wandte sich zu ihrer Schwiegertochter um. »Das Zimmer ist einfach traumhaft, Nora. Ich danke dir.«

Nora schluckte. »Es ist schön, dass du hier bist, Catherine.«

Dann sagte sie zu den Mädchen: »Kommt, lasst Grandma erst mal allein. Sicher möchte sie auspacken und sich nach der langen Reise umziehen.«

Schon nach wenigen Tagen war Catherine mit den Kindern vertraut und Nora eine große Hilfe. Es war eine Wohltat für Nora, sich ab und zu aus dem alltäglichen Leben ausklinken zu können, um einmal nur das zu tun, was sie sich schon lange vorgenommen hatte. Sie ordnete ihre Unterlagen und Notizen über die Traumzeit-Erzählungen und begann sich intensiv damit zu beschäftigen. Gleichzeitig notierte sie letzte Fragen zu Dingen, die ihr noch unklar waren.

Auch Tom schien sich sehr über den Besuch seiner Mutter zu freuen. Wann immer sich die Zeit fand, war er mit ihr zusammen und unterhielt sich mit ihr. Erfreut und berührt zugleich beobachtete er seine Mutter im Umgang mit den Kindern und mit Nora. Glücklich stellte er fest, dass sich die Anspannung der letzten Monate zu legen begann.

44

Sylvia Arndt gähnte herzhaft und ließ sich zufrieden vor ihrem Computer nieder. Ihr Mann war beruflich außerhalb, und endlich hatte ihre kleine Tochter in den Schlaf gefunden. Sie wunderte sich, denn sie hatte schon eine ganze Woche nichts mehr von Nora gehört. Während der PC summend hochfuhr, dachte sie an die Freundin, die nun so weit entfernt lebte. Doch trotz dieser Entfernung waren sie sich nah geblieben, und es hatte sich eine regelmäßige E-Mail-Korrespondenz entwickelt. Mindestens einmal wöchentlich tauschten sie sich aus, und Sylvia hatte sich auf diese Weise ein Bild davon machen können, wie Noras Leben in Australien war. Umgekehrt blieb Nora durch ihre Freundin eng mit Hamburg in Verbindung. Sylvia war froh über die Möglichkeiten des Internets, denn oftmals fehlte ihr Nora, und wären sie auf den normalen Postweg angewiesen, hätten sie beide deutlich längere Wartezeiten in Kauf nehmen müssen.

Sie lächelte erfreut, als sie jetzt – neben der ewigen Werbung einer Drogeriekette, bei der sie einmal etwas bestellt hatte – tatsächlich eine E-Mail von Nora vorfand. Sie hatte sich Sorgen um ihre Freundin gemacht, der es in den vergangenen Monaten nicht nur wegen der Hitze, sondern auch wegen Schwangerschaftsbeschwerden nicht gut gegangen war. Sylvia wusste, dass Nora Niklas sehr vermisste und dass sie sich immer noch Vorwürfe machte, seine heile Welt zum Einsturz gebracht zu haben. Gespannt begann sie zu lesen und tauchte ein in Noras australisches Leben. Noras Beschreibungen ließen die Landschaften und die Jahreszeiten deutlich vor ihrem inneren Auge erscheinen, und sie freute sich, auf so persönliche Art und Weise über diesen fernen Kontinent informiert zu werden. Sie registrierte aber auch Noras Kummer, was Niklas betraf. Müde legte sie den Kopf in den Nacken und dachte über die beiden nach.

45

Nora saß am Schreibtisch und ordnete den Stapel mit ihren Notizen. Sie zögerte. Wen sollte sie fragen? Sie hatte nicht vor, Max in irgendeiner Weise zu bedrängen oder ihm auch nur das Gefühl zu geben, er müsse ihr im Verlag »weiterhelfen«. Aber wenn sie jetzt eine vorsichtige Anfrage für ihr Manuskript gänzlich an ihm vorbei startete, wäre er dann nicht betroffen oder sogar beleidigt, dass sie ihn gar nicht über ihre Pläne informiert hatte? Nora seufzte. Immer war alles so kompliziert. Sie überlegte noch eine Weile und entschied sich dann, Max eine E-Mail zu schicken, in der sie ganz neutral von ihrem »Projekt« berichtete. Sie wolle nicht versäumen, ihn darüber in Kenntnis zu setzen, dass sie beabsichtige, im Verlag anzufragen, ob so etwas Chancen habe.

Gleich nachdem sie diese Mail auf den Weg gebracht hatte, machte sie sich daran Niklas zu schreiben. Nachdenklich saß sie vor ihrem Computer und grübelte. Nach wie vor kämpfte sie verbissen darum, den Kontakt zu ihrem Sohn in Hamburg aufrechtzuerhalten und zu vertiefen. Regelmäßig sandte sie ihm E-Mails und Fotos, um ihn über seine Geschwister und ihr Leben in Australien auf dem Laufenden zu halten. Aber immer noch litt sie darunter, dass er ihr offenbar nicht verzeihen konnte, dass sie mit Tom fortgegangen war. Es wollte sich einfach nicht mehr dieser gänzlich unbefangene Ton der absoluten Vertrautheit zwischen ihnen einstellen.

Traurig nahm sie den Bilderrahmen mit einem Foto von Niklas in der Hand. Ihre Augen wanderten über sein Gesicht und registrierten sein gleichmütiges Grinsen. Blonde Ponyfransen standen frech in alle Richtungen. Er trug ein T-Shirt, das sie noch nie gesehen hatte. Früher war ihr jedes Einzelne seiner Wäschestücke grenzenlos vertraut gewesen. Sie schluckte. Ihre Liebe zu Tom hatte die heile Welt ihres Sohnes zerstört. Vermutlich hatte ihn diese Erfahrung viel schneller erwachsen werden lassen, als sie sich das hatte vorstellen können. Sie riss sich zusammen und schob das Kinn vor. Und wenn es hundert Jahre dauern sollte, sie würde Niklas nicht einfach abschreiben. Vielleicht käme doch noch eines Tages der Zeitpunkt, zu dem er sie ein bisschen verstehen könnte.

Unbeirrt begann sie zu schreiben – von der Hitze Australiens, von den Fortschritten, die Marie, Sophie und Steven in letzter Zeit gemacht hatten. Und sie erzählte auch immer kleine Episoden von Toms Arbeit bei den Flying Doctors und von Phil, den ihr Sohn bei seinem Besuch besonders ins Herz geschlossen hatte. Sie war sich sicher, dass dies für Niklas und seine Begeisterung für das Fliegen von Interesse war, wusste aber instinktiv, dass er – auch nach seinen Ferien hier – niemals direkt danach fragen würde. Zum Schluss scannte sie noch ein Foto von sich und den Kindern ein, das Tom vor einiger Zeit auf der Veranda aufgenommen hatte, und fügte es als Anhang bei. Zufrieden sah sie zu, wie der Computer arbeitete. Immer noch versetzten sie die Möglichkeiten der Technik in Erstaunen. Rechnete man die Zwischenstopps ein, hatte sie etwa dreißig Stunden mit dem Flugzeug gebraucht, um von Hamburg nach Cameron Downs zu gelangen, und hier drückte sie ein paar Tasten, und in unglaublicher Zeit verschwand ihr Brief mit dem Foto auf der Datenautobahn und kam bei Niklas an.

Lächelnd fuhr sie das Gerät herunter, schaltete es aus und ging nach draußen, wo Catherine Steven im Kinderwagen hin und her schob, während sie Sophie eine Geschichte erzählte. Nora beobachtete sie eine Weile. Es tat ihr gut, dass Catherine hier war. In kürzester Zeit hatte sie einen Draht zu den Kindern gefunden, und Nora konnte sich öfter entspannen. Sie musste nicht mehr rund um die Uhr alles stehen und liegen lassen, wenn ein Kind weinte. Catherine war auf unaufdringliche Weise zur Stelle und sprang ein. Bereits wenige Tage nach ihrer Ankunft hatte sie Noras Erschöpfung mitbekommen und ihr vorgeschlagen, sich ein, zwei Nächte um Steven zu kümmern, damit sie einmal durchschlafen könnte. Diese hatte zunächst gezögert, aber die Aussicht auf tiefen, erholsamen Schlaf ohne Unterbrechung war so verlockend gewesen, dass sie schließlich zugestimmt hatte. Am nächsten Morgen war sie erst aufgewacht, als ihr die Sonne schon ins Gesicht schien. Wohlig hatte sie sich ausgestreckt und die Bettwärme genossen. Diese eine ganze Nacht voll Schlaf kam ihr nach all den schlaflosen Nächten plötzlich wie ein unerhörter Luxus vor – wie Schokolade für die Seele.

Während der nächsten Tage saß sie stundenlang vollkommen fasziniert über ihre Notizen gebeugt im Arbeitszimmer und schrieb. Ihre Wangen hatten sich gerötet, und in ihrem tiefsten Inneren fühlte sie, dass das, was sie zu Papier brachte, richtig war. Sie empfand dieses Gefühl mit einer solchen Intensität, dass sie fast so etwas wie Angst verspürte, den Faden zu verlieren oder unterbrochen zu werden.

Sie liebte die Geschichten von Yurlunggur, der Regenbogenschlange, von Bahlu, dem Mond, und von Yhi, der Sonne, oder von Baiame, dem großen Schöpfergeist. Sie spürte die Poesie in den Erzählungen über Yarrageh, den Frühlingswind, der die Blüten wieder hervorlockte, und über Kian, den Adler, den Boten des Himmels, dessen Brüder die Winde und dessen Schwestern die Wolken waren. Nora vertiefte sich in ihre Notizen und erinnerte sich auch an Wuluwait, den Gesandten aus dem Jenseits, dessen Aufgabe es war, die Seelen der Verstorbenen ins Ahnenreich zu führen. Und sie schrieb über Gieger-Gieger, die kalte Westwindfrau, deren zornige Unwetter gefürchtet waren.

Nora war fasziniert von der Traumzeit der Aborigines, und diese Faszination, gepaart mit ihrem Gespür für dieses Thema, gaben ihr die Fähigkeit, genau die richtigen Worte zu finden, um die Erzählungen zu etwas Besonderem, zu etwas Lebendigem werden zu lassen. Oft sah sie, während sie schrieb, Wudima oder Marrindi vor sich, und sie empfand eine fast schon seltsame Verbundenheit, die sie förmlich beflügelte und weiter voranbrachte. Selbst wenn dieser Sammlung von Erzählungen kein Erfolg beschieden sein würde, wusste Nora, dass es wichtig und richtig war, was sie aufschrieb – und wenn es nur für Marrindi und seine Leute oder für sie selbst war. Instinktiv fühlte sie jedoch, dass es mehr Menschen gab, die sich wie sie so brennend für die Werte dieser alten Kultur interessierten, die ahnten, dass es wichtigere Weisheiten als den technischen Fortschritt und die Erschließung von Bodenschätzen geben musste.

Plötzlich hielt Nora in ihren Gedanken inne. Vor ihrem geistigen Auge sah sie die betrunkenen Aborigines, die in der Nähe des Supermarkts in einer staubigen Seitenstraße gelegen hatten. Der Wind hatte ihren Körpergeruch und die Alkoholfahne zu ihr herübergeweht. Doch auch sie war – wie alle anderen Passanten – rasch weitergegangen. Sie dachte daran, dass sie einmal in einem Buch einen Satz gelesen hatte, der ihr im Gedächtnis geblieben war. Der Autor des Buchs hatte die Aborigines in einem nur etwa dreiseitigen Kapitel seines Reiseberichts über

Australien abgehandelt und geschrieben, dass die Ureinwohner sicher seit Tausenden von Jahren auf dem Kontinent leben würden. Gleichzeitig warf er die Frage auf, ob ihnen diese Tatsache das Recht gebe, auch für alle Zeiten die Einzigen zu bleiben.

Nora hatte schon damals beim Lesen fast erschrocken innegehalten. Durfte man es sich so einfach machen? Ist das Verdrängen und Auslöschen einer über vierzigtausend Jahre alten Kultur wirklich nur eine Frage der Evolution? Nur die Stärksten setzen sich durch? Die, die die Waffen mitbringen, vertreiben die anderen und verkaufen diese Vertreibung oder Vernichtung dann auch noch mehr oder weniger achselzuckend als Plan der Schöpfung oder der Evolution? Ohne einen Gedanken daran zu verschwenden, was Recht und Unrecht ist?

Wieder einmal versetzte Nora das Nachdenken über dieses Thema in Unruhe, wieder einmal schwankte sie zwischen Ratlosigkeit und Empörung. Und doch musste sie sich eingestehen, dass sie sich lieber mit den vergangenen Zeiten der Aborigines-Kultur und mit ihrer Traumzeit auseinander setzte als mit den Problemen der Gegenwart zwischen Schwarz und Weiß. Es war eindeutig einfacher, sich *entweder* mit der weißen Welt zu beschäftigen *oder* mit der Welt der Ureinwohner. Irgendwie schienen sie auch heute noch nicht zueinander zu gehören.

Wie betreten war sie gewesen, als sie erfahren hatte, dass man kurz vor Beginn der Olympischen Spiele in Sydney ganze Busladungen voller obdachloser oder betrunkener Aborigines aus der Stadt gebracht hatte, damit das Bild der prächtigen, weltoffenen Olympiastadt nicht getrübt würde. Auch sie war unangenehm berührt beim Anblick von betrunkenen, randalierenden oder bettelnden Aborigines, die Flaschen und Dosen umherwarfen und liegen ließen. Aber diese Ureinwohner hatten offensichtlich jeden Bezug zu ihren Traditionen, zu ihren Wurzeln verloren. Sie waren *nicht* mehr eins mit ihrem Land und dem Boden, über den sie gingen. Aber Nora wusste auch, dass man dies alles in den geschichtlichen Zusammenhängen sehen sollte. Die Väter und Vorväter dieser Aborigines waren von ihrem Land vertrieben worden. Man hatte sie mit Gewalt davon abgehalten, es nach ihren Traumzeit-Gesetzen zu hüten und vor Veränderungen zu schützen. Was mussten sie empfunden haben beim Entstehen von Häusern und Stallgebäuden auf dem Land, durch das einst ihre Schöpferahnen gewandert waren? Wie mochten sich die alten Aborigines gefühlt haben, die vielleicht noch mit ansehen mussten, wie große Maschinen, Kräne oder Bohrtürme aufgestellt wurden, um Bodenschätze aus Tya, der Erde, zu graben?

Nora fragte sich unwillkürlich, was Geistliche und Gelehrte dieser Zeit von sich geben würden, wenn jemand anfinge den Petersdom, Notre Dame, den Buckingham-Palast oder die Pyramiden abzutragen, um an irgendetwas unglaublich Wichtiges im Boden zu gelangen.

Und doch war sie zu sehr ein Kind ihrer Zeit, um kein Verständnis für die moderne Welt aufzubringen. Sie liebte es, in einem gut ausgestatteten Haus zu leben. Sie mochte nicht auf Kühlschrank, Waschmaschine oder Geschirrspüler verzichten. Sie schätzte ihren Computer und die Errungenschaften des Internets, die es so einfach machten, mit Menschen aus fernen Ländern blitzschnell in Kontakt zu treten. Es war für sie selbstverständlich, zu faxen oder zu kopieren. Während sie darüber nachdachte, senkte sie den Kopf. Dabei fiel ihr Blick auf ihren Ringfinger. Auch der Diamant, den sie trug, war irgendwo aus einer Mine ans Tageslicht befördert worden. Unmengen an

Erde hatten dafür bewegt, gesiebt oder gefiltert werden müssen. Und doch würde sie diesen Ring nie wieder hergeben wollen, denn mit ihm hatte Tom seine Liebe zu ihr besiegelt. Auf seine Weise symbolisierte der Ring wiederum etwas Wichtiges und Unfassbares, ja, somit auch fast etwas Mystisches. Er stand für den Bund oder das Versprechen, das sich zwei Menschen gegeben hatten, die miteinander alles, was da kommen mochte, gemeinsam erleben und meistern wollten.

Nora drehte den Ring hin und her und war erneut betroffen ob des ganzen Für und Wider dieser unterschiedlichen Betrachtungsweisen. Konnte es irgendwo zwischen all diesen Gedanken ein endgültiges »Richtig« oder »Falsch« im Hinblick auf die unterschiedlichen Welten der Weißen und der Ureinwohner geben? Ihr Beschäftigen mit dieser alten Kultur hatte ihr jedoch eine solche Einsicht und Tiefe offenbart, dass sie in vielen der Traumzeit-Geschichten deutlich wahrnahm, wie sich Poesie und Weisheit vereinigten und immer wieder erkennen ließen, wie sehr sich die Aborigines mit der Erde, der Natur und der Schöpfung auseinander gesetzt und sie respektiert hatten. Nora dachte an Marrindi und seine Leute in der Siedlung. Sie war froh, dass es wenigstens diesen Ureinwohnern gelungen war, sich eine Nische zwischen beiden Kulturen zu sichern. Unbewusst strichen ihre Finger über den Stapel Papier, auf dem sie bereits etliche Geschichten notiert hatte. Sie lächelte. Egal, was daraus werden würde, sie fühlte sich schon jetzt bereichert und war glücklich über das Vertrauen, das ihr in der Siedlung entgegengebracht wurde.

Als Catherine drei Wochen später nach Perth zurückkehrte, hatte sich der normale Familienalltag eingespielt. Nora war ausgeglichen und fühlte sich erholt, denn es hatte ihr gut getan, Zeit für sich und ihr Traumzeit-Geschichten-Projekt gefunden zu haben. Darüber hinaus hatten Catherine und sie sich gut verstanden, und Nora freute sich bereits jetzt auf ein Wiedersehen.

46

Einige Zeit später fuhr Nora eines Nachts aus dem Schlaf hoch und blickte sich einen Moment verwirrt um. Es dauerte ein paar Sekunden, ehe sie feststellte, dass das Babyfon ruhig auf ihrem Nachttisch lag. Die grüne Lampe zeigte an, dass Steven schlief. Sie schwang die Beine aus dem Bett. Es musste Sophie sein, die weinte. Leise tappte sie barfuß zur Tür und warf von dort einen Blick zurück. Tom schlief tief und fest. Im Flur schaltete sie die Deckenbeleuchtung ein und ging in Sophies Zimmer. Die Kleine stand nicht wie sonst, wenn sie schlecht geträumt hatte oder durstig war, in ihrem Bettchen und erwartete ihre Mutter, sondern wimmerte im Schlaf und warf sich unruhig von einer Seite auf die andere.

Besorgt beugte Nora sich über Sophie. Während ihre Hände über Stirn und Kopf strichen, sprach sie beruhigend auf sie ein. Doch das Kind reagierte gar nicht. Erschrocken bemerkte sie, wie heiß der Kopf war. Die Kleine schien zu glühen, und der dünne Schlafanzug klebte ihr am Körper. Als Nora die Decke ganz zurückschlug, begann das Kind zu zittern. Sie überlegte nur kurz. Früher, allein auf sich gestellt, hätte sie bei Niklas und Marie vermutlich ein fiebersenkendes Zäpfchen verabreicht und die Nacht bei dem kranken Kind abgewartet. Jetzt jedoch hatte sie Tom. Es war in diesem Fall eindeutig einfacher, gleich einen Arzt bei Sophie zu wissen. Abgesehen davon, dass er vermutlich ungehalten darüber wäre, wenn sie ihm nicht gleich Bescheid gäbe.

Sie ging ins Schlafzimmer und setzte sich zu Tom auf die Bettkante. Er schlief so entspannt und friedlich mit leicht geöffnetem Mund, dass sie doch noch einen Moment zögerte, ehe sie ihn aufweckte. Dann strich sie über seinen Arm. »Tom? Bitte, wach auf.«

Er blinzelte verwirrt und stützte sich verschlafen auf seinen Ellbogen. »Nora. Was ist denn los?« Sein Blick ging routinemäßig von ihr zu seinem Radiowecker und wieder zurück.

Nora war aufgestanden. »Sophie ist krank. Sie weint im Schlaf, fiebert und wird gar nicht richtig wach.«

Tom schlug die Bettdecke zurück. »Ich komme.« Er sah sich um. »Wo ist denn mein Koffer?«

Nora wandte sich an der Tür noch einmal zu ihm um. »Der ist unten in der Diele. Ich hole ihn.«

Wenig später sah Nora angespannt zu, wie Tom Sophie untersuchte. Sie lag auf einer dicken Decke auf dem Tisch und wirkte plötzlich wieder unglaublich klein, zart und zerbrechlich. Sie weinte. Nora strich ihr eine dunkle gelockte Haarsträhne aus der verschwitzten Stirn. Ihr Innerstes zog sich zusammen. Instinktiv spürte sie, dass ihrer Kleinen etwas Ernsthaftes fehlte. Erschrocken sah sie auf, als Babygeschrei ertönte. »O nein, jetzt auch noch Steven!«

Tom legte sein Stethoskop beiseite und schaute sie an. »Geh nur, ich kümmere mich um Sophie.«

Widerstrebend verließ Nora ihr krankes Kind und ging ins Nebenzimmer. Sie hob Steven aus der Wiege und redete leise murmelnd auf ihn ein. Mit ihm auf dem Arm stieg sie die Treppe hinunter, um in der Küche sein vorbereitetes Fläschchen aufzuwärmen. Seufzend dachte sie daran, wie praktisch das Stillen in dieser Hinsicht gewesen war, aber Stevens anhaltende Schreiphasen, die kleine quirlige Sophie, das Schulkind Marie und grenzenloser Schlafmangel hatten allesamt dazu beigetragen, dass Nora ihren

Sohn nur knapp drei Monate hatte stillen können. Während sie auf das Fläschchen wartete, ging sie mit Steven umher und summte leise ein deutsches Wiegenlied, das sie schon vor dreizehn Jahren für Niklas gesungen hatte. Sie schluckte, als sie daran dachte, und küsste das Baby zart auf den Kopf. Nachdem sie die Temperatur der Flasche überprüft hatte, schaltete sie den Flaschenwärmer aus und nahm die Milchflasche mit nach oben. In Sophies Zimmertür blieb sie kurz stehen und schaute Tom fragend an, der die Kleine immer noch untersuchte. Beunruhigt runzelte Nora die Stirn. »Was ist denn mit ihr, Tom?«

Er sah sie an, und innerhalb von Sekundenbruchteilen wusste Nora, dass es tatsächlich nicht nur eine fieberhafte Erkältung war, die ihre Tochter gepackt hatte. Tom schien nach den richtigen Worten zu suchen, doch ehe er auch nur das erste herausbrachte, spürte Nora, dass er sie beschwichtigen wollte. Sie wurde ärgerlich und trat von einem Fuß auf den anderen.

»Sagst du es mir heute noch, oder soll ich Bill anrufen?«

Zögernd richtete Tom sich auf und sortierte Untersuchungszubehör in seinen Arztkoffer. Er wich ihrem Blick aus. »Nora, ich fahre mit Sophie in die Klinik.«

Noras Herz schlug schneller. In ihren Augen stand Angst. »Wirklich? Jetzt gleich?«

Tom nickte und wickelte Sophie locker in eine Decke ein. Sie schlief etwas ruhiger, aber ihre Wangen glühten.

Nora ging zu ihr und strich ihr vorsichtig über den Kopf. »Ich will mit! Du fährst nicht ohne mich, hörst du?«

Steven begann zu quengeln. Er war hungrig. Ständig hatte er sein Fläschchen vor Augen und bekam doch nichts. Nora reagierte nicht. Ihr Blick war fest auf Tom gerichtet. »Was hat sie? Ist es ein Buschfieber?«

Tom schüttelte den Kopf. »Nein, ich denke, es ist der Blinddarm.«

Nora musterte ihn sekundenlang sprachlos, dann drückte sie ihm Steven in den Arm, nahm Sophie vorsichtig auf und setzte sich mit ihr in den Sessel, der im Zimmer stand, als könnte sie die Kleine dort vor dem Kommenden beschützen. Sacht drückte sie sie an sich, betrachtete die langen Wimpern und die dunklen Locken, die sich vom Schwitzen durch das Fieber noch stärker als sonst kringelten.

Tom ließ sich auf der Tischkante nieder und begann Steven die Flasche zu geben. In der Stille war minutenlang nur das angestrengte Saugen des Babys zu vernehmen.

Als Noras Blick sich vom Gesicht ihrer Tochter löste, bemerkte sie, dass Tom sie abwartend ansah. Verzweifelt schüttelte sie den Kopf. »Sie ist doch erst zweieinhalb! Sie ist noch so klein. Ihr könnt sie nicht einfach aufschneiden, Tom!«

Er wich ihrem Blick aus und sah zu, wie Stephen trank. Dann schaute er sie ruhig an. »Es sehnt sich bestimmt niemand danach, sie aufzuschneiden. Aber wenn der Blinddarm platzt, stirbt sie, Nora.« Er biss sich kurz auf die Unterlippe, ehe er fortfuhr. »Es ist zwar eine Routineoperation, aber glaub nicht, dass mich das Ganze kalt lässt. Sophie ist meine Tochter, und ich würde ihr das mehr als gerne ersparen.«

Nora fuhr sich über die Augen und versuchte nicht in Panik zu geraten. »Wirst du sie operieren?«

Tom schüttelte den Kopf. »Das darf ich nicht, und ich weiß auch nicht, ob ich es überhaupt könnte … bei meinem eigenen Kind. Aber ich habe grenzenloses Vertrauen zu Bill und Jason. Und auch unsere neue Ärztin, Susan Clark, arbeitet hervorragend.«

Nora sank in sich zusammen und blickte wieder auf Sophie. »Aber muss ein so kleines Kind nicht von einem Kinderarzt operiert werden?«
Tom stellte das leere Fläschchen ab und lehnte seinen Sohn zum Aufstoßen an seine Schulter. »Nein. Eine solche Operation macht immer ein Chirurg. Aber wenn es dich beruhigt, Susan hat eine Ausbildung als Kinderfachärztin. Ich bin sicher, sie lässt es sich nicht nehmen, bei der OP dabei zu sein.«
Steven rülpste laut und vernehmlich, um anschließend zufrieden und müde zu blinzeln. Tom lächelte unwillkürlich, während er ihn beobachtete. »Dich belastet das alles sehr, nicht wahr, mein Sohn?«
Nora blieb ernst. »Ich will aber mit in die Klinik, Tom!«
Er nickte. »Okay. Ich verstehe dich ja. Ich versuche diesen kleinen Kerl zum Weiterschlafen zu überreden. Lisa hat Dienst, dann rufen wir eben Carol vom Cameron Hotel an. Sicher kommt sie gerne und kümmert sich um Steven und Marie. Du weißt, wie gern sie die Kinder hat.«
Nora nickte und betrachtete wieder Sophie. Die Kleine wimmerte erneut leise und verzog das Gesicht. Minuten später hörte sie Tom telefonieren. Er sprach mit Bill, der sich um die Vorbereitung der Operation kümmern würde. Danach rief er bei Carol an. Gleich darauf kam er in Jeans und Baumwollpulli zurück, um ihr Sophie abzunehmen. »Carol wird gleich hier sein. Zieh dich um, damit wir dann sofort in die Klinik fahren können.«
Nora verschwand ins Bad, machte sich frisch und zog sich an. Ihre Hände zitterten, und ihre Augen blickten ihr unnatürlich groß und ängstlich aus dem Spiegel entgegen. In Sophies Zimmer packte sie rasch eine Reisetasche zusammen und folgte

Tom, der die Kleine vorsichtig nach unten trug. Im Wohnzimmer warteten sie in angespanntes Schweigen versunken auf Carol. Als die Scheinwerfer des vorfahrenden Wagens das Fenster erleuchteten, stand Tom auf, legte Sophie in Noras Arme und trug schon mal die Reisetasche nach draußen.
Carol sah besorgt zu, wie Nora mit der Kleinen hinten einstieg. Sie legte ihr eine Hand auf den Arm. »Ich kümmere mich um Steven und Marie. Alles wird gut.«
Nora nickte automatisch. »Ja, danke, Carol. Steven hat gerade ein Fläschchen bekommen. Das Milchpulver steht im Küchenschrank. Auf der Packung ist beschrieben, wie die Flasche zubereitet wird. Aber frag morgen früh ruhig Marie. Sie weiß ganz genau Bescheid.«
»Alles klar.«
Tom ließ den Motor an und fuhr los. Nora starrte in die Dunkelheit. Insekten schwirrten im Scheinwerferlicht. Der Frühling ging in den Sommer über. Nora war wie betäubt. Sie schloss die Augen und betete stumm. Bitte mach, dass Sophie wieder ganz gesund wird. Es beunruhigte sie, dass Tom kaum sprach, und dass er es so eilig gehabt hatte, in die Klinik zu kommen. Normalerweise fiel ihr seine ausgeprägte Ruhe mitunter auf die Nerven, seine Neigung, alles erst einmal abwarten zu wollen. Dass er dieses Mal so anders reagierte, wertete sie als Indiz dafür, dass es ernst um Sophie stand.
In der Klinik wurden sie bereits erwartet. Bill kam ihnen mit Jason und der Kinderärztin aus der Notaufnahme entgegen. Lisa folgte ihnen. In dieser Nacht hatte es sich niemand nehmen lassen, für Sophie herzukommen. Bill und Susan Clark nahmen Nora vorsichtig die Kleine ab, legten sie auf eine Rollbahre und gingen mit ihr in die Klinik. Tom ließ den Wagen stehen, wo er

war, und lief hinterher. Nora folgte allen. Ihre Beine waren zittrig, und sie hatte Mühe, sich zu konzentrieren. Immer wieder rief sie sich zur Ordnung. Sie zwang sich dazu daran zu denken, dass dies eine Routineoperation war, nach der Sophie – wenn alles glatt lief – gesund und munter sein würde. Und sie zwang sich auch dazu, an die schwer kranken Kinder zu denken, die Leukämie oder Herzfehler hatten, oder deren Nieren versagten, sodass sie immer wieder zur Dialyse in der Klinik antreten mussten.

Nora wollte nicht undankbar sein, und doch drehte sich ihr beinahe der Magen um, wenn sie daran dachte, dass der kleinen Sophie gleich der Bauch aufgeschnitten werden würde. Sie hatte inzwischen den Untersuchungsraum erreicht, in dem sich nun das gesamte anwesende Fachpersonal um ihre Tochter kümmerte. Der Kleinen wurde Blut zur genauen Untersuchung abgenommen, um letzte Zweifel auszuschließen, während die Ärzte nacheinander die von Tom gestellte Diagnose überprüften und miteinander Sophies Krankenakte durchgingen. Nora wurde nach den Umständen der Geburt in Hamburg und den damals ermittelten Apgar-Zahlen befragt. Sie antwortete mechanisch und fühlte sich seltsam deplatziert. Ihr Verstand sagte ihr, dass alle nur das Beste für ihre weinende Tochter wollten, und doch hätte sie jeden der anwesenden Ärzte – Tom eingeschlossen – am liebsten dafür geohrfeigt, dass sie Sophie auf dem Bauch herumdrückten und ihr damit offensichtlich noch mehr Schmerzen bereiteten. Sie ballte ihre Hände zu Fäusten, lehnte sich gegen die Wand und sah angestrengt zu Boden. Sie musste sich zusammenreißen. Wenn sie jetzt die Beherrschung verlöre, würde man sie nur von Sophie wegbringen und womöglich ruhig stellen wollen.

Bereits eine Stunde später wurde Sophie auf einem rollenden Bett zum OP-Bereich gebracht. Nora hielt ihre Hand und beobachtete ihr schläfriges Gesicht. »Alles wird gut, Sophie. Bald sind deine Bauchschmerzen weg. Wenn du aufwachst, sind Mama und Daddy da.«

Das Bett stand plötzlich still, und Nora sah auf. Neben einer breiten verschlossenen Tür, die in den sterilen OP-Saal führte, befand sich so etwas wie eine Durchreiche. Blanker Edelstahl blitzte in kaltem Licht. Die Ärzte und Schwestern dahinter kamen Nora mit ihren grünen Kitteln, dem Mundschutz und den OP-Hauben fast wie geheimnisvolle Außerirdische vor. Seltsam geformte Lampen im hinteren Bereich hingen an drehbaren Schwingarmen und vermittelten zusammen mit Sauerstoffflaschen und Beatmungs- und Herztonüberwachungsgeräten einen fremdartigen, ja, fast schon bedrohlichen Eindruck. Nora musste sich sehr zusammenreißen, als Tom die Kleine aus dem Bett hob und durch das große Fenster in den Vorraum des Operationssaals weiterreichte, wo sie von Lisa in Empfang genommen wurde. Als sie sich abwandte, hörte sie gerade noch, dass jemand Tom mitteilte, man werde sofort Bescheid geben, wenn alles überstanden sei.

Langsam ging sie den Gang entlang, an dessen Ende Grünpflanzen in Fensterbänken den Eindruck von Normalität zu vermitteln versuchten. Doch nichts war hier normal. Selten zuvor hatte sie sich hilfloser gefühlt. Nur wenige Meter von ihr entfernt wurde ihr kleines Mädchen operiert. Sie ließ sich auf der Kante eines Stuhls nieder, der an der Wand stand. Tom kam nun auch den Gang entlang. Er setzte sich neben sie und fuhr sich kurz über Augen und Schläfen. Er sah müde und angespannt zugleich aus, als er ihre Hand nahm und sie in seine Hände legte.

»Sie ist wirklich gut aufgehoben, Nora. Glaub mir, alles wird gut. Wir empfinden es nur als so furchtbar, weil es unsere Kleine ist, die da drinnen liegt. Aber nüchtern betrachtet ist es tatsächlich nur eine Routineoperation.«

Nora nickte. Sie wusste, dass Tom Recht hatte, und doch fiel es ihr unglaublich schwer, ihre Angst um Sophie zu kontrollieren. »Sicher ist es eine Routineoperation, aber auch bei einem so kleinen Kind? Gibt es tatsächlich viele zweieinhalbjährige Kinder, die am Blinddarm operiert werden müssen?«

Tom senkte den Kopf und sah zu Boden. »Es kommt hin und wieder vor.«

Nora atmete tief durch. »Ist die Narkose bei Kleinkindern ein besonderes Risiko, Tom?«

Er stand auf und vergrub die Hände in den Hosentaschen. »Hör auf damit, Nora! Du weißt genau, dass eine Narkose immer ein Risiko ist. Sophie ist ansonsten kerngesund. Sie wird es sicher gut überstehen.«

Noras Mundwinkel zitterten leicht. »Hoffentlich.«

Sie wusste kaum, wie die nächsten anderthalb Stunden vorübergegangen waren oder worüber alles sie sich den Kopf zerbrochen hatte. Immerhin war sie inzwischen mehr als froh, dass Tom auf seine Kollegen gehört und den Operationssaal gemieden hatte. Schließlich öffnete sich die automatische Tür, und Bill kam mit herunterhängendem Mundschutz auf sie zu. Tom und Nora sprangen auf und gingen rasch zu ihm.. Beruhigend hob er die Hände.

»Alles in Ordnung. So weit sich das bis jetzt abschätzen lässt, hat sie sich gut gehalten. Wir waren allerdings kein bisschen zu früh dran.« Er sah zu Tom. »Gedeckte Perforation.«

Tom öffnete betroffen den Mund und schwieg dann.
Bill schaute Nora an und erklärte: »Der Blinddarm war schon geplatzt. Glücklicherweise haben Darmfalten ihn so zugedeckt, dass nichts in den Bauchraum gegangen ist. Wie ich schon sagte, es war gerade noch rechtzeitig.« Bill blickte über die Schulter zurück. »Sie liegt noch in Narkose. Ich denke, in ein paar Minuten könnt ihr zu ihr, dann seid ihr bei ihr, wenn sie aufwacht. Meistens sind so kleine Kinder dann völlig durcheinander. Da ist es gut, wenn Mum und Dad gleich zur Stelle sind.«
Tom nickte. Er war froh, dass die Operation vorbei war. »Danke, Bill.«
Etwa fünf Minuten später standen sie im Aufwachraum neben Sophies Bett und betrachteten ihre Tochter. Nora war angenehm überrascht, wie klein das rechteckige, knapp handtellergroße Verband-Pflaster auf Sophies Bauch war. Gleich darauf entdeckte sie jedoch den dünnen Plastikschlauch, der seitlich vor der Hüfte aus ihr herausing und zu einem Beutel führte, in dem sich Wundflüssigkeit sammelte. Sie schluckte und verzog das Gesicht.
Tom war ihrem Blick gefolgt. »Das ist eine Dränage, Nora. Durch die wird das ganze Zeug aus der Entzündung weggeleitet, Eiter, Wundflüssigkeit und so. Es sieht jetzt nicht schön aus, ist aber notwendig. Sicher bleibt nur eine kleine Narbe zurück.«
Nora nickte tapfer. »Ja. Ich finde, auch das Pflaster auf der Operationsfläche sieht klein aus.«
Bill war jetzt zu ihnen gekommen. Er lachte leise. »Das will ich meinen. Ich wollte die Narbe so klein wie irgend möglich halten. Was denkt ihr, wie viel Mühe ich mir geben musste, bei der winzigen Öffnung alles wieder an seinen richtigen Platz zu bringen.«

Sophies Hände fuhren durch die Luft und gingen sofort zu ihrem Bauch. Sie begann zu weinen und blickte sich verwirrt um. Nora beugte sich über sie und küsste sie vorsichtig. Leise redete sie ihr zu und hielt die kleinen Hände davon ab, sich an dem Bauchpflaster zu schaffen zu machen. Sophie krümmte sich leicht und wimmerte. An ihrem rechten Handgelenk war ein Infusionszugang gelegt worden, der mit einem Verband und Pflasterstreifen fixiert worden war. Er führte zu einem Tropf, der neben dem Bett stand. Nora wagte kaum, die Hand mit dem Zugang zu berühren, aus Sorge, etwas zu verschieben.
Tom sah angespannt zu Bill. »Wie schaut es aus, Bill? Kann sie schon etwas gegen die Schmerzen bekommen?«
Bill ging zu Lisa und sprach leise mit ihr. Gleich darauf kam diese mit einer Spritze und gab deren Inhalt in den Infusionszugang. Innerhalb einer halben Minute hörte Sophie auf zu weinen und war nun seltsam munter. Sie sprach von einem Teddy, der auch krank gewesen sei. Nora schaute sie beunruhigt an und fragte sich insgeheim, ob ihre Tochter womöglich fantasierte, doch Lisa stand lächelnd bei der Kleinen und hob einen Teddybären in OP-Kleidung vom Fußende des Bettes hoch und reichte ihn ihr. »Hier ist er doch, unser kranker Bär, nicht wahr, Sophie? Er war die ganze Zeit bei dir.«

Nora blieb zehn Tage bei Sophie in der Klinik und machte nur kurze Besuche zu Hause, um frische Wäsche zu holen und Marie und Steven zu sehen, die immer traurig schienen, wenn sie wieder ins Krankenhaus zurückkehrte. Doch Sophie brauchte sie. Etwa sechs Tage lang mochte sie nicht mehr einschlafen. Obwohl sie total erschöpft war, zuckte sie jedes Mal, ehe sie einschlafen wollte, zusammen und fuhr weinend hoch. Nora hatte

Mühe, sie dann zu beruhigen. Tom erklärte ihr, es hänge mit der Narkose zusammen und gebe sich mit der Zeit, doch Nora litt mit ihrer Tochter und schlief ebenfalls kaum. Sie schaute tagelang Bilderbücher mit der Kleinen an, erzählte ihr lange Geschichten, bis sie vom Reden ganz heiser war. Sie wusch sie, maß Fieber und kämmte ihr Haar. Abends schob sie ihre Klappliege neben Sophies Bett und hielt ihre Hand. Am siebten Abend schliefen sie schließlich beide fest ein. Nora erwachte mitten in der Nacht durch Sophies Stimme, die sie rief. Sie fuhr hoch. Ihre Tochter saß im hellen Mondlicht in ihrem Bett und hatte den Verband des Infusionszugangs komplett abgerissen. Verbissen zerrte sie nun an der langen Nadel, die in ihrer Vene steckte. Nora sprang aus dem Bett und streckte die Hände nach Sophies Handgelenk aus.

»Nicht, Sophie! Das muss so bleiben. Da hindurch kommt doch deine Medizin, damit das Bauchweh nicht zurückkommt.«

Sophie schaute sie verdrossen an und hob den Arm. »Ab!«, wiederholte sie und zeigte auf den abgewickelten Verband. »Das ab!«

Nora schüttelte den Kopf. »Nein, das darf doch noch nicht abgemacht werden, Mäuschen.«

Als Mutter überkam sie sofort ein schlechtes Gewissen. Hätte sie das hier nicht verhindern müssen? Sie seufzte und drückte den Klingelknopf. Die Schwester kam gleich darauf, sah, was geschehen war, und holte den diensthabenden Arzt. Jason hatte Nachtschicht und war kaum drei Minuten später da. Er legte den Infusionszugang neu. Als er den frischen Verband fixierte, schaute er Nora an. »So, alles wieder okay.«

Nora nickte. »Danke.« Das Ganze war ihr peinlich.

Jason lächelte. »Dafür sind wir schließlich da.« Als er Noras Verlegenheit bemerkte, fügte er hinzu: »Das ist doch kein Beinbruch, Nora. Irgendwann musstest du doch auch mal schlafen. Jetzt ruht euch noch ein wenig aus.«

47

Wenige Wochen später stand Noras zweites Weihnachtsfest in Australien bevor. Sie freute sich sehr darauf, denn auch Sophie war inzwischen wieder ganz gesund. Immer noch betrachtete Nora die Adventszeit hier mit einer Mischung aus Unglauben und Heiterkeit. Die hochsommerlichen Temperaturen in Verbindung mit Weihnachtsschmuck und Plätzchenbacken kamen ihr sonderbar vor. Aber sie wollte ihren Kindern auch etwas von den Bräuchen aus ihrer Heimat vermitteln. Sie war aufgeblüht, denn die Sorge um Sophie war von ihr genommen, und das Alltagsleben mit den Kindern hatte sich besser eingespielt. Und aus Hamburg erhielt sie relativ regelmäßig E-Mails von Niklas, der ein wenig aufzutauen schien.

Die Sammlung der Traumzeit-Erzählungen, an denen sie so lange gearbeitet hatte, war fertig gestellt, und Nora hatte mit Marrindi über ihre Pläne gesprochen, für die Siedlung und die Künstlerwerkstatt etwas bewegen zu wollen. Marrindi und Banggal waren dieses Thema dann mit den Ältesten der Dorfgemeinschaft durchgegangen und hatten schließlich ihr Einverständnis für eine mögliche Veröffentlichung gegeben. Aufgeregt und doch schon glücklich darüber, so weit gekommen zu sein, hatte Nora den Kontakt zu ihrem alten Verlag in Hamburg gesucht. Man war sehr aufgeschlossen gewesen und hatte um die Übersendung des Manuskripts gebeten. Nun hieß es zwar noch abzuwarten, doch sie hatte irgendwie das Gefühl, dass sie eine Chance bekommen würde.

Die australische Landschaft brütete unter der Sommerhitze. Die Gräser der ausgedehnten Weidegebiete in der Umgebung hatten ihre grüne Farbe verloren und gingen in gelbe, strohartige Töne über, die sich leuchtend von der roten Erde abhoben. Die Blätter der dünnen Sträucher und Bäume rollten sich durch die anhaltende Trockenheit ein und verloren ihren satten Glanz. Im rötlichen Abendlicht kam es Nora jedes Mal aufs Neue so vor, als würde das Land anfangen zu glühen. Der im Winter und Frühjahr von diversen Platzregen angefüllte Fluss war nur mehr ein Flüsschen, das man problemlos zu Fuß durchqueren konnte, ohne dass man dabei sehr nass wurde.

Oft fuhr Nora mit den Kindern dorthin, denn Maries Stute Chocolate stand jetzt mit einigen anderen Pferden ganz in der Nähe auf einer Außenkoppel des Reitvereins. Die Kinder hatten einen Heidenspaß, die Tiere zu versorgen und anschließend ein wenig im seichten Wasser zu plantschen. Nora hielt Steven auf dem Arm, der mit aufmerksamem Blick seine Schwestern beobachtete und dann und wann aufgeregt mit seinen kleinen Händen fuchtelte. Nora ahnte bereits jetzt, dass er es sich nicht nehmen lassen würde, schon im nächsten Jahr gemeinsam mit den Mädchen durch das flache Wasser zu stapfen. Manchmal, wenn er ihr zu schwer wurde, setzte sie sich mit ihm auf dem Arm auf einen großen Felsen am Ufer und sah ihren Töchtern zu. Es machte sie glücklich, wie unbeschwert und gesund sie herumtobten.

Der Wechsel von Deutschland nach Australien schien sie nie wesentlich belastet zu haben. Es hatte nicht lange gedauert, und Marie war mit der Sprache und der Schule gut zurechtgekommen. Sicher lag dies auch daran, dass Tom nur Englisch sprach. Auf diese Weise wuchsen Marie, Sophie und Steven nun sogar zweisprachig auf, denn Nora unterhielt sich deutsch mit ihnen.

Sie wollte ihren Kindern die Möglichkeit offen halten, sich später einmal auch in der Heimat ihrer Mutter zurechtzufinden oder sich problemlos mit den Großeltern zu verständigen.

Steven war in ihrem Arm eingeschlafen. Der Schnuller in seinem Mund bewegte sich in kurzen Abständen und verriet, dass er noch nicht sehr tief schlief. Nora betrachtete ihn lächelnd und scheuchte die Fliegen fort. Dann schaute sie über die lachenden Mädchen am Wasser hinweg und ließ ihren Blick schweifen. Der Abend war angebrochen, und eigentlich wurde es Zeit, nach Hause zu fahren. Doch ihr gefiel die Landschaft zu dieser Tageszeit immer ganz besonders. Sie dachte an ihren ersten Besuch zurück.

Der frühe Morgen und der beginnende Abend waren die Tagesabschnitte gewesen, die ihr Herz für diesen Kontinent erobert hatten. Das warme Sonnenlicht ließ die Wasseroberfläche glitzern. In der Baumkrone eines etwas entfernt stehenden riesigen Fluss-Eukalyptus versammelten sich Schwärme kreischender Galahs, die sich offensichtlich zum Trinken und für ein abendliches Bad eingefunden hatten. Auf den sonnenwarmen Felsen lagen versteckt ein paar Eidechsen und dösten träge vor sich hin. Vor ihnen am Ufer wateten zwei Löffler durch das seichte Wasser und siebten auf der Suche nach einem Leckerbissen den Schlamm mit ihrem Schnabel. Ihre Knopfaugen schienen immer wieder prüfend den Sicherheitsabstand zu den plantschenden Kindern abzuschätzen. Nora schaute zum Himmel auf. Das gleißende Licht der Sonne hatte in wärmere orangerote Töne übergewechselt. Hoch oben am Himmel kreiste ein Adler und schien Ausschau nach einem Beutetier zu halten, das durch die Hitze des heutigen Tages geschwächt und nicht mehr vorsichtig genug sein mochte. Fasziniert sah Nora dem Kreisen des Adlers eine Weile zu. In Deutschland hatte sie diese Tiere nur in Zoos zu sehen bekommen. Schließlich stand sie auf, ging zum Wagen und bettete Steven in seinen Babyautositz, ehe sie die Mädchen rief, um mit ihnen nach Hause zu fahren.

Tom kam pünktlich heim. Er war guter Laune und alberte mit den Kindern herum. Das gemeinsame Abendessen verlief harmonisch. Als sie anschließend den Tisch abräumten, klingelte das Telefon. Nora konnte Marie gerade noch davon abhalten, sich darauf zu stürzen. »Lass Tom rangehen, Marie. Du weißt doch, er hat noch heute Abend und die Nacht über Bereitschaftsdienst.«
Marie verzog das Gesicht und maulte. »Ach Mann! Muss er denn jetzt schon wieder weg?«
Nora legte ihren Zeigefinger auf die Lippen und bedeutete ihrer Tochter ruhig zu sein.
Toms angespanntes Gesicht und zwei kurze Zwischenfragen an Greg aus der Funkzentrale der Flying Doctors in Cameron Downs verrieten ihr aber sofort, dass es sich um ein medizinisches Problem handelte. Jetzt konnte sie nur noch hoffen, dass es mit einer Medikamenten-Empfehlung gelöst wäre. Doch nun sagte er den Satz, den sie inzwischen zu hassen gelernt hatte: »Okay, ich komme.« Er warf ihr einen bedauernden Blick zu und zuckte mit den Schultern, ehe er sich wieder an Greg wandte. »Wer von den Piloten hat Dienstbereitschaft? – Ah, Phil. Rufst du ihn an, Greg? – Alles klar. Ich bin unterwegs zum Flugplatz.«
Nora konnte ihre Enttäuschung heute kaum verbergen, doch etwas in seinen Augen ließ sie aufmerksam werden. Sie runzelte die Stirn. »Wohin fliegst du?«
»Wir müssen in die Siedlung.«

»Wem geht es nicht gut? Etwa Marrindi?« Sie hatte Angst um den alten Mann, der schon öfter über seine bevorstehende Heimkehr zu den Ahnen gesprochen hatte.
Tom schüttelte den Kopf. »Nein, es ist Wudima. Sie hat starke Atembeschwerden. Von Zeit zu Zeit bekommt sie schwere Asthmaanfälle, die sie allein mit ihren üblichen Medikamenten nicht bewältigen kann.« Er griff nach seinem Koffer und blieb mit diesem in der Hand vor ihr stehen. Dann beugte er sich zu ihr hinunter und küsste sie rasch. »Mach dir nicht so viele Sorgen. Ich weiß, wie gern du sie hast. Wir kriegen das schon hin.« Im Hinausgehen strich er den Kindern über den Kopf und küsste sie ebenfalls. »Nicht traurig sein. Wir spielen morgen weiter, okay?«
Dann hörten sie schon die Tür klappen und gleich darauf das Motorengeräusch des abfahrenden Wagens. Seufzend betrachtete Nora die Kindergesichter. Marie schien am niedergeschlagensten. Sie nahm sie beiseite. »Hilfst du mir, die Kleinen bettfertig zu machen? Dann schauen wir beide noch ein bisschen fern und machen es uns gemütlich, was meinst du?«
Marie nickte erfreut. Es kam nicht häufig vor, dass sie in der Woche länger aufbleiben durfte, und die Aussicht, ihre Mutter einmal für sich allein zu haben, munterte sie umgehend auf.

Als Tom am Flugplatz eintraf, war die Maschine des Flying Doctor Service schon startbereit. Phil wartete mit Kim Michaels, die ebenfalls für diesen Einsatz eingeteilt worden war. Etwa fünfzehn Minuten später waren sie in der Luft. Es war ein Routineeinsatz, und alle hingen ihren Gedanken nach. Die Kingair durchflog einige Turbulenzen, aber danach verlief der Flug ruhig.

Tom schaute durch das runde Fenster nach draußen und beobachtete, wie der glutrote Feuerball der Sonne langsam unterging. Er dachte an Nora, die die Farben dieser Sonnenuntergänge stets aufs Neue begeistern konnten. Ein Lächeln umspielte seine Mundwinkel. Er liebte sie, doch wurde ihm in den wenigen ruhigen Momenten, die sein Tagesplan bot, bewusst, dass er zu wenig Zeit für sie hatte. Er seufzte leise. Immerhin hatten die schlimmen Schreiphasen von Steven fast aufgehört. Die Nächte waren wesentlich ruhiger, und alle fanden Schlaf. Er gähnte unwillkürlich, denn er spürte plötzlich, wie müde er nach über zwölf Stunden Dienst war, rieb sich die Augen und lehnte den Kopf gegen die Nackenstütze. Er nickte ein und fuhr erst zusammen, als Phil sich mit nach hinten geschobenen Kopfhörern umdrehte und sein obligatorisches »Anschnallen! Wir landen gleich!« rief.

Müde blinzelnd griff Tom nach den Gurten und ließ die Schnalle einrasten. Ein Blick aus dem Fenster zeigte ihm, dass es fast dunkel war. Unter sich erkannte er die einfache Pistenbefeuerung der Landebahn vor der Siedlung. Der Wind hatte schon ein paar Lichter ausgeblasen, doch Phil brachte die Kingair sicher auf den Boden. Kim und Tom lösten die Gurte und griffen nach den Taschen mit dem Zubehör. Als sie die Türen öffneten, fuhr ein klappriger Pick-up auf sie zu, der sie offenbar zur Siedlung bringen wollte.

Nora hatte mit Maries Hilfe Steven und Sophie zu Bett gebracht und beobachtete nun gedankenverloren durch das kleine Fenster des Mikrowellengeräts, wie sich die Tüte mit dem Popcorn langsam aufblähte und das gleichmäßige Ploppen das Entstehen von frischem Popcorn verriet. Marie saß bereits auf dem Sofa und sah fern. Nach einer Weile schaute Nora durch das Küchenfenster in den Garten. Es war schon beinahe dunkel geworden. Die Maschine des Royal Flying Doctors Service würde für die Landung und den später folgenden Start Lichter an der Piste benötigen. Manchmal, wenn Noras Gedanken bei Tom und seiner Arbeit waren, registrierte sie fast verwundert, welchen Einsatz das Team immer wieder brachte. Obwohl die Arbeitszeiten der Piloten per Gesetz auf zwölf Stunden begrenzt waren, arbeiteten die Schwestern und Ärzte oft länger. Mitunter war Tom sogar über vierundzwanzig Stunden im Dienst. Doch auch wenn die Betonung im Namen des Royal Flying Doctors Service auf dem »Doctor« lag, hatte Nora inzwischen mitbekommen, dass die gesamte Institution ein exzellentes Zusammenspiel vieler Menschen war. Nur der Arzt allein würde diese komplexe Leistung nicht erbringen können. Das schnelle Erreichen eines Unfallorts in einem so großen Land wurde nur durch einen guten Piloten möglich. Die umsichtige Betreuung eines Verletzten erforderte neben der Erstversorgung durch den Arzt eine erfahrene Schwester. Jeder eingehende Notruf in der Zentrale musste von einem besonnenen und doch schnell und flexibel denkenden Funker an die richtigen Stellen weitergeleitet werden. Und nicht zuletzt hielten Techniker die Flugzeuge so in Schuss, dass sich das Team blind darauf verlassen konnte. Dieses gesamte Zusammenspiel machte den Service zu einer Einrichtung, die untrennbar mit dem Leben im Outback verbunden war; dem Geist der Flying Doctors und dem Ziel von John Flynn, der sie gegründet hatte, um »den Mantel der Sicherheit« über jede Ecke des fünf Millionen Quadratkilometer großen Gebiets zu breiten, das von den Mitarbeitern der zwanzig Basen und ihrer vierzig Flugzeuge versorgt wurde.

»Mama, kommst du?« Marie war aufgestanden und sah erwartungsvoll zur Mikrowelle.
Nora nickte. »Ja, sofort, Schatz.« Während sie das warme Popcorn aus der Tüte in eine Schale schüttete, dachte sie noch einmal über den Erfolg des Flying Doctors Service nach. Sicherlich machte der Zauber des Fliegens in Verbindung mit den Geheimnissen der Medizin (oder des Heilens an sich) den Großteil der Faszination in der Geschichte der fliegenden Ärzte aus, aber es hatte auch immer die richtigen Menschen für diese Arbeit geben müssen. Und diesen Menschen galt heute noch genauso wie vor über siebzig Jahren der Respekt und die Dankbarkeit der Leute, für die sie im Einsatz waren. Wo sie nur konnten, unterstützten die Bewohner des Outback »ihre Ärzte«. Unter dem Motto »Keep the Flying Doctors Flying« wurden Wohltätigkeitsveranstaltungen ins Leben gerufen und Spenden gesammelt, denn auf Spenden war und ist der Service immer angewiesen. Noras Gedanken wanderten jetzt voller Zuneigung zu Wudima, und sie hoffte inständig, dass es ihr bald besser gehen würde. Dann riss sie sich selbst aus ihren Grübeleien, nahm die Schüssel und kuschelte sich zu Marie aufs Sofa, die laut über eine Familie in einer Quizsendung lachte.

Tom und Kim hatten die Erstversorgung von Wudima vorgenommen. Die alte Frau war sitzend auf eine Rollbahre gebettet und auf die Ladefläche des Pick-up gehoben worden. Tom setzte sich neben sie und überwachte den tragbaren Monitor, der ihm den Blutdruck und die Herztonfrequenz verriet. Erschöpft hielt Wudima die Augen geschlossen. Ihr Atem ging pfeifend. Mund und Nase verschwanden unter einer Sauerstoffmaske. Tom runzelte die Stirn, als er feststellte, dass ihr Herztakt sehr unregelmäßig war. Er erhöhte automatisch die Sauerstoffzufuhr. Langsam und rumpelnd fand der Wagen den Weg zurück zu der staubigen Piste, auf der Phil mit dem Flugzeug wartete. Mehrere Männer aus einem nachfolgenden Fahrzeug stiegen aus und liefen kreuz und quer, um alle Lichter der Pistenbefeuerung wieder anzuzünden. Phil, Kim und Tom brachten inzwischen Wudima in die Kingair. Gleich darauf winkten sie den Umstehenden kurz zu, schlossen die Türen und nahmen selbst ihre Plätze ein. Minuten später hob das Flugzeug in den dunklen Himmel ab und nahm Kurs auf Cameron Downs. Trotz sofort verabreichter Medikamente war Wudimas Zustand ernst. Unzählige schwere Asthmaanfälle im Laufe ihres Lebens hatten das Herz der alten Frau geschwächt. Besorgt blieben Tom und Kim bei ihr sitzen und überprüften immer wieder ihre Werte. Am Hangar erwartete sie nach der Landung bereits ein Ambulanzwagen, der die Patientin in die Klinik bringen sollte.

Als Nora Wudima zwei Tage später besuchte, ging es dieser bereits wieder besser. Unruhig fuhren ihre dunklen Hände über die weiße Bettdecke und verrieten ihre Ungeduld, aus dem Krankenhaus zu kommen. Nora hatte ihr frisches Obst mitgebracht und unterhielt sich eine ganze Weile mit ihr, ehe sie zum Empfang zurückmusste, wo eine Schwester auf Sophie und Steven aufgepasst hatte.
Mit den beiden Kindern fuhr sie anschließend zum Einkaufen. Auf dem Heimweg nahm sie wieder einmal wahr, wie trocken das Land geworden war. Die Gräser hatten sich strohgelb verfärbt und nickten müde im heißen Wind, der rote Sandschwaden über die Straße trieb. Die ehemals grünen Weiden schienen sich förmlich in Staub aufzulösen. Es kam Nora unglaublich

vor, dass schon in ein paar Tagen Weihnachten vor der Tür stand. Besorgt nahm sie – während der Alltag normal weiterlief – die Radiomeldungen über die Buschfeuer im Landesinneren zur Kenntnis und beruhigte sich damit, dass die verheerenden Brände noch nie bis Cameron vorgedrungen waren. Und doch befiel sie in dieser Hinsicht immer wieder Angst, denn schließlich hatten auch Millionenstädte wie Sydney oder Canberra schon die Macht solcher Feuer zu spüren bekommen.
Nora erinnerte sich an Fernsehberichte über die infernalischen Brände in Sydney 2001. Fünfzehntausend Feuerwehrleute hatten auf einer Feuerfront von zweitausend Kilometern gekämpft. Doch das Feuer war über die Eindämmungslinien hinweggerast und in die Vororte übergesprungen. Verstörte, fassungslose Menschen hatten evakuiert werden müssen. Durch unvorstellbare Hitze und einen dichten schwarzgrauen Qualmschleier waren die Menschen zu den Stränden geflüchtet, während in den Straßen ihrer Wohngebiete ungezügelte Flammen über den Boden getänzelt und vom Wind vorwärts in die Gärten und Häuser gepeitscht worden waren.

Nora vergaß über die Feiertage jedoch ihre Sorge. Sie war dankbar, dass Sophie wieder ganz gesund war und sich mit den anderen munter und aufgekratzt auf das Fest freuen konnte. Für Aufregung und Ablenkung hatte auch ein Angebot aus Deutschland gesorgt. Der Verlag wollte die Traumzeit-Geschichten herausgeben. Nora war außer sich vor Freude den ganzen Tag mit dem Brief herumgelaufen und hatte ihn immer wieder gelesen. So verlebten sie friedliche Weihnachtstage und genossen es, dass Tom mehrere Tage Urlaub hatte.

48

Kurz nach Weihnachten wurde die Sorge wegen der Brände wieder real. Die Feuer hatten sich unvorstellbar weit ausgebreitet und wälzten sich vom Landesinneren in die dichter besiedelten Randregionen des Kontinents vorwärts. Auch Cameron Downs befand sich plötzlich nicht mehr außerhalb jeder Gefahr. Monatelang hatte es nicht geregnet. Das Land litt unter nur fünf Prozent Luftfeuchtigkeit, und starke Winde schienen die Dürre förmlich vor sich herzutreiben.

Nora hatte in der Nacht kaum Ruhe gefunden. Als sie im Morgengrauen leise auf die Veranda trat und unruhig in die Dämmerung starrte, konnte sie das Feuer bereits riechen. Sie machte ein paar Schritte in den Garten und wandte sich dann zum Haus um. Im ersten Licht des Tages schien es sich friedlich schlafend unter zwei große Bäume zu schmiegen. Nora betrachtete es. Dies war ihr Zuhause. Wie froh und stolz waren sie und Tom gewesen, als der Anbau, den sie so liebevoll geplant hatten, so rasch und gut hatte fertig gestellt werden können, ohne dass der ursprüngliche Charakter des Hauses verändert wurde. Hell und freundlich waren die Räume. Ihr Platz zum Leben – voller Licht und Wärme. Nora senkte einen Moment den Kopf, bevor ihr Blick wieder durch den staubigen Garten wanderte. Wegen der Dürre musste Wasser gespart werden. Alles war ausgedörrt und schien förmlich zu ersticken. Die Pflanzen warfen ihre zusammengerollten Blätter ab und gingen ein. Die Exotik der Blumen und Sträucher, die Nora stets so bezaubert hatte, war verschwunden. Eine solche Trockenheit hätte sie sich nie vorstellen

können. Der Wind trug ihr erneut den Brandgeruch zu. Mein Gott, es durfte einfach nicht geschehen. Gerade waren sie sicher und glücklich hier. Die Fliegentür an der Veranda quietschte leise, und Tom kam mit zerzausten Haaren und dunklen Bartstoppeln die kleine Treppe zum Garten herunter. Nora zwang sich zu einem Lächeln. »Na, du bist ja auch schon wach.«
Er schlang beide Arme um sie und sah prüfend auf sie hinunter. »Und du? Konntest du nicht mehr schlafen?«
Nora starrte ihn sekundenlang sprachlos an. Manchmal fiel ihr die typisch australische Gelassenheit doch auf die Nerven. Sarkasmus blitzte in ihren Augen auf, als sie sich von ihm losmachte. »Doch, ich habe wunderbar geschlafen, denn es belastet mich nur unwesentlich, dass unser Haus vielleicht abbrennt. Ja, es macht mir wirklich kaum etwas aus, dass wir womöglich alles verlieren, was wir uns gerade erst aufgebaut haben.«
Tom schüttelte den Kopf und seufzte. »Nora, so weit sind wir doch noch nicht. Wir haben seit Tagen Ostwind. Der Wind müsste in nördliche Richtung drehen, ehe es kritisch wird und hier echte Gefahr besteht.« Er sah in die Ferne. »Und selbst wenn er das tut ... Dann nehmen wir die Kinder und alles, was wir tragen können, und gehen. Dann ist es eben so. Solange wir gesund und zusammen sind, können wir wieder neu beginnen.«
Nora drehte sich um und ging zur Veranda zurück. »Na toll. Das ist ganz genau das, was ich hören wollte. Möchtest du vielleicht noch ein letztes Frühstück in dem Haus einnehmen, das dir so grenzenlos am Herzen liegt?«
Tom unterdrückte ein Lachen und lief rasch hinter ihr her, um sie am Arm festzuhalten. Seine Augen suchten ihren Blick, und seine Stimme klang weich. »Liebling, du weißt genau, dass ich alles tun werde, damit unserem Heim nichts passiert ... Ich

kann aber nur das tun, was in meiner Macht steht. Wenn ich jetzt schon in Panik verfalle oder wütend mit dem Fuß aufstampfe, bringt das gar nichts.« Er legte eine Hand unter ihr Kinn, sodass sie ihn ansehen musste.

Nora pustete sich eine Haarsträhne aus der Stirn. »Manchmal würde es mir aber gut tun, wenn du nicht immer so schrecklich gelassen wärst, du Ausbund an australischer Ruhe.«

Er gab ihr einen Kuss und zwinkerte grinsend. »Ich finde, wir ergänzen uns prima, meinst du nicht?«

Nachdem Tom mit den Mädchen in den Ort gefahren war, blieb Nora mit Steven allein zurück. Er war völlig verschwitzt aufgewacht, und so badete sie ihn in aller Ruhe. Dann wickelte sie ihn und zog ihn luftig an, ehe sie mit ihm auf dem Arm in die Küche hinunterging, wo sie ihn in seinen Hochstuhl setzte. Innerlich angespannt, schaltete sie das Radio ein, um die Meldungen über die Brände zu verfolgen. Während sie weiter mit ihrem kleinen Sohn schäkerte, um ihn bei Laune zu halten, griff sie nach einer Banane für seinen Brei. Es kam ihr merkwürdig vor, dass ihr Leben und das der Kinder hier so völlig normal weiterging, während dort draußen noch immer die Feuergefahr lauerte. Sie fand den Gedanken geradezu unerträglich, einfach abwarten zu müssen, ob die Natur die Windrichtung ändern würde oder nicht. Sie setzte sich zu Steven und begann ihn zu füttern. Zwischendurch scherzte sie mit ihm oder kitzelte seine nackten weichen Babyfüße. Seine grünen Augen blitzten übermütig, und er zeigte gut gelaunt ein paar strahlend weiße Zähnchen. Auch er hatte Toms dunkles welliges Haar, und Nora war sich schon jetzt sicher, dass er später einmal eine Menge Mädchenherzen würde höher schlagen lassen. Als sein Schälchen leer war, schob sie es aus seiner Reichweite, wischte ihm mit dem Lätzchen den Mund ab, nahm ihn auf den Arm und ging mit ihm durch die Fliegentür auf die Veranda. Sie musste sich einfach davon überzeugen, dass das Feuer noch weit von ihnen entfernt war. Außerdem war sie viel zu unruhig für die üblichen Arbeiten, die eigentlich auf sie warteten.

Nachdem sie im Garten einen kleinen Rundgang mit Steven auf den Schultern gemacht hatte, kehrte sie auf die Veranda zurück und ließ sich in einen Korbsessel fallen. Sie hielt ihren Sohn im Arm und knuddelte ihn. Als er genug hatte, griff sie nach einem Schlüsselbund, der auf dem runden Tisch vor ihr lag, und reichte ihn ihm. Er begann sogleich die einzelnen Schlüssel zu untersuchen. Nora beobachtete ihn und gab Acht, dass er sie nicht in den Mund steckte. Doch so sehr sie sich von den ständig kreisenden Gedanken zu befreien versuchte, so wenig gelang es ihr. Nach einer Weile kehrte sie mit Steven zurück ins Haus. Sie zog eine Küchenschublade auf und entnahm ihr viele kleine Tupperware-Behälter, die ineinander gestapelt waren, und trug sie mit dem Kind nach oben. Sie musste etwas tun. Sie setzte den Kleinen mit all den Plastikdosen auf den Teppich, damit er etwas zu tun hatte, und öffnete dann die Kleiderschränke. Sie wollte sicherheitshalber schon ein paar Sachen zusammenpacken, auch auf die Gefahr hin, dass es gar nicht notwendig war.

Knisternd fraßen sich die Flammen durch den Busch und trieben die Tiere vor sich her. Rote Riesenkängurus flüchteten in weiten Sätzen in die Ebene. Selbst die trägen rundlichen Koalas legten ein erstaunliches Tempo vor, um dem Flammentod zu entkommen. Wombats und andere Höhlenbewohner versuchten sich unter der Erde in Sicherheit zu bringen. Bunt schillernde Papageienschwärme und helle Kakadus flogen kreischend aus dem Qualm in sichere Gefilde. Die Natur nahm ihren Lauf. Zurück blieben scheinbar tote Bäume, deren gerippeartige Äste anklagend in den Himmel wiesen. Trauernd schienen sie sich von der verbrannten schwarzen Erde abwenden zu wollen. Und doch konnte ein einziger starker Regen genügen, und schon in wenigen Tagen würde aus dem verkohlten Schwarz der verbrannten Bäume und Sträucher das erste frische Grün sprießen, das allen Tieren einen neuen Anfang versprechen würde. Samenkapseln seltener Wildblumen, die vielleicht seit Jahren in der Erde geruht hatten, würden erst durch die Hitze des Feuers gesprengt werden und so eine Chance auf die Blüte erhalten. Ihre Blüten wiederum wären eine Verlockung für Schmetterlinge und andere Insekten. Auch Vögel und Eidechsen hätten unter diesen Voraussetzungen einen reich gedeckten Tisch. Nur die Menschen wurden durch die Buschfeuer oft an ihre Grenzen geführt. Zu nah hatten sie ihre Häuser und Siedlungen an die Wildnis gebaut, im Vertrauen darauf, dass nichts Derartiges geschehen würde.

Als Nora am nächsten Morgen erwachte und ihr erster Blick zum Fenster ging, ahnte sie bereits, dass etwas anders war als sonst. Das Licht kam ihr dunkler vor. Leise stand sie auf, um sich draußen umzusehen. Normalerweise liebte sie diese morgendliche Viertelstunde, in der sie ganz allein im Garten oder auf der Veranda dem beginnenden Tag entgegensah. Der melodiöse Gesang der Elstern, das kreischend-muntere Gezwitscher der anderen Vögel, das ihr immer noch so exotisch vorkam und das nur noch dann und wann durch das wilde Gelächter eines Kookaburra übertrumpft wurde, machte ihr immer wieder aufs

Neue klar, wie sehr dieser Kontinent sie faszinierte. Auch dass sie mit Tom und den Kindern ganz am Ortsrand wohnte, hatte ihr immer besonders gut gefallen. Der unbefestigte Weg, der von der Hauptstraße aus zu ihrem Haus abzweigte, ging danach einfach ins Outback über – in die schier grenzenlose Weite, die nur den Tieren zu gehören schien.

Als Nora aber an diesem Morgen in den Garten ging, wurde ihr klar, dass sie die Koffer nicht umsonst gepackt hatte. Der Brandgeruch hatte sich deutlich verstärkt, und das Sonnenlicht wurde durch endlose stumpfe Rauchfahnen gedämpft, die sich zunehmend wie gelbgrauer Nebel über den Garten legten und ihm etwas Gespenstisches und Bedrohliches verliehen. Nora wandte sich um und lief schnell ins Haus zurück. In der Küche schaltete sie das Radio ein. Schon nach Sekunden vernahm sie die warnenden Durchsagen. Alle gefährdeten Bezirke und Straßennamen wurden genannt und die Menschen in Alarmbereitschaft versetzt, in absehbarer Zeit ihre Häuser und Wohnungen zu verlassen. Es waren Sammelstellen und Notunterkünfte eingerichtet worden. In Noras Kopf wirbelten viele Gedanken durcheinander. Bis jetzt war ihre Straße nicht genannt worden. Doch wie lange noch? Würden sie das Haus wirklich verlassen müssen? Die immer realer werdende Bedrohung durch das Feuer lähmte Nora einige Minuten und hielt sie davon ab, mit der morgendlichen Frühstücksroutine zu beginnen. Die Normalität des Alltags kam ihr angesichts dieser Gefahr absurd vor. Dann jedoch riss sie sich zusammen und stand auf, um Tom und die Kinder zu wecken.

Mehrere kleine Feuerherde hatten sich etwa fünfunddreißig Kilometer vor Cameron Downs zu einer riesigen Feuerfront vereint, die sich mit Macht vorwärts fraß. Flugzeuge, zum Teil von Privatleuten geflogen, die helfen wollten, überflogen die Brände und gaben ihre Beobachtungen laufend an die Einsatzleitstelle der Feuerwehr weiter. Der Wind spielte in diesem Schauspiel eine alles entscheidende Rolle. Besorgt und aufmerksam zugleich wurden Mitteilungen über die Windrichtung notiert. Betroffene Outbackfarmen erhielten Unterstützung durch Nachbarn und die Feuerwehr. Es wurden Bäume gefällt, Gräben ausgehoben und Wohnhäuser mit Unmengen von Wasser besprengt, in der Hoffnung, dass die Flammen so nicht Fuß fassen oder durch die Gräben gestoppt werden könnten. In rasender Eile wurde das Vieh aus der Gefahrenzone auf andere Weiden getrieben, von denen man hoffte, wenigstens sie seien vor dem Feuer sicher. Erste Brandopfer, vorwiegend Feuerwehrmänner, die vor Ort gekämpft hatten, wurden in die Klinik geflogen. Tom, Bill, Jason und Susan Clark behandelten Brandwunden und Rauchvergiftungen.

Marie saß in der Schule und kaute auf ihrem Bleistift. Sie war nicht bei der Sache, denn ihre Gedanken gingen zunächst zu Chocolate. Wäre die Stute hier mitten in Cameron Downs sicher? Und überhaupt, was war mit Mama, Sophie und Steven? Sie waren ganz allein da draußen. Wie schnell käme das Feuer dorthin? Würde womöglich noch ganz Cameron Downs abbrennen? Und wohin konnten sie dann als Nächstes flüchten? Beinahe befremdet wanderten ihre Augen von einem Mitschüler zum nächsten. Es war merkwürdig, dass der Unterricht so normal weiterging, obwohl sich die Flammen auf Cameron Downs zuwälzten. Unwillkürlich tauchte in ihr die Erinnerung an ihre Hamburger Schulzeit auf. Allenfalls das Hochwasser war damals ein Thema gewesen, aber keine Feuer, die die Menschen oder die Stadt bedroht hätten.

Dr. William Jarrett blätterte in seinen Unterlagen und besprach mit seinem Kollegen die Planung der nächsten Tage. »Tom, wir müssten auch noch einen Besuch bei der alten Gwyn Henderson einplanen. Sie ist bei den letzten beiden Kliniktouren nicht aufgetaucht.«
Tom nickte. »Hm. Das liegt auf dem Weg zur Siedlung. Wir könnten Wudima unterwegs dort absetzen, was meinst du?«
Bill griff sich die Krankenakte und warf einen Blick hinein. »Ja, ich denke, sie wird wieder klarkommen. Und ihre Leute vermissen sie bestimmt schon.« Seine Augen wanderten sorgenvoll zum Fenster. »Wenn nur dieses verfluchte Feuer endlich aufhören würde.«
Tom klappte die Krankenakte zu. »Die Siedlung ist ja noch wesentlich weiter vom Feuer entfernt als Cameron Downs. Sie wäre dort also sicher. Okay, Bill, ich übernehme das. Gehen wir erst einmal davon aus, dass alles wie geplant ablaufen kann. Morgen also der Kliniktour-Termin bei den Garretts. Wir starten mit Wudima, setzen sie unterwegs in der Siedlung ab und schauen nach der Tour bei Mrs. Henderson vorbei. Die Gute würde uns eine Menge Umstände ersparen, wenn sie zu dem Termin bei den Garretts käme. Phil werden bestimmt die Augen aus dem Kopf fallen, wenn er die Henderson-Piste sieht. Wer weiß, ob wir dort überhaupt landen können.«

Angespannt verfolgte Marie zu Hause die Radiodurchsagen, die Auskunft über die Bereiche von Cameron Downs gaben, in denen akute Gefahr bestand, dass das Feuer übersprang. Nervös spielte sie mit ihrem Federmäppchen und zog den Reißverschluss auf und zu. Die Straßen, die genannt wurden, waren nur mehr zwei bis drei Kilometer vom Reitstall entfernt. Niemand im Stall hatte ernsthaft damit gerechnet. Im Gegenteil. Nachdem die Pferde von den Außenweiden hereingeholt worden waren, hatte Michael ihr noch versichert, dass im Stall keinerlei Gefahr mehr bestehe. Trotzig zog Marie die Nase hoch. Sie hätte gern nach ihrem Pferd gesehen, doch ihre Mutter weigerte sich, durch die gefährdeten Bezirke zu fahren und dort womöglich die Hilfskräfte zu behindern. Als im Radio wieder Musik gespielt wurde, wandte sie sich unzufrieden ihren Hausaufgaben zu.

Am späten Nachmittag saß sie mit aufgerissenen Augen vor dem Radio, als mitgeteilt wurde, dass auch die Umgebung des Reitstalls vom Feuer bedroht war. Sie sprang so hastig auf, dass ihr Stuhl rückwärts nach hinten kippte. Sie ließ ihn liegen und war schon auf der Treppe. »Mama! Mama!«

Nora räumte den Geschirrspüler aus und richtete sich mit einigen Tellern in der Hand auf. »Was ist denn los?«

Marie blieb vor dem Esstisch stehen, an dem Sophie saß und malte. »Du musst mich zum Reitstall fahren, Mama. Sie haben es gerade durchgesagt. Das Feuer ist auf dem Weg dorthin. Ich muss zu Chocolate!«

Nora stellte die Teller in den Schrank und drehte sich zu ihr um. »Jetzt beruhige dich erst mal, Marie. Wir haben vorhin schon darüber gesprochen. Chocolate ist in guten Händen. Die Leute vom Reitstall werden die Tiere schon in Sicherheit bringen.« Sie sah von Marie zu Sophie und dann zu Steven, der im Laufstall auf einer Krabbeldecke lag und mit rudernden Händchen nach den Spielzeugen schlug, die sich an einem elastischen Band drehten, das quer von einer Seite zur anderen gespannt war. »Ich werde jetzt nicht Sophie und Steven anziehen und ins Auto laden, nur damit du sehen kannst, dass es deiner Chocolate gut geht.« Sie schüttelte den Kopf. »Denk doch mal nach, Marie. Wenn jetzt jeder in sein Auto springen würde, um hier oder da nach dem Rechten zu sehen, dann käme die Feuerwehr überhaupt nicht mehr in die gefährdeten Bezirke. Und dort geht es schließlich in erster Linie um die Menschen.« Sie sah, wie ihre Tochter sich auf die Unterlippe biss, und legte ihr beide Hände auf die Schultern. »Schatz, meinetwegen ruf dort an und frag nach, wie es aussieht. Michael und seine Leute werden ganz bestimmt alles für die Sicherheit der Tiere tun.«

Marie schüttelte Noras Hände ab und wandte sich abrupt um. Keiner verstand sie. Wortlos lief sie zum Telefon und tippte die Nummer des Reitstalls ein. Wenig später legte sie auf und ging zur Treppe.

Nora sortierte Besteck in die Schublade und schaute ihrer Tochter nach. »Na, ist alles in Ordnung?«

Marie stapfte die Treppe hinauf. »Geht keiner ran.«

»Die werden wohl mit den Pferden beschäftigt sein. Wahrscheinlich bringen sie sie auf sichere Außenkoppeln, weit weg vom Feuer.« Sie hörte, wie Marie oben ihre Tür vernehmlich zuklappen ließ, und seufzte. Auch sie war besorgter, als sie offen zugab. Die Angst vor der näher rückenden Evakuierung machte ihr zu schaffen. Wann würden sie das Haus verlassen müssen? Ratlos starrte sie aus dem Fenster.

Beim Abendessen ließ Nora plötzlich ihre Gabel sinken und sah zu Tom. »Sag mal, was ist eigentlich mit Wudima? Ich war gestern bei ihr und hatte den Eindruck, dass sie gerne nach Hause möchte.«

»Wir nehmen sie morgen mit, wenn es zur Sprechstunde bei den Garretts geht. Wir können sie vorher in der Siedlung absetzen.«
Nora stocherte mit ihrer Gabel im Salat. »Na, da wird sie sicher froh sein.« Sie blickte auf. »Könnt ihr denn noch so lässig weiterplanen? Ich meine, es weiß doch niemand, wie das mit dem Feuer noch wird.«
»Tja, das müssen wir abwarten. Aber bis dahin geht der normale Plan weiter.« Er schaute zu Marie, die auffallend still war und ihr Essen auf dem Teller nur hin und her zu schieben schien. »Was ist los, Marie? Hast du keinen Hunger?«
Sie schüttelte den Kopf, und Nora erklärte: »Sie macht sich Sorgen wegen des Pferdes. Ich wollte nicht extra hinfahren, und am Telefon hat sie niemanden erreicht.«
Tom nickte. »Ah, ich verstehe. Marie, du musst dir bestimmt keine Sorgen machen. Michael ist sehr umsichtig, wenn es um die Pferde geht. Er wird mit seinen Leuten heute alle Hände voll damit zu tun gehabt haben, Chocolate und die anderen in Sicherheit zu bringen. Du hättest dort gar nichts für sie tun können, und die Feuerwehr möchte auch nicht, dass alle möglichen Leute kreuz und quer durchs Einsatzgebiet fahren. Das ist nicht ungefährlich.«
Marie schwieg einen Moment. Dann schob sie ihren Teller von sich. »Kann ich bitte schon nach oben gehen? Ich bin müde.«
Nora schnitt Sophie das Brot in kleine Stücke. Sie ärgerte sich über Maries offensichtliche Uneinsichtigkeit, hatte aber keine Lust mehr auf weitere Diskussionen. »Ja, dann geh.«

49

Am nächsten Tag hob das Flugzeug des RFDS am frühen Morgen von der Piste des Flugplatzes Cameron Downs ab. Wudima fühlte sich besser und freute sich auf ihre Familie und ihr Zuhause. Tom und Lisa gingen die Unterlagen für die Sprechstunde bei den Garretts durch. Es war, als wollten sie sich selbst mit ihrer alltäglichen Routine von der drohenden Feuergefahr ablenken. Beide unterbrachen sich jedoch automatisch und schwiegen betroffen, als sie die tosenden Buschfeuer draußen vor der Stadt überflogen. Eine breite Feuerfront, über der dichte schwarze Qualmwolken hingen, hielt unerbittlich Kurs auf den Ort und ließ dampfende Schwärze zurück. Lisas Augen fingen Toms Blick auf. Er hatte die Stirn gerunzelt. »Was meinst du, wird das so weitergehen?«

Sie schaute wieder aus dem Fenster. »Hm, schwer zu sagen. Aber ganz ehrlich, so schlimm war Cameron noch nie in Bedrängnis, und ich bin jetzt schon über zwanzig Jahre hier.«

Tom streckte die Beine von sich, so weit dies möglich war, und seufzte. »Hoffen wir das Beste!« Er rieb sich die Stirn. »O Mann, ich hab Nora so in dem Gefühl der Sicherheit gelassen, dass nichts passieren wird, dass ich gar nicht weiß, wie ich da wieder rauskommen soll, wenn wir nun womöglich doch noch evakuiert werden.«

Lisa sah in den trüben Himmel. »Vielleicht gibt's ja endlich Regen. Und Tom, sollte das mit der Evakuierung ernst werden, dann kommt ihr zu uns. Wir sind für euch da. Seit Steve und Tim in Sydney studieren, ist es sowieso viel zu still bei uns. Wir freuen uns immer über Leben im Haus.«

Tom grinste. »Aber gleich so viel Leben?«

Lisa musste über seinen Galgenhumor lachen. »Ach Tom! Du weißt, wie sehr wir die Kinder lieben. Wir sind Freunde, und sollte es tatsächlich gefährlich für Cameron werden, wäre es schön, wenn ihr zu uns kommen würdet.«

»Danke, Lisa. Trotzdem hoffe ich, dass das nicht notwendig werden wird. Ehrlich gesagt schmerzt mich schon der bloße Gedanke daran, dass unser Haus in Gefahr sein könnte. Mann, gerade erst ist alles richtig fertig geworden nach diesem Umbau. Ich darf gar nicht dran denken ...«

»Vielleicht gibt's ja noch Regen. Dann hast du dir umsonst Sorgen gemacht.«

Er sah missmutig nach draußen. »Hoffentlich!«

Sie schwiegen beide eine Weile und wandten sich dann wieder den Patienten-Akten für die Sprechstunde zu. Wudima hatte schweigend zugehört. Ihre dunklen glänzenden Augen wanderten von Tom und Lisa nach draußen und schienen den Himmel und seine Wolkenformationen zu beurteilen. Eine gute Stunde später landete das Flugzeug auf der staubigen Piste vor der Siedlung. Ein Wagen stand abseits der Landebahn, setzte sich in Bewegung und hielt gleich darauf neben dem Flugzeug. Tom, der Wudima beim Aussteigen half, bemerkte verblüfft, dass neben dem kräftigen jungen Fahrer auch Marrindi im Auto saß. Es kostete den alten Mann einige Mühe, das Fahrzeug zu verlassen. Doch trotz seiner zunehmenden Gebrechlichkeit strahlte er – auch auf seinen Stock gestützt – immer noch ein solches Maß an Würde und Stolz aus, das Tom wieder einmal Respekt abnötigte. Er schätzte den alten Schamanen sehr. Phil tippte auf seine Armbanduhr und Tom nickte ihm zu, bevor er auf Marrindi zuging und ihn freundlich begrüßte.

»Wie geht es dir, Marrindi? Es ist schön, dich zu sehen.«
Der Alte erwiderte den Gruß und nickte Wudima zu, der gleich darauf in den Wagen geholfen wurde. Tom stand noch ein wenig unschlüssig bei Marrindi. »Kann ich etwas für dich tun? Ist bei euch in der Siedlung alles in Ordnung?«
»Es geht mir gut, Tom. Und den anderen hier auch.« Er sah aufmerksam zum Himmel. Tom war seinem Blick gefolgt und musterte den Alten neugierig. Scherzhaft fragte er: »Wie sieht's denn aus? Kriegen wir in Cameron Downs endlich Regen?« Er zwinkerte vielsagend. »Kannst du nicht ein wenig nachhelfen?«
Marrindi schaute ihn ernst an. »Ich hatte gehofft, dass du den Flug begleitest, Tom.« Sein Blick ging zu Phil, der erneut mahnend auf die Uhr zeigte. »Aber ihr habt es eilig. Euer Pilot drängt schon, also geh nur, Tom.« Er gab ihm die Hand und hielt sie eine Sekunde länger fest, als nötig gewesen wäre. »Passt gut auf euch auf, Tom.«
Tom winkte Wudima und dem Fahrer zum Abschied, ging dann zum Flugzeug, stieg ein und zog die Türen zu. Durch das Fenster sah er Marrindi neben dem Auto stehen. Er schaute immer noch unverwandt herüber. Tom nahm Platz, schnallte sich an und starrte in Gedanken versunken hinaus, während die Maschine zügig über die Piste donnerte und sich in den Himmel erhob. Was hatte Marrindi ihm sagen wollen? Warum war er zur Landebahn gekommen? Er war noch nie dort gewesen. Warum also gerade heute? Warum hatte er auf ihn gehofft? Tom sorgte sich um den alten Mann. Hatte dieser sich verabschieden wollen? Wieder einmal fühlte Tom sich verunsichert. Ärgerlich über dieses Gefühl, schob er die Gedanken an Marrindi und die Siedlung beiseite und griff nach der Mappe mit den Unterlagen für die kommende Sprechstunde.

Nora registrierte den dunklen Himmel und roch den Qualm, den der Wind unbeirrt herantrug. Sie stand auf der Veranda und sah sich um. Von drinnen drang der Klang des Radios gedämpft nach draußen. Das Gerät blieb seit Tagen an, und Nora hatte die zunehmende Häufigkeit und die ansteigende Hektik im Ton der Durchsagen durchaus als bedrohlich empfunden. Sie fühlte sich gerade jetzt von Tom allein gelassen und verstand nicht, wieso er ausgerechnet in einer solchen Situation wie gewohnt auf Kliniktour gehen musste. Ihr Blick fiel auf die beiden Koffer, die sie neben sich abgestellt hatte. Seufzend griff sie danach und trug sie zum Auto. Ihre Grübelei half nichts, es war allemal besser, wenn sie möglichst viele Dinge in Sicherheit brachte. Sie war froh über die Unterstützung, die sie von Lisa und Bill bekam. Bill hatte ihr sogar einen Hausschlüssel vorbeigebracht und sie davon überzeugt, dass vorausschauende Vorsicht besser sei als eine überstürzte Flucht. Nachdem er gegangen war, hatte sie minutenlang gegen aufsteigende Panik angekämpft. Was sollte sie nur tun, wenn es plötzlich ganz schnell gehen musste? Was, wenn Toms Maschine in Cameron nicht mehr würde landen können? Konnte sie mit drei Kindern alles ohne ihn bewältigen? Die Wut über seine scheinbare Gelassenheit hatte ihr schließlich dabei geholfen, aktiv zu werden und die ersten Koffer zu packen.

Auf dem Weg zu Bills und Lisas Haus machte sie am Hotel Halt und gab Steven und Sophie in die Obhut von Carol. So hatte sie mehr Ruhe, um weiterzupacken. Marie schmollte noch immer, weil anscheinend niemand ihre Sorge um Chocolate ernst nahm. Nora schüttelte innerlich den Kopf über ihre Tochter. Immerhin wollte sie ihr jetzt bei den Transportfahrten helfen und packte schon in ihrem Zimmer.

Die Sprechstunde bei den Garretts verlief routinemäßig, obwohl auch hier draußen eingehend der Verlauf der Feuerfront verfolgt wurde. Radio und Funkgerät blieben eingeschaltet, und die wartenden Patienten ließen eine gewisse Anspannung erkennen. Tom und Lisa hielten vergeblich nach der alten Gwyn Henderson Ausschau. Sie würden also auf dem Heimflug eine weitere Zwischenlandung einlegen müssen. Phil hatte es vorgezogen beim Flugzeug zu bleiben, um es jederzeit startklar machen und regelmäßig über Funk den Wetterbericht und die Ansagen über die Feuerfront abfragen zu können. Seine Laune war auf einen Tiefpunkt gesunken, nachdem er erfahren hatte, dass er auf der Henderson-Piste würde landen müssen, die in sehr schlechtem Zustand war. Tom hatte Mühe, sich auf die Sprechstunde zu konzentrieren. Immer wieder lauschte er den Radiodurchsagen und dachte an Nora und die Kinder. Zwischen den einzelnen Patienten gingen seine Augen zum Himmel und schienen die Wolkenformationen abzutasten. Warum regnete es nicht endlich?

Während Nora das Bettzeug zum Auto schleppte und auf der Rückbank verstaute, stieg erneut Unmut über Maries »Pferdekummer« in ihr auf. Genervt drehte sie sich zu ihrer Tochter um, die die Ausstattung von Stevens Babybett auf dem Arm hielt. Sie nahm ihr die Sachen ab. »Sag mal, Marie, denkst du vielleicht auch mal an uns, und nicht nur an dein Pferd? Ist es nicht vielleicht eher ein paar Gedanken wert, dass *wir* uns in Sicherheit bringen müssen?«
Marie presste die Lippen aufeinander und schwieg verstockt.
Nora legte die Babydecke samt Spieluhr und Bettumrandung auf den Stapel im Auto und drehte sich zu Marie um, die ihr schon wieder Leid tat. Sie legte beide Arme um sie und zog sie an sich.

»Bitte, Marie, hör auf, dich so verrückt zu machen. Glaub mir lieber, dass ein Mensch wie Michael, der hier aufgewachsen ist, ganz bestimmt Ahnung von Stürmen und Buschfeuern hat. Er hat den Reitstall doch von seinem Vater übernommen, und er wird alles in seiner Macht Stehende tun, damit es deiner Chocolate und all den anderen Pferden gut geht.«

Marie löste sich trotzig von Nora. »Und wenn er nicht daran geglaubt hat, dass die Feuer so weit kommen? Wenn er es abwarten wollte und es nun zu spät ist? Was ist, wenn sie dort nicht mehr wegkommen?«

Nora versuchte geduldig zu bleiben. »Schatz, die Pferde sind sein Lebensunterhalt, sein Kapital. Damit sind sie das Wichtigste für ihn. Etwas, das so wichtig ist, setzt man keiner Gefahr aus.« Sie lächelte und wies auf das Gepäck, das sich im Auto stapelte. »Was glaubst du, warum ich schon anfange, euch und alles, was wir brauchen werden, in Sicherheit zu bringen? *Ihr* seid nämlich das Wichtigste für mich.«

Marie sah sie traurig an. Trotz ihres Kummers war sie ihrer Mutter wieder nah. Nora spürte es, legte einen Arm um sie und zog sie mit zum Haus. »Komm, wir schauen noch mal, was wir vergessen haben.«

Angespannt und innerlich unruhig verfolgte Nora später die Radiodurchsagen. Sie stand inzwischen bei Bill und Lisa im Wohnzimmer und schaute aus dem Fenster. Auch wenn ihre Freunde sie und die Kinder mehr als warmherzig bei sich aufgenommen hatten, fühlte Nora sich fremd. Es bedrückte sie, auf Unterstützung angewiesen und ohne eigenes Heim zu sein. Sie seufzte. Auch Tom war noch nicht zurück. Sie war hin und her gerissen zwischen dem Gefühl des Alleingelassenseins und der Sorge um

das RFDS-Flugzeug mit Tom, Lisa und Phil, das noch nicht wieder sicher in Cameron angekommen war. Die Tatenlosigkeit machte sie hilflos. Froh darüber, dass die beiden Kleinen schon schliefen, ging sie schließlich in die Küche, um ein Abendessen vorzubereiten. Wenig später hörte sie die Haustür, und Bill streckte seinen Kopf durch die Küchentür.
»Hallo, Nora.« Er sah den gedeckten Tisch. »Oh, es gibt Essen. Ich verhungere! Ich zieh mich nur rasch um, ja?«
Sie freute sich. »Okay, es dauert ohnehin noch einen Moment.«
Eine Viertelstunde später ließ er sich in Jeans und T-Shirt auf einen Küchenstuhl fallen. Nora klappte die Backofentür zu und wandte sich um.
»Hast du etwas von Phil gehört? Wie geht's Lisa und Tom? Wann treffen sie hier ein?«
Bill streckte sich. »Die Zentrale hat sich vorhin in der Klinik gemeldet. Das Flugzeug ist bei den Garretts aufgehalten worden; dort kam noch ein Notfall herein, um den sie sich kümmern mussten. Phil war ziemlich ungehalten, weil er sich wegen des Rückflugs Sorgen macht. Er fürchtet vor allem, dass sie hier in Cameron nicht mehr landen können.«
Nora fuhr sich nervös durchs Haar. »Wieso? Ist der Flugplatz denn auch schon in Gefahr? Aber wie kommen sie denn dann nach Hause?«
»Nun, das müssen wir abwarten. Schlimmstenfalls müssen sie ausweichen ...«
»Ja, wohin denn um Himmels willen? Landen sie dann in Broken Hill oder gar in Sydney? Und wir halten sie telefonisch auf dem Laufenden, ob hier die Häuser abbrennen oder die Kinder in Gefahr sind?« Das konnte doch alles nicht wahr sein. Jetzt hatte sie das Haus im Stich lassen und sich allein mit den Kin-

dern bei Freunden einquartieren müssen, und nun war es auch noch ungewiss, ob Tom zu ihnen gelangen konnte. Bills Stimme riss sie aus diesen Gedanken.

»Du bist nicht die Einzige, Nora, die sich Sorgen macht. Lisa ist schließlich auch noch nicht zu Hause.«

Sie sah ihn sekundenlang an und senkte dann den Blick. »Ja, du hast Recht, Bill. Aber dieses dauernde Abwarten macht mich krank. Ich verstehe nicht, wie ihr Australier das aushaltet – abwarten, ob die Feuer näher kommen, abwarten, ob es nicht noch regnet, abwarten, ob die Maschine wieder landen kann ...«

Bill stand auf und legte einen Arm um ihre Schultern. »Es geht halt nicht anders. Die Natur lässt sich hier nichts befehlen, so sehr wir uns das manchmal auch wünschen. Na komm, lass uns erst mal essen. Vielleicht hören wir ja bald von den anderen.« Er schaute zur Treppe nach oben. »Schlafen die Kinder schon?«

Er sah enttäuscht aus, als Nora nickte, und sie musste lächeln. Er war regelrecht vernarrt in die Kinder. »Aber Marie ist noch auf. Holst du sie zum Essen?«

Bill ging zur Treppe. »Na klar.«

Nora stellte gerade die heiße Auflaufform auf den Tisch, als Bill zurückkam. Er strich ein wenig ratlos über seinen Vollbart. »Du ... Marie ist nicht in ihrem Zimmer. Bist du sicher, dass sie hier ist?«

Nora wurde es augenblicklich zu warm. Sie dachte sofort an den Reitstall. »Natürlich.« Sie sah auf die Uhr. »Vor einer guten Stunde hab ich die Kleinen hingelegt, da lag sie auf dem Bett und hat gelesen.«

Bill ging zur Tür. »Ich schau mal im Garten und in der Garage nach. Vielleicht ist sie draußen.«

Nora folgte ihm und knetete nervös die Hände. »Sie wird doch

nicht zum Stall gegangen sein?« Gleich darauf versuchte sie sich selbst zu beruhigen. »Aber das ist zu Fuß doch auch nicht zu schaffen, oder?«
Bill stand in der Garage und schaute über die Schulter zu ihr. »Lisas Fahrrad ist weg.«
Nora schloss die Augen. »Nein! Bitte nicht! Das kann sie einfach nicht gemacht haben …«
»Nora, bleib ruhig. Wir kriegen das schon hin.« Er überlegte einen Moment. »Ich fahre los und suche sie, du bleibst bei den Kleinen und am Telefon.« Er ging zum Wagen. »Sicher hilft mir die Feuerwehr vor Ort auch weiter. Mach dir keine Sorgen, die haben dort alles abgeriegelt. Sie wird gar nicht zum Stall durchkommen.«

Marie radelte verbissen gegen ihr schlechtes Gewissen an. Sie wusste, dass sich ihre Mutter Sorgen machen würde, aber sie musste einfach wissen, ob es Chocolate gut ging, auch wenn dafür niemand Verständnis zu haben schien. Sie beeilte sich, denn sie fühlte sich unwohl. Die Luft schmeckte schon nach Rauch, und die Sonne war von Qualmwolken verdeckt, die ein bedrohlich düsteres Bild vermittelten. Marie sah schon von weitem, dass die Hauptstraßen abgesperrt waren. Sie kannte sich in der Gegend um den Reitstall jedoch so gut aus, dass sie auch private Zufahrten und Trampelpfade nutzte, damit sie ungesehen weiterkam.
Außer Atem erreichte sie schließlich den verlassenen Hof, über den gelbgraue Rauchfahnen hinwegzogen. Ein beklommenes Gefühl beschlich sie, als sie abstieg und ihr Fahrrad abstellte. Niemand war hier, und noch nie war ihr der Reiterhof so verlassen vorgekommen. Der Rauch kratzte im Hals, aber sie beschloss dennoch sicherheitshalber im Stall nachzusehen. Sie öff-

nete die große Tür und ging hinein. Die Stille, die sie dort erwartete, hatte etwas Bedrohliches an sich, doch Marie ging mutig weiter. Nun war sie so weit geradelt, um nach dem Rechten zu sehen, jetzt wollte sie es auch zu Ende bringen.
Ihre Schritte hallten unnatürlich laut auf dem Boden der Stallgasse, und die leeren Pferdeboxen kamen ihr fremd vor. Ehe die Feuergefahr sich genähert hatte, hatte ihr über jede Boxtür hinweg ein anderes neugierig dreinschauendes Pferd entgegengesehen. Am Ende der Gasse öffnete sie routiniert die Tür zur Sattelkammer und erblickte auch hier gähnende Leere. Ein heftiger Windstoß traf sie, und sie atmete bei der stickigen Hitze unwillkürlich auf. Gleich darauf fuhr sie jedoch erschrocken zusammen, als die schwere Stalltür, die sie am Ende der Gasse offen stehen gelassen hatte, mit lautem Krachen ins Schloss fiel. Dämmrige Stille umgab sie mit einem Mal, nur unterbrochen vom unablässigen Gebrumm zahlloser Fliegen.
Die Einsamkeit kam ihr plötzlich unerträglich vor, und sie beschloss, rasch zu ihrer Mutter zurückzufahren. Ein Blick auf die Uhr verriet ihr, dass diese ihr Verschwinden schon bemerkt haben musste. Während sie die Gasse entlang zurückging, dachte sie an die Gardinenpredigt, die sie bestimmt zu erwarten hatte. Vor der dunklen Holztür blieb sie stehen und griff nach dem Türknauf. Verdutzt stellte sie fest, dass er sich nicht drehen ließ. Sie packte ihn fester und versuchte es wieder und wieder, doch er bewegte sich nicht. Vermutlich war er eingerostet, denn die Tür stand sowieso meistens offen. In Marie stieg Angst auf. Was nun?

Nora lief unruhig vor dem Telefon in der Diele auf und ab und kehrte dann wieder nervös ins Wohnzimmer zurück. Es war höchstens eine halbe Stunde vergangen, und Bill konnte noch

gar nichts erreicht haben und dennoch war sie der Panik nahe. Sie kam sich so hilflos vor. In Deutschland hätte sie rasch ihre Eltern für die Kinderbeaufsichtigung parat gehabt und sich so selbst an der Suche beteiligen können. Was würde Max nur sagen, wenn er wüsste, in welcher Gefahr Marie gerade war? Ihre Sorge wandelte sich in Wut auf das Pferd. Wenn sie dieses verdammte Pferd nicht bekommen hätte, wäre sie jetzt wahrscheinlich nicht in Gefahr.
Nora hielt es nicht mehr aus und ging zum Funkgerät, um die Farm der Garretts anzufunken. Sie suchte die Kennung heraus und nahm Kontakt auf. Es rauschte und knackte in der Leitung, als sich jemand meldete. Sie fragte nach Tom und erfuhr, dass das Flugzeug mitsamt einem Notfall gestartet war. Sie bedankte sich, hängte ein und rief gleich darauf in der Zentrale an.
»Hallo, Greg, hier ist Nora. Nora Morrison. Kannst du mir sagen, wann Tom wieder in Cameron landen wird?«
»Hi, Nora. Ich wünschte, ich könnte es. Phil war nicht in bester Stimmung, als er den Start gemeldet hat, und das, obwohl sie wegen des Notfalls gar nicht mehr auf der Henderson-Piste landen mussten.« Er sah auf die große Wanduhr. »Sie sind jetzt etwa seit einer Stunde unterwegs. Keine Ahnung, wie sie durchkommen und ob eine Landung in Cameron überhaupt klappen wird.«
Nora versuchte krampfhaft sich ihre Verzweiflung nicht anmerken zu lassen, und doch zitterte ihre Stimme. »Bitte, Greg, kannst du sie mal anfunken? Wir mussten unser Haus verlassen und sind jetzt bei Bill und Lisa. Marie ist verschwunden und ...« Sie brach ab, weil ihr nun doch die Tränen in die Augen stiegen.
»Ich versuch's, Nora, bleib mal dran.« Sie hörte, wie er das Flugzeug anfunkte. Erst beim dritten Versuch meldete sich der Pilot. Greg verband Nora.

»Phil, hier ist Nora. Wo seid ihr? Wie sieht es aus?«
»Wir sind etwa eine halbe Stunde von Cameron entfernt, und ich hoffe bei Gott, dass wir auch landen können. Unter uns ist die Hölle los. So etwas hab ich hier noch nie erlebt.«
»Kann ich Tom mal sprechen? Ich mach's auch kurz.« Sie musste einen Moment warten, ehe Toms Stimme zu vernehmen war.
»Nora? Wie geht es euch?«
Plötzlich wurde ihr mit aller Macht bewusst, wie sehr er ihr gerade jetzt fehlte. Sie fuhr sich über die Augen, um die Tränen wegzuwischen. »Tom? Wir mussten das Haus verlassen. Ich bin mit den Kindern seit heute Morgen bei Bill und Lisa. Das Feuer hat Cameron erreicht, es wird ununterbrochen evakuiert ...« Sie schluckte. »Doch das ist nicht das Schlimmste. Marie ist fortgelaufen. Bill sucht sie. Sie ist bestimmt zu diesem verfluchten Reitstall ... und dabei brennt es dort vielleicht schon.« Sie brach ab.
Tom schwieg sekundenlang betroffen und tauschte einen Blick mit Phil, der mit ernstem Gesicht auf die schwarzen Qualmwolken deutete, auf die sie nun zuflogen. Dann sagte er: »Bleib ruhig, Nora. Ihr findet sie sicher. Wenn nicht Bill, dann die Feuerwehr. Die haben doch dort alles abgeriegelt. Phil kann noch nichts sagen, wir müssen sehen, wie wir vorankommen.« Seine Stimme klang eindringlich. »Darling, ich bin so schnell wie es nur geht bei dir. Das verspreche ich dir.«
Sie nickte. »Ja, schon gut. Pass auf dich auf.«
»Ja, bis gleich.«
Es knackte, und Greg war wieder in der Leitung. »Nora? Ich achte auf den Funkverkehr und spreche noch einmal mit der Einsatzleitung. Wenn die etwas von Marie wissen, melde ich mich bei dir.«
»Danke, Greg, das ist lieb von dir.«

Dann war es wieder still in der Diele, und Nora stand mit hängenden Schultern vor dem Telefontischchen. Reichte es nicht, dass sie womöglich ihr Zuhause verloren? Warum musste dies jetzt auch noch passieren?

Bill kam nur langsam in den gefährdeten Bezirken voran. Mit dem Auto war sein Aktionsradius auf die Straßen beschränkt, die tatsächlich sorgfältig abgesperrt waren. An jedem Kontrollpunkt musste er von neuem erklären, warum er in dieser Richtung unterwegs war, während alle anderen die Gebiete verließen und Anweisungen erhielten, wie sie zu den Sammelunterkünften gelangen würden. Müde, aber trotzdem angespannt gab er wieder Gas.

Tom hatte sich vergewissert, dass es dem jungen Mann, den sie als Notfall hatten mitnehmen müssen, an nichts fehlte. Dann war er wieder zu Phil ins Cockpit gegangen und hatte sich auf den Sitz neben dem Piloten gezwängt. Auch wenn es nicht wirklich etwas brachte, hatte er hier das Gefühl, Nora näher zu sein. Finster starrte er in den Qualm, der vor ihnen lag und alles verdunkelte. Noch nie war Cameron Downs in solcher Gefahr gewesen. Er biss die Zähne zusammen. Marie durfte nichts geschehen! Ihm wurde deutlich bewusst, dass er an ihr genauso hing, wie an seinen eigenen Kindern. Er fing einen Seitenblick von Phil auf und deutete nach vorn.
»Hast du schon Funkkontakt mit dem Flugplatz aufgenommen? Können wir landen?«
Phil legte die Stirn in Falten. »Ich hab eben mit denen gesprochen. Sie wissen, dass wir unterwegs sind, und wollen uns so lange wie es geht die Landung möglich machen. Für alle anderen ist bereits Feierabend.«

Tom sah geradeaus. »Der Reitstall ist nicht weit weg vom Flugplatz.«
Phil sagte nichts mehr.

Nora hatte Steven frisch gewickelt und dann zur Kenntnis nehmen müssen, dass er erst einmal nicht beabsichtigte wieder einzuschlafen. Um Sophie nicht aufzuwecken, ging sie mit dem Jungen nach unten, wo sie ihn ein wenig hin und her trug und leise ein Lied summte, um ihn zu beruhigen. Obwohl sie zunächst eher verärgert gewesen war, dass der Kleine aufgewacht war, spendete seine Nähe ihr nun selbst Trost und lenkte sie von ihrer Tatenlosigkeit ab.

Gespannt beugten sich die beiden Männer der Flugüberwachung vor und sahen angestrengt aus dem Fenster. Der Ältere hing über seinem Monitor.
»Siehst du schon was?«
Der Jüngere suchte mit einem Fernglas den Himmel über der Landebahn ab. Doch alles schien von Qualmwolken zugedeckt zu sein. Er setzte das Fernglas ab. »Nichts zu sehen. Es gibt kaum noch Lücken in diesem verdammten Rauch.«
Der Ältere schaute auf die Uhr. »Viel Zeit bleibt nicht mehr. Die Feuerwehr wartet auch schon darauf, hier alles dicht zu machen.« Er starrte wieder nach draußen. »Und ehrlich gesagt bin ich auch nicht erpicht darauf, hier oben geräuchert zu werden …«

Wieder und wieder hatte Marie versucht die schwere Holztür aufzubekommen. Wütend trat sie schließlich dagegen, drehte sich um und ließ sich mit dem Rücken an die Tür gelehnt nach unten gleiten, wo sie auf dem Boden sitzen blieb. Sie schaute sich eine Weile entmutigt um, während die Angst in ihr wuchs. Von draußen gelangte immer weniger Licht herein. Die zunehmende Dunkelheit durch die Rauchwolken schien das Bedrohliche ihrer Situation zu unterstreichen. Die Luft, die der heiße Wind herantrug, roch nach Verbranntem, und Marie versuchte ein Kratzen im Hals hinunterzuschlucken.

Sie sah zur Decke, und ihr Blick fiel auf die lang gezogene Reihe schmaler Schiebefenster, die in die Außenwand oberhalb der Pferdeboxen eingelassen war. Zweifelnd überlegte sie. Konnte sie es schaffen, dorthin zu klettern? Sie stand auf und betrat die erste Pferdebox, wo sie sich bemühte, auf die Seitenwand zu klettern. Sie verwünschte ihre Riemchensandalen und sehnte ihre knöchelhohen Turnschuhe herbei, als sie immer wieder am glatten Holz der Wand abrutschte.

Sie kehrte auf die Stallgasse zurück und blickte sich um. Schließlich entdeckte sie einen alten Hocker, auf dem jemand zwei Trensen abgelegt hatte. Sie lief hin, warf die Trensen auf den Boden, kehrte mit dem Hocker zurück und stellte ihn dicht an die Seitenwand der Box. Dann kletterte sie auf die schmale Wand und schob sich langsam vorwärts, um an das Fensterchen zu gelangen. Angespannt streckte sie den Arm aus, um zu prüfen, ob sie schon an den Griff gelangte. Sie betrachtete kurz die schmutzig-blinden Scheiben, an deren Rahmen dicke Spinnweben hingen. Voller Widerwillen suchte sie mit den Augen die Fensterlaibung nach Spinnen ab. Sie pustete sich eine Ponysträhne aus der Stirn. In was für eine bescheuerte Lage hatte sie sich hier nur gebracht? Auf der Seitenwand sitzend gelangte sie nicht an den Griff, also stand sie nun vorsichtig auf der schmalen Wand balancierend auf und beugte sich vor, um das zweigeteilte Fensterchen aufzuschieben. Sie hielt unwillkürlich die Luft an, als es sich nur sehr langsam und schwer aufmachen ließ. Aufatmend sah sie durch die schmale Öffnung nach draußen und erschrak gleich darauf, als sie den starken Brandgeruch wahrnahm. Das Feuer musste schon sehr nahe sein. In der Ferne hörte sie die Sirenen der Löschfahrzeuge. Tapfer kämpfte sie sowohl ihre Angst als auch den aufsteigenden Hustenreiz nieder und begann sich vorsichtig in die Fensteröffnung zu schieben. Zweifelnd schätzte sie die Entfernung von oben bis zum gepflasterten Hof ab und bemerkte, dass ihr Herz schneller schlug. Von hier oben sah es deutlich höher aus, wie wenn man die Fenster umgekehrt vom Hof aus betrachtete. Sie hatte plötzlich Angst, sich durch die Öffnung fallen zu lassen.

Nervös gingen Toms Augen von den brodelnden Qualmwolken, die unter ihm lagen, zu Phils angespanntem Gesicht. Der hatte den Flugplatz bereits dreimal überflogen und jedes Mal nur missbilligend den Kopf geschüttelt. Die Flugüberwachung riet ihm dringend auszuweichen. Broken Hill sei bereits informiert. Phil hatte alles darangesetzt, doch noch zu landen. Nun aber sah er keine Möglichkeit mehr. Die Sicherheit der Besatzung und des Flugzeugs hatte Vorrang. Er nahm wieder Kontakt zum Tower auf und teilte mit, dass er nach Broken Hill ausweiche. Nachdem er sich verabschiedet hatte, legte Tom energisch eine Hand auf seinen Arm und deutete nach unten.
»Phil, ich muss da runter!«
»Sag mal, hast du keine Augen im Kopf? Ich *kann* da nicht landen, Tom. Das musst du doch sehen. Ich hab's versucht, es geht einfach nicht.«

»Dann setz mich eben ab, sobald es geht. Verdammt noch mal, ich muss zu Nora. Die haben Marie doch immer noch nicht gefunden, sonst hätten wir längst eine Meldung über Funk bekommen.«

Phil sah zur Tankanzeige. Tom war seinem Blick gefolgt. »Damit kommst du weiter als nach Broken Hill, oder? Bitte, setz mich hier vor Cameron irgendwo ab. Ich muss zu diesem Reitstall und nachsehen, ob die Kleine dort ist.«

Phil war hin und her gerissen. Dann flog er eine Linkskurve, und Tom atmete erleichtert auf. »Gott sei Dank. Das vergesse ich dir nie.«

Phil suchte mit gerunzelter Stirn die Straße nach Cameron Downs zwischen den Rauchwolken. »Keine Autos mehr. Da ist auch schon alles abgesperrt. Wie willst du das denn zu Fuß schaffen?«

Tom griff nach seinem Rucksack und zog den Reißverschluss zu. Er sah entschlossen aus. »Das kriege ich hin. Verlass dich drauf!

Lisa streckte ihren Kopf ins Cockpit. »Was ist los, Phil? Willst du hier auf der Straße landen? Wie bekommen wir dann unseren Notfall in die Klinik?«

»Ich setze nur Tom ab. Wir fliegen weiter nach Broken Hill. Schnall dich wieder an, ja?« Als Lisa den Mund aufmachte, um weiterzusprechen, sagte er: »Es ist keine Zeit für Diskussionen. Wir landen. Anschnallen!«

Marie zählte bis drei, schloss die Augen und sprang in die Tiefe. Sie knickte mit dem Fuß um und schrie kurz auf, denn der Schmerz traf sie heftig. Sekundenlang blieb sie am Boden sitzen und wagte nicht, sich erneut zu bewegen. Ängstlich sah sie sich um. Der Rauchfahnen zogen wie Schleier über den Hof, und sie konnte kaum ihr Fahrrad erkennen, das in etwa fünfzehn Metern Entfernung an einem Gatter lehnte. Was sollte sie nur tun?

Tom lief zügig die Straße nach Cameron Downs entlang. Schweiß lief ihm den Rücken hinunter. Seitlich vor dem Ort sah er, wie sich schwarze Qualmwolken über die Stadt legten. Er hörte den Lärm der Löschflugzeuge und der extra an den Einsatzort beorderten Hubschrauber, die vor der Stadtgrenze unaufhörlich Wassermengen herabregnen ließen, die die kleine Stadt vor dem Übergreifen des Feuers bewahren sollte. Die Bewohner der noch nicht evakuierten Randbezirke beobachteten den unaufhörlichen Pendelverkehr der Flugzeuge und Hubschrauber, der ihnen – oft während sie selbst auf den Dächern ihrer Häuser standen und diese mit dem Gartenschlauch bewässerten – das tröstliche Gefühl gab, in dieser Gefahr nicht allein zu sein.

Tom atmete schwer und war erleichtert, als er vor sich eine Feuerwehrabsperrung entdeckte – einen Wagen in etwa zwanzig Meter Entfernung und ein zweites Fahrzeug etwa fünfzig Meter weiter. Der junge Feuerwehrmann, der auf ihn zulief, war ihm unbekannt, doch ehe er viel fragen konnte, begann Tom zu sprechen, während er die Schultergurte seines Rucksacks abstreifte.

»Ich bin Arzt beim Flying Doctors Service, Tom Morrison. Es wird ein zehnjähriges Mädchen vermisst, meine Stieftochter Marie. Sie ist vermutlich heimlich zum Reitstall gefahren, um nach ihrem Pferd zu sehen.« Tom schaute von der Absperrung zu dem am Straßenrand abgestellten Auto. »Kann ich Ihren Wagen ausleihen? Ich muss dorthin und nach ihr suchen.«

Der junge Mann hob abwehrend die Hände. »Tut mir Leid, Dr. Morrison. Ich muss hier die Stellung halten und darf niemanden mehr durchlassen. Aber ich kann meine Kollegen vor Ort anfunken und fragen, ob sie die Kleine gesehen haben. Glauben Sie mir, sie kann gar nicht zum Reitstall sein. Die Straßen dorthin sind alle abgesperrt.«

Tom herrschte ihn an. »Wollen *Sie* schuld sein, wenn dem Mädchen etwas zustößt? Sie werden mich nicht daran hindern, nach ihr zu suchen.«

Entschlossen ging er zum Auto. Der junge Mann schaute ihm bestürzt nach. Er war nicht darauf vorbereitet, sich mit einem Arzt der Flying Doctors anzulegen oder gar handgreiflich zu werden.

Tom warf den Rucksack auf den Beifahrersitz. »Ich übernehme die volle Verantwortung. Und ich garantiere Ihnen, dass ich den Wagen zurückbringe.«

Der Zündschlüssel steckte. Ohne ein weiteres Wort ließ er den Motor an und fuhr los.

Marie saß immer noch vor dem Reitstall auf dem Boden und weinte. Mehrere Male hatte sie versucht aufzustehen, doch der starke Schmerz in ihrem Fußgelenk hatte sie daran gehindert, auch nur einen Meter vorwärts zu kommen. Verzweifelt sah sie sich um. Was hatte sie nur erwartet? Außer ihr hatten sich offenbar alle Menschen an die Evakuierungsaufforderungen gehalten. Sie fühlte die stickige Hitze und den heißen Wind, der nach Rauch roch. Zögernd hob sie den Blick, als ein Feuerwehrwagen die Abzweigung von der Straße nahm und die Zufahrt entlangrumpelte. Erleichtert wischte sie sich mit den Handrücken die Tränen vom Gesicht. Das Auto hielt so abrupt auf dem Hof, dass es knirschte. Verblüfft und gleichzeitig voller Freude sah sie, dass es Tom war, der heraussprang und auf sie zulief.

»Marie! Was ist passiert? Wir haben uns solche Sorgen gemacht!« Er kniete neben ihr und nahm sie in die Arme.
Sie fing nun wieder an zu weinen. »Es tut mir so Leid. Ehrlich! Das wollte ich nicht. Ich wollte doch nur wissen, ob Chocolate in Sicherheit ist.« Sie hielt inne und wischte sich wieder die Tränen weg. »Ich war im Stall, und dann knallte die schwere Eingangstür zu. Ich konnte sie nicht mehr öffnen. Da bin ich dann dort oben durch das Fenster geklettert und runtergesprungen, aber ich hab mir den Fuß verletzt und konnte mich hier nicht mehr wegrühren.«
Tom beugte sich über ihr Fußgelenk, das blau angeschwollen war. Ehe er es berühren konnte, hielt Marie seine Hand zurück. »Nicht anfassen. Das tut so weh.«
»Ich schau nur mal nach, ja?« Er zog vorsichtig ihren Hosensaum höher und untersuchte den Fuß, während Marie einen Schmerzenslaut unterdrückte. Tom richtete sich auf und sah zum Himmel. »Hier kann ich nichts machen. Ich fürchte, der Fuß ist gebrochen, Marie. Aber wir müssen hier ohnehin weg, das Feuer ist schon verdammt nahe.« Er schob einen Arm unter ihre Knie und legte den anderen unter ihren Rücken. »Du musst jetzt tapfer sein. Wenn ich dich zum Auto trage, wird der Fuß wehtun.«
Marie nickte und biss die Zähne zusammen. Im Auto schwiegen sie eine Weile. Schließlich sah Marie zu Tom. »Wie weit ist das Feuer denn jetzt gekommen?«
Er atmete hörbar aus und kratzte sich an der Schläfe. »Kennst du den Pfad zwischen den Mulligan-Weiden? Dort brennt es.«
Maries Augen wurden riesengroß. »Aber das ist ja schon direkt vor Cameron! Dann ist unser Haus wirklich in Gefahr.«
Tom wollte sie zwar nicht unnötig beunruhigen, aber es widerstrebte ihm auch zu lügen. Also nickte er nur.

»Was machen wir denn, wenn unser Haus abbrennt?«

Tom seufzte und legte kurz seine Hand auf ihr Knie. »Dann finden wir ein neues Zuhause. Was bleibt uns denn übrig, Marie? Das Wichtigste ist, dass wir alle außer Gefahr sind.« Er sah sie kurz an. »Du hast uns einen fürchterlichen Schrecken eingejagt.«

Marie wich seinem Blick aus und schaute auf die Straße, deren Ränder in gleichmäßigen Abständen von schmalen Bäumen bestanden waren. Dünne gelbgraue Rauchfahnen zogen durch ihre Kronen und an ihren Stämmen vorbei, schwebten über die Straße und verliehen ihr ein gespenstisches Aussehen. Marie drehte ihr Uhrenarmband hin und her. »Mama ist bestimmt stocksauer.«

»Sie hat sich große Sorgen gemacht.« Tom verkniff sich jeden weiteren Kommentar und fuhr so schnell es ging zum Krankenhaus, wo sich eine Schwester sofort um das Mädchen kümmerte.

Tom rief ihr nach: »Dein Fuß wird geröntgt, Marie. Ich sage nur deiner Mutter Bescheid, dass alles okay ist, ja?« Er ging zum Empfang und tippte die Nummer von Bill und Lisa ein. Es wurde sofort abgehoben.

»Nora? Ich bin's.«

»Tom? Wo bist du? Mir wurde gesagt, eure Maschine weicht nach Broken Hill aus.«

»Ich hab Phil bekniet, dass er mich vor Cameron absetzt. Pass auf: Marie geht es gut. Ich hab sie tatsächlich im Reitstall aufgelesen. Sie musste dort allerdings aus einem Fenster springen und hat sich dabei den Fuß gebrochen. Wenn sie verarztet ist, kommen wir zu euch.«

»Gott sei Dank!« Noras Erleichterung war so grenzenlos, dass sie schon wieder mit den Tränen kämpfen musste.

»Bis gleich, Darling.«
»Ja, bis gleich.« Tom legte auf und rieb sich müde über die Stirn. Dann wandte er sich an die stellvertretende Oberschwester, die gerade mit einem Stapel Akten herankam, und bat sie, dafür zu sorgen, dass jemand den Wagen zur Absperrung zurückbrachte.

Als ein Auto in der Auffahrt hielt, sah Nora bleich und abgespannt aus, war aber überglücklich, als sie Marie und Tom in die Arme schließen konnte. Selbst als ihre Tochter schon längst schlief, hallten in Nora noch der Schreck über ihr Verschwinden und die um sie ausgestandenen Ängste nach. Sie ertrug auch keine weiteren Fernsehberichte über die Feuer und ging früh ins Bett. Vielleicht würde ja der nächste Tag die Wende für Cameron Downs bringen.
Doch die Macht des Feuers war ungebrochen. Auch einen Tag später fraßen sich die Flammen mit unverminderter Kraft vorwärts. Unruhig verfolgten Bill, Tom und sie die Morgennachrichten. Alle drei schwiegen, als die Bilder des verheerenden Buschfeuers gezeigt wurden und man über die Schäden berichtete. Verschiedene Fachleute diskutierten das Warum und Wieso und vertraten unterschiedliche Meinungen. Die Umweltschützer waren dafür, alles der Natur zu überlassen, während die meisten Farmer die Ansicht vertraten, dass kontrollierte Brände das brennbare Material wie zum Beispiel lose Baumrinde und Laub, das sich unter den Bäumen sammelte, vernichten sollten und somit die gewaltigen Feuer der Superlative verhindern könnten.
Alle fuhren zusammen, als es an der Haustür läutete. Kim Michaels hatte ihren Dienst in der Klinik beendet und brachte Maries Sandalen vorbei, die sie am Vortag beim Röntgen vergessen

hatte. Nora bedankte sich und bot ihr einen Kaffee an. Die junge Schwester ließ sich auf einen Stuhl fallen und verfolgte ebenfalls die Nachrichten.
Tom sah zu Nora. »Wenn ich heute schon frei habe, fahre ich doch mal zu uns und schaue, ob ich irgendetwas tun kann.«
Bill stand auf. »Komm, ich muss ohnehin in die Klinik, ich setze dich unterwegs ab.«
Nachdem die Männer gegangen waren, machte Kim ebenfalls Anstalten aufzubrechen, doch Nora hielt sie zurück. »Kannst du noch ein bisschen bleiben, Kim, oder bist du nach der Nachtschicht zu müde?«
Kim schüttelte den Kopf und zeigte auf ihre Tasse. »Nein, das geht in Ordnung, Nora. Dieser Kaffee hier weckt Tote auf. Ich bleibe gerne hier. Außerdem hab ich deine beiden Kleinen so lange nicht gesehen.«
Nora war sehr froh, dass Kim ihr mit den Kindern half und mit den Kleinen spielte. Sie konnte ihre Unruhe nicht abschütteln und lief ständig hin und her. Nach zwei Stunden kam Kim, die sah, wie nervös Nora war, mit Steven auf dem Arm hinter ihr her.
»Weißt du was? Du fährst jetzt zu Tom und schaust nach. Vielleicht wirst du dann ruhiger. Mach dir keine Gedanken, ich bleibe bei den Kindern.«
»Danke, Kim.«

Eine halbe Stunde später schlug ihr Herz immer schneller, als sie in den Weg zu ihrem Haus einbog. Qualmwolken versperrten ihr die freie Sicht, und sie bemerkte Feuerwehrfahrzeuge. Es herrschte hektische Betriebsamkeit.
Nora hielt an und beobachtete fassungslos vom Auto aus, wie

die Feuerfront jetzt wahrhaftig immer näher kam. Das Entsetzen über die Unabwendbarkeit des Kommenden lähmte sie förmlich. Durch Rauchschwaden sah sie, wie Feuerwehrmänner mit Schläuchen hantierten und wie Tom aus einer Qualmwolke heraus auf den Wagen zulief. Er fuchtelte mit beiden Armen. »Nora, fahr zurück!« Er begann unter seinem Mundschutz zu husten. Sein Gesicht war dunkel verschmiert, und seine Augen tränten. Das verschmutzte T-Shirt klebte ihm am Körper. Er ging vor ihrem Seitenfenster in die Hocke und versuchte zu Atem zu kommen.

Nora nahm das alles wie in Trance wahr. Sie blickte über seinen Kopf hinweg zum Haus. Unwillkürlich schrie sie auf, als der Wind einen Feuerball aus brennender Baumrinde durch die Luft in den ersten großen Eukalyptusbaum trieb, der neben dem Haus stand. Knisternd landeten die Flammen in der Baumkrone und fanden zischend sofort neue Nahrung. Tom hatte sich aufgerichtet und gleich umgewandt, als die tosenden Geräusche plötzlich so nahe zu vernehmen waren. Der riesige Baum stand explosionsartig in Flammen. Eukalyptusöl verdampfte. Alle Vorsichtsmaßnahmen hatten nichts genützt. Das Feuer hatte die Gräben übersprungen und sich seinen Weg gebahnt. Verzweifelt nahm Tom Noras Hand, die auf der heruntergelassenen Scheibe ihres Fensters ruhte. Seine Stimme klang rau.

»Nora, sieh dir das nicht an. Fahr zurück zu den Kindern.«

Sie hörte ihn kaum. Der Schock hatte sie betäubt. Seltsam klar und deutlich beobachtete sie die umher eilenden Männer, die den Kampf nicht aufgeben wollten – und nun doch zurückbeordert wurden. Unwillkürlich musste sie an aufgescheuchte Ameisen denken. Rauchwolken zogen in Schwaden davon und verdunkelten den Himmel, als wäre bereits der Abend angebrochen. Funken flogen überall umher und brachten Sträucher und Bäume zum Glühen. Manche Baumstämme sahen aus der Entfernung aus, als wären sie mit Lichterketten umwickelt worden. Die Luft knisterte. Selbst in der Hölle konnte es kaum heißer sein. Fast schon erstaunt registrierte Nora den tosenden Lärm, den das Feuer verursachte. Ein riesiger brennender Ast brach ab, stürzte auf das Vordach der Veranda und durchbohrte es. Klirrend zerbarsten die ersten Scheiben, die unter der Wucht der Zweige, die sie streiften, nachgaben. Aus einem Reflex heraus wollte Tom sich umdrehen und zum Haus laufen, doch Nora gelang es, seine Hand festzuhalten. Es hatte keinen Sinn mehr. Nun war sie es, die erschreckend ruhig blieb. Ihre schlimmsten Befürchtungen waren dabei sich zu erfüllen, als die hübsche hölzerne Vorderfront des Hauses in Flammen aufging. Es geschah einfach so. Und während es geschah, musste sie es akzeptieren. Es gab nichts mehr, was sie zu fürchten hatte. Die gelbe, mit fröhlichen Tiermotiven bedruckte Gardine aus Stevens Babyzimmer flatterte aufgeregt im Wind und schien die Flammen verscheuchen zu wollen, die nun gierig ins Haus flackerten. Nora hielt Toms Hand und legte seinen Handrücken sekundenlang an ihre Wange. Trotz der Zerstörung, die sie mit ansehen musste, hielt sie sich mit dem Gedanken aufrecht, dass Tom und sie gesund waren, und dass sich auch die Kinder in Sicherheit befanden. Zumindest dafür musste sie dankbar sein.

Beide blinzelten durch den schwarzen Qualm zum Himmel, als sie ein Motorengeräusch vernahmen. Ein Löschhubschrauber, der die Stadtgrenze schützen sollte, näherte sich und verharrte schließlich kurz über dem Haus, bevor er sein Wasser auf den Brand abließ. Zischend stiegen weißgraue Qualmwolken zum

Himmel auf, das Feuer schien tatsächlich innezuhalten, doch Nora und Tom wussten, dass es nur eine kleine Verschnaufpause machte. Einer der beiden Eukalyptusbäume stand in Flammen. Den zweiten hatten die Feuerwehrleute noch fällen können, doch auch der am Boden liegende Riese fing jetzt Feuer. Die leicht brennbaren Öle sowie die großen Mengen an Blättern und Ästen prädestinierten ihn vor allen anderen Pflanzen auf dem Kontinent dafür, seinen Teil zum australischen Ökosystem beizutragen, das diese Feuer seit etwa achtzig Millionen Jahren kennt. Auffrischende Winde trieben immer wieder brennende Rinde und glühende Zweige durch die Luft und ließen sie wahllos auf die Umgebung herabregnen, wo sie wiederum eigene kleine Brandherde entwickelten. Der Qualm wurde beißend und unerträglich. Haut und Augen brannten, das Kratzen im Hals nahm zu.

Nora zog an Toms Hand. »Komm, es ist zu spät.« Sie deutete auf die Feuerwehrmänner, die noch einmal die Schläuche auf das Haus richteten, dann aber offensichtlich den Befehl erhielten, die Ausrüstung zusammenzupacken. Mit Atemschutzmasken liefen sie durch die Rauchschwaden und rollten die Schläuche ein. Die Vernunft der Einsatzleitung befahl ihnen, an anderer Stelle Hilfe zu leisten, dort, wo noch Aussicht auf Erfolg bestand. Einer der Männer kam auf das Auto zu. Erst als er direkt bei Nora und Tom stand, erkannten sie Matthew Alvarez aus Cameron Downs. Tom hatte ihn vor einiger Zeit wegen einer Beinfraktur behandeln müssen. Jetzt nahm er seine Schutzmaske ab und gestikulierte wild.

»Tom, ihr müsst hier weg. Es tut mir Leid, aber du siehst ja selbst, wir haben getan, was wir konnten. Dieser verdammte Wind lässt uns einfach keine Chance.« Er klopfte auf das Auto-

dach und gab Tom einen Schubs. »Los, steig ein, sonst platzen die Scheiben. Der Wagen ist schon ganz heiß. Ihr wollt ihn doch nicht auch noch verlieren, oder? Wir sehen uns in Cameron.«
Hustend lief Tom um das Auto herum und stieg ein. Mechanisch startete Nora den Motor und lenkte den Wagen auf den Weg, der zur Straße führte. Immer wieder fiel ihr Blick auf den Rückspiegel, der ihr das ganze Inferno vor Augen hielt. Diese letzten Bilder von ihrem gemeinsam geplanten Haus, das auch das Zuhause ihrer Kinder war, und das sich nun in Feuer und Rauch aufzulösen schien, würde Nora nie vergessen.
Tom klappte den Spiegel nach oben. »Sieh dir das nicht an, Nora.«
Sie nickte wortlos. In Gedanken überschlug sie die Dinge, die sie hatten retten können. Jetzt, an diesem Punkt angelangt, war sie ihrer Angst und ihrer Panik vor einem Buschbrand dankbar, denn dieses Gefühl hatte letztendlich dazu geführt, das sie doch noch eine ganze Menge zusammengepackt und zu Bill und Lisa gebracht hatte. Sie schluckte, als sie daran dachte, was wiederum alles den Flammen zum Opfer fallen würde. Ein Teil der Möbel, die sie per Containerschiff so aufwändig hatte aus Deutschland herbringen lassen und an denen sie sehr gehangen hatte. Sie dachte an die vielen Stunden, in denen sie Gardinen und Kissenbezüge für die hellen lichtdurchfluteten Räume ihres neuen Zuhauses genäht hatte, an Tapeten, die sie selbst angeklebt und gestrichen, und auf denen sie gemeinsam mit Marie lachend und kichernd eine Bordüre mithilfe von Schablonen aufgetragen hatte. Ihr fiel ein, dass der größte Teil ihrer Bücher verbrannte, und sie zwinkerte eine Träne weg. Ihre Liebe zu Büchern war ungebrochen, und sie wusste, dass sie einige von ihnen nie wieder bekommen würde. Unglücklicherweise kam

ihr auch gleich ein arabisches Sprichwort in den Sinn: »Ein Buch ist wie ein Garten, den man in der Tasche trägt.«
Toms Hand legte sich auf ihr Knie. »Wir schaffen das, du wirst sehen.«
Nora nickte. »Ich weiß.« Sie atmete zitternd ein und wieder aus. »Es wird nur eine Menge Kraft kosten.«
Er strich ihr über die Wange. »Wir sind zusammen. Die Kinder sind in Sicherheit. Das allein zählt.« In seinem mit Ruß verschmierten Gesicht vertieften sich plötzlich die Fältchen um seine Augen, in denen ein Funke Sarkasmus aufblitzte. »Und jetzt bin ich meiner so besorgten, diskussionsfreudigen Ehefrau unendlich dankbar für ihre Sorge und ihren Pessimismus, denn nur deinetwegen haben wir damals diese ekelhaft teure Feuerversicherung abgeschlossen.« Er zupfte an einer ihrer Haarsträhnen. »He, Nora, wir werden das schon wieder hinkriegen.«

Die Feuer wüteten den ganzen Tag weiter und erreichten schon die dichter besiedelten Straßen am Stadtrand von Cameron Downs. Hektisch fuhren Feuerwehrwagen hin und her. Verstörte Passanten irrten durch die Straßen auf der Suche nach Familienangehörigen und auf der Flucht vor den Flammen. Löschflugzeuge und -hubschrauber kreisten über der Stadt und ließen Unmengen Wasser ab, um die Brände doch noch aufzuhalten. Am Spätnachmittag wurden die Gebete der Einwohner erhört. Der Himmel verdunkelte sich noch mehr, und Wolkenberge vermengten sich mit dem Qualm der Feuer. Mit einer Plötzlichkeit, die Nora sich nie vorgestellt hätte, ließen heftige Gewitter Regenmassen unglaublichen Ausmaßes auf die Erde niederprasseln. Wortlos und innerlich schockiert stand Nora bei

Bill am Fenster und sah hinaus. Tom freute sich mit den anderen über den lang ersehnten Regen und darüber, dass die Gefahr für die Stadt gebannt war. In Noras Kopf kreiste indes nur die Frage: »Warum nicht eher?«

Als sie einen Tag später vor den verkohlten Trümmern ihres Hauses ankamen, schwiegen beide. Nora brauchte einige Sekunden, ehe sie so weit war, überhaupt das Auto verlassen zu können. Das Feuer hatte praktisch nichts übrig gelassen. Mauerreste und verbrannte Balken ragten anklagend in den Himmel. Reste grauen Rauchs kräuselten sich vor einer zaghaft scheinenden Sonne, die sich in riesigen Pfützen spiegelte. Es schien fast so, als würde sie sich schämen, dieses Inferno in allzu helles Licht zu tauchen. Den Brandgeruch würde Nora vermutlich nie mehr vergessen können. Sie biss sich auf die Unterlippe, während ihre Augen vom Haus über den Garten wanderten. Nichts. Absolut nichts war übrig geblieben. Nur dieses grenzenlose dampfende tote Schwarzgrau so weit das Auge reichte. Mein Gott, hier konnte man doch nicht leben.
Während Tom um das Haus herumstapfte, lehnte sie sich gegen die Motorhaube des Wagens und nahm fassungslos das ganze Ausmaß dieser Verwüstung in sich auf. In diesem Moment kamen ihr ernsthafte Zweifel, ob sie die Kraft aufbringen konnte, noch einmal von vorne anzufangen. Sie schluckte und senkte den Kopf. Sie wollte nicht in Tränen ausbrechen. Was konnten ihre Tränen angesichts dieser scheinbar endlos verbrannten Welt auch schon ausrichten? In ihrem Inneren spürte sie deutlich, dass sie dabei war, vor diesem Land zu kapitulieren, das sie offenkundig nicht haben wollte. Wieder einmal hatte sie das Gefühl, dafür bestraft zu werden, dass sie ihrer Liebe zu Tom

hierher gefolgt war. Sie schloss die Augen. Aber sie hatte nicht einmal mehr den Mut für ein Gebet. Sie hörte Toms Schritte und öffnete die Augen. Er blieb vor ihr stehen und griff nach ihrer Hand. »Das wird schon wieder, Nora …«
Sie sah ihn an. Sein Gesicht war blass und angespannt und stand in krassem Gegensatz zu seinen Worten. Sie erkannte auch in seinen Augen Verzweiflung. Aber sie war nicht imstande, darauf Rücksicht zu nehmen. Sie schüttelte den Kopf. »Das wird nicht wieder, Tom. Wir können doch nicht erneut monatelang alles aufbauen, um es in der nächsten Dürre bei einem Feuer wieder zu verlieren.« Sie sah verbittert auf die verkohlten Trümmer des Hauses. »So viel übrigens zu deinem Satz: ›Die Feuer sind noch nie bis Cameron gelangt.‹«
Tom zuckte hilflos mit den Schultern. »Sie sind bisher auch noch nie so weit vorgedrungen. Es waren die schlimmsten Brände seit vierzig Jahren. Und wir sind nicht die Einzigen, die es getroffen hat.«
Nora schwieg eine Weile und betrachtete die schwarze Ebene. Dann sagte sie mit tonloser Stimme: »Ich hätte wohl nie herkommen dürfen.«
Tom drückte ihre Hand. Er hatte plötzlich Angst, dass sie ihr Leben in seiner Heimat bedauern könnte. »Sag das nicht, Darling. Bitte!«
Nora entzog ihm ihre Hand und verschränkte die Arme vor der Brust. Wieder schaute sie in die Ferne des Outback. Es lag etwas Endgültiges in ihrem Blick.
»Ich war grenzenlos fasziniert von diesem Land und seiner ursprünglichen Schönheit, aber vielleicht muss man hier geboren sein, um die Risiken und Gefahren, die dieser Kontinent birgt, ertragen zu können.« Sie atmete tief durch. »Womöglich bin ich

zu bodenständig – zu typisch deutsch, zu sehr auf Sicherheit bedacht –, um einfach von vorne anzufangen.«

Ihre Stimme zitterte, als sie herumfuhr und gegen den Reifen trat. Alles, was sich in ihr angestaut hatte, brach auf einmal aus ihr heraus.

»Ich weiß nicht, ob ich mich jemals damit abfinden kann, dass solche Buschfeuer hier nun mal dazugehören, dass man Kinder durch Schlangenbisse verlieren kann, dass selbst Erwachsene innerhalb kurzer Zeit durch eine Spinne, eine unscheinbare Qualle oder einen Fisch, der zufälligerweise wie ein Stein aussieht, sterben können, dass man in der Hitze des Outback nach einer stinknormalen Autopanne verdurstet, wenn man vergessen hat, an Wasser zu denken. Ich weiß einfach nicht mehr, was richtig und was falsch ist.« Tränen strömten über ihr Gesicht. »Wenn ich das hier sehe, will ich nur noch fort von hier, dabei habe ich keine Ahnung, wohin ich überhaupt gehen kann. Vielleicht gehöre ich einfach nicht in dieses Land, und doch würde ich mich auch nicht mehr in meiner Heimat zurechtfinden. Ich habe zwei deutsche und zwei australische Kinder und nicht den Funken einer Ahnung, wie ich ihnen jetzt gerecht werden soll.« Sie weinte immer noch und versuchte trotzig dagegen anzukämpfen.

Als Tom sie an sich ziehen wollte, wehrte sie ihn ab und vergrub ihr Gesicht in der Armbeuge, die sie auf das Autodach gelegt hatte. Zutiefst erschüttert über den Grad ihrer Verzweiflung strich er ihr unbeholfen immer wieder über den Rücken. Er wusste nicht, was er tun sollte, um sie zu beruhigen. Alles, was ihm durch den Kopf ging, kam ihm irgendwie abgedroschen und lahm vor, also sagte er lieber nichts. Angst stieg in ihm auf, als ihm bewusst wurde, dass dieser Buschbrand womöglich nur der Tropfen gewesen war, der das Fass für Nora zum Überlaufen

gebracht hatte. Er wollte sie nicht verlieren. Plötzlich kamen ihm Marrindis Worte in den Sinn. »Du wirst um sie kämpfen müssen, Tom.« Konnte es wirklich sein, dass er all das hier vorausgesehen hatte? Tom räusperte sich gegen ein beklommenes Gefühl in seinem Hals und versuchte mit einem unbewussten Kopfschütteln den Gedanken an Marrindi zu vertreiben. Verdammt, es fehlte gerade noch, dass er sich ausgerechnet jetzt mit den Weissagungen des alten Zauberdoktors auseinander setzte. Als gäbe es nichts Wichtigeres. Er strich Nora über den Kopf. »Komm, mein Herz, wir fahren zu den Kindern zurück, ja?«
Noras Schultern zuckten, während sie beinahe lautlos weiterweinte. Sie wollte ja damit aufhören, aber es ging einfach nicht. Sie verstand sich selbst nicht, denn sie wusste nicht mehr ein noch aus, und sie schämte sich dafür. Sie vergrub ihr Gesicht noch tiefer in der Armbeuge und versuchte ihr haltloses Schluchzen in den Griff zu bekommen.
Tom biss die Zähne zusammen, wandte sich ab und ging um den Wagen herum. Er öffnete die Heckklappe und kramte suchend in seinem Arztkoffer. Sekunden später hielt er beinahe angewidert inne. War das das Einzige, was er wirklich konnte? Tropfen und Tabletten verteilen oder Spritzen verabreichen? Würde es Nora helfen, wenn sie jetzt in einen dumpfen Medikamentennebel abtauchen konnte, der sie von diesen Bildern hier befreite? Der die Gedanken und die Sorge verhinderte, wo sie in den nächsten Monaten leben würden – er, sie und die drei Kinder? Ratlos setzte er sich auf die Ladekante und rieb sich die Schläfen. Er hatte ja selbst keine Ahnung, wie es weitergehen sollte.

50

Nora saß an diesem Abend in einem Sessel bei Lisa und Bill im Wohnzimmer und hatte eine Zeitschrift in der Hand. Obgleich sie überhaupt nicht in der Lage war, sich für irgendetwas, was darin stand, zu interessieren, wollte sie sich vor den anderen und vor allem vor den Kindern den Anschein von Normalität geben.

Sie hatte aber solche Mühe, sich zusammenzunehmen, dass sie ihre Hand zur Faust ballte und die Nägel im Handballen spürte. Seit sie diese Naturgewalt mit eigenen Augen gesehen hatte, war alles anders. In ihr machte sich Angst breit. Sie war einfach außerstande, den australischen Gleichmut, die stoische Ruhe nachzuempfinden, nach einem solchen Inferno eben wieder von vorne anzufangen. Über viele Generationen, die Hitze, Feuer, Dürre, Überschwemmungen oder Wirbelstürme kennen gelernt hatten, schien sich diese Eigenschaft förmlich im Erbgut niedergeschlagen zu haben. Sicher, man weinte und klagte auch, aber eigentlich nur, um gleich darauf die Ärmel hochzukrempeln und von neuem zu beginnen. Auch hängte man sein Herz nicht zu sehr an ein Zuhause. Die Menschen in Australien zogen viel häufiger um, als Nora das von Deutschland her kannte. Man war einfach flexibler, was Wohnort- und Berufswechsel anging. Nora hatte unter all diesen Pragmatikern häufig das Gefühl, nicht richtig zu ticken und fehl am Platz zu sein.

Das Läuten des Telefons im Flur ließ sie gedankenverloren aufschauen. Gleich darauf öffnete sich die Tür, und Tom schaute herein.

»Nora? Niklas ist am Telefon.«

Noras Herz schlug schneller. Sie stand rasch auf. Innerlich betete sie darum, dass sie fähig sein würde die Fassung zu wahren, denn nach der Katastrophe, die hinter ihr lag, war sie verletzlicher denn je. Sie biss die Zähne zusammen. Wenn sie jetzt noch Niklas' Stimme hörte, würde sie ihn bestimmt noch mehr vermissen als sonst. Sie nahm den Hörer in die Hand. »Hallo, Nicky, das ist aber schön, dass du dich meldest.«
»Hallo, Mama. Geht es euch gut? Papa hört auch mit. Wir haben in den Nachrichten die Berichte über die Feuer gesehen. Sie sind immer näher zu euch gekommen, nicht?«
Nora schluckte und riss sich zusammen. »Ich hätte mich bestimmt auch bald gemeldet ...« Sie zögerte kurz. »Es geht uns allen gut, aber leider hat die Feuerwehr unser Haus nicht retten können, Nicky.«
Betretenes Schweigen lag in der Leitung.
Nora atmete tief durch und gab sich zuversichtlicher, als sie war. »Aber das wird schon wieder. Die Hauptsache ist schließlich, dass wir gesund sind, nicht? Woher hast du denn die Nummer von Bill und Lisa?«
Niklas klang unsicher. »Na, als wir euch nicht erreichen konnten, haben wir im Krankenhaus angerufen. Dein Handy ist ja sowieso mehr ausgeschaltet als an, Mama. Ist wirklich das ganze Haus abgebrannt?«
Nora biss sich kurz auf die Unterlippe. In Sekundenbruchteilen ließ die Erinnerung das lodernde Feuer wieder vor ihren Augen erscheinen, das erbarmungslos alles verschlungen hatte. Sie sah die Flammen, den Rauch und meinte fast den beißenden Qualm riechen zu können.
Mit leiser Stimme antwortete sie: »Ja, Nicky, das ganze Haus und auch der neue Anbau. Alles ist verbrannt, aber gleich da-

nach hat es angefangen zu regnen. Das hat wenigstens Cameron Downs vor dem Schlimmsten bewahrt. Du weißt ja, dass unser Haus ein wenig außerhalb liegt.« Sie verbesserte sich rasch. »Ich meine, es *lag* außerhalb.«

Niklas wusste nichts zu erwidern. Für einen kurzen Moment herrschte Stille, dann sagte er: »Papa will dich sprechen. Passt auf euch auf, Mama, ja? Und melde dich wieder. Grüß Marie.«

»Ja, Nicky, das mache ich.«

Max klang besorgt. »Seid ihr wirklich okay, Nora?«

»Ja, wir sind gesund. Marie geht es auch gut. Wir sind natürlich alle etwas niedergeschlagen, aber das ist ja nicht weiter verwunderlich.«

Max spürte, wie sehr sie sich zusammenriss. Er wandte sich an seinen Sohn. »Niklas, geh frühstücken, wir müssen gleich los.«

Nora lächelte unwillkürlich. Die Zeitverschiebung war immer noch in der Lage, sie in Erstaunen zu versetzen. Hier waren die Menschen fast dabei, zu Bett zu gehen, während auf der gegenüberliegenden Erdhalbkugel gerade ein neuer Tag anbrach. Sie hörte, wie Max sich räusperte.

»Wie kommst du damit klar, Nora? Wo lebt ihr jetzt? Seid ihr wenigstens versichert?«

Nora atmete durch. Sie wollte ihn nicht ihre Verstörtheit spüren lassen. »Wir sind bei guten Freunden untergebracht, bei Bill und Lisa. Und ja, wir sind versichert, was hier merkwürdigerweise durchaus nicht selbstverständlich ist ... Insofern ist die Katastrophe nur noch halb so schlimm ...« Sie schwieg. Irgendetwas schnürte ihr fast die Kehle zu. War es Heimweh?

»Kommst du wirklich klar mit dem Ganzen? Brauchst du irgendetwas? Vielleicht Geld für den Übergang?«

Sie starrte auf ein von Wudima gemaltes Bild, das über dem Tele-

fontisch hing. Ihre Stimme zitterte leicht. »Das ist sehr lieb von dir, Max, aber es wird schon alles gut gehen. Die Versicherung zahlt bestimmt bald. Ich ... ich hab nur ein paar Schwierigkeiten, mir die nächsten Monate vorzustellen, weißt du? Mit drei Kindern auf den Neubau zu warten wird bestimmt nicht leicht.«
Sie verschwieg die Angstgefühle, die sie hin und wieder übermannten. Dafür war Max nun wirklich nicht verantwortlich, und sie wollte ihn damit auch nicht belasten.
»Du sagst uns aber Bescheid, wenn du etwas brauchst, nicht?«
Sie nickte. »Aber ja. Danke, Max.«
Er klang plötzlich aufgeregt. »Hör mal, Nora, vielleicht willst du ja ein paar Wochen nach Deutschland kommen? Dann wäre die Wartezeit für euch nicht so lang, und die Kinder würden sich bestimmt freuen, von deinen Eltern ganz zu schweigen.«
Sie zögerte. Die Aussicht war verlockend, nach all der Zeit einmal Hamburg wiederzusehen und Niklas in die Arme zu schließen. Ihre Eltern kannten ihr jüngstes Enkelkind nur von Fotos. Auch beschämte sie die Freundlichkeit und Fairness, die Max ihr selbst jetzt noch entgegenbrachte.
»Das ist ein schöner Gedanke, Max, und nach all dem, was ich gerade erlebt habe, äußerst verlockend.. Ich glaube aber, dass es sich erst einmal nicht einrichten lassen wird. Ich kann Tom mit dem ganzen Neubau und der Arbeit nicht einfach allein lassen. Und Marie hat doch auch Schule. Aber ich danke dir für das Angebot. Wenn es hier etwas besser aussieht, werde ich es mir nicht nehmen lassen, euch zu besuchen.« Sie schluckte kurz. »Nur, dass ich jetzt nicht sagen kann, dass ihr uns besuchen sollt, das macht mir wirklich etwas aus. Ich hatte mich schon so darauf gefreut, dass ihr in den Osterferien von Niklas herkommt.« Sie fuhr sich über die Augen.

Max' Stimme klang eindringlich. »Denk drüber nach, Nora. Wir haben genug Platz, und vielleicht täte euch der Tapetenwechsel gut. Mach dir keine Gedanken wegen der Osterferien. Dann kommen wir eben im Sommer. Da können wir sowieso etwas länger bleiben.«

Tom kam die Treppe herunter und blieb bei ihr stehen.

Niklas rief aus der Küche, und Max beeilte sich. »Du, Nora, wir müssen los. Halt den Kopf hoch, und ruf wieder an, ja?«

Nora nickte. »Ja, das mache ich. Danke, Max. Und grüß Nicky noch mal von mir, okay?«

»Alles klar, bis bald.«

»Bis bald.«

Nora beendete das Gespräch und legte das Telefon auf den Tisch zurück. Sie war berührt von Max' Anteilnahme.

Tom musterte sie. »Na, alles in Ordnung?«

Sie nickte. »Ja. Sie haben die Berichte über die Feuer in den Nachrichten gesehen und sich Sorgen gemacht.«

»Konntest du sie einigermaßen beruhigen?«

Nora zögerte. Wenn sie bloß selber imstande wäre, sich endlich zu beruhigen.

»Ja. Max hat Hilfe angeboten, aber ich habe ihm gesagt, dass wir versichert sind. Als er hörte, dass wir ohne Haus dastehen, hat er vorgeschlagen, dass ich mit den Kindern ein paar Wochen nach Hamburg komme, um die Wartezeit während der Bauarbeiten abzukürzen.«

Toms intensiver Blick schien sie zu durchleuchten. Er blieb ruhig – wie immer. »Und? Würdest du gerne nach Deutschland fliegen?«

Sie zuckte mit den Schultern und betrachtete unsicher Wudimas Bild, das zwei wunderschön gezeichnete Kraniche zeigte.

»Ich weiß nicht, Tom ... Im Moment weiß ich eigentlich gar nichts mehr, weder, wo ich hingehöre, noch, was ich tun soll.«
Tom schwieg sekundenlang. Ihn verletzte, dass Nora offenbar nicht mehr wusste, dass sie doch zu ihm gehörte. Sicher, sie war nicht sein Eigentum im wörtlichen Sinne, doch schließlich hatten sie einander versprochen, immer zueinander zu stehen, und sie hatten gemeinsame Kinder. Er mochte sich nicht vorstellen, dass sie wochenlang in Deutschland blieb. Was, wenn es ihr dort plötzlich besser gefiel? Er spürte, wie die Sorge, sie zu verlieren, an ihm nagte. Er war sich so sicher gewesen, dass sie und die Kinder hier mit ihm glücklich werden würden. Verdammt, warum kam immer irgendeine neue Prüfung für sie? Konnte nicht endlich Ruhe einkehren? Er schluckte und legte seine Hände auf ihre Schultern. Wortlos sah er sie an. Er wollte sie nicht drängen hier zu bleiben, doch er wollte sie auch nicht einfach gehen lassen.

Nora schaute ihn an und senkte dann den Blick. Zaghaft legte sie ihren Kopf an seine Brust. Sie liebte ihn, daran bestand kein Zweifel, aber sie fürchtete nach wie vor, diesem Land letztendlich doch nicht gewachsen zu sein. Und wegen dieser Empfindungen war sie ratlos, denn kaum jemand hatte sich wohl besser informiert als sie, ehe sie nach Australien ging. Wie konnte es jetzt dazu kommen, dass sie in dieses tiefe Loch aus Angst und Sorge fiel? Sie hatte gewusst, dass es auf diesem Kontinent giftige Spinnen, Fische und Quallen gab. Ihr war klar gewesen, dass Buschfeuer, Sand- und Staubstürme, Zyklone und Überschwemmungen ebenso zu Australien gehörten wie die endlose Weite, die rote Erde und ein oftmals strahlend blauer Himmel. Was also brachte sie jetzt derart außer Fassung? Sie schloss an Tom gelehnt die Augen. Es war die Ver-

antwortung für ihre Kinder. Sie hatte sie aus dem »sicheren« Hamburg in dieses immer noch wilde Land gebracht, wo sie Gefahr liefen, in einem Feuersturm, wie er gerade gewütet hatte, umzukommen. Wo sie Steven nicht einfach auf eine Krabbeldecke auf die Wiese legen konnte. In Deutschland wäre die wahrscheinlich schlimmste Gefahr bei diesem Unterfangen ein Ameisenbiss oder Wespenstich, hier könnte er innerhalb kürzester Zeit an einem Spinnen- oder Schlangenbiss sterben. Oder Sophie in ihrer kleinkindlichen Entdeckerfreude. Wie oft hatte sie schon nach einem winzigen unbeobachteten Moment unter der Veranda oder aus hohem Gebüsch hervorholen müssen? An die Gefahren, denen Marie bei möglichen Ausritten ausgesetzt war, mochte sie gar nicht mehr denken. Sie hatte diese Angst immer mit dem Gedanken verdrängt, dass die Reiter nur in Gruppen ins Gelände gingen.
»Nora.« Tom küsste sie auf den Kopf. Seine Stimme klang weich. »Was quält dich denn so? Das kann doch nicht nur das Haus sein.« Er nahm ihren Kopf in beide Hände und sah sie an. »Sag es mir! Auch, wenn du an uns zweifelst ...«
Sie blickte ihn fest an. »Ich zweifle nicht an uns, Tom. Ich liebe dich, und vielleicht macht mich das auch besonders fertig, denn ich zweifle daran, dass ich für dieses Land tauge, für *dein* Land. Ich zweifle daran, dass ich das Richtige getan habe, als ich die Kinder aus Deutschland hierher gebracht habe, wo ich seitdem eigentlich in unterschwellig ständig vorhandener Angst um sie bin.« Sie senkte den Kopf, doch ihre Stimme blieb fest. »Und ich werde mir wohl nie verzeihen können, dass ich Niklas enttäuscht habe.«
Tom drückte sie an sich. »Gib nicht auf, Nora. Du musst auch an die schönen Seiten denken. Weißt du noch, dass du dich bei

deinem ersten Besuch hier regelrecht in diesen Kontinent verliebt hast?«

Nora nickte. »Ja, aber da waren meine Kinder in Deutschland in Sicherheit. Für mich war somit alles reine Entdeckerfreude. Ich war nur für mich verantwortlich, verstehst du?«

Tom schwieg einen Moment, ehe er den Kopf schüttelte. »Ich kann mir diese Liebe, diese Begeisterung, die du für das Land und die Leute empfunden hast, doch nicht nur eingebildet haben ... Was ist denn mit deiner Faszination, was die Kultur der Aborigines betrifft? Wie steht es mit all der Arbeit an den Geschichten aus ihrer Traumzeit? Ist das alles passé und erledigt? Plötzlich sind nur noch Angst und Sorge da? Nora, du verrennst dich da!«

Sie schwieg. Sie hatte selbst keine wirkliche Erklärung für ihre Ängste.

Toms Lippen strichen über ihren Scheitel. »Ich weiß, das Buschfeuer, das so unerwartet weit bis nach Cameron Downs vorgedrungen ist, die Evakuierung, der Verlust unseres Hauses – das alles war ein Schock für dich, für uns alle. Aber das ist nicht die Normalität oder der Alltag in Australien, Nora. Und das weißt du auch.«

Sie atmete tief durch. »Ich brauche Zeit, Tom.«

Er nickte. »Okay. Die haben wir.«

Lisa streckte den Kopf aus dem Wohnzimmer. »Ach Nora, ich hab's vorhin ganz vergessen. In der Küche liegt ein Paket für dich. Die Post hat es in der Klinik abgegeben.«

Sie verschwand wieder, und Nora ging in die Küche. Tom folgte ihr und lehnte sich an den Türrahmen. Er sah zu, wie sie das Paket umdrehte.

Ihr Gesicht bekam plötzlich Farbe. »Das ist vom Verlag.« Has-

tig öffnete sie den Karton und schob das Packpapier beiseite. Vorsichtig zog sie ein Buch heraus, das sie beinahe ungläubig drehte und wendete. »Sieh doch, Tom. Marrindis und Wudimas Traumzeit-Geschichten. Mein Buch.« Sie strahlte und strich über den Einband, den eine Zeichnung aus dem Künstlerdorf zierte. »Es sieht so schön aus.«
Tom nahm ein weiteres Exemplar in die Hand, betrachtete es und nickte. »Du hast Recht. Es ist toll geworden.« Er war erleichtert über ihre offensichtliche Freude. Er setzte sich auf die Tischkante, drehte das Buch hin und her und blätterte ein wenig darin. Dann sah er auf. »Es wird bestimmt viele Menschen ansprechen und animieren, sich für die Aborigines und ihre Geschichte zu interessieren. Viele Leute werden ihre Kunst bewundern.« Er war aufgestanden und vor ihr stehen geblieben. »Nora, du bist noch nicht lange in Australien.« Er hielt das Buch hoch und tippte auf den Einband. »Und nun sieh doch, was du schon erreicht hast. Nach dem Erscheinen dieses Buches wird sich die Künstlerwerkstatt kaum mehr vor Aufträgen retten können.«
Nora wehrte ab. »Das sind allein Marrindis und Wudimas Geschichten. Ich hab sie nur aufgeschrieben.«
»Du hast den richtigen Ton getroffen. Du hattest die Idee, und du hast nicht aufgegeben.« Er zog sie an sich und sah ihr in die Augen. »Gib nicht auf, mach weiter, ja?«

In den nächsten Tagen blieb Nora stiller und in sich gekehrter als zuvor. Sie suchte noch stärker den ohnehin schon engen Kontakt zu ihren Kindern und schien nur für sie zu leben. Bill und Lisa hatten sie gedrängt, bei ihnen zu bleiben, bis sich die Zukunft geklärt hätte. Nora hatte zunächst angesichts dieser großzügigen Gastfreundschaft gezögert. Das Letzte, was sie jetzt noch wollte, war, Freunden auf der Tasche zu liegen. Doch als sie mitbekam, dass diese Gastfreundschaft allen vom Feuer betroffenen Familien im Ort zuteil wurde, war sie gerührt gewesen. Jeder, der irgendwie helfen konnte, half auch. Alle Bürger der kleinen Stadt Cameron hielten zusammen und packten mit an. Gemeinsam wurden noch brauchbare Gegenstände aus den Trümmern gefischt und Schutt und Asche abgetragen, damit möglichst bald neue Häuser entstehen konnten. Verkohlte Autowracks wurden abgeschleppt. Wie zum Hohn regnete es nun häufig, und Nora konnte sich nur schwer gegen das Gefühl wehren, dass die Schöpfung sie alle auf ihre Belastbarkeit hin hatte überprüfen wollen.

Dennoch hatte sie sich einige Zeit später gefangen und innerlich zur Ordnung gerufen. Dies war ihr Leben, »ihre Baustelle«, sie war mitverantwortlich dafür, was daraus wurde und wie es ihren Kindern ergehen würde.

Als sie zwei Wochen nach dem Feuer erneut vor den Trümmern ihres Hauses standen, legte Tom behutsam einen Arm um sie. Beide schwiegen, doch es war nicht mehr das sprachlose Schweigen des ersten Schocks – es war eher die abwartende Stille des Kommenden, der Zukunft.

Nora sah über die Trümmer hinweg auf das Land. Erstaunen spiegelte sich auf ihrem Gesicht. Überall schoss frisches zartes Grün aus der Asche. Selbst Bäume, die ihr zuvor anklagend wie schwarze Skelette vorgekommen waren, brachten büschelartig neue Triebe hervor. Die verbrannten Weiden zeigten einen sattgrünen Schimmer und versprachen den Tieren der Umgebung neue Nahrung. Nora atmete tief durch. Wie mächtig war die Natur. Dürre und heiße Winde hatten Feuer entfacht und scheinbar alles zerstört. Doch Unmengen Regen und kühlere Luft gaben der Welt das Leben jetzt zurück. Niemand konnte dabei vorhersehen, für wie lange.

Nora dachte an die ersten Siedler, die mit Planwagen und Ochsengespannen durch dieses Land gezogen waren – Familien mit kleinen Kindern, die hier neu hatten anfangen wollen. Sie mussten mit einfachsten Mitteln gegen Hitze und Staub, Dürre und Überschwemmung, gegen Krankheit und Tod kämpfen. Damals gab es auch den Flying Doctors Service noch nicht. Wie viel schwerer mochte alles für diese Siedler gewesen sein?

Nora blickte wieder auf die Trümmer des Hauses. Auf einem übrig gebliebenen großen Stein sonnte sich eine hübsch gezeichnete Eidechse in den ersten wärmenden Strahlen der Sonne, die hinter den Wolken hervorblitzte. Das Tier schien so gänzlich desinteressiert an der verbrannten Umgebung, dass Nora über diese Ignoranz unwillkürlich lächeln musste.

Tom sah es und nahm ihre Hand.

»Wir schaffen das. Ganz bestimmt, Nora.«

Sie hielt ihr Gesicht in den Wind und schloss einen Moment die Augen. Sekundenlang glaubte sie in weiter Ferne den Klang eines Didgeridoo zu vernehmen. Sie fühlte sich seltsam beruhigt und atmete tief durch. Dann schaute sie Tom an und nickte.

Literaturhinweis

An dieser Stelle möchte ich das Buch *Geheimnisvolle Kultur der Traumzeit* von Robert Craan erwähnen. Die sensible Art und Weise, mit der der Autor sich der Kultur der Aborigines nähert, hat mich sehr berührt und mir dabei geholfen, Noras Faszination für den Kontinent Australien und hier besonders seine Ureinwohner betreffend verständlicher zu machen.